双子座の星のもとに

— Under Gemini —

ロザムンド・ピルチャー
中村 妙子 訳

朔北社

双子座の星のもとに　目次

双子座の星のもとに

第1章　イザベル

彼はタピーに背を向けて立っていた。タピーが四十年前に選んだカーテンがその姿を額縁のように縁取っていた。明るいバラの模様は、長年、日光にさらされたために淡いピンク色にさめていたし、裏地はひどくすりきれていて、クリーニング屋に出したらビリビリに裂けてしまうだろうと躊躇されるくらいだった。しかしタピーは古くからの友だちのような、そのカーテンの風合いを愛していた。娘のイザベルはもう何年も前から、カーテンを掛け替えたらどうかと母親に進言していた。しかし、「あたらしいのを買うのは、わたしが死んでからにしてちょうだい」とタピーはろくすっぽ考えもせずに答えるのが常だった。「それからだって遅くはないわ」

たぶん、そのときは間もなくくるだろう――とタピーは思いめぐらしていた――わたしは七十七。生まれてこのかた、病気らしい病気をしたことがないものだから健康を過信して庭仕事に遅くまで身を入れすぎたところに風邪を引きこみ、それをこじらせて肺炎なんていう、ごたいそうなものになってしまった。肺炎にかかっていたあいだのことはよく覚えていない。まるで暗いトンネルの中を歩いているような、おそろしく気分のわるいひとときからようやく意識を取りもどして気がつくと、医師が一日に三回往診し、看護婦がつき添っていた。看護婦はミセス・マクラウドという、フォート・ウィリアムに住む寡婦で、背が高い、やせぎすの、頼りになる馬のような風貌の女性だった。ネイビーブルーの看護服の上に糊の利いた胸当てつきのエプロンをかけているせいで、平たい胸が石板のようにいっそうペチャンコに見えた。いつ見ても忙しそうに歩き回っているが、見てくれはとにかく、なかなか温かい人柄だった。

というわけで死は今のところタピーにとって、考えられもしないほど、遠い可能性ではなく、差し迫った、冷厳な事実となっているようだった。

タピーは死を少しも恐れていなかったが、この時期はちょっと都合がわるいという気はしていた。近ごろの彼女はともすれば昔にタイムスリップしがちだったが、今も今とて五十年あまり前、みごもっていることに初めて気づいたときの若妻の自分を思い出していた。そのとき彼女は、このぶんでは年の暮れにはアルバート・ホールそこのけの大きさにおなかがせり出しているだろうし、クリスマスのダンス・パーティーに参加するなんて、夢のまた夢だろうと気持ちが落ちこんだものだった。彼女の姑は、

「赤ん坊を産むのに都合がいいときなんてありゃしないんですからね」ともっともらしく言って聞かせた。死ぬってことも、出産と似たようなものなのかもしれない――とタピーは今さらながらに考えていた。死もきっと、受け入れるほか、どうしようもない現実なんだわ。

明るい、よく晴れた朝だったが、たまたま太陽が束の間、雲の陰に隠れて、ヒューの大柄な体の向こうの窓が冷たそうに光っていた。「雨が降りだすのかしら」とタピーはつぶやいた。

「海に霧が立ちこめているんじゃないですか」と彼は答えた。「島々はとっくに見えなくなっていますしね。エグ島まで、半時間前に見えなくなってしまったし」

タピーは彼の姿を見やった。上背のある、まるで巌のような、がっしりした体格のヒューは、着古したツイードのスーツのポケットに両手を突っこんで、さしあたって何もすることがないかのように悠然と立っていた。その姿を見ているだけで、タピーの胸はぽっと温まった。亡くなった彼の父親と同様、ヒューも腕のいい医師だった。半ズボンをはいて、しょっちゅう膝小僧にすり傷をつくり、髪の毛に砂をくっつけていた腕白少年のころから知っている男の診察を受けたり、ああだこうだと指図されるのは、初めのうちは少々落ち着かない気分ではあったが。

窓からさしこむ日光を浴びて立っているヒューの

こめかみのあたりの毛髪に白いものがまじりだしているのに気づいて、タピーの胸は痛んだ。それに気づいたことで彼女自身、ぐっと老いこんだような気分になっていた。

「ヒュー、まあ、あなたったら、白髪になりかけてるじゃないの」と彼女は、わたしに何の断りもなくと非難がましく言った。

彼はすまなそうに微笑して、片手で髪に触った。

「ええ、先だって床屋にもそう言われましたよ」

「いったい、あなた、いくつになったの？」

「三十六です」

「三十六だなんて、まだほんの若造じゃありませんか。なのに、白髪なんて早すぎるわ」

「あなたみたいに手の焼ける、厄介な病人の面倒を見る苦労で、老けこんじまったんじゃないですかね」

彼はツイードの下に手編みのプルオーバーを着ていたが、首のまわりで毛糸がほつれ、おまけに胸のあたりに小さな穴があいていた。タピーは気の毒でたまらなかった。面倒を見てくれる者、心をくだく者がそばに誰もいないのだから無理もない。

ヒューは西部高地地方《ウエスト・ハイランズ》の、こんな辺鄙な町の開業医として、ニシン漁にたずさわっている漁師や、貧しい農民から成る地域社会の人々の病気の治療に当たるだけでは勿体ないような、すぐれた医師だった。ロンドンか、エディンバラに堂々たる邸宅を構え、前の舗道にはベントリーが駐車し、ドアにはいかめしい表札が掛かっているといった、名の通った専門医、そうでなければ大学教授として、あるいは研究者としてすぐれた論文を次々に発表し、医学史に名を残すような業績をあげているはずだった。

若いころのヒューは優秀な医学生で、医学に情熱を傾け、その志は高く、彼の前途の輝かしさを疑う者はいなかった。ところが彼は不幸なことに、ロンドンの社交界であの愚かな娘と出会った。タピーは今では彼女の名前すらほとんど思い出せなかった。そう、確かダイアナといったっけ。ヒューはその娘をターボールに伴い帰ったが、彼女は美貌だけが取り柄の、鼻持ちならぬほど、高慢ちきな娘だった。しかし父親の反対はヒューをかえって意固地にした

(ヒューは昔から頑固で、反対されるといっそう片意地になるたちだということをタピーは百も承知しており、カイル医師が今生きていたら、そのあたりの道理をたっぷり説いて聞かせるのにと残念でならなかった)。

過った結婚は悲劇的な結末を迎え、失意のヒューは故郷に帰って、すでに老境に入っていた父親に代わって医院をついだ。

その父親も亡くなり、ヒューは今では独身男の索莫たる生活を送っている。まったく働きすぎもいいところで患者の面倒はじつによく見るが、自分のことにはまるで無頓着で、夕食はしばしば、パブから買ってきたシェパーズパイをウィスキー一杯で流しこんですませているらしい。

「お宅の家政婦のジェシー・マケンジーはなぜ、あなたのセーターの穴をつくろわないの?」とタピーは詰問した。

「さあ　たぶん、ぼくが頼むのを忘れたんでしょう」

「あなたは再婚すべきだわ、ヒュー」

話題をことさらに変えるつもりらしく、ヒューはタピーのベッドの脇にもどった。と、タピーのベッドの裾にまるまっていた、ぽやぽやした毛の小さなボールがむっくり起き上がったと思うと、年取ったヨークシャー・テリアがコブラのように首を持ちあげて、老衰のためにあわれに欠けた歯をむき出し、獰猛な唸り声を上げた。

「スーキーったら!」とタピーは叱ったが、ヒューは動じなかった。

「ぼくがあなたのそばに行くたびに、こんなふうに威嚇的に唸らなかったら、まるっきりスーキーらしくないでしょうからね」彼が手を差し出すと、スーキーはいっそうはげしい勢いで唸った。ヒューは身をかがめてカバンを取り上げた。「失礼しましょうか」

「これからどこへ?」

「ミセス・クーパーのところから、アナ・ストダートのところに回ります」

「アナのところに?　アナはどこかわるいの?」

「いや、病気ってわけじゃあないんです。ここだけの話ですがね、いずれ赤ん坊が生まれるんですよ」

「まあ、今になって？　それにしてもうれしいこと！」

「このニュースを聞いたら、あなたがきっと元気づくと思ったんです。しかしほかの人にはまだ内緒ですよ。彼女自身も、さしあたっては秘密にしておきたいようですから」

「もちろん、一言も言いませんとも。で、順調なのね？」

「これまでのところは上々です。つわりの心配もほとんどなさそうですし」

「出産のときを、せいぜい元気に迎えられるように祈っているわ。今度の赤ちゃんは無事に生まれるといいけどねえ。アナのこと、気をつけてくださいね。いやね、わたしったらばかみたい。あなたに任せていればだいじょうぶだってわかっているのに。それにしてもすばらしいニュースよね」

「さてと、まだほかに何かお望みがありますか？」

タピーはヒューを、また彼のセーターの穴を見やって、ふたたび胸が痛むのを覚えた。一方、赤ん坊の話が出たので、自然と結婚式のことを思い、ごく自然の連想で孫のアントニーに思いを馳せた。

「望みといえば、わたし、アントニーに会いたくて。アントニーがローズを連れて会いにきてくれるとねえ」

ちょっとためらった後、ヒューはさりげなく言った。「……会いにこない理由があるわけでもないでしょうがね」ほとんど気がつかないくらいの躊躇で、自分の気のせいかとタピーはきっとしたまなざしでヒューを見やったが、そのときには彼は、ふくれ上がっているカバンのファスナーを留めようとうつむいていた。

「アントニーが婚約してもうひと月になるのよ。ローズがお母さんといっしょに、うちのビーチ・ハウスに滞在したのは五年も前のことだし、どんな顔だちの子だったか、ほとんど思い出せないくらいなんですものね」

「アメリカに行ったと聞いていましたが」

「ええ、婚約後、アメリカに行ったそうだけれど、アントニーの話だと、もうもどっている時分じゃないかしら。いつ、どこで結婚式をあげるつもりかということからして、一刻も早く聞きたいのに」

「イザベルに話しておきましょう」とヒューは微笑して言った。

「帰る前にイザベルからシェリーを一杯、おもらいなさいよ」

「いや、これから禁酒論者のミセス・クーパーのところに回るんですから、まあ、やめておくほうが無難でしょう。酒臭い息を吐きかけようものなら、ぼくにたいする彼女の評点はまた一段と下がるでしょうから」

「ミセス・クーパーって、ほんとうにばかな人」とタピーはつぶやき、二人は心合う友だち同士のように顔を見合わせてにっこりした。ヒューが出て行くと、スーキーはふたたびベッドに這い上がり、タピーの腕のつくるくぼみに身をまるめた。

風が起こりかけているのだろう、窓ガラスがガタピシと鳴った。じき、昼食どきだ。タピーは枕にふたたび頭を乗せて、いつしか過去に思いを馳せていた。

七十七歳。わたしの過去の長い年月はどうなってしまったのだろう？　老年はタピーの不意を襲ったようで、タピーは老いを迎える用意がまだまるでできていなかった。タピー・アームストロングは本当のところ、そう老いこんでいるわけではなかった。他の女性は時がくれば不可避的に老いこむ。彼女自身の祖母もそうだったし、物語に出てくるたいていのおばあさんもそうらしい。タピーは『恩寵の薬草』のルシラ・エリオットを思った。完全無欠な家長の典型といってよいルシラ。

タピーは昔からルシラが好きでなかった。独断的で、家族を私物化しているという気がしたし、彼女がいつも着ているという仕立てのいい黒いドレスにしても、気取りすぎていて感心しないと思っていた。彼女自身はきれいなドレスはいろいろと持っているが、黒いのは、それも仕立てのよいものは、持っていたためしがなかった。タピーはたいてい、古ぼけたツイードのスカートの上に、肘につぎの当たったカーディガンを羽織るといった、堅実きわまる服装を好んでいた。これならバラを剪定するにも、散歩の途中でにわか雨に遭ったりしても、いっこうに平気だからだった。

あらたまった折には、昔から持っている青いベルベットのディナー・ドレスを着ることにしていた。ゆったりした、女らしい気分に浸ることができるのがうれしかった。オーデコロンを少しスプレーし、関節炎で節くれだっている指に古めかしいデザインのダイヤモンドの指輪を押しこむようにしてはめると、けっこう晴れがましい気分になった。アントニーが婚約者のローズを連れてやってくるようなことでもあったら、ディナー・パーティーを催すのだけれど。儀式ばった、大仰なものでなく、ほんの少数の友人を招くだけの、ささやかなパーティーでいい。タピーは、白いアイリッシュ・リネンのマット、銀の燭台、テーブルの中央に活けたクリーム色のピース・ローズを思い描いた。

もてなし好きのホステスらしく、タピーは早くもそのパーティーの次第を楽しい気持ちで思いめぐらしていた。アントニーとローズの結婚式の折には前もってアームストロング側の招待客のリストをつくらないと。どうせなら、さっそくリストをつくってイザベルに渡しておこう。もしもひょっとしてわたしが……

突然、考えるのもいやになり、タピーはスーキーの小さな体をグッと引き寄せて、少々妙なにおいのする、毛のモジャモジャした頭のてっぺんにキスをした。スーキーはペロリと舌を出して女主人をなめるしぐさをし、すぐまた目を閉じた。

階段を降りかけて曲がり角で手すりに片手を置き、ヒュー・カイルはふと足を止めた。奇妙に心がさわいでいた。タピーの容態が気になっていただけではなかった。たった今、彼女とかわした会話が頭にひっかかっていた。そこにポツンと立って階段を降りるとも、上るともつかぬ、中途半端な姿勢でぼんやり考えこんでいるヒューの表情には、胸のうちに秘しかくした、危惧と重い責任感が、しかめた眉に読み取れるようだった。

目の下の広いホールはガランとして、人けがなかった。ホールの向こうの端のガラスのドアはテラスとゆるやかに傾斜する庭とそのかなたの海に向かって開け放たれていたが、この午後はすべてが霧に閉ざされていた。よく磨きこんだ床、すりきれた敷物、ダリアを活けた銅製の花瓶などののっている古めかしい箪笥、ゆっくりと時をきざんでいる大時計。それほど絵画的ではないにもせよ、ほかにもアームストロング家の家庭生活のようすが目についた。雨を避けようと、引っ張りこまれたらしいジェイスンの傷だらけの三輪車、犬たちの寝床用のバスケット、同じく水飲み用の容器、泥まみれのゴム長。ヒューには、そうした品々ははじめからそこにあったように見慣れた光景だった。ヒューはファーンリッグ荘に幼いころからよく出入りしていた。しかし今、その家中が鳴りをひそめて、夕ピーの容態はどうかと耳をそばだてているようだった。

あたりには誰もいないようだったが、これはべつに驚くべきことでもなかった。ジェイスンは学校に行っているのだろうし、ミセス・ウォティーはキッチンでランチの支度に忙しくしているはずだ。イザベルは——イザベルはいったい、どこにいるのだろう?

そのとき、まさにそのイザベルが客間を横切って近づいてくる足音が聞こえた。それとともに敷物のあいだの寄せ木細工の床に爪音が響いたと思うと、次の瞬間、開けっぱなしのドアからイザベルが姿を現わした。年老いた、ふとった老犬のプラマーが後を追うように続いていた。

イザベルはすぐヒューに気づき、ハタと足を止めて顔を仰向けるようにして彼を見上げた。上と下から二人は目を合わせたが、ヒューはすぐ、自分の心中の懸念がイザベルの表情にまざまざと反映しているのを見て取って背筋をぐっと伸ばすと、ことさらに屈託なげな快活な態度を取った。

「イザベル、よかった。どこに行ったら会えるかと、思いめぐらしていたところです」

イザベルはほとんどささやくように声をひそめてきいた。「夕ピーがどうかして……?」

「わるいほうじゃありませんよ」とヒューは片手に下げたカバンを振り、もう一方の手をポケットに突っこんで階段を降りた。

「わたしね……今、あなたが階段の途中に立っているのを見て……つい心配になって。ひょっとしたらタピーは……」

「すみません。ちょっとほかのことを考えていたものですからね。あなたを威かすつもりはなかったんです」

イザベルはヒューが何か隠しているのではないかと気を回しているようだったが、無理にも微笑を浮かべようと努力した。イザベルは五十四歳。結婚せずにずっと生家に留まっている女性によく見られる、内気で控えめなたちだったが、その分、はげしく、ひたむきな愛情を母親と、家と、庭と、友人たちと、飼い犬のプラマーに、また甥たち、とくに今は甥の息子の小さなジェイスンに注いでいた。ジェイスンは両親が外国生活を余儀なくされているために、タピーとイザベルに託されていた。

少女のころには炎のように赤かったイザベルの髪は、今では白髪まじりの砂色だった。ヒューが思い出すかぎり、イザベルのヘアスタイルはその昔とまったく変わっていなかったし、その顔に浮かんでいる表情も、かつてと同じだった。ずっとひきこもって暮らしてきたためか、イザベルは若いころとまったく同じように、子どもらしく純真だった。幼い子のそれのようにつぶらな青い目の表情は、荒れ模様の日の空のようにちょっとしたことで輝いたり、かげったり、心のうちの思いのすべてをまざまざと映し出す。一瞬、うれしげに輝くかと思うと、涙を抑えかねていたりした。

今も今とて、ヒューを見上げた、イザベルの目はいかにも不安そうで、ヒューのわざとらしく快活な態度も、彼女の胸にきざした危惧を解消していないことは明らかだった。

「あの……タピーは……もしかして……？」イザベルはおぞましい言葉を口にしえず、というか、口にする気もせず、おずおずときいた。

ヒューは片手でイザベルの肘を支えて否応なしに彼女を導いて客間にもどらせ、ドアを後ろで閉ざした。

「タピーが死ぬ可能性がまったくないとは言いませんよ。もう若くはないんですし、今回はかなりの重症だったんですから。しかしタピーはタフです。古いヒースの根のようにね。おそらく何とか切りぬけると思いますよ」

「タピーが寝たきりになって、自由にあちこちできなくなったらと思うだけで、わたし、たまらなくて。ぼんやり過ごすのが、人一倍、嫌いな人ですからねえ」

「ええ、わかっていますよ。よくわかっています」

「タピーのために、わたしたちにできることが何か……あるかしら？」

「そうだな……」とヒューは咳ばらいをして、片手を首の後ろにやった。「タピーを確実に元気づけることが一つありますよ。アントニーが、できれば婚約者の、あの女の子を連れて帰ってきたらいいんじゃないですかね……」

イザベルはクルッと振り向いてヒューとまともに顔を合わせた。イザベルもまた、彼を少年のころから知っており、その腕白ぶりに折々、手を焼いたものだった。

「ヒュー、ひどいじゃありませんか、婚約者の、あの女の子なんて言い方。彼女にはローズ・シュースターっていう、ちゃんとした名前があるんですからね。あなただって、わたしたちと同じくらいよく、彼女を知っているはずじゃなくて？」

「ごめんなさい」とヒューは素直に謝った。イザベルが昔から、家族と少しでも関係がある人間というと、やっきになって弁護してきたことを思い出していた。「そう、ローズっていいましたっけね。タピーは彼女にあらためて会いたくてたまらないようですよ」

「わたしたちみんな、同じ気持ちなのよ。でもローズはお母さんとアメリカに行っているらしいの。アントニーと婚約する前から、そういう計画だったようですからね」

「ええ、ぼくもそう聞いています。しかしそろそろ帰ってくるころじゃないでしょうか。タピーはやきもきしていますよ。アントニーをちょっとつついてみたら、どうです？　週末のほんの短い滞在だっていいじゃないですか？」

「ただねえ、アントニーはいつも忙しそうで」

「しかし今の状況を説明したら……あまり先に延ばさないほうがいいんじゃないかと言ってみたらどうです？」

ヒューが恐れたように、イザベルの目にはたちまち涙が光った。「ヒュー、あなた、タピーが死ぬんじゃないかって心配しているんじゃあ……」イザベルは震える手でハンカチーフを探っていた。

「そんなことは言っていませんよ。タピーはアントニーがかわいくてしょうがないんです。孫というより、息子みたいなものなんでしょうね。タピーにとって、彼の婚約はひどく大きな意味を持っているんですよ」

「ええ、ええ、知っていますともね」とイザベルは動揺を隠して鼻をかみ、ハンカチーフをそそくさとしまった。何か気をまぎらすものはと見回してシェリーのデカンターに目をとめてイザベルは、「お帰りがけに一杯、いかが？」と言った。

ヒューは笑った。快活な笑い声に、その場の緊張がたちまちやわらいだ。「いや、たくさんですよ。ありがとう。これからミセス・クーパーのところに往診に行くんです。動悸がまたまたひどいそうでね。ぼくが一杯、ひっかけてやってきたと知ったら、彼女の心悸亢進はいっそうひどくなるんじゃないですか」

母の容態についての心配に胸を痛めながらも、イザベルも微笑した。ミセス・クーパーが話題にのぼるとき、それはこの家ではいつも笑いを誘った。イザベルはヒューとともに客間を出てホールを横切った。玄関のドアを開けると、霧のせいで湿っぽい朝の大気が押しよせてきた。階段の下に止まっているヒューの車は雨にぬれていた。「イザベル、少しでも気がかりなことがあったら、遠慮せずに電話してくださいよ」

「ええ、そうさせてもらうわ。でも看護婦さんがついているし、そんなに先回りして心配することもないと思うことにしているのよ」

看護婦を頼むようにつよく主張したのはヒューだった。看護婦を頼む気がないなら、タピーは病院に入ってもらわなければならないと彼は言った。看護婦がつき添うなんて、タピーの容態はよっぽど悪いに違いない――とイザベルの気持ちは落ちこんだ。それに看護婦なんて、どうやって頼むのか？ミセス・ウォティーは文句を言わないだろうか？

　しかしこの場合にも、ヒューが一切の面倒な問題を解決してくれた。案ずるより生むがやすし。看護婦はミセス・ウォティーとけっこう仲よく折り合い、イザベルも看護婦がきたおかげで夜中に起き出さずにすむようになった。ヒューはまったく頼りになる存在だった。

　彼を送り出してイザベルは、ヒューがいなかったら自分たちはどうしていただろうとあらためてありがたく思った。

　ヒューの車は雨にぬれそぼつシャクナゲの茂みのあいだの自動車道を少し走ってウォティー夫婦の住んでいるロッジの前を過ぎ、年中、開けっぱなしのままの白塗りの門を抜けて遠ざかって行った。高潮どきで、灰色の波が庭の下方の岩にぶつかって砕ける音が聞こえていた。

　イザベルはふと身を震わせ、アントニーに電話しようと家の中にもどった。


　この昔風の家では電話機はホールに置かれていた。イザベルはホールの一隅に据えられている大きな櫃《ひつ》の上に腰を下ろし、エディンバラのアントニーの事務所の電話番号を探した。数字に弱いというのか、彼女は電話番号をさっぱり記憶できないたちで、毎日のように電話している食料品店の番号も、駅の番号も、そらで覚えていたためしがなかった。片目で番号簿を眺めつつ、慎重にダイヤルして先方の応答を待ちながら、イザベルの思いはあちこちに飛んでいた。

　花瓶に挿してあるダリアは明日になれば枯れてしまうだろうから、あたらしいのを切ってこなければ。アントニーは昼食どきで、電話しても事務所にいないかもしれない。それにしてもわたし、たとえタピーのことであれ、自己中心的な考え方をしないように気をつけなければ。誰だって、いつかは死ぬのだ。秘蔵の庭で忙しく立ち働くことができなくなったり、スーキーを短い散歩に連れて行けなくなったりしたら、タピー自身は生きつづけたいとは思わないだろう。でもタピーが万一、死ぬようなことがあったら、あとに残ったわたしたちの心のうちには、大きな穴がポッカリあいてしまう。思わず知らず、イザベルは無我夢中でつぶやいていた。「お願いです、神さま、タピーを死なせないでくださいませ！　ああ、お願いですから……」

「マッキノン・カーステアズ・アンド・ロブ事務所でございます」

朗らかな若い声が受話器から流れてきて、イザベルは現実に引きもどされた。イザベルはハンカチーフを探って目を拭い、冷静になろうと努力した。

「申し訳ありませんがアームストロングさん——アントニー・アームストロングさんをお願いできませんかしら？」

「どちらさまでいらっしゃいますか？」

「伯母のミス・アームストロングです」

「少々、お待ちください」

カチカチというような音がして、ちょっと間があり、それからうれしいことにアントニーの声が聞こえた。「イザベル……」

「ああ、アントニー……」

アントニーはその伯母の声にただならぬものを感じたようで、すぐ不安そうにきき返した。「どうかしたんですか？」

「べつに。ただね……」イザベルは、しっかりしなければと自分に言い聞かせた。「ヒュー・カイルが往診にきてくれて、今、帰ったところ」

「タピーの具合がはかばかしくないんですか？」

「ヒューが言うには……タピーはよく頑張っているって。古いヒースの根みたいにタフですって」となるべく屈託なげに響くようにと念じながら言ったが、情けないことに声が震えてしまった。ヒューの顔に垣間見た、苦悩の表情が忘れられなかったからだった。ヒューはわたしに心配させまいと、本当のことを隠しているのではないだろうか？

「ヒューはタピーと少し話したらしいわ。タピーはただもうあなたに会いたくてたまらないみたいでね。あなたがローズを連れてこっちにきてくれたら——そう思っているらしいの。どうかしら？　ローズから何かたよりはあって？　そろそろアメリカから帰ってくるころじゃなくて？」

アントニーは答えずに押し黙っていた。イザベルはその沈黙を埋めようとしゃべりつづけた。

「あなたが忙しいのはわかっているわ。だから余計な心配をかけたくなくて。ただねえ……」

「ええ」とアントニーはようやく言った。「ローズはロンドンにもどっているようです。けさ、手紙を受け取りました」

「あなたがたに会えたら、タピーはどんなに喜ぶか」

再び沈黙が続いた。それから奇妙なほど、冷静な声でアントニーは訊き返した。「タピー、死にそうなんですか？」

こらえにこらえたものが堰を切ったように、イザベルはさめざめと涙を流していた。そんな自分に腹を立てながらも、涙を抑えることができなかった。

「それがよく……わからないのよ。ヒューはそんなことはないというふりをしていたけれど、でもあんなに心配そうな顔のヒューを見たのは初めてだったし、タピーの身に何か起こったら、そしてあなたとローズがいっしょにいるところを見ずじまいだったらと思うと、わたし……それこそ、考える気もしなくて。あなたがたの婚約はタピーにとって、とても大きな意味をもっているんですものね。あなたがタピーのところにローズを連れてくることができれば大違いじゃないかと、生きる理由をもう一つ、タピーに与えることになるかもしれない――そんなふうに思って、わたし……」

イザベルはそれ以上続けることができなかった。そんなにいろいろのことを、アントニーに言うつもりはなかったのだし、涙で目が曇って何も見えなくなっていた。敗北感と無力感に打ちひしがれ、長いこと、ひとりで我慢してきたあげくにもうお手上げという気持ちで、イザベルはもう一度鼻をかみ、しどろもどろに結んだ。「何とかならないかしら、アントニー」

それは心の底からの悲痛な訴えかけだった。アントニーも今はイザベルとほとんど変わらぬくらい、動揺しているようだった。「そんなに重い病状だなんて……」

「わたしも今の今まで知らなかったの……」

「何としてもローズを捕まえますよ。次の週末にはそっちに行けると思います。約束しますよ」

「ああ、アントニー」イザベルは安堵のため息を洩らした。アントニーとローズが連れだってファーンリッグ荘にやってくるのだ。アントニーがそう言ったからには、かならずそうなるだろう。彼は何があろうと、約束はかならず守るたちなのだから。

「そしてね、タピーのことはあまり心配しないでちょうだい。ヒューがヒースの根のようにタフだと言ったなら、たぶん、そうなんでしょうから。わたしたちの誰より長生きするかもしれないわ」大いに心を慰められて、イザベルはちょっと笑い声を立てさえした。「そういうことって、よくあるから」

「ええ、どんなことだって起こりえますからね」とアントニーは言った。「とにかく、次の週末にはそっちに行きます」

「ああ、アントニー」

「どうってこと、ありませんよ。タピーにくれぐれもよろしく言ってください」

第2章　マーシャ

ロナルド・ウェアリングは「もう帰らなきゃいかんだろう」と娘にもう一度声をかけた。これで五回目くらいだった。

日に当たりすぎてちょっとぼんやりしているところに、泳いだ疲れもあって眠気がさしていたフローラは、「そうね」とこれまたおそらく五回目の生返事をした。しかし父親も、娘も、すぐ動きだそうとはしなかった。

フローラは花崗岩の斜面に腰を下ろし、夕方の一泳ぎを楽しんで上がったばかりの、宝石のように青い淵の深みを見つめていた。夕空からするりと身をひこうとしている感じの太陽が、最後のぬくもりを彼女の顔に注いでいた。頬にはまだ海の塩気が残っており、ぬれた髪が首筋に貼りつくようだった。両腕で自分の脚を抱いて、フローラは膝の上に顎をのせ、夕日を照り返してまぶしいばかりに輝いている海面を目を細めて眺めた。

水曜日。最後の完璧な夏の日だった。それとも九月はもともと秋に属する月なのだろうか。どっちとも、フローラには思い出せなかった。しかしとっくに終わっているはずの夏が、コーンワルでは名残の風情をしばし留めていることがある。断崖が防壁の役をしているので、岩に囲まれたこの淵のほとりでは風がなく、岩は一日たっぷり日光を吸収するので指先で触るとまだほの温かかった。

潮が満ちかけていた。笠貝にみっしり覆われた二つの岩のあいだに、ほんの滴りのような水がしみこんで淵に注ぎはじめていた。か細い流れはしかし、いくらもたたないうちにドッと水かさを増すだろう。鏡のようだった淵の水面が沖合いから押しよせてくる横長の大波（それは大西洋の波だ）の襲来によって波立つうちに、この岩も水底に没し、淵そのものが水の下に沈んで、次の干潮時に解き放たれるまでまったく姿を消すだろう。

　これまでにもいくたび、こうして父親といっしょにすわって、心和むひとときを過ごしてきたことか――とフローラは思い返していた。しかしこの夕方はとくになかなか腰を上げる気がしなかった。これが最後だと思うからだった。やがて二人はいつものようにときどき足を止めて残り惜しげに振り返りながら、前後して崖の小道をつたい上るだろう。彼らの家であるアザラシ荘に続く野を横切る小道を。アザラシ荘ではマーシャがオーブンに夕食を用意し、テーブルの上の花瓶に草花を挿して彼らの帰りを待っているだろう。夕食がすんだら髪を洗って、荷造りをすませなければ――そうフローラは自分に言い聞かせた。明日はロンドンにもどるのだからと。

　出発は早くから計画ずみで、そうしなければならないのだということもわかっていた。けれどもこの瞬間フローラは、差し迫っている別れについて考える気になれずにいた。父親との別れが辛いのはいつものことだった。彼女は少し下方にすわっている父親のほうに視線を走らせた。引きしまった体躯、夏の陽にゆっくり時間をかけてみっちり焼いた肌、むきだしの長い脚。みっともないほど、よれよれのショートパンツの上につぎだらけの古びたシャツの袖を前膊の上までまくり上げて着ている。多少薄くなりだしている毛髪は泳いだためにクシャクシャに乱れ、海面をかすめるように飛んでいる海鵜を眺めようと頭をめぐらしているために顎の線がくっきりと際立っていた。

「いよいよ明日は出発ね。あんまりうれしくないけど」とフローラはつぶやいた。

　父親は振り返って娘に笑顔を向けた。「いやなら、やめたらいいじゃないか」

「そうはいかないわ。父さんだってわかってるはずでしょ？　社会に出て、もういっぺん、一人の生活を始めなきゃいけないのよ。今回はうちに長くいすぎたみたい」

「ずっといてくれると、こっちはうれしいんだがね」

　のどに急にこみあげたものを強いて無視して、フローラは言った。「そんなこと、言うべきじゃないわ、父さん。センチメンタルに響く心配のない、威勢のいい言葉で娘を送り出さなきゃ。雛を巣から押し出す親鳥みたいに」

「マーシャに気を遣って出て行くわけじゃないというのは、本当なんだろうね？」

フローラには嘘は言えなかった。「もちろん、そういう気持ちもないわけじゃないわ。でもそのせいというのは当たらなくてよ。第一、あたし、マーシャがたまらなく好きなんですもの。それは父さんにだって、わかっているでしょ？」

父親が微笑を返さなかったので、彼女はすべてを冗談にしてしまおうとした。「いいわ、マーシャが典型的な意地のわるい継母だったとしましょうか。そういう理由だったらどう？　ネズミといっしょに穴蔵に閉じこめられてはたいへんだから逃げ出すっていうのは、申し分のない理由になるかしら？」

「いつだって帰ってきていいんだよ。仕事が見つからなかったら、それとも何によらず、思うように運ばなかったら、すぐ帰るって約束してもらいたいね」

「仕事なんて難なく見つかるわ。何もかもとんとん拍子に運ぶでしょうよ」

「とにかく約束だけはしてほしいね」

「ええ、約束するわ。でもかつかつ一週間で、あたしが舞いもどってきたりしたら、父さんだって、そんな約束をしたことを後悔するでしょうよ。それにしてもあたしたち、もう引き揚げないと」こう言って、フローラはタオルや、さんざん履き古した、縄底のエスパドリーユを拾い上げた。「さ、帰りましょ」


マーシャは最初、フローラの父親との結婚を拒んだ。「わたしとなんか。あなたは名の通ったグラマー・スクールの古典語のシニア・マスターとして押しも押されぬ地位についているのよ。結婚するんだったら、フェルトの大きな帽子の似合いそうな、男子生徒に絶大な人気のある、物静かな、お上品な女性とすべきだわ」

「地味な、お上品な女性は願い下げなんだよ」とロナルドはちょっと苛立って答えた。「そういう好みだったら、とうの昔にうちの学校の寄宿舎の寮母と結婚していたろう」

「わたし、ミセス・ロナルド・ウェアリングである自分を思い描くことができないのよ。ぜんぜんぴったりしないんですもの。『走り高跳びの優勝者にミセス・ウェアリングから優勝カップが授与されます』っていうふれこみで立ち上がったわたしが、とたんにけつまずいて転んだり、何を言うつもりだったかも忘れて、おまけにせっかくのカップを落としたり、見当違いの生徒に渡したりしたら、どうするの？」

しかしロナルド・ウェアリングは自分がしようとしていることを、いつもはっきり知っている人間だった。彼はマーシャへの求愛を根気よく続け、ついに彼女を説得することに成功した。二人はその夏の初めに、いかにも古びた、ちょっと黴くさいにおいのまつわっている、石造りの小さな教会で結婚式をあげた。マーシャはエメラルド・グリーンのチャーミングなドレスを着て、スカーレット・オハラのような、縁の垂れた、大きな麦藁帽子をかぶっていた。ロナルドもこの日ばかりは一応コーディネイトした服装で、ソックスもズボンとマッチしたもの、ネクタイもきちんと結ばれていて、とんでもないときにゆるんでシャツのいちばん上のボタンがのぞくということもなかった。すばらしいカップルだと、フローラは思った。フローラは、うれしそうな微笑を浮かべて教会の戸口に出てきた二人のスナップ写真を何枚も撮った。海からの微風が花嫁の帽子の縁をはたはたさせ、花婿の薄くなりかけている髪がインコの冠毛のように突っ立っていた。

マーシャはロンドンで生まれ育った、生粋のロンドンっ子で、四十二歳まで何ということもなく結婚せずにきてしまったらしい。たぶん、忙しくて、その暇がなかったからだろう——とフローラは察していた。演劇学校に学び、レパートリー劇団の衣装係となり、といった、およそパッとしない振り出しにもめげずに、彼女はつねに明朗快活に生きてきた。風変わりな職場をつぎつぎに渡り歩く感じで、最後に到達したのがアラビア産の織物や絨緞の類を売っているブライトンの店のマネージャーだった。

フローラは初めて会ったときからマーシャに魅せられ、父親と彼女の結びつきを熱烈に奨励したが、主婦としてマーシャが有能かどうかについては少々不安をいだいていた。父親が一生のあいだ、店売りのパイとか、冷凍ピザとか、缶詰のスープばかり当てがわれるのは、娘としてうれしくない。

しかしこの点でもマーシャは彼らをびっくりさせた。彼女は腕利きのコックであり、おまけに主婦の鑑といっていいほどのきれい好きだった。園芸家としてもさっそく多彩な才能を示し、アザラシ荘の菜園では、いろいろな野菜があたかも兵隊が整列しているようにキチンと並ぶようになった。おおげさにいうならば、マーシャの一瞥でたちまちにして花が咲きにおいといった具合で、キッチンの流しの上部の出窓にはゼラニウムとホウセンカの鉢が二列に並んでいた。

その夕方、断崖を上り、涼しい風に吹かれながら、影の長い野を横切って帰ってきた二人を、マーシャはキッチンの窓から認めて家の外に出て迎えた。グリーンのズボンの上に凝った刺繍をほどこしたコットンのスモックを着ており、夕日の名残の光線がその髪を炎のように輝かせていた。

ロナルド・ウェアリングはそんな妻の姿に気づいてうれしそうに顔を上げ、足取りをはやめた。少し遅れてそのあとに従いながらフローラは、絆をともにしている中年の男女のあいだには特別なものが通い合っていると思った。静かな愛情ばかりではない。そこには情熱もある。二人が野の真ん中で何の抑制も、気兼ねもなく抱き合うのを見てフローラは、ほんのいっときでなく何か月も別れ別れに暮らしてきたカップルのようだと思った。たぶん、そんなふうに感じているんだわ、父さんも、マーシャも。お互いを見出す前に、ずいぶん長いこと待ったんですものね、二人とも。

翌朝、フローラを駅まで車で送ってくれたのはマーシャだった。車の運転ができるようになって、その能力をこうして役立てることができるのは、彼女にとってとても晴れがましいことらしかった。

その年まで運転をしたことがないなんてと呆れられると、マーシャはいろいろな理由を並べた——機械音痴だからだとか、車なんか、持ったためしがないし、運転手役を喜んで引き受けてくれる人がいつもまわりにいたからだとか。しかしロナルドと結婚して、コーンワル地方のはずれのコテージで暮らすようになったとき、彼女は、運転ができなくてはどうにもならないということに気づいたのだった。

免許を取る気なら一刻の猶予もならない——そう思いさだめて彼女はレッスンを受けた。試験は合計三回受けた。一回目に落ちたのは、車の前輪でほんのちょっぴりだが、たまたま通りあわせた巡査の靴の先を轢いてしまったからだった。二回目には駐車しづらい場所にバックで入れようとして乳母車をひっくりかえした（幸い、空っぽだった）。もう一度挑戦する勇気がマーシャにあろうとは、フローラの父親もフローラも予想しなかった。しかし彼らはマーシャを過小評価していたのであった。彼女は三度目の挑戦をし、ついにパスした。というわけでロナルドが会議に出席しなければならないからフローラを駅に送って行けないと嘆いたとき、マーシャはさりげなく、しかし誇らかに、「だいじょうぶ、わたしが送って行くから」と言いきることができたのだった。

ある意味では、フローラはほっとしていた。別れは苦手で、列車の汽笛の音を聞くだけで涙がこみあげた。父親に見送られたりしたら、すがりついて泣きくずれてしまいかねなかった。そんなていたらくでは、誰にとっても間のわるい別れになってしまうだろう。

その日も暖かく、雲一つなく晴れわたっていた。空はあくまでも青く、ワラビの金色が日光に照り映えていた。空気にキラッと光るような感じがあって、ごく平凡な風物までが水晶のようにくっきりと際立って見えた。マーシャの思考のプロセスはうれしいくらい単純で、いつも容易に見当がつく。彼女はその日のうつくしさに有頂天になって運転しながら、「うるわしき朝、うれしき日」とゆたかなコントラルトで歌いだしたが、すぐやめて身をかがめてハンドバックを探った。一服しようと思ったのだろう。車は不可避的に白いセンターラインを越えて大きく揺れながらふらふらと対向車線に入りかけた。フローラはとっさに「タバコならあたしが」と言って、ハンドバックからタバコを取り出した。そのあいだにマーシャは車を無事に本来のレーンにもどした。フローラはマーシャの口にタバコをくわえさせ、彼女がハンドルから手を放す必要がないようにライターをさしつけた。

タバコをくゆらしながらマーシャはまた歌いだした。

「満ち足りた思い、すべて最高……」途中でまた歌をやめて、マーシャはふと眉を寄せた。「ねえ、ほんとのことを言ってくれない？　わたしに気兼ねして、いやいやロンドンに帰って行くわけじゃないのね？」

ここ一週間というもの、規則的な間隔を置いて毎晩のように繰り返されてきた質問だった。フローラは一つ深く息を吸いこんでから言った。「そんなこと、あるもんですか。何度も言ったでしょ？　一年前に中断した生活を、新規まき直しで始めようという気になっただけよ」

「あなた自身の家からあなたを追い出しているようで、何だかわたし、気がとがめて」

「とんでもない。それにね、あたしの立場に立ってみてちょうだい。今では父さんの面倒をちゃんと見てくれる、ありがたい人がいるんですもの。あたしとしても、良心の痛痒をまったく感ぜずに家を出て行けるわけじゃないの」

「あなたがどんな生活をしようとしているのか、それがわかれば、せめても気が休まるんだけど。あなたが寝室兼居間のちっちゃな貸間で、缶詰のベークドビーンズを冷たいまんま食べている図を想像するとたまらなくなっちゃって」

「そのことも何度も言ったはずよ」とフローラは軽い口調で言った。「そのうち、ちゃんとした住まいを見つけるわ。それまではジェイン・ポーターに同居させてもらうつもりだけど、話はついてるんだし、心配はまったく要らないわ。同居している友だちが休暇を取って、ボーイフレンドと旅行しているんですって。だからそのあいだ、彼女のベッドに寝られるわけなの。休暇が終わって彼女が帰ってくるころには、あたしなりにフラットと割りのいい仕事口を見つけて、ちんまり落ち着いてるでしょうしね」マーシャがまだ浮かない顔をしているのを見て取って、フローラはことさらに勢いよく言った。「あたし、もう二十二よ——たったの十二歳じゃなく。それにあたしはものすごく有能な速記タイピストなのよ。心配する必要、ぜんぜんないんですからね」

「万一、思いどおりに行かなかったら、電話をするって約束してちょうだい、きっとよ。すぐ飛んでって、いっぱし母親らしく面倒を見てあげますからね」

「あたし、これまで母親らしく面倒を見てもらったことなんか、一度もないのよ。一人でちゃんとやって行けるわ」こう言って、フローラはすぐつけ加えた。「ごめんなさい。ぶっきらぼうな言い方に聞こえた？」

「ぜんぜん。まったくそのとおりなんでしょうからね。でもねえ、考えれば考えるほど、不思議でならないの」

「どういうこと？」

「あなたのお母さんよ。あなたとあなたのお父さんを捨てるなんて。そのとき、あなたは生まれたばかりだったんでしょ？　つまりね、夫を捨てる女性は想像できるわ。もっともロナルドみたいな夫を捨てる人の気が知れないけどね。でも自分のおなかを痛めた赤ちゃんを見捨てるなんて、人間のすることじゃないって気がするの。子どもをみごもり、幼い生命が自分の中で育って行くのを感じながら一時期を過ごしたあげくに見捨てるなんて。母親だったら、何があっても育てたいって気持ちになるものじゃないかしら」

「あたし、母があたしを手元に置こうって気にならなくてよかったって思っているくらいよ。何にもせよ、今の状態が変わるなんてまっぴら。父さんがどうやって最悪の時期を切りぬけたのか、あたしにわかるわけもないけれど、でもあたし、このうえなくすばらしい子ども時代を過ごしたのよ」

「わたしたちが二人とも、ロナルド・ウェアリング・ファン・クラブの設立委員みたいなものだってことは、お互いによくわかっているわけよね。でもそもそもあなたのお母さん、何だってあなたのお父さんと別れたのかしら？　ほかの男の人が好きになったとか？　これまでは、訊くのをちょっと遠慮していたんだけど」

「愛人がいたわけではないと思うわ。ただ性格的に合わなかっただけみたい。少なくとも父さんはいつもそう言っているわ。母には父さんが野心なんてものをおよそ持ち合わせていない、ただの学校教師だってことが、我慢ならなかったみたい。父さんは、母の大好きなカクテル・パーティーとか、社交に明け暮れる生活にまるで関心がなかったんでしょうし、母は母で、父さんが万事に曖昧で、仕事に没頭するとほかのことが念頭になくなってしまうことや、古物の衣類を手当たりしだいに着ているって感じの、無造作な格好をしているのがたまらなかったんでしょうね。母に、彼女が憧れていたような、気の利いたスタイルの服装をさせるだけのお金を儲けるなんて、父さんには思いもよらないことだったでしょうし。あたし、引き出しの奥で母の写真を一枚見つけたことがあるの。とってもシックでエレガントで、身なりにものすごくお金がかかっているようだったわ。父さんの生き方とは、それこそ天地の隔たりがあって」

「現実的で、情に流されない人だったんでしょうね、あなたのお母さん。だったら、そもそもどうして結婚したのかしら」

「スイスにスキーに行って出会ったらしいわ。父さん、スキーは超一流なのよ――あなたは知らなかったかもしれないけど。つまり二人とも、太陽と雪に目がくらみ、くらくらするようなアルプスの山の空気に酔いしれていたんじゃないかしら。それとも山腹を滑りおりる父さんの雄姿に、母がまいっちゃったのか。あたしにわかっているのは、二人が恋に落ちて結婚したってこと、その結果、あたしが生まれ、そのころには恋も終わっていたってことだけ」

　車は今や街道を駅へと近づきつつあった。「ロナルドがわたしをスキーに誘わないでくれるといいけど」とマーシャはつぶやいた。

「どうして？」

「わたし、スキーはまるでだめなの」

「そんなこと、関係ないわ。父さん、そのままのあなたが好きなんですもの。そんなこと、とっくにわかってるはずじゃなくて？」

「ええ、わたしみたいに運のいい女はいないって気がするわ。でもあなたも運がいいのよ。あなたの星座、双子座なんですものね。けさ、あなたの星占いを見たら、すべての星が正しい方向に動いてるのよ。あなたとしては、手を出してその機会をつかむだけでいいわけよ」マーシャは星占いの信奉者だった。

「一週間のうちにあなたはきっとすばらしい仕事を見つけるわ。すてきなフラットもね。もしかしたらスポーツ車を乗り回している、色の浅黒いダンディーと出会うかも。つまり、三重の幸運が待っているってわけよ」

「一週間のうちに？　だとすると時間があまりないわね」

「とにかくここ一週間のうちにいろいろなことが起こるでしょうよ。だって来週の金曜日にはあたらしい天宮図になるんですもの」

「まあ、せいぜい頑張ってみるわ」

別れの瞬間はあっけなかった。急行列車の停車時間はひどく短くて、フローラと彼女のかさばった手荷物が車内に落ち着くか落ち着かないうちに駅長がプラットホームにやってきて、ドアをつぎつぎに閉め、警笛を口に当てた。

フローラは開いている窓から身を乗り出して、マーシャの仰向けた顔にキスをした。マーシャは目に涙を浮かべ、マスカラが流れだしていた。

「電話で様子を知らせてね」

「ええ、約束するわ」

「手紙も書くのよ」

それ以上、言いかわす間はなかった。列車はゆっくり動きはじめて、しだいに速力を増し、プラットホームがカーブしたと思ううちに後方に消えた。フローラは手を振った。駅とブルーのズボンをはいたマーシャの姿が小さくなり、見えなくなった。吹きつける風にフローラの髪が乱れて顔の前に垂れかかった。フローラは窓を閉めて、ガランとした客車の隅の席に腰を落とした。

窓の外に目をやりつつ、彼女はひっそりとすわっていた。なつかしい景色が後へ後へと飛んで行くのを眺めながらこうしてすわっているのは、帰りの決まりのようなものだった。列車がフールボンにさしかかったときに窓から身を乗り出して、なつかしい目印に次々に胸をおどらせるのが往きの決まりであるように。

ちょうど引き潮どきで、入江の砂は真珠色をおびた褐色で、ところどころで淵が空の色を映して青い絵の具をうっすらと刷いたように見えた。白壁の家々が木立のあいだに見え隠れしている対岸の村。そして砂丘。一瞬、砂州に寄せる白波の向こうに大洋の広がりが見えた。

線路は内陸へとカーブし、浜辺に列なるバンガローの陰に海がしりぞき、やがて緑の草に覆われた岬が視界に入ってきた。列車は陸橋の上を音を立てて走り、次の町を過ぎると小さな緑の谷や、白いコテージや、洗濯物が朝風にハタハタとひるがえっている庭やらが見えてきた。列車は踏切のところを轟音を上げて通過した。遮断機の後ろに赤いトラクターと麦藁の梱をいっぱいに積んだトレーラー、それに男が一人、待っていた。

フローラは父親とともに、五歳のときからコーンワルで暮らしてきた。それ以前には父親はサセックスの月謝の高い私立の予備校でラテン語とフランス語を教えていた。しかし平穏ではあったが、その仕事は彼の生まれ持っているチャレンジ精神に訴えなかったのだろう、父親は従順な生徒たちについて、ミンクのコートを着た上品な母親たちを相手に、もっともらしい会話を取りかわすのに苦痛を覚えるようになった。

彼はもともと海のそばで暮らせたらと思っていた。少年のころ、イースターや夏休みをコーンワルで過ごしたのが忘れられぬ思い出となっていたのであった。というわけで、フールボン・グラマー・スクールのラテン語とフランス語の教師の地位にあきがあると聞いたとき、彼はすぐ応募し、彼に嘱望していた予備学校の校長を少なからず慌てさせた。校長は、この将来のある青年教師が農民や商店主や鉱山技師の息子たちの頭に古典語をたたきこむだけの仕事にたずさわるのは宝の持ちぐされだと感じていた。

しかしロナルド・ウェアリングの意志は固かった。フールボンでは初めは下宿屋暮らしだった。フローラのコーンワルの最初の記憶は、欠けた歯のように地平線に際立っている鉱山の古い作業所を擁する低い丘から成る田園地帯を控えた、小さな工場町のそれだった。しかしあたらしい土地と職場に少し落ち着くと、ロナルドは古ぼけた車を買い、週末になると親子あいたずさえて、二人の生活の本拠となるべき住まいを物色に出かけた。

あるとき、彼らはペンザンスの周旋屋の指示にしたがって、セント・アイヴズからランズエンドの方角に道を取り、一、二度、曲がり角を間違えただけでワラビの生えている、傾斜の急な小道を海のほうへとガタガタと下った。最後の角を曲がり、小川を渡ると、そこに目指すアザラシ荘が建っていたのであった。

ひどく寒い日だった。アザラシ荘は廃屋に近く、水道も、水洗トイレもなかった。水ぶくれしたようなドアをさんざん苦労して開けて家の中に入ると、ネズミが住みついていそうなたたずまいだった。しかしフローラはネズミを怖いなどとは思わなかったし、ロナルドは家にも、そこからの眺望にも一目惚れした。彼はその日のうちにアザラシ荘を買い取り、以来、そこは彼らの住まいとなった。

最初のうち、彼らの生活はおそろしく原始的だった。家の中を暖かく、清潔に保ち、食事をこしらえるのは一通りの苦労ではなかった。しかしロナルド・ウェアリングは古典語の教師であるばかりでなく、つきあいのよい、魅力に富む人柄で、誰一人、知り合いのいないパブに入って行っても、帰るころには少なくとも半ダースの友だちができていた。

そんなふうにして彼は石工と知り合いになり、庭の塀の修理や、傾いていた煙突の改造を引き受けてもらった。大工のピンチャーともパブで知り合ったので、同じようにして懇意になったトム・ロバーツの甥っ子が鉛管工で、週末なら行ってやってもいいと言ってくれた。アーサー・パイパーと親しくなったのもこのパブで、いくらもたたないうちに彼の奥さんのミセス・パイパーが毎日、自転車にまたがって村から通ってきて、ロナルドのために皿を洗い、ベッドをつくり、そのうえ、母親らしくフローラの面倒まで見てくれるようになった。

十歳になったとき、フローラは（彼女自身は不本意だったが）ケントの寄宿学校に送られ、十六歳までこの学校に在学した。学校を出ると、速記タイピストの訓練を受け、その後、料理学校に行って、第一級のコックになる修業をした。

コックとして彼女は冬はスイス、夏はギリシアで働き口を得た。その後ロンドンにもどって一転して秘書として働き、知り合いの女の子と一つフラットで暮らし、朝夕、バスを待つ行列に加わり、買い物は昼休みにすませるという毎日を送った。会計係の職につくための勉強をしている貧しい青年や、自分のブティックを持ちたいとあくせくしている、もう少し金回りのいい青年とデートすることもあった。そうした忙しい毎日の合間の休日にはコーンワルに帰って春の大掃除を手伝ったり、クリスマスのために七面鳥を焼いたりした。

しかし去年の暮れにインフルエンザにかかり、同時に不幸な結末を迎えた恋の傷心の影響もあって、彼女は急にロンドンに幻滅し、ちょうどクリスマスでもあり、コーンワルに帰って勧められるままに家に留まり、身も心もくつろぐ一年を過ごした。きびしい冬のあとで、ことさらうつくしく思われる早春を過ごし、春が夏に変わるさまを眺めながら彼女は、そうした自然の移ろいを、あらたなその目覚めを近々と眺めて過ごせるのが、また、いついつまでに都会に、せせこましいフラットに、しこしこ働かなければならない毎日にもどらなければならないわけでもないのだということがただうれしく、満ち足りた日々を送った。

暇つぶしに、それに小遣いかせぎに、折々は仕事につきもした。しかしどれも要求がましくない、一時的な、楽しい仕事ばかりだった。市場に花を出荷している園芸家のためにラッパズイセンを摘んだり、コーヒーバーのウエイトレスをつとめたり、お金を湯水のようにつかいたくてブティックをひやかして歩く行楽客の女性にカフタンを売ったり。

マーシャに会ったのはカフタン・ショップでだった。彼女はマーシャをアザラシ荘に誘い、父親と彼女がたちまち意気投合するのを信じられないという、しかしとてもうれしい気持ちで見守った。父親とマーシャのつきあいが一時的な関心に終わりそうにないということも、すぐ明らかになった。

愛はマーシャをバラのかたい蕾がほどけるように開花させ、フローラの父親は急に身なりに気をつけるようになり、誰に言われるでもなく、あたらしいズボンを買って帰ったりした。二人の友情が徐々に深まり、強まるにつれて、フローラは気取られぬように背後にしりぞき、父親とマーシャがなるべく二人だけでパブに行くように仕向け、夜は夜で口実をつくっては外出して、二人がアザラシ荘を占領できるように心を配った。

二人がついに結婚するとほとんどすぐからフローラは、ロンドンにもどって働こうと思うと言い出したのだが、マーシャが、せめて夏のあいだだけでもこのまま留まってほしいと彼女を説得した。フローラはその説得を聞き入れはしたが、時はすみやかに飛び去り、やがて海辺の村にも秋の気配が忍びよりはじめた。それにそこの生活はもはやフローラの生活ではなくなっていた。アザラシ荘がもはや彼女の家でないのと同様に。九月になったらロンドンにもどろうとフローラは決心し、マーシャにも、「九月になったら、あなたたちを水入らずにしてあげるわ」と言った。

さて、コーンワルでの生活は終わり、すでに過去の一ページとなっている。では未来はどうなのか？

「あなたは運がいいのよ。あなたの星座、双子座なんですもの」とマーシャは言った。「すべての星が正しい方向に動いているしね」

でも本当にそうだろうかと、フローラ自身は自分の幸運に少々疑念をいだいていた。彼女はコートのポケットからその朝届いた手紙を取り出した。開封して一読すると、彼女はマーシャに問いただされる前にと急いでそれをしまったのだった。友だちのジェイン・ポーターからの手紙だった。

マンスフィールド・ミューズ八番地
S・W・10

フローラに。

困ったことになっちゃったの。あなたの出発前にこの手紙が着くことを願いながら書いています。じつはね、あたしといっしょにこのフラットを借りているベッツィーがボーイフレンドと大げんかをしたとかで、スペインにたった二日滞在しただけで帰ってきてしまったのよ。今もここにいて、メソメソ泣きながら電話が鳴らないかとむなしく待っている有様です。ですから、あたしがあなたに約束したベッドは、残念ながらふさがってしまいました。もちろん、あたしの部屋の床でスリーピングバッグで寝るという手もあるけれど、今のところ、このフラットの雰囲気はとてもお客をくつろがせるような楽しいものではなく、ベッツィーが目下、どうしようもなく落ちこんでいるので、たとえ不倶戴天の敵でもここに招くのは気がさすくらいです。あなたがちゃんとしたアパートに住めるようになるまで一時的に滞在できるところが何とか見つかるといいけれど。当てにしていたんでしょうに、本当にごめんなさい。わかってもらえるとうれしいのですが。でもロンドンに出てきたら、かならず電話をちょうだいね。落ち合って、またゴシップに花を咲かせようじゃないの。早く会いたいわ。本当にごめんなさい。でもあたしのせいってわけでもないのよ。

心からの愛をこめて
ジェイン

フローラはため息をついて手紙をたたみ、ポケットに押しこんだ。マーシャには何も言わなかった。マーシャは妻であり、母であるという、あたらしい役割を意識してか、フローラのことをやたらと心配するという、フローラにとって多少迷惑な傾向を示しはじめており、フローラがすぐには住む場所のあてもなしにロンドンにもどって行こうとしていることを知ったら、ロンドン行きそのものに異を唱えるかもしれなかった。フローラとしてはいったん心を決めたからには、これ以上、一日だって出発を先送りする気はしなかったのだが。

それにしても、ロンドンに着いたらどうしたものだろう？　もちろん、友だちはたくさんいる。しかしあれから一年たっているのだ。それぞれがどこで暮らしているのか、何をしているのか、誰かと同居しているのかどうかということさえ、はっきりしていなかった。以前いっしょに暮らしていた友だちは結婚してノーサンバランドに住んでいる。突然電話して、泊めてくれと頼めるような友だちもほかに思いつかなかった。

悪循環もいいところ――とフローラは思った。仕事を確保するまではフラットを借りるつもりはなかった。しかしせめても身のまわりのものを置けるような、何らかの基点もなしに周旋屋をあちこち回るのはぞっとしない。

さんざん考えたすえに、フローラは父親とたまさか外国に行ったときに泊まったことのある、昔風の、小さなシェルボン・ホテルにいったん落ち着くことにしようと心に決めた。スマートではないが、父親が滞在したくらいだから、ホテル代が法外ということはないだろう。今夜はとにかくそこにチェックインし、明日から仕事探しに取りかかろう。

いうならば一種の妥協だった。しかしマーシャが帽子の縁を切り取って、べつな帽子に取りつけながら言うように、人生は妥協から成り立っているのだ。

シェルボン・ホテルは、進歩の大河の流れとは何の関係もないかのように淀みに打ち上げられている小舟――といった感じの過去の遺物だった。ナイツブリッジの裏手の、そのせまい通りはかつては結構エレガントだったのかもしれないが、今はすっかりうらぶれており、ホテル自体も、近くに林立する、あたらしい、しゃれたホテルやオフィスやフラットやらのために、ますますみすぼらしく、ちっぽけに見えた。しかし引退することを頑として拒んでいる古手の女優のように、それは苦虫を嚙みつぶしたような顔で、ともかくも存続していた。

外はいかにも今風のロンドンだった。お定まりの交通渋滞で車の警笛がたえまなく、頭上には飛行機の爆音、通りの角では新聞売りが声を張り上げ、アイシャドーを濃く塗って、やたら踵の高い靴をはいた女の子がトコトコ歩いていた。

ゆっくり回る回転ドアからシェルボン・ホテルの中に入ると、まるで昨日の世界に足を踏み入れた感じで、何一つ変わっていなかった。鉢植えのシュロの木も、ホールポーターの顔も、消毒薬と床磨きのワックスと温室育ちの花の香りのまざった、ちょっと病院のそれに似ていなくもない一種独特なにおいも、かつてのままだった。

レセプション・デスクの後ろには、以前と同じ女性が以前と変わらぬ、しおれた黒いドレスを着てすわっていた。彼女は顔を上げて、「いらっしゃいまし」と言った。

「一晩だけでいいんですけど、シングル・ルームのあきがないでしょうか？」

「調べてみましょう」

時計がチクタクと時をきざんでいた。フローラは待つほどに気がめいり、「あいにくお部屋は全部ふさがっております」と言われることを、むしろ望みたくなっていた。

「そうですね、お部屋はございます。でも裏手ですし、それに……」

「結構です。お願いしますわ」

「こちらにサインをしていただけますか？　ポーターにお荷物を運ばせますが」

しかし、息のつまるような、長い廊下を歩いたあげくに不景気な客室に案内されるのだろうと思ったとき、そんなのはごめんこうむりたいという心境になっていた。

「今は結構です。食事に出ますから」と彼女はとっさに言った。「九時半ごろにもどります。荷物はあたしがもどるまで、ホールのどこかに置いてくださいますか。自分で持って上がりますから」

「よろしいように。でもお部屋をごらんにならなくてもいいんでしょうか？」

「いえ、いいんですの……」まるで窒息しそうだった。何もかもみじめったらしく古ぼけて見えた。フローラはバッグを取り上げると、まだ何か言い訳を口ごもりつつ後じさりしたはずみにシュロの鉢植えにぶつかってあぶなくひっくり返しそうになり、ほうほうの体で、外の新鮮な空気の中に飛び出した。

フローラは夢中で一、二度、息を吸い込んだ。肌寒いが、よく晴れた、うつくしい夕方だった。家々の屋根の上に澄んだ青空がアーチのようにひろがり、薄紅色に縁を染めた夕焼け雲が一つ二つ、風のままに風船のようにふわふわと漂っていた。ポケットに手を突っこんでフローラは歩きだした。

一時間ばかり後には彼女はチェルシー地区の真っただなかにきており、キングズ・ロードのほうへと南に道を取っていた。ところどころに小さな店の目立つ魅力的な家並み。その狭い通りには見覚えがあった。しかし以前、靴屋があったところがイタリア料理の店に様変わりしていた。

セッピ料理店という名の、そのレストランの前の舗道には月桂樹を植えた桶が並び、赤と白の縞の日よけが楽しげに張り出され、白く塗った壁が輝くばかりだった。

フローラがそのレストランに近づいたとき、ドアが開いて小さなテーブルをかかえた青年が出てきた。テーブルを舗道に据え、赤と白の格子縞のテーブルクロスを掛けるといったんひっこんで、今度は二脚の錬鉄製の小ぶりの椅子と藁のジャケットをかぶせたキャンティの瓶を持ってふたたび出てきて、椅子をテーブルのまわりに配置し、瓶をテーブルの上にのせた。

そよ風にテーブルクロスがひるがえり、青年はフローラを見上げてイタリア人らしく快活に微笑した。

「チャオ、シニョリーナ！」

イタリア人ってすばらしいわ。その微笑と愛想のいい挨拶に心温まるものを覚えてフローラは、イタリア料理の店がきまって繁盛しているのは当然だと思った。

「こんにちは。すてきな夕方ね」と彼女も微笑で答えた。

「こんな夕方には、誰でもいい気分になりますよね。まるでローマに帰ったようで。それにシニョリーナは海辺で一夏を過ごして帰ったローマの娘さんの感じです。きれいに焼けましたね」と彼は両手をひろげて指先をひらひらさせ、ちょっと口をとがらせてキスの音を響かせた。「すてきです」

「ありがとう」警戒心を解いてフローラは気軽な立ち話の姿勢を取った。レストランの窓からガーリックと大きなトマトとオリーヴ油を連想させる、口の中に唾がたまりそうな、おいしそうな匂いが漂ってきて、空腹がにわかに意識された。ランチは抜きだったし、シェルボン・ホテルを出てから足に任せてずいぶん歩き回ってきてもいた。足が棒のようになり、のどもカラカラだった。

時計を見ると、七時を回っていた。「お店、もうオープンなのかしら？」

「シニョリーナがお望みなら、セッピはいつでもオープンです」

「オムレツか何か、軽いものをいただけて？」

「何なりと……」と言ってウェイターは一歩脇に寄って、片方の腕を「さあ、どうぞ！」というようにひろげた。そんなふうに歓迎されてフローラが店内に入ると、小さなバーの向こうの空間は間口こそせまいが奥行きはかなり深かった。凹凸のあるオレンジ色の布を張った腰掛けが壁ぞいに並び、白木の松材のテーブルには摘んだばかりのような花が花瓶にあしらわれ、赤い格子縞のナプキンが置いてあった。壁には鏡が張ってあり、床のあちこちに藁を編んだマットが目についた。ずっと向こうから話し声、カチャカチャという音、イタリア語の高声が響き、うまそうな匂いが漂ってきて、そっちにキッチンがあることが察せられた。すべてが涼しそうで、さわやかで、消耗するような一日を過ごした後だけに、フローラはわが家に迎えられたような、くつろいだ気分になっていた。ラガーを注文した後、フローラは手を洗いに席を立って、列車の旅でよごれた手と顔を洗い、髪に櫛を入れた。席にもどるとウェイターが待っていて、テーブルを引いて彼女をすわらせ、よく冷えたラガーを背の高いグラスに手際よく注ぎ、おつまみのオリーブとナッツの一皿を置いた。

「本当にオムレツだけでいいんでしょうか、シニョリーナ？」フローラがすわるとウェイターはテーブルをふたたび引き寄せて、こうたずねた。「今夜はとてもおいしい子牛肉が入っていますが。姉のフランシスカがシニョリーナのために、夢の中のご馳走のようにおいしく調理いたしますよ」

「いいえ、オムレツだけで結構よ。でも中にハムを少し入れてくださいな。それと――、そうね、グリーン・サラダを」

「サラダのために、特別なドレッシングをおつくりしましょう」

　レストランの内部はそれまでは、客がいなかったのだが、ちょうどそのとき、道路とのあいだのドアが開き、二、三人のお客が入ってきて、バーの椅子に思い思いにすわった。若いウェイターはフローラに目礼して、あらたな客の注文を聞くために立ち去った。

　フローラは一人になって、冷たいラガーを一口ふくみながらまわりを見回した。自分のようにフラリと入って来た女客でも、いつもあのようにねんごろに迎えられるのだろうか？　ロンドンの店の客あしらいは近ごろ、とみに悪くなったと人は言う。木で鼻をくくったような応対を往々にして受けると。そんなふうにけなす世間のほうが間違っているのだと感じるのは、ほのぼのとうれしかった。

　フローラはグラスを下に置いて顔を上げ、反対側の壁に張ってある長い鏡の中の自分の姿を見つめた。色の少しさめたデニムのジャケットのブルーと彼女の背後の椅子のオレンジ色は、ゴッホの色調だった。彼女自身についていうならば……フローラは鏡の中を見つめた。そこに映っているのは、目鼻立ちのはっきりした痩せた娘で、濃い茶色の目、口はほかの造作に比べて少々大きすぎる感じだった。コーンワルの夏の名残を留めている日焼けした肌は輝くばかりの清潔感にあふれ、髪の毛はつやつやしたマホガニー色で、顎の線にそろえたようにさりげなくカットされていた。男の子なら、少しうっとうしいくらいの長さだが、女の子にはちょっと短すぎるかもしれない。色のさめたジーンズと対のジャケットの下には白いタートルネックのセーター、首に金色のチェーンを結んでいて、折り返した袖口からのぞいている、すんなりした手もやはり日焼けしていた。

あたし、ロンドンを長くあけすぎたみたい――とフローラは思った。こんなカジュアルなイメージじゃあ、仕事にありつけそうもないわね。髪を切りそろえてもらって、少し買い物をして……

通りに面したドアが開いたかと思うと、またガタンと閉まった。若い女性の声が呼びかけた。「こんにちは、ピエトロ！」そして次の瞬間、声の主がバーを通り抜けてレストランに入ってきた。見慣れた環境のうちに身を置く猫のように気軽そうに。フローラのほうには目もくれずに、その娘はフローラの隣のテーブルの前で足を止め、テーブルを少しずらして腰掛にポトンと腰を落とした。目をつぶり、両脚を前に突き出して。

さりげない、ほとんど人もなげなといってもいいくらいの身ごなしで、もしかすると、このレストランのオーナーの親戚なのではとフローラはふと思った。ミラノからきた従姉妹か何かかしら――ロンドンで仕事についていて……

「こんにちは、ピエトロ」というさっきの呼びかけは……そうね、イタリア的な発音じゃないわ。アメリカ式ね、あれはどうしたって。オーナーのニューヨーク在住の親戚かも……

そんな可能性を思いめぐらして興がりながらも、無遠慮に見つめるのはどうかと、フローラは視線を少し移してかたわらの壁の鏡に映っている顔を見やった。そして一瞬、ハッとして目をそらし、それからすぐもう一度、見返った。唐突に振り返ったので、髪の毛が揺れて頬に触れた。冗談じゃないわ、こんなことって！　軽い気持ちが一転して、はげしい恐慌に変わっていた。

それは彼女自身の顔だった。

いや、そうではなかった。鏡には顔が二つ、映っていた。

新来者は、催眠術にかかったようなフローラの視線にいまだに気づかずに、派手な色のシルクのスカーフを取って髪を一振りし、それから鰐皮の黒いバッグの中を探ってタバコを一本取り出すと、テーブルの上の灰皿に添えられているマッチをすって火をつけた。たちまち強烈なフランス・タバコのにおいが立ちこめた。彼女はブーツをはいた片足を突き出してテーブルの脚に引っかけて、自分のほうに引き寄せた。ふと身をかがめて、あいかわらずフローラから顔をそむけたまま、彼女はもう一度「ピエトロ！」と声を上げて呼んだ。

フローラのほうは鏡から目を引き離すことができなかった。新来の娘の髪は彼女のそれより長かったが、そっくり同じマホガニー色につやつやと輝いていた。念入りな、濃い化粧がくっきりした目鼻立ちと、少し大きすぎる口もとの線をいっそう際立たせる役をしていた。目は濃い茶色で、マスカラで染めた睫毛が頬に濃い影を落としていた。彼女は片手を伸ばして灰皿を引き寄せようとした。重たそうな指輪がキラリと光り、赤く染めた爪が際立っていた。細長い手の形まで、フローラのそれにそっくりだった。

ジーンズにタートルネックのセーターという、二人の服装も似たりよったりだった。しかしもう一人の娘のセーターはカシミヤだったし、両肩にふわっと掛けているジャケットを、ちょっと片側に押しやるようにして脱いだのを見ると、黒く光る、すばらしいミンクだった。

バーの客の注文を聞くのにひとしきり忙しくしていた若いウェイターは、彼女の呼びかけを耳にとめて、ほとんど走らんばかりに急いでやってきた。

「シニョリーナ、申し訳ありません。でもご注文はすでに……」と駆けつけながら言いかけて、ウェイターはゆっくり立ち止まった。言葉も、動作も、声も、まるで十分に巻いてなかった古風な蓄音機のように中途でとぎれた。

「まあ、いいわ、でもすでにってどういうこと？」とその娘はフローラのかたわらのテーブルにむかってすわったまま、問いかけた。「あたしがドリンクを頼みたいと思っていることくらい、察しがつくはずだと思うけど」

「ですがぼくは……その……ご注文をさっき……」青ざめた顔で、彼は黒い目で恐る恐るフローラの顔を見やった。ひどく動揺している様子で、魔よけの印に十字を切ったとしても、悪魔の邪悪な目の魔力をかたなしにする呪《まじな》いを唱えたとしても、フローラは驚かなかっただろう。

「ピエトロったら、いったい何なのよ……」と腹立たしそうに言いかけて、新来の娘は顔を上げ、自分にじっと注がれている、鏡の中のフローラの視線に気づき、ふと口をつぐんだ。

沈黙は永久に続きそうだったが、ピエトロがほとんど聞き取れないような低い声でつぶやいた。「ぼくも……その……びっくりしちまって！」

フローラとその娘は鏡から目をそらせて、見つめ合った。あいかわらず、鏡をのぞきこんでいるような感じだった。

もう一人の娘がまず平常心を取りもどしたらしかった。「ほんと、びっくり仰天もいいところ」その声音は、自信に満ちた、さっきまでのそれとはかなり違っていた。

しかしフローラのほうは、何を言うべきか、まったく思いつかずに沈黙していた。

ピエトロがもう一度、言った。「シニョリーナ・シュースター、あちらのお客さまが入ってこられたとき、ぼくはてっきりあなただと思いこんでいたんですよ」フローラを振り返って彼は頭を下げた。「失礼しました。ぼくをとんでもなく馴れ馴れしい男だとお思いになったでしょうね。ぼくはあなたを、この店にたびたびきていただいているシニョリーナ・シュースターと取り違えたんですよ。久しぶりにきてくださったんだろうと……」

「べつに馴れ馴れしいとは思わなかったわ。とても親切な、感じのいいお店だと思ったのよ」

髪を長く伸ばしている娘はまだフローラを見つめていた。黒い目がフローラの顔を、まるで鑑定家が肖像画を評価するようにまじまじと眺めていた。

「あなた、あたしにそっくりね」と彼女はぽっつり言った。侮辱でも受けたように心外そうな口調だった。

フローラはフローラで自己防衛の気持ちに駆られ、「ええ、あなたもあたしにそっくりだわ」と言った。「つまりお互いによく似ているってことかしら」動揺から、まだ立ち直れずにフローラは生唾を呑みこんだ。「声までそっくりみたい」

あいかわらずその場に突っ立って、テニスの試合の観客のように二つの顔を忙しく見比べていたピエトロがこれを聞きつけて、すぐ口をはさんだ。「そうなんですよ。同じ声、同じ目、服までよく似てたんですから。自分の目で見なかったら、とても信じられなかったでしょう。あなたがた、双子といってもいいくらいじゃないですか。そら――」と言いかけて指をピシリと鳴らして、「そら、あれですよ。瓜二つといっていいくらい、よく似ている双子――」

「一卵性双生児のこと？」とフローラは言下に言った。

「そう、それですよ。一卵性双生児！　驚いたなあ、もう！」

「一卵性双生児？」ともう一人が用心ぶかい口調で言った。

二人の愕然とした面持ち、相手から目が離せない様子に、ピエトロもやっと気づいたらしかった。

「つまり、あなたがたが会ったのはこれが初めてってことですか？」

「ええ、初めてよ」

「でもあなたがた、同じお母さんから生まれた姉妹に違いありませんよ」

ピエトロは心臓のあたりに手をやって押し黙った。失神するのではないかとフローラがあやぶんだくらいだったが、案に相違して彼は現実的な提案をした。

「シャンパンを一瓶、開けましょう。うちのおごりで。身近でこんな奇跡みたいなことが起こったのは、ぼくの場合、掛け値なしに生まれて初めてです。ぼくも一杯、飲ませてもらいますよ。ちょっとお待ちください……」こう言って、彼は彼らの前のテーブルの位置が曲がってもいないのに直して、「そのまま、ここにいてくださいよ」と言い残して、糊の利いた白いジャケットの裾をひらめかせて、急いでバーに取って返した。

しかしフローラも、もう一人の娘も、ピエトロの言葉を耳にも入れず、彼が立ち去ったのにもほとんど気づいていなかった。姉妹だなんて。フローラはのどに奇妙なかたまりがこみ上げるのを覚えつつ、

「姉妹？」とつぶやいた。

「双子の姉妹ってことでしょうね」ともう一人の娘が言った。「あなた、名前は?」

「フローラ・ウェアリング」

もう一人の娘はいったん目を閉じた。それからまばたきともいえないほど、とてもゆっくり目を開けて、ことさらに冷静な口調で言った。「あたしの名前もウェアリングよ。ただし、あたしはローズ」

第三章　ローズ

「ローズ・ウェアリング？」

「厳密にいうと、あたしの名前はローズ・シュースター。ウェアリングはあたしの真ん中の名前なの。生みの父親の姓がウェアリングだったから。でも義理の父はハリー・シュースターといって、ずいぶん昔からあたしの父ってことになってたわ。だからあたし、ずっとローズ・シュースターで通ってきたのよ」息を切らしたのだろう、ローズは言葉を切った。フローラとローズはまだお互いの顔を見つめていた。どっちの顔からも依然として驚きの表情が消えていなかったが、本当のことなのだ、夢でも幻でもなく――という思いがしだいに胸にあふれだしていた。

「あなたは、自分の生みの父親がどういう人間か、知っていた？」とフローラはようやくきいた。

「会ったことはないわ。父とあたしの母はあたしが赤ん坊のときに別れたって聞いてるけど。父親は学校の教師だったんじゃないかしら」

フローラは父親に思いを馳せた。心ここにあらずといった、曖昧なところのある父。大股に、ゆったりと歩き、どうかするとたまらなく癪にさわることもあるが、いつも真っ正直で、誠実な父。あの父が、双子の姉妹の存在について一言もこのあたしに話さなかったなんて。

沈黙が長びいていた。ローズもそれっきりもう言うことがなくなったかのように黙りこんでいた。強いて気持ちを引き立てて、フローラは言うべき言葉を探し求めた。

「あなたのお母さんの名前は……」父親の口からほとんど聞いたことのない名が、潜在意識の中からのように浮かび上がった。「もしかして――パメラっていうのかしら？」

「ええ、そうよ」

「あなた、いくつ？」

「二十二」

「誕生日はいつ？」

「六月十七日」

決定的だわ。「あたしも」

「双子座なのよ、あたしの星座」とローズは言った。さりげない、その言葉を聞きながらフローラはマーシャもその朝、星座のことを話題にしたっけと思い出していた。「双子座だなんて、ぴったりすぎるくらい、ぴったりよね」とローズは微笑した。

「どういうことだったんだと思う？」とフローラはつぶやいた。

「簡単よ。二人のあいだで、あたしたちを分けることにしたんでしょ。つまり、一人ずつ引き取ったのよ」

「でもこれまであなた、そんな場合を想像したことあって？」

「ないわ、ぜんぜん。あなたは？」

「あたしもよ。だからショックだったんだわ」

「なぜ、ショックなの？　とてもノーマルな行動じゃありませんか。このうえなしの解決策よ。きっちりしているし、公平だし」

「あたしたちにも、話しておいてくれるべきだったと思うけど」

「聞いていたら、どうだったって言うの？　あたしたちが聞かされていたとしたら、何か違いがあったと思うわけ？」

こうした状況について、ローズはショックを受けたというより、どっちかというと面白がっているようだった。「めちゃくちゃおかしいわ。中でもいちばんおかしいのは、あたしたちにひた隠しにしてきたのに、あたしたち自身がお互いを見つけ出しちゃったってことだわ。こんなふうにあたしたちが出会ったなんて、偶然もいいとこよね。思いもしないときにひょっくり。あなた、このレストランには以前にも寄ったことあるの？」

「いいえ、一度も」

「何の気もなしに、ただフラッと入ってきたってこと？」

「あたし、ついさっき、ロンドンに着いたばかりなのよ。この一年間はずっとコーンワルで暮らしてきて」

「ますます信じられない偶然ね。この広いロンドンで……」とローズは両手をひろげ、言外の意味をこめて言葉を切った。

「人はよくいうわね――ロンドンはたくさんの小さな村から成り立っているって。自分の領域のうちを歩いていれば、必ず誰かしら知った顔に出会うものだって」

「ええ、ほんとよね。ハロッズに入って行くと、あっちでもこっちでも知った顔にぶつかることがあるわ。だからって、あたしたちの出会いが世にも不思議だってことには変わりはないけど」と言って、ローズは額に垂れかかった髪を指先で掻き上げた。フローラは自分もよく同じようなしぐさをすることを思って、あらたなショックを感じていた。

「コーンワルなんかで、あなた、何をしてたの？」とローズがきいた。

「父さんとあたし、コーンワルで暮らしてきたのよ。父さんは今もあっちよ。土地の学校で教えているの」

「ふうん、今も学校の先生をやってるってこと？」

「ええ」フローラはこの偶然の出会いについて、ローズと同じようにさりげない態度を取ろうと心を決めていた。「あなたがたのほうはその後、どんなふうに暮らしてきたわけ？」取り澄ましたカクテル・パーティーで出会った相手と、通りいっぺんの社交会話をかわしているような、現実離れのした気持ちになっていた。

「母はあたしが二歳くらいのときに再婚したのよ。ハリー・シュースターとね。アメリカ人だけど、自分の商社の代表としてたいていはヨーロッパ暮らしよ」

「じゃあ、あなたもヨーロッパで育ったのね？」

「そういってもいいでしょうね。パリでなければ、ローマ、ローマでなければフランクフルトっていうふうで」

「いい人？　シュースター氏のことだけど」

「ええ、とっても」

それにたいへんなお金持ちに違いないわ――とフローラはローズのミンクのジャケットとカシミヤのセーター、鰐皮のバッグを横目で見ながら思った。貧乏な教師をポイと捨てたパメラは、二度目の結婚はずっと分がよかったわけだ。

「妹とか、弟はいるの？」とフローラはきいてみた。

「いいえ、あたしだけよ。あなたは？」

「あたしも一人っ子。たぶん、これからもね。父さん、最近再婚したのよ、マーシャって、すごくすてきな人だけど、もうあまり若くないから」

「あなたのお父さんって、どんな見てくれ？」

「背が高くて、学者っぽいわ。でもとても思いやりがあるのよ。角縁眼鏡を掛けていて、忘れっぽくて。そうねえ、どういったらいいかしら……すごく……」父親を描写する、ぴったりの言葉はないかと探し求めたが、結局、「チャーミングよ」と一言言い、それから思い出したようにつけ加えた。「そしてね、とても正直なの。それだからあたし、父さんがこれまであたしにどうして何も言わなかったのか、不思議で」

「つまり、あなたにたいして、その場限りの嘘でごまかしたためしがないってこと？」

ズバリきかれて、ちょっとショックを受けながらフローラは答えた。「父さんが本当のことを言わずにすますことができるなんて、考えたこともなかったわ」

「珍しい人なのね」ローズはタバコをすりけし、考えこんだ様子で灰皿の真ん中で砕いた。「あたしの母は本当のことを言わずにすますなんてこと、平気でやるわ。嘘をつくことだって、何とも思っていないみたい。それでいてやっぱりチャーミングよ」フローラは思わず微笑していた。以前から想像してきたことと、あまりにもぴったりだったのだ。

「きれいな人？」

「ほっそりしてて、とても若く見えるわ。美人ってわけじゃないけど、たいていの人はそう思うみたいね。自信があるからじゃないかしら」

「今もロンドンに……きているの？」ときさながらフローラは、もしも母親と会う羽目になったりしたら、何て挨拶したらいいのかしら、どうふるまったらいいんだろうと困惑を感じていた。

「いいえ、ニューヨークよ。ハリーと母とあたし、しばらくアメリカを旅行してたのよ。あたし、先週、ヒースローに着いたばかりなの。母はあたしをもっとアメリカにいさせたかったみたいだけど、あたしとしては一度、こっちに帰らなきゃならなかったの。なぜって……」と言葉を濁して目をそらし、ふと手を伸ばしてタバコをもう一本取り、バッグの中のライターを探って、「……まあ、いろいろあってね」と曖昧に結んだ。

そのいろいろについて聞かされるだろうと待っていたのだが、そこにふたたびピエトロがシャンパンの瓶とグラスを三つ、持ってやってきた。ちょっと勿体ぶった手つきで彼はコルクの栓を抜き、瓶を傾けたまま、一滴もこぼさずに三つのグラスに器用に注いだ。糊の利いた白いナプキンで瓶をきれいに拭くと、ピエトロは自分のグラスを取り上げて二人を見くらべながら、「お二人の出会いを祝して。文字どおり、神の摂理ですよ」と言った。

「ありがとう」とフローラはつぶやき、「乾杯！」とローズがつけ加えた。ピエトロは目をうるませて去り、フローラとローズはシャンパンの瓶を中にして顔を見合わせた。

「あたしたち、この店の語りぐさにされるかもね」とローズが言った。「でもまあ、いいわ。それはそうと、どこまで話したかしら？」

「アメリカからロンドンに帰らなければならなかったって」

「ああ、そうそう。でもあたしね、たぶん、今度は明日にも、ギリシアに行くことになると思うの、明日か、あさって。まだはっきり決めていないんだけど」

どうやら東奔西走、ジェット機で思いつくままに飛び回る生活らしい。

「ロンドンではどこに泊まってるの？」とききながら、フローラはコノートとか、リッツといったホテルの名を予期していた。だが、ハリー・シュースターは仕事の必要上、ロンドンにフラットを、パリとフランクフルトとローマにはアパートを持っているらしかった。ロンドンのフラットはカドーガン・

ガーデンズにあるとローズは言った。「ついそこなの。だから何か食べたくなると、あたし、いつも歩いてこのレストランにくることにしてるのよ。あなたは？」

「どこに泊まっているのかってこと？　さっきも言ったように、今日、コーンワルから出てきたばかりなのよ。ガールフレンドのところに泊まるつもりだったんだけど、ちょっと当てがはずれてね。フラットを探さなきゃならなくなって。ついでにいうと仕事も」

「今夜はどうするつもり？」

フローラはシェルボン・ホテルのことをローズに話し、「気がめいりそうに不景気なホテルだけど、どうせ一晩だけだし」と言った。

気がつくと、ローズが何か思いめぐらしているような、冷静なまなざしを彼女に注いでいた（あたしもあんな表情を浮かべていることがあるのかしら。計算ずくといった表現がぴったりだけれど――とフローラは考えかけて慌ててやめた）。

と、ローズが言った。「そんなホテルにもどることないわ」フローラがびっくりして見返すと、ローズは続けた。「いっしょにここで何か食事をして、それからタクシーを拾ってそのホテルに行って、荷物を引き取ろうじゃないの。そのうえでハリーのフラットに行きましょうよ。ハリーのフラットに泊まったらいいのよ、あなたも。広いし、ベッドはいくつもあるし。それにね、あたしが明日、ギリシアに行くとしたら、これっきり、あなたに会えないわけでしょ？　話すことがお互い山ほどあると思うわ。一晩かかっても話しきれないくらいに。ね、これって、すごくいい思いつきだわ。あたしが立ったあとも、あなた、ずっと泊まってたらいいのよ。どこか、住むところが見つかるまで」

「でも……」心をひく計画だと思いながらも、どうしてか、フローラは何とか断る理由はないかと思いめぐらしている自分に気づいていた。「勝手にそんなことをして、気にする人はいないの？」

「誰も気にするもんですか。ホールポーターにはちゃんと話しておくからだいじょうぶよ。ハリーはあたしのすることに文句を言ったためしはないし。

母は……」何か、心をくすぐられることを思い出したように、ローズは微笑した。言いかけたことをそれなりにして、ローズは笑いだした。「今のあたしたちを見たら、母は何て言うかしら？　あたしたちがこうして出会って仲よくなったことを知ったら？　あなたのお父さんはどうすると思う？」

考える気もせず、フローラはつぶやいた。「さあ、想像もつかないわ」

「あたしたちが出会ったってこと、あなた、お父さんに話す？」

「たぶん、いつかね」

「親たちがあたしたちを引き離したのは、残酷なことだったって、あなた、思ってるの？」とローズは急に考えこむ様子で言った。「一卵性双生児を引き離すって、もしかしたら一人の人間を半分ずつ切り離すようなものかもしれないわね」

「案外、親切な行為だったのかもよ」

ローズは目を細めた。「あたしの母はなぜ、あたしを選び、あなたのお父さんはなぜ、あなたを選んだのかしら？」

「銅貨を投げて、決めたのかもしれないわね」そう軽く言ってのけたのは、どういうわけか、そんな状況について思いめぐらす気もしなかったからだった。

「反対側の面が上になっていたとしたら、何もかも逆になっていたかしら？」

「今と違うことは確かでしょうね」

今と違うことは確か……フローラは父親を、炉の火に照らしだされたアザラシ荘を、燃える流木からただようタールのにおいを想った。すべてが萌え出るコーンワルの早春を、陽光を受けてあたらしいペニー銅貨のようにキラキラと輝いている夏の海を想った。白木のテーブルの真ん中に置かれているカラフの中の赤ワイン。ベートーヴェンの田園交響楽の調べがプレーヤーから高らかに流れ、そして今はマーシャの温かい、なつかしい存在がいやがうえにも和やかな、家庭らしい雰囲気を醸しだし……

「あなたはどう？　今と違う生活だったらいいって思う？」とローズがきいた。

フローラは微笑した。「いいえ」

ローズは灰皿に手を伸ばして、タバコをすり消した。「あたしもよ。あたしも今のままがいいわ。何一つ変わってほしくないわ」

エディンバラの金曜日だった。

雨模様の空が晴れて太陽がようやく雲間から顔を出し、エディンバラ市は秋のさわやかな光のうちに輝くばかりだった。北方に目をやると、藍色のフォース湾の向こうにファイフ丘陵が紺碧の空を背にそびえ立っていた。プリンセス・ストリートを横切ったところにあるウェイヴァリー・ガーデンズの花壇にはダリアが炎のように咲きほこり、線路の向こう側の断崖の上にエディンバラ城がそそり立ち、旗が風に揺れていた。

アントニー・アームストロングは事務所からシャーロット広場に歩み出たとたんに、その午後のうつくしさにハッとした。長い週末休暇を取ろうとしているためにその朝は特別に忙しく、昼食もそっちのけ、朝のうちの雨模様がどうせ午後からも続くのだろうと、窓の外に目を走らせることもなかった。

心ここにあらず、しきりに思い悩みつつ、アントニーは駐車場所から一刻も早く車を出そうと足早に歩いていた。ロンドン行きの飛行機に乗って、何とかローズを見つけ出さなければと気持ちがしきりにはやっていた。しかし雨にまだぬれている歩道に反射する日光の思いがけぬ輝かしさに、広場の木立の葉の銅色に燃え立つうつくしさに、そしてあたりにみなぎる匂いのかぐわしさに、彼は思わず知らず足を止めていた。それは田舎の匂い、秋の匂い——泥炭とヒースと未開の高地の匂い、さして遠くない丘陵地からのさわやかな微風に乗って漂ってくる匂いだった。

片方の肩にレインコートをひっかけて、一晩泊まり用のカバンを片手に舗道に立ち、アントニーは二、三度、息を深く吸いこみ、ファーンリッグ荘に、タピーに思いを馳せ、何とはない慰めを感じ、はりつめていたものが少しゆるむのを、不安がいくらか解消するのを覚えていた……

しかし、ぐずぐずしている暇はなかった。ターンハウス空港に到着して搭乗手続きをすませると、目当てのフライトまで三十分だけあったので、彼は階上のバーでサンドイッチとビールをもらい、窓際のテーブルに向かってすわるとレインコートをぬぎ、カバンを下に置き、タバコに火をつけた。窓の外のテラスの手すりの向こうに、丘陵地ときれぎれの雲が見えた。吹き流しが風にひるがえっていた。滑走路の水たまりに映る雲の影を見守りながら、彼はいったん意識した空腹を忘れて、またしてもローズのことを考えはじめていた。

ローズのことを考えるには意識的な努力を要しなかった。ローズに関するかぎり、彼の想いはそれ自身の意志をもっているかのように、以前に埋めた骨をやっきになって掘り出そうとしている老犬のように、はてしなく輪を描き、どこにも到達できずにいるのだったから。

自分のかかえているジレンマにたいする答えのように、彼はジャケットのポケットからローズの手紙を引き出した。何度も読み返して暗誦できるくらいだったのだが。その手紙は封筒に入って届いたのではなく、アントニーが彼女のために買ったサファイアとダイヤモンドの指輪を納めた小箱を不細工に包んだ小包の中に入っていた。

彼はそれを、四か月前にコノート・ホテルのレストランでローズに贈った。ちょうどディナーが終わり、ウェイターがコーヒーを運んでひきさがったところで絶妙の瞬間がおとずれたのだった。時も、場所もよく、愛する女性が彼と向かい合わせにすわっている。アントニーは手品師のようにジャケットのポケットから小箱を取り出し、パチンと音を立てて小箱を開けた。中の宝石に光が当たってそれをきらめかせた。

ローズはすぐに反応した。「きれいな指輪ねえ！」

「きみにと思って」とアントニーは言った。

ローズは顔を上げて、アントニーの目を見つめた。信じられないといった、うれしげな表情だったが、それだけではなかった。不可解な何かを感じて、アントニーは一瞬戸惑った。

「婚約指輪だよ」と彼は言った。「けさ、買ったんだ」彼女に結婚を申しこむとき、指輪を手に握っていることが、どうしてか、ひどく重要だと言う気がしていたのだった。ローズの場合、この余分の挺が、形をともなった説得が必要だということを、暗黙のうちに了解していたかのように。「ぼくたち、結婚すべきだと思うんだ。きみもそう思ってくれるんじゃないかと……」

「アントニー……」

「そんなふうに非難がましい声を出さないでくれよ」

「べつに非難しているわけじゃないわ。ただびっくりしてるのよ」

「『あまり突然で』なんてことは言えないはずだよ。だって、ぼくら、五年前からの知り合いじゃないか」

「でも五年間、お互いにずっと知り合っていたわけじゃないわ」

「ぼくはそんな気がしているんだがね」

その瞬間、アントニーは本当にそう感じていたのだった。しかし二人の関係は不思議といえば不思議だった。中でもいちばん不思議なのは、思ってもいないときに、ローズが繰り返し彼の生活のうちに登場したということだった。まるで二人のあいだに何か運命的なものが存在するかのように。

初めて会ったとき、彼女はおよそ何の印象も彼の胸に残さなかった。そのとき、彼は二十五歳で、エディンバラの劇場に出演している若い女優との恋に夢中になっていた。一方、ローズはやっと十七歳だった。その夏、彼女の母親のパメラ・シュースターがファーンリッグ荘に属する海辺のコテージ、通称ビーチ・ハウスを借りていたのだが、アントニーはタピーが主催するピクニックのエスコート役をつとめてローズとその母親に紹介され、お返しに飲み物でもとコテージに招かれた。母親はチャーミングな美人だったが、ローズはどういうわけか、その午後ひどく不機嫌だった。手足が長い、ギスギスした体つきの、仏頂面の女の子という印象で、彼が話しかけても、「ええ」とか、「いいえ」といった、木で鼻をくくったような返事しかしなかったし、次週の帰省のときには二人ともすでに去っていて、シュースター親子のことはそれっきり、彼の念頭を離れていた。

ところが一年前、社用でロンドンに行ったときに、彼はサヴォイのバーで彼女と偶然に出会った。彼女に首ったけらしい、角縁眼鏡をかけたアメリカ青年といっしょだった。ローズはかつての少女とはまるで違っていた。ほっそりとして、見るからセンセーショナルで、誰彼なしにまわりの男たちの目をひきつけていた。

アントニーが近づいて挨拶すると、誠実そうな、相手の青年に退屈していたのか、ローズはいかにもうれしそうに応じた。両親は休暇で南フランスに行っていると彼女は言った。明日の午後には自分も合流するはずなのだと。その夜、ローズはアントニーの誘いに応じていっしょにディナーを取った。南フランスから帰ったら連絡してほしいと彼は言い、ローズは「もちろんよ」と答えたが、その後まったくの梨のつぶてだった。彼女が仕事を持っていないということ、気の向くままにパリとか、ローマとか、フランクフルトなどのあいだをあちこちしているということは知っていたが、ロンドンでどこに住んでいるのかということからしてわからず、連絡の取りようもなかった。

彼が次に彼女に会ったのは夏の初めのことで、ロンドンの家々の庭はライラックの花盛り、公園の木々は若葉をいっぱいにつけていた。その日、彼はストランドのスコッツで昼食を取っているときに学校時代の友人に会い、誘われるままにその夜、チェルシーの彼の家のパーティーに出て、そこでローズと再会したのだった。

肩すかしを食わされたのだから、憤慨して当然だっただろうが、彼女を見た瞬間、彼の胸は高鳴った。彼女はブルーのパンツスーツを着て踵の高いブーツをはき、濃い髪が肩に流れていた。スコットランド人らしくいっぱしの運命論者であるアントニーは、この再三の出合いに運命的なものを感じた。

彼は通りかかったウェイターがささげ持っている盆からグラスをサッと取って、その勢いを借りてローズに近づいた。

今回はすべてが完璧だった。彼はロンドンで三日を過ごすはずだったし、彼女にしてもさしあたっては南フランスに行く予定もなかった。というより、とくにどこに行く予定もなさそうだった。父母はニューヨークで、いずれ彼女もそっちで彼らと落ち合うということだった。ロンドンではカドーガン・コートの継父のフラットで暮らしている――と彼女は言った。アントニーはクラブを引き払ってそこに移った。

　すべてがうまく行き、天候すら、彼らにほほえみかけているようだった。ライラックの花序が青い空を背に揺れ、ウィンドー・ボックスに花々が匂う昼。遠出をすればタクシーが、そしてレストランの最上のテーブルが待っていた。夜にはまるい、銀色の月が上り、首都の街路をロマンティックな光に浸した。アントニーは湯水のように金をつかった。彼らしくない、そうした浪費の仕上げが、その朝、彼がリージェント・ストリートの宝石店で買ったダイヤモンドとサファイアの指輪だったのだ。分不相応な買い物であった。

　彼らは婚約した。アントニーには自分の幸運がほとんど信じられなかった。それを現実のものとするために、彼らはニューヨークに電報を打ち、ファーンリッグ荘に電話した。タピーはびっくりしながらも大喜びだった。アントニーが早く結婚して落ち着くことを、以前から願っていたからだった。

「早く会いたいわ。以前にローズに会ったのは、ずいぶん昔のことなんですものね。どんな娘《こ》だったか、ほとんど覚えていないくらいよ」とタピーは言った。

　アントニーはかたわらのローズの顔をうっとりと見つめながら言った。「とてもきれいですよ。世界一、うつくしいといってもいいくらいです」

「待ち遠しいわ」

「タピー、待ち遠しいってさ」と彼が言うと、ローズは軽い口調で、「でも待ってもらうほかないわね」と言った。「だって、あたし、アメリカに行ってこなきゃならないんですもの。母とハリーに約束しているし。ハリーはいったん決めたことを変えるのが何より嫌いみたいなのよ。タピーにはよく説明しといて」

　彼は事情を説明し、「ローズがアメリカからもどったら、必ずそっちに連れて行きますから」と言った。

　さて、ローズはニューヨークに行き、アントニーはエディンバラに帰った。「手紙、書くわ」とローズは別れぎわに言った。アントニーは長い、愛情あふれる手紙を何通も書き送ったが、返事は一通もこなかった。アントニーは焦燥に駆られて電報を打ったが、やはり返事はなかった。最後に彼は電話料金が恐ろしくかさむのも構わずに、彼女のウェストチェスター郡の家に国際電話をかけたが、電話に出たメイドの返事は生粋のアメリカ式発音で、彼にはほとんど一語も理解できなかった。彼は、ローズが目下のところ、ニューヨークにはいないらしいということ、行く先も、いつ帰るかも、はっきりしないようだと察しをつけただけだった。アントニーが絶望に駆られはじめたとき、一通目の絵はがきが届いた。グランド・キャニオンの絵はがきで、愛してると書いてあるだけで、実際的なことはまるでわからなかった。一週間後、二通目がとどいた。そんなふうにしてローズは夏中、アメリカに留まり、アントニーは合計五通の絵はがきを受け取ったが、文面はいよいよもって取りとめがなかった。

　ファーンリッグ荘からはその後も何度か、今後の予定についての問い合わせがあり、アントニーは、どうやらローズは手紙をあまり書かないたちらしいと祖母たちにも、自分にも弁解した。しかしそのように弁解しながらも、アントニーはしだいに、本当はどういうことなのだろうかと疑念をいだきはじめ、その疑念は時とともに風船のようにふくらみ、彼の心の地平線を閉ざしている黒雲のように、ますます暗さを深めた。アントニーは自分のスコットランド人らしい健全な常識にたいする自信を失った。自分はとんでもないばかげた誤りを犯してしまったのではないか？　ローズとのあの魔法のような、喜びに満ちた日々は、自分をいっとき盲目にした夢まぼろしだったのだろうか？

　そこに、彼の度肝をぬくようなことが起こって、ローズについての悩みさえ一掃してしまった。イザベルがファーンリッグ荘から電話で、タピーが病気だと知らせてきたのだった。ちょっと風邪をひいたのが肺炎を引き起こし、看護婦がやとわれたとイザベルは告げた。平静を装って、心配する必要はまったくないと彼女は請け合った。「気をもむことは、何もないんですからね、アントニー。タピーはきっとよくなるわ。あなたに心配をかけるのもと迷ったんだけど、黙っているわけにもいかなくて」

「すぐ帰りますよ」と彼は言下に言った。

「お願い、そんなことしないでちょうだい！　どうしたことかとタピーが怪しむでしょうからね。ローズがアメリカから帰ってから、いっしょにきてくれればいいのよ。ひょっとしたらもう……」とイザベルはためらいがちに言い、「もう帰っているんじゃあ……」と希望をこめてつぶやいた。

「いや」とアントニーは否定せざるえなかった。「しかしじきだと思いますよ」

「そうでしょうとも」とイザベルの口調は温かく彼を包むようだった。子ども時代の不安の数々を一貫して乗り越えさせてくれた、いたわりに満ちた声であった。しかし、そんなイザベルの声を聞いたために、彼のみじめさはいっそうつのっていた。

それは盲腸炎とはげしい歯痛に同時に悩まされている状態といったらいいだろうか。アントニーはどうしたらいいか、まったく途方に暮れていた。そして結局、彼としては珍しいことだが、成り行きに任せて何もしなかった。

そんなふうになすところなく一週間がたったとき、彼がかかえているすべての問題がいちどきに噴出した。まず、午前中の郵便でローズからの小包が届いたのだ。いかにもぞんざいに包装されている小型包装物の消印はロンドンのそれで、開けてみると例の婚約指輪に、ローズから彼に宛てた手紙（後にも先にも彼が受け取った、唯一のものだった）が同封されていた。そして、彼がまだこの一方的な婚約破棄にショックを受けてぼうっとしているところに、イザベルからの再度の電話があったのだ。今回はイザベルは気丈に振る舞うことができず、危惧に震える涙声がアントニーの胸にしみて、タピーの病状が容易ならぬものであることが否応なく察せられた。ヒュー・カイルは、タピーの容態についてひどく憂慮しているらしい。どうやら誰もが考えている以上に、タピーの病気は重いようだ。しだいに衰えて死ぬのかもしれない——そんなふうにイザベルは言った。

タピーはただひたすら、アントニーとローズに会いたがっている。会って結婚についての一切の計画を立てることを願っている。ひょっとして、タピーが二人に会えずじまいだったら……イザベルはそうしどろもどろに告げた。

そんなイザベルに、婚約はすでに破棄されたなどと、どうして言えただろう？　ローズといっしょにファーンリッグ荘を訪ねようという、不可能な約束をしながらアントニーは、そのような、とんでもない約束をいったい、どうやって果たしたらいいのかと考えあぐねていた。しかしこうなったら何としてもそうしなければならない——彼はそう決心していたのだった。

絶望のきわみから生まれた一種の冷静さで、彼はロンドン行きの準備をした。まずボスと掛け合って、長い週末休暇をもらった。それからロンドンのシュースター家のフラットに電話したが応答はなく、長い電文をどうにか書き上げて電話の代わりに送った。それからロンドン行きのフライトを予約した。

そして今、空港で搭乗案内を待ちながら彼はジャケットのポケットに手を突っこんで、ローズからの手紙を取り出した。ブルーの贅沢そうなレターペーパーで、印刷された住所が上方に浮き出し印刷されていた。ローズの書体は幼い子どものそれのようで、ページいっぱいに行儀わるくのたくられていた。

カトーガン・コート八二号
ロンドン　S・W・1

アントニーに。

とってもわるいけど、あなたからもらった指輪、返すことになっちゃって。ほんとのとこ、あなたと結婚する気がなくなったものだから。ひどい間違いだったたって気がついたからなのよ。そうね、ひどい間違いなんて言い方、ちょっとどうかと思うわね。だってあなたたって、とてもいい人だし、いっしょにいたあいだ、あたしたち、お互いにすごく楽しかったんですものね。でも今振り返ってみると、あのときとは感じが違うのよね。あたしね、結婚して、いい奥さんになって落ち着こうなんて気、まだぜんぜんないみたい。とくにスコットランドに落ち着く気はないわ。スコットランドがどうこういうつもりはないんだけど。とってもきれいなところだし。ただあたしにぴったりっていう環境じゃないと思うの。つまり、ずっと住む気はしないってこと。あたし、先週、飛行機でロンドンに着いたのよ。一日か二日はいるでしょうけど、そのあとはまだ決めていないの。母がくれぐれもよろしくって。でも母も、あたしがすぐ結婚することには賛成じゃないんですって。結婚するとしても、スコットランドはあたしには合わないだろうって言っているの。ごめんなさいね。今やめるほうがもっと後になってからよりいいんじゃないかとも思って。離婚って、いろいろめんどくさそうだし、時間も、お金もかかるみたいだし。

(今でも)あなたを愛している
ローズより

アントニーは手紙をたたんで、もう一度、ポケットにしまった。ポケットに突っこんだ指先に指輪の入っている革張りの箱が滑らかな感触を伝えた。サンドイッチを食べ終わらないうちに搭乗案内があった。

ヒースローには三時半に着き、ターミナルまでバスに乗り、それからタクシーを捕まえた。ロンドンはエディンバラより格段に暖かく、秋の日ざしが明るかった。木々はまだほとんど紅葉しておらず、公園の芝生は夏の日照りの後とて茶っぽくすがれて見えた。スローン・ストリートはスマートな服装の若い母親に手を引かれた学校帰りの子どもたちでにぎやかだった。ローズが在宅していなかったら、通りにすわりこんで帰りを待つことにしよう——とアントニーは決心していた。

タクシーはカドーガン広場の角を曲がって、見慣れた赤煉瓦の建物の前で止まった。あたらしい、しゃれたブロックで、幅の広い石段の上に月桂樹の鉢が置かれ、ガラス張りの玄関がいかにも現代的な感じだった。

アントニーは運賃を払ってタクシーを降り、石段を上がってガラスのドアから中に入った。床には落ち着いた色のカーペットが敷きつめられ、桶に植わったシュロの木が配置され、高価そうな匂い――革と葉巻の――が漂っていた。

新聞でも買いに出ているのか、ホールポーターの姿は見当たらなかった。エレベーターが止まるとアントニーはカバンを下げて降り、長い通路を歩いて八二号のフラットの前で足を止め、委細構わず、ボタンを押した。中でブザーが低く鳴っている音が聞こえた。カバンを下に置き、ドアの端に片手を当てがって、大した期待もなしにアントニーは待った。ローズはいないに決まっている。当てもなしに無際限に待つことになりそうだと、彼はすでにやりきれない疲労を覚えていた。

ところがそのとき、中で物音が聞こえた。アントニーはハッとして、まるで犬が身構えるように緊張した様子で姿勢を正した。どこかでドアが閉まり、べつなドアが開く音がした。キッチンからの短い廊下を近づいてくる足音。次の瞬間、ドアがパッと開き、ローズが戸口に立っていた。

ポカンと彼女の顔を見つめながら、いちどきにいろいろな思いがアントニーの頭の中を駆けぬけていた。ローズは家にいたのだ。やっと見つかった。怒っているようでもない。髪の毛を切ったらしいな。「何か？」とローズはきいた。おかしなことをきく――アントニーは思った。しかし、もともとこれはおかしな状況なのだ。

「やあ、ローズ」とアントニーは言った。

「あたし、ローズじゃないんですけど」とフローラは答えた。

第4章　アントニー

その金曜日はフローラにとって、あたかも深い霧の中を歩いているような、奇妙に現実離れのした一日だった。予想もしなかった状況に身を置いた前日のショックが後をひいていたのだろうか、いろいろな用向きをてきぱきとすませるつもりだったのに、結局のところ、何も達成できずじまいだった。

仕事口を探しかたがた、住む場所を見つけるつもりで紹介所や周旋屋を回ったのだが、当面のことにどうしても集中できなかった。

「一時的なお仕事でよろしいんですか、それとも永久的な働き口をお望みなんでしょうか？」と紹介所の若い女性がきいたのにたいして、フローラはぽかんと相手の顔を見つめて答えなかった。速記ともタイプとも関係のないイメージが目の前にちらちらしていたからだった。家事が申し分なくスムーズに進行していた家が突如見も知らぬ人間にのっとられたかのようだった。その見も知らぬ連中が彼女の注意を捉えて、その結果、彼女はほかのことがまるで考えられなくなってしまっているのだった。

「フラムの建物の一階のフラットがあいていますわ。もちろん、広くはありません。でもあなたお一人なら……」

「ええ」さっそく見に行くべきだということはわかっていた。願ったりかなったりだという気もした。しかし、「そうね、考えてみますわ」とつぶやいて、彼女はその周旋屋の事務所をあとにして、あいかわらずほかのことを考えながら、あてどなく歩きつづけた。

もちろん、一つには寝不足がまだたたっていたのだろう。それに前日の出来事の衝撃で疲れきってもいた。まったく破天荒な夜だった、昨夜は――とフローラは思った。フローラとローズはセッピ料理店で食事をし、シャンパンの一本目を開けて、さらに二本目を提供された。勘定はローズがクレジット・カードで支払った。フローラには思いもよらないほど､高額の勘定書だったが。ローズは、ハリー・シュースターに任せておけばいいのだからと軽く言った。いつもそうしているのだからと。

それからタクシーを拾って、シェルボン・ホテルに行った。ローズは、インテリアもひどいし、スタッフの訓練もなっていない、客の質もよくなさそうだなどとさんざんにけなした。フローラは間がわるいのと、笑いだしたい衝動を抑えるのとで往生したが、憂鬱そうな顔のレセプション係の女性にともかくも事情を説明して予約をキャンセルした。ポーターが彼女の頼みに応じて、スーツケースをタクシーのトランクに運び入れてくれた。

ローズのフラットは五階にあった。中に入ってみて驚いた。そのように贅沢な生活を、フローラは想像したこともなかった。厚いカーペット、間接照明、宇宙時代にふさわしいような、至れりつくせりの給排水や冷暖房設備。ガラス戸をスライドさせると植木鉢がたくさん並んでいるバルコニーに降り立つことができたし、ボタンを押すと、軽やかなリネンのカーテンが外気を閉め出した。寝室のカーペットは雪のように白く、二インチもの厚さがあったし（この上に指輪とか、ヘアピンを落としたら、必死で探しても容易には見つからない——とローズは言った）、浴室は恐ろしく高価な石鹸とバスオイルの香りがした。

ローズは、どれを選んでくれてもいいのだがと言いながら、フローラに寝室（水色のタイ・シルクのカーテンが掛かり、鏡が張りめぐらされていた）を当てがってくれ、彼女が荷ほどきをしてナイトガウンを取り出すあいだ、ベッドにすわって見ていた。フローラはふと思いついてきいた。「あなたのお父さん、どんな風采か、知りたくて？」

「写真があるのね？」とローズはそんなものがあろうとは思いもしなかったと言わんばかりだった。

フローラは大きな革の写真挟みを取り出してローズに渡した。二人は幅の広いベッドの上に並んですわり、栗色の髪に覆われた二つの頭を寄せて写真をのぞいた。頭を突き合わせている二人の姿が、まわりの壁にはさまっている鏡に映っていた。

アザラシ荘と庭の写真。結婚式の後で、父親とマーシャが教会から出てくるところのスナップ。そしてアザラシ荘の下方の岩の上にすわっている父親のキャビネット判の写真。背後に海がひろがり、海鳥が舞っていた。父親の顔は褐色に日焼けし、髪がそよ風に乱れていた。

ローズの反応はフローラを十分満足させた。「すごくハンサムねえ！　眼鏡はかけてるけど映画スターみたいじゃないの！　母がどうして彼と結婚したのか、納得できるわ……さあ、そうとも言えないかな……あたしには、ハリーのような人と結婚している母しか、想像できないもの」

「つまりお金持ちの男性ってこと？」

「まあね」とつぶやいて、ローズはもう一度写真をすかし見るようにして言った。「でもねえ、母とあなたのお父さん、そもそもどうして結婚することになったのかしら？　二人のあいだに、何か共通点があると思う？」

「お互いに一目惚れしたのかもね。休暇にスキーに行って出会ったんですって。そのこと、あなた、知ってた？」

「へえ、驚いたわ」

「スキー・ツアーで出会うっていうのは、船の出会いとちょっと似ているかも。そんな話、聞いたことがあるわ。ワインみたいにおいしい山の空気、顔はこんがり雪焼けし、疲れきるまでスキーに入れこみ、そのあげく、恋に落ちる、そんな毎日」

「ふーん、覚えておくことにするわ」とローズはつぶやいたが、関心を失ったようにシルクのベッドカバーの上に写真挟みをポンと投げ出してフローラの顔をじっと見つめたあげく、声音をいささかも変えることなく、「あなた、お湯をつかいたい？」ときいた。

というわけで、二人はあいついで入浴し、ローズがプレーヤーの上に何枚ものレコードを重ねて掛けているあいだにフローラはコーヒーを入れて、そろって寝間着姿で（フローラのは学生のころから持っている、古びた、質素なもの。ローズのは花を散らしたシルクで、この世のものとは思えないほど、うつくしかった）ベルベットを張った、キングサイズのソファーにすわって、息をつぐ間もないくらい、しゃべりにしゃべった。

別れ別れに暮らした何年もの隙間を埋めようというのだから、話すことはきりなくあった。ローズはフローラにパリの住まいについて、シャトー・デイの学校について、冬のキツビューエルについて話して聞かせた。フローラもそれまでの自分の生活について、とくにアザラシ荘を見つけて買ったときのこと、父親との生活のうちにマーシャが登場したことについて、さらにスイスとギリシアでの自分のアルバイトについて語った。ギリシアが話題に上ったのでふと思い出して、フローラは何気なくきいた。

「ローズ、あなた、ギリシアに行くつもりだって言ってたわね？」

「ええ、そうしようかとも思ったんだけど、夏中、アメリカを飛び歩いていたものだから、もう飛行機はたくさんだって気もして」

「夏中、アメリカだったの？」

「おおかたはね。ハリーは何年も前からアメリカのあちこちを旅行するつもりでいてね。サーモン川の急流下りから、騾馬の背に揺られてのグランド・キャニオンの旅まで、カメラをぶらさげてあちこちに足を伸ばしたのよ。典型的な観光客の名所めぐりってところね」

そう言った後、ローズはふと眉をしかめてきいた。

「あなたのお父さん、いつ、再婚したの？」

まったくあちこちに話が飛ぶとちょっと呆れながら、フローラは「今年の五月よ」と答えた。

「あなた、そのマーシャが好きなの？」

「ええ、さっきも言ったでしょ。マーシャって、そりゃあ、いい人なのよ」とフローラはマーシャのたくましいヒップやはじけ飛びそうなブラウスのボタンを思い出して微笑した。「いろいろな意味でね」

「あなたのお父さんって、すごく魅力的なのに、どうして長いこと、独身でいられたのかしら。ちょっと不思議だわ」

「さあ」

ローズは首をかしげて、反りを打った黒い睫毛のかげから、上目づかいにフローラの顔を打ち見た。「あなたはどうなの？　恋愛中、婚約中、それとも結婚を考え中？」

「いまのところは、そのどれでもないわ」

「結婚しようかって思ったことある？」

フローラは肩をすくめた。「あなたにもわかると思うけど、初めのうちは、初対面の男というと、いちおう、どこかの教会の祭壇の前に並んで立つ相手として考えてみたりするけれど、そのうち、そういうことって大して重要とも思えなくなってくるのよね」ふとローズの顔を見やって、フローラはきいた。「あなたは？」

「あたしも同じ」ローズはタバコを取りに立ち、火をつけると煙を吐き出した。濃いマホガニー色の髪が揺れて顔を隠していた。「第一ね、退屈な家事をしこしこやり、うるさく泣きわめく赤ん坊の世話をして日を送るなんて、そんな生活、誰が望むって言うの？」

「でもそういうのって、やってみればそれほど悪くないかもよ」

「そうね、あなたはいやだとは思わないんじゃないかな。辺鄙な片田舎の暮らしも悪くない——そう考えるたちかもよ」

どういうわけか、フローラはそうした生活を弁護する義務が自分にあるような気がしていた。「ええ、あたし、田舎って大好き。それに、いっしょにいたいと思う人となら、住むところなんか、どこだっていいとも思うし」

「その人と結婚して？」

「そうね、あたしはそのほうがいいような気がするわ」

ローズはタバコを取って、フローラに背を向けると窓際に歩みより、カーテンを引くと、街灯に照らされている街路樹をじっと見下ろしてたたずんだ。ちょっと間を置いた後、彼女は言った。「ギリシアのことだけど、もし、あたしが明日、あなたをここに残して出かけてしまったら、あなた、とっても気を悪くするかしら？」

あっけに取られたような声色になったのは、当然のことだったろう。「明日？」

「ええ、明日の金曜日に。時間が時間だから、そろそろ今日ってわけよね」

「今日？」あまり驚いたので、われ知らず甲高い声でフローラは問い返した。

ローズは振り返って言った。「そりゃ、気を悪くするわよね。当然、傷つくんじゃない？」

「ばかなこと、言わないで。ちょっとびっくりしただけよ。つまりね。あたし、ギリシア行きのこと、あなたが本気で考えてるなんて思っていなかったものだから。話のついでに言ってみただけだと思っていたのよ」

「あたし、本気よ。飛行機の座席も予約してあるの。でもほんとに行きたいかどうか、自分でもはっきりしなかったのよ。ところが急に、やっぱり行こうって気になっちゃって。ねえ、あなた、そんなの、ひどいって憤慨するでしょ？」

「ぜんぜん」とフローラはきっぱり言った。

ローズは笑顔になっていた。「あたしたちって、初めに思ったほどには似ていないのね。あなたはあたしなんかより、ずっと正直だし。あなたの考えていることは、はたの者には見え見え。あたしにも察しがつくわ」

「あたしが何を考えているって言うの？」

「あなたはあたしのことを、こんなふうに自分を置いてきぼりにして出かけてしまうなんてひどいって考えているに違いないわ。何だって突然、ギリシアなんかにって」

「そのわけ、あたしに話す気があって？」

「たぶん察しはつくと思うけど、男性の連れがあるのよ。見当はついてたでしょ？」

「まあね」

「ニューヨークのパーティーで会ったのよ、その相手とは。ロンドンにもどる前のことよ。アテネに住んでるの、その人。昨日の朝、電報をもらってね。スペツェイの友だちから家を借りたんですって。それで彼、あたしに、そこにきてほしいって言ってよこしたの」

「だったら、行ったらいいじゃないの」

「本気でそう言ってくれるの？」

「あたしに会ったからって、ロンドンにいなきゃならない理由にはならないでしょ。それにあたしとしても、仕事と住むところをさっそく探さなきゃならないんだし」

「それまではここで暮らしてくれるわよね？」

「さあ……」

「ポーターにはちゃんと話しておくから、きっとそうして。お願いよ」ローズの声色には気掛かりそうな、ほとんど嘆願するような響きがこもっていた。

「そうするって言ってちょうだい。ね、ほんの一日、二日でいいんだから。この週末だけでもそうしてくれないかしら。恩に着るわ」

どういうことだろうとフローラは不思議に思った。しかしべつに異議を唱えるいわれもないようだし、こっちにとってもありがたい、そうした誘いについて押し問答する理由もなかった。

「いいわ。月曜日まではここにいることにするわ。でもほんとに構わないのね、あたしがここにいても？」

「もちろんよ」フローラ自身が喜んでいるときに見せるような満面の笑みがローズの顔にひろがるのを、彼女は見た。愛情をこめてローズはフローラを抱擁したが、ほとんどすぐ、さりげない態度に転じてフローラを拍子抜けさせた。「だったら、荷造りを手伝ってくれない？」

「でもいま、午前三時半よ」

「構わないわ。コーヒーをもう少し入れてくれる？」

「でも……」とフローラは「あたし、クタクタよ」と言おうとしたが、どうしてか、言えなかった。ローズって、何につけてもこういうふうなんだわ。たたみかけるように気忙しく行動するので、こっちまでそのスピードに巻きこまれてしまい、どこに向かっているのかもわからずに、やみくもにその後について行くということになってしまうのだ。

ローズは結局、金曜日の午前十一時にフラットを出た。

「いずれまた、会いましょうね」とローズは、カドーガン・コートの前に立って彼女を見送ったフローラを抱きしめた。「帰るときに、ポーターに鍵をあずけて行ってくれる?」

「絵葉書くらい、ちょうだいよ」

「もちろんよ。会えてよかった。また、連絡するわね」

「楽しんでいらっしゃいね、ローズ」

ローズは待っているタクシーに身軽に飛び乗り、バタンとドアが閉まってから窓を下ろして身を乗り出した。

「気をつけてね!」

フローラはそこに立って、タクシーが広場の角を曲がってスローン・ストリートに消えるまで見送った。

ローズは行ってしまった。終わったのだ、この一幕は。フローラはゆっくり歩みを返して、カドーガン・コートの内部にもどり、エレベーターでフラットに取って返した。ローズがいないと、どこもかしこもしんと鳴りをひそめているようだった。

フローラは居間に行って、気のない様子で灰皿の灰をあけたり、ペチャンコになっているクッションをたたいてふくらませたり、カーテンを引いたりした。しかしそのうちに吸いよせられるように、書棚に並んでいるハリー・シュースターの蔵書を眺めだし、あの本、この本と引き出してパラパラと拾い読みしているうちに、胸のうちで彼という男が形を取りはじめた。彼はヘミングウェイとロバート・フロストとノーマン・メイラー、そしてシムノン（これはフランス語の原書だった）が好きらしかった。プレーヤーの脇のレコードの中にはエアラン・コープランドのアルバムがいくつかあった。暖炉の上にかかっているフレデリック・レミントンもまた、アメリカに対して、またアメリカの最良の芸術作品にたいして彼がいだいている誇らしい気持ちを物語っているようだった。

ハリー・シュースターという人物は好きになれそうだとフローラは思った。しかし赤ん坊の自分をいささかの痛みも感ぜずに捨てて、双子の片方を選び、安楽な結婚生活に入って行った母親にたいしては、そうそうやさしい気持ちをいだく気になれなかった。

前夜のローズとの語らいから、また写真から、フローラはパメラ・シュースターのイメージを胸のうちにまざまざと思い描いていた。パトゥーの香水ジョアの香りを漂わせ、ディオールのドレスを着ている、うつくしいが、しごく世俗的な女性。色あせたリーヴァイスのジーンズをはき、少年のようにほっそりとして見えることもある彼女。サン・モリッツでスキーをしたり、ニューヨークのラ・グルヌイユで食事をしたり、焦げ茶色の髪を短くカットし、白皙《はくせき》の顔にパッと輝くような笑みを浮かべている彼女。パメラ・シュースターは魅力と自信にあふれる女性だった。しかし愛は、やさしさは、はたしてどのくらい、持ち合わせているのだろうか？

炉棚の上の時計が正午を告げた。フローラはサンドイッチとミルクでランチをすませ、進まぬ気持ちで外出した。夕方、ぐったり疲れて帰ったが、仕事先についても、住む場所についても何の進展もないままで、ともかくもキッチンに行って電熱のケトルをオンにした。お茶を入れて飲もうと思ったのだった。今夜はゆっくり入浴し、テレビでも見てから早寝をしよう。ローズは週末だけでもここで過ごしてくれと言った。月曜日になれば、もっとエネルギッシュに、てきぱきと行動できるかもしれない。そんなふうに考えていたとき、ブザーが鳴った。

どういうわけか、その音がむしょうに腹立たしくて、彼女は「もういや！」とつぶやいてケトルのスイッチを切って廊下を歩いて玄関に行き、ドアを開けた。

男が――背の高い、痩せぎすの、まだ若い男が立っていた。仕立てのいい茶色のヘリンボンのスーツを着ており、髪の毛はアイリッシュ・セッターのような赤みがかった銅色だった。そばかすのある、白皙の、彫りの深い顔は日焼けしたらまず赤らむたちではないかと思われた。緑がかった灰色の目は曇りなく澄んでいた。その目はフローラのほうから何か言うのを待っているかのように、彼女の顔に注がれていた。しばらくの沈黙の後、フローラは「何か？」ときいた。

「やあ、ローズ」と男は言った。

「あたし、ローズじゃないんですけど」とフローラは答えた。

しばしの沈黙のあいだ、その若い男はほとんど表情を変えずにフローラに目を注いでいた。それから、「今、何て言ったの?」と聞き取れなかったというように問い返した。

「あたし、ローズじゃないんです」フローラは前より少し大きな声で繰り返した。相手がばかなのか、耳が遠いのか、あるいはその両方じゃないかと思っているように。「フローラですわ」

「フローラ? 誰なんだい、それ?」

「あたしです」とフローラはちょっとつっけんどんな口調で言ったが、悪かったとすぐ後悔して言い直した。「この週末だけ、ここにいるんですの」

「冗談を言っているの?」

「いいえ」

「でもきみはまるで……」と声が途中で消えた。面食らって二の句がつげないかのように。

「ええ、わかってます」

彼はゴクリと唾を呑みこんで、しゃがれ声できいた。「もしかして双子なんですか?」

「ええ」

「双子の姉妹ってことですか?」

「ええ」

「しかし、ローズには姉さんも、妹もいなかったはずだが」

「ええ、そのとおりですわ。でも今はいるんですの。つまり昨夜から」

ふたたび長い沈黙が続いたが、青年はようやく言った。「説明してもらえますか?」

「ええ、もちろんよ。じつは……あのう……」

「説明を始める前に、中に入れていただくわけには行かないでしょうか?」

フローラはちょっとためらって、忙しく思いめぐらした。貴重な品々が並んでいるハリー・シュースターのフラット。留守をあずかっている身として、それなりに責任もある。この未知の青年がどんな犯罪的な意図をいだいているか、わかったものではない……

異物でも呑みくだすようにゴクンと唾を呑みこんだのは、今度はフローラだった。

「あなたがどなただか、あたし、知らないんですけど」

「ぼくはアントニー・アームストロングといって、ローズの友だちです。エディンバラから飛行機で着いたばかりなんです」フローラはまだ躊躇していた。おそらく十分な理由があるのだろう、青年はちょっといらいらと言った。「心配だったら、ローズにきいてみてください。ここにいないなら電話でもして。待っていますから」

「電話はできないんです」

「どうしてですか？」

「ギリシアに行ってしまいましたから」

「ギ、リ、シ、アに？」

とても信じられないと言わんばかりのその愕然とした声音と、さっと青ざめた、その顔を見て、フローラはようやく確信した。たとえ、何らか感心しない意図を持っているにもせよ、この人にとって今の自分の答えはたいへんなショックだったに違いない。フローラは心を決めて一歩脇に身をひいて、「どうぞ、お入りください」と言った。

彼がいかにもくつろいだ、物慣れた様子で入ってきて、カバンとレインコートを椅子の上に置くのを見て、フローラはほっとしていた。「お茶をあがります？」ときくと、青年は心ここにあらずというような、ぼんやりした様子で、しかし、うなずいた。

二人はキッチンに行った。彼女がケトルをふたたびオンにし、カップやソーサーを出しているあいだ、青年の目がまじろぎもせずに自分に注がれていることを、彼女は意識していた。「インド茶と中国茶とどっちになさいます？」

「インド茶を。なるべく濃いのをいただけますか？」青年は高い腰掛けにすわって、「どういうことなのか、聞かせてください」と言った。

「何をお聞きになりたいんですか？」

「そう、まずあなたは本当にローズの姉妹なんですか？」

「ええ、本当ですわ」

「しかし、どういうことなんでしょう？」

できるだけ手短に、フローラはローズとの関わり合いについて物語った。ロナルド・ウェアリングとパメラの結婚について、双子の赤ん坊を父親と母親が一人ずつ、引き取ったことについて、二人の姉妹が前夜セッピ料理店でまったく偶然に出会ったこと、お互いにそれまでは相手の存在からして知らずに育ったことなどを。

「つい昨夜までは、まったく何も知らなかったってことですか？」

「ええ、いま、申し上げたとおりですわ」

「とても信じられないなあ！」

「あたしたちにもなかなか信じられなかったくらいですから。ミルクとお砂糖は？」

「両方ともいただきます。で、それからどうしたんですか？」

「あたしたち、いっしょに食事をしたんです。それから、ローズがここに招いてくれて、一晩中、話し合ったんです」

「それでけさ、ローズはギリシアに行ってしまったんですね？」

「ええ」

「で、あなたはここで何をしているんですか？」

「あたし、昨日、コーンワルから出てきたばかりですの。一年間、ロンドンを留守にして、父と継母といっしょに暮らしてきたものですから、ロンドンでの働き口も、住む場所の当てもまだなくて。今日のうちに何とか、めどをつけるつもりで出かけたんですけど、どうしてか、思うように行かなかったんです。とにかくローズに、週末だけでもここにいてくれないかと頼まれたものですから。誰からも文句は出ないし、問題はまったくないんだからって」こう言いながらフローラはアントニーにカップを差し出したが、相手の顔に浮かんでいる表情に思わずハッとした。彼を何とかなだめる必要を感じているかのように、フローラはつけ加えた。「ローズはここのホールポーターにも、あたしのことを話してくれたんです」

「ひょっとしてローズはあなたに、とくにこの週末はここにいてもらいたいって頼んだんじゃあ？」

「ええ。なぜですか？　それが問題だとでもおっしゃるんですの？」

　アントニーはカップをフローラの手から引き取って、あいかわらず彼女の顔から目を放たずにスプーンでお茶をまぜた。

「ぼくが訪ねてくるはずだとは言っていなかったんでしょうか?」

「あなたがいらっしゃるはずだということを、ローズは知っていたんですか?」

「ぼくが送った電報のことは聞いていらっしゃらないんですか?」

「いいえ」フローラは不思議そうに首を振った。「べつに何も。ローズは何も言いませんでしたけど」

アントニー・アームストロングは熱いお茶をグッと一口飲み、カップを置いて腰掛けから立ち上がって部屋を出たが、間もなく一通の電報を手にもどってきた。

「どこにあったんですの、それ?」

「人がふつう電報とか、招待状とか、手紙の類をいずれ返事を書くつもりで置いておくところにありましたよ。炉棚の端のロッキンガム・チャイナの砂糖壷の後ろとか。この家では大きなアラバスター製のランプの後ろですがね」彼はその電報をフローラに差し出した。「あなたが自分で読むほうがよさそうだ」

進まぬ気持ちで、フローラは手を伸ばしてそれを受け取った。アントニーはもう一度、腰掛けにすわり、何事も起こらなかったかのようにお茶を飲んでいた。

フローラは電報に目を走らせた。

「コヅツミトテガミウケトッタ。ジジョウアリ、アイタシ。タピー、ジュウタイ。キンヨウ、クウロ、ロンドンチャク。ゴゴオソクイク。アントニー」

フローラの恐れたとおり、これには深いいわくがありそうだった。電文の文面からはきわめて差し迫ったものが感じられた。必死の、この呼びかけを無視して、ローズはギリシアに行ってしまった。フローラには一言の説明もせずに逃げ出してしまったのだ。筋の通った返事も思いつかず、フローラは「タピーって、誰ですか?」ときいた。

「ぼくの祖母です。ローズはなぜ、ギリシアに行くのか、あなたにわけを話して行ったんでしょうか？」

「ええ」とフローラは顔を上げた。アントニーは硬い表情で彼女を見つめていた。突然、フローラは、できれば本当のことを言わずにすませたいと思った。さりげない顔をして、さりげない嘘を、思いつくままに口にしようと思ったが、だめだった。自分も無関係ではないのだ。いやでも巻きこまれているのだ。嘘をついて振り切る方法はなかった。

「どうなんです？」

「ローズはニューヨークで知り合った人に会いに行ったんです。こっちにもどる直前に会った人だとか。その人、スペツェイに別荘を借りていて、ローズを招待したんですって」アントニーは黙りこくってフローラの言葉を聞いていた。「飛行機の座席を予約してあるそうで、けさ、立って行ったんです」

ちょっと間を置いて、アントニーが一言いった。

「なるほど」

フローラは電報を差し出して言った。「この――あなたのお祖母さまって方、いったい、ローズとどういう関係があるんですか？」

「ローズとぼくは婚約していたんです。しかし今週、彼女は婚約指輪を送り返してきて、婚約を破棄しました。しかしタピーはそれを知らずに、ぼくらの結婚をとても楽しみにしているんです」

「つまり、そのことをお祖母さまには知らせたくないってことなんですか？」

「ええ、ぼくは三十歳で、祖母はぼくら二人に会って、将来についていろいろ計画を立てるのを、それは楽しみにしていましたから」

「で、あなたはローズに何を望んでいらっしゃったわけ？」

「いっしょにきて、婚約を既定の事実としてタピーに会い、祖母に幸せな思いに浸ってもらいたいと……」

「つまり嘘をつきとおすってことですか？」

「この週末だけでよかったんですよ」とアントニーは真剣な顔で言った。「タピーは病気なんです。それも重態だそうで。もう七十七ですから、うっかりすると死ぬかもしれないんです」

死ぬかもしれないというその絶望的な、決定的な言葉が、黙って相対している二人のあいだに宙ぶらりんになっているようだった。フローラは答えるべき言葉も思いつかぬままに、ふと椅子を引き出してキッチンのテーブルに向かってすわり、光沢のあるその表面に両肘をついた。しごく実際的な、さりげない対応をするほかなさそうに思えて、彼女はわざと事務的な口調できいた。「お宅はどちらですの？」

「スコットランドの西部です。アリセーグという土地にあるんです」

「聞いてもわからないわ。スコットランドには一度も行ったことがありませんから」

「アーガイル州にあるんですがね、アリセーグは」

「ご両親がそこに住んでいらっしゃるの？」

「両親はいません。父の乗り組んでいる船が戦争中に撃沈され、母はぼくが生まれてすぐ亡くなりました。祖母のタピーがぼくを育ててくれたんです。彼女の家に引き取って」思い出したように、彼はつけ加えた。「ファーンリッグ荘と呼ばれています」

「ローズはタピーを知っているんですか？」

「ええ、あまりよくは覚えていないと思いますが。五年前、ローズはお母さんといっしょにファーンリッグ荘に付属している海辺のコテージを二週間ばかり借りて住んでいたことがあるんです。その後は、お互いに消息も聞かなかったんですが、一年ほど前、ぼくがロンドンでローズと再会したんです。タピーは五年前の彼女しか知りません」

ファーンリッグ荘。スコットランドのアーガイル州アリセーグにある家。ローズはスコットランドのことなど、まるで話さなかった。キッビューエル、サン・トロペ、グランド・キャニオンを訪れたことは話してくれた。しかしスコットランドのことは口にしなかった。とにかく一つのことは情けないが確かだった。のっぴきならぬ立場に立たされていることを認識したとき、ローズは逃げ出すことに決めたのだった。

「……エディンバラからきたっておっしゃったわね？」

「ええ、エディンバラで働いているんです」

「エディンバラにもどるおつもり？」

「さあ」

「さあって……？」

アントニーは肩をすくめて、カップを下に置いた。

「わかりません。たぶん一人でファーンリッグ荘に行くことになるでしょう。ただ……」と彼はふと言葉を切ってフローラの顔を見つめながら、しごく自然な提案であるかのように言った。「あなたがぼくといっしょにきてくれればべつですが」

「あ、た、し、が？」

「あたしが？」

「そう、あなたが」

「あたしに何ができるっておっしゃるの？」

「ローズになってもらえればと」

フローラの気にさわったのは、この途方もない提案をアントニーがいとも冷静に口にしたことだった。冷静に、落ち着きはらって、感嘆に値する無邪気な表情をよそおって、彼はそう言ってのけた。婚約の破棄などなかったかのように。祖母のもとにローズをともなおうという計画からしてフローラにはひどいショックだったのだが、この申し出にいたっては……

フローラは狼狽のあまり、すぐには二の句がつげなかった。「とんでもないわ、そんなこと」つぶやくのがやっとで、われながら弱々しい抗弁のように響いた。

「なぜ、いけないんです？」

「なぜですって？　ひどい、恐ろしい嘘だからよ。あなたが現にとても愛しているひとを騙すことじゃありませんか？」

「夕ピーを愛しているからなんですよ。愛しているからこそ、嘘でもいいからという気になっているんです」

「とにかく、あたしには誰も騙す気はありませんわ。だから一刻も早く、ほかの手だてを講じておいたほうがいいと思いますわ。そこのカバンとレインコートを持って、さっさとこのフラットから出て行ってくださいな。お願いですから、このうえ、あたしまで巻きこまないで」

「あなたは夕ピーに会ったら、きっと大好きになると思いますよ」

「嘘をついている相手が好きになるなんてこと、ありっこないわ。罪の意識にさいなまれながら嘘をつくなんて、途方もないことじゃありませんか」

「タピーもあなたに会ったら、きっと好きになるでしょう」

「行くつもりはないって、あたし、言っているんですよ」

「何とか、いっしょにきてもらいたい――とぼくが懇願したら？」

「だめよ」

「この週末だけでいいんですよ。ほんの数日のことです。必ずローズを連れて行くと約束してしまったんです。タピーへの約束をやぶったことは生まれてこのかた、ただの一度もないんですよ、ぼくは」

こう懇願されているうちに、最初のはげしい怒りが徐々に薄れているのにフローラは気づいて狼狽した。この一途な青年にたいしては、侮辱を受けたという怒りこそが最上の防衛手段だろうに。この人の誠実そうな様子にほだされてどうなるというのだ？どうにも気の毒でつい――なんて、それこそとんでもない話だ。

「だめよ。申しわけないけど、そんなこと、あたしにはできっこないわ」

「できますとも。あなたはさっき、目下のところ、仕事の当てはないと言いましたよね。ここを出たら、さしあたって住むところもないって。あなたのお父さんはコーンワルだし、あなたが無事にロンドンのどこかに落ち着いたことと、とくに心配してはおられないでしょう」とちょっと言葉を切り「お父さん以外に、あなたのことを心配している人がいるならべつだが」と結んだ。

「あたしのことを気が狂うほど愛していて、無事を確かめるために五分おきに電話をかけてくる人がいるかどうかってこと？　あいにくいないわ、そんな人」

この憤然たる返事にたいしてアントニーは何も言わなかったが、目がキラリとおかしそうに光るのをフローラは見た。「何かおかしいことでもあります？」と彼女はカッとなって反問した。

「おかしいどころか、とてつもなく荒唐無稽だという気がして。だってぼくはローズを世界一ゴージャスな女性だと思っていたんです。あなたは彼女とは双子の姉妹で、いわば彼女の分身みたいなものです。パーソナルな意味で言っているんじゃありません。純粋に芸術作品の鑑賞といった見地からして、あなたにぞっこんまいっている男性がいないなんて、このイングランドののっぺりした男連中はいったい、どこに目の玉がついているんだろうかと呆れているんですよ」アントニーは笑っていった。

そのときはじめてフローラは、彼の笑顔を見たのだった。それまで彼女は彼をごく普通の男だと、魅力はあるがむしろ醜い青年だと思っていた。しかし微笑したとたん、その笑顔の魅力に彼女は抗しがたいものを感じた。なぜ、一時にもせよ、ローズが彼の魅力に屈したのか、わかるような気がしていた。

不本意ながら知らず知らずフローラも笑顔になっていた。「愛している女性に裏切られたにしては、あなた、あまり、まいっていないみたいねえ」

笑顔が消え、彼は一言「まあね」とつぶやいた。

「つまり、ぼくの芯には抜け目のない、冷静なスコットランドのビジネスマンが存在しているんでしょうね。それに、ローズにすっぽかされることをまったく予測していなかったと言ったら、嘘になるでしょう。とにかく、いっぺんも失敗をしたことのない人間は大したものにはなれないとも思いますしね。いっときにもせよ、ずいぶんと楽しい思いもしましたし」

「ローズがあなたに肩すかしを食わせて姿を消してしまったってこと、あたし、とっても残念で。あなたが彼女を必要としていることはよくよくわかっていたんでしょうに」

アントニーは両腕を組んで言った。「ところがぼくはいま、あなたを必要としているんですよ」

「でもそんなこと、あたしにはとてもできないわ」

「スコットランドには一度も行ったことがないって言ってましたよね。ぼくはあなたに、スコットランドへの無料の飛行機の旅をふくめて一切を提供しようって言っているんですよ。それなのにあなたは撥ねつけた。あなたにしてもこんな申し出を受けることは、おそらく二度とないと思うけどなあ」とアントニーはつぶやいた。

「ええ、あたしとしても二度とあってほしくないわ」とフローラはきっぱり言った。

「しかし、あなただって、行ってみたら、きっとファーンリッグ荘が好きになると思いますよ。タピーもね。ファーンリッグ荘とタピーは密接に結びついていて、どっちかをそれだけで思い描くなんて、到底できない相談なんですよ」

「タピーはそこに一人で住んでいらっしゃるの？」

「とんでもない。ファーンリッグ荘には一族郎党が顔をそろえているって感じでね。イザベル伯母と庭師のウォティー、その奥さんでコックのミセス・ウォティー、それにぼくの兄のトーキルと奥さんのテレサ。ジェイスンという名の甥までいます。その三人はアームストロング姓です」

「そのお兄さんも、ファーンリッグ荘に住んでいらっしゃるの？」

「いや、兄とテレサは今はペルシャ湾岸に駐在しているんです。兄は石油関係の仕事についていましてね。ですが、息子のジェイスンはファーンリッグ荘でタピーの監督下で暮らしています。小さい子にとっては夢のような、すばらしいところですよ、ファーンリッグ荘はね。海辺にあって、海と砂丘に囲まれているようなものです。昔、トーキルとぼくがディンギーをつないでいた係留場があったり。内陸にはマスがわんさと泳いでいる小川が流れているし、一面、スイレンの花に覆われている湖があるし。ちょうど九月ですよね。いま行けばヒースの花は満開、ナナカマドの実が数珠玉のように赤く色づいているでしょう。一見の価値がありますよ」

何とも巧みな、心を掻き立てる誘いだった。フローラはテーブルの上に両肘をついて顎を両の手のひらに埋めて、アントニー・アームストロングの顔をじっと眺めやった。「あたし、一度、ブラット・ファラーっていう人についての本を読んだことがあるんだけど、彼はほかの人になりすまそうと――詐称者っていうのかしら――苦労して、何か月ものあいだ、当人について何から何まで調べたあげく、それをいちいち、頭にたたきこまなければならなかったのよ。そんな立場に立たされたらって思っただけでも、怖気をふるってしまうわ」

「しかしね」とアントニーは腰掛けから下りて彼女に近づき、テーブルをはさんで向かい合わせにすわった――まるで何かの陰謀のかたわれのように。

「あなたの場合、そこまでする必要はないでしょう。なぜって、現在のローズを知っている者は一人もいないんですから。五年ぶりの再会というわけです。彼女については誰も、ただぼくと婚約したってことのほか、何一つ、知らないんですしね。みんなが関心をもっているのも、ぼくの婚約者だからなんですし」

「あなたのことだって、あたし、何一つ、知らないのよ」

「そんなの、何でもありませんよ。ぼくは男性、独身、三十歳、長老派教会に所属し、パブリック・スクールはフェット、ロンドンでビジネスマンとしての訓練を受けて、エディンバラにもどって今の事務所で働きはじめたんです。ほかに何か――？」

「あなたったら、あたしがこの恐ろしい役割を引き受けるって決めこんでいるみたいね。どうして？」

「恐ろしいだなんて、親切な行為じゃないですか。ちょっとした善行だと思ってくださいよ」

「何と呼ぼうとあなたの勝手だけど、あたしにはやっぱりできないわ」

「ぼくがもう一度頼んだら、一生のお願いだと懇願したら、考えてみてくれますか？　ぼく個人のためじゃないんですよ。タピーのためなんです。伯母のイザベルのためでもある。何よりも約束を守りとおすためというか。お願いです、フローラ、一緒に行こうと言ってください」

フローラとしては、あくまでもタフな態度を取りつづけたかった。感傷的になってはいけない。ほだされてはいけない。自分が正しいと信じていることをつらぬきとおす意志の力が、フローラはほしかった。この人の頼みを聞いてはだめ。

しかし彼女は用心ぶかい声できいていた。「いっしょに行くとしたら、いつ行くことになるんでしょう？」

アントニーの顔に控えめながら興奮の色がみなぎるのを彼女は見た。「今晩、つまり、今すぐってことです。七時すぎに出る飛行機があるんですよ。急いで行けば間に合うでしょう。ぼくの車はエディンバラの空港に置いてあります。エディンバラから車で直行すれば、土曜日の早朝には着けると思います」

「帰りは？」

「ぼくは月曜日の朝は職場に復帰する必要があるんです。あなたはエディンバラから、その日のロンドン行きの飛行機に乗ればいい」

彼女は本能的に、この人なら信頼できると感じていた。この人が約束をやぶることはけっしてないだろう。「でもローズになりすますなんてこと、あたしにはできっこないわ。自分自身でありつづけることしかできないと思いますけど」

「ぼくがあなたに望んでいるのもまさにそれなんですがね」

フローラはそんな彼に手をさしのべたいと思った。彼に好感をいだくようになっていたから？　そう、それもあるだろう。が、それとはべつに、このいきさつのすべてにローズが深く関わっているからであった。「わたしは弟のキーパーでしょうか」と、旧約聖書の創世記で、カインは神に反問しているが、ローズはもう一人のあたしかもしれないのだ。

「ローズはあなたにたいしてひどい態度を取ったわ。あなたが苦境に立っていることを知っていながら、すっぽかして逃げだすなんて」

「その苦境にしても、彼女同様、ぼく自身のせいでもあるわけですからね。ローズはぼくに何も負うてはいませんよ。あなたにしてもね」

最終的には彼女が決断すべきことだった。しかし、祖母との約束を守るためにアントニー・アームストロングがどれだけのことをするつもりでいるかを知って、彼女は知らず知らず、つよい感銘を受けていた。よくないことでも正しい理由があるなら、正当化されるのかもしれない——少なくともまったく悪いとはいえないのかも。

嘘は危険だ。父親によって長年にわたってつちかわれたフローラの健全な本能は、この常軌を逸した計画にはげしく反発した。しかしある意味でそれは父親のせいでもある——とフローラは考えていた。

彼女がいま身を置いているジレンマの責任は父親にもある。ローズの存在についてただの一度も言及しなかったことによって、父親はいまフローラが身を置いているジレンマに関する責任の一斑を負うているのだ。

同時にべつな、思いもしなかった反応が明らかとなっていた。それはローズと関係しており、つきつめて考えると、一つは好奇心に、またもう一つには──羨望（そう気づいてフローラは恥じた）に起因していた。一日だけでいい、ローズはじつに多くのものを持っている。ローズはじつにローズになってほしいという、この青年の提供している誘惑は、時とともにますます抵抗しがたくなっていた。

アントニーは待っていた。しばらくしてフローラはテーブルごしに彼の目をじっと見返して、緊張をはらんだ重大な瞬間に関する限り、言葉は必要ではないのだということを悟った。彼女がついに屈したことを、言わず語らず、アントニーは悟ったのだろう。その顔がうれしげな微笑に輝き、それとともに彼女の最後の砦がくずれ落ちていたのであった。

「いっしょにきてくれるんですね！」

「あたし、どうかしているんだわ」

「きてくれるんですね、ぼくといっしょに？　どうかしているどころじゃない。じつにすばらしい人ですよ、あなたは！」

ふと思い出したように、彼はジャケットのポケットからあの小箱を取り出し、フローラの左手を取って、サファイアとダイヤモンドの指輪をその指にはめた。燦然と輝く指輪を眺めて、フローラはそのうつくしさに感嘆した。アントニーは彼女の指を折らせて自分の両の手のひらではさんだ。

「どうもありがとう」

第5章　アナ

ジェイスン・アームストロングは曾祖母のタピーと並んで大きなダブルベッドの上にすわって、彼女が『二ひきのいたずらネズミの話』を読むのを聞いていた。もう七歳なのだから、今さら『いたずらネズミ』なんて幼稚っぽいということは彼にもわかっていたし、タピーもそう思っているようだったが、本当のところ、タピーが病気で寝ているせいか、幼いころ読んでもらった本がたまらなくなつかしくなっているのだった。だから、今夜は久しぶりに寝る前に本を読んであげようというタピーからの伝言があったとき、ジェイスンは躊躇なくこの本を選んだ。タピーはその気持ちを敏感に察したのだろう、何も言わずに眼鏡をかけて本を開き、さっそく読みはじめた。「むかし、とてもうつくしい人形の家がありました……」

ジェイスンは、タピーの本の読み方はとびきり上手だと思っていた。毎晩、ジェイスンが入浴して夕食を食べた後で彼女は彼に本を読み聞かせることにしていた。たいていは客間の暖炉のそばで。けれどもここしばらくはタピーは本を読むどころではなく、夜ごとの行事は中断されていた。

「ひいおばあさまをそっと寝かせておあげなさい。いいですね？」とミセス・ウォティーは彼に言って聞かせた。

「本なら、わたしが読んであげるわ」とイザベルは約束してくれ、その約束をちゃんと守ってくれた。でもタピーが読んでくれるのとは、どこか違う感じがした。声からして違っていたし、それにタピーに読んでもらっているときのように、ラベンダーの香りに包まれてうっとりするということがなかった。

けれどもミセス・ウォティーの口癖のように、「どんな雲も銀色に裏打ちされて」いる。久しぶりに夕ピーのベッドに、何かこう特別に楽しいものがまつわっていることは否めなかった。それはほかの誰のベッドとも違っていた。タピーのベッドの真鍮の枠にはでこぼこした飾りが彫ってあり、枕はものすごく大きくて、頭文字をぬいとりした白い枕カバーに包まれていた。リネンのシーツにはヘムステッチがあり、とても古くて、ところどころにおかしな形のつぎが当たっていたり、ほころびをかがってあったりする。

タピーの部屋は家具からして魔法の家の家具のようで、不思議な雰囲気があった。マホガニー製のテーブルには彫刻がほどこされ、椅子には色あせた、シルクの布が張ってあり、ところどころにボタンがついていた。化粧台の上には銀色の栓のはまった瓶やら、ボタン留め用のフックとか、昔、女の人たちがかぶっていたというヘアネットやら、面白いものがいろいろ置いてあった。

「そこには赤いエビが二ひき、それからハム、魚、プディング、それにナシとオレンジがありました……」

タピーの部屋の窓の前にはカーテンが引かれていたが、外では風が起こって、建てつけのわるい窓から隙間風が吹きこんでいた。風のためにカーテンは風船のようにふくらんで、まるで後ろに誰かが隠れているように見えた。ジェイスンはちょっと怖くなって、タピーのそばにすり寄り、タピーといっしょでよかったとつくづくうれしかった。このところ彼は、何かタピーの身によくわからないことが起こるのではないか、自分が学校に行っている留守のあいだにタピーがいなくなってしまうのではと心配で、タピーとあまり離れていたくなかったのだった。

タピーの世話をしに、本物の看護婦さんがきているというのも、いつもと違っていた。ミセス・マクラウドという名前で、フォート・ウィリアムからターボールまで鉄道できて、ウォティーがターボールまで迎えに行って連れてきたのだ。ミセス・ウォティーととても仲よくなって、キッチンのテーブルに向かい合わせにすわってきりなくお茶を飲みながら、内緒話みたいにひそひそ声でしゃべっている。ひどくやせていて、糊のゴワゴワした白い服を着ている。

ミセス・ウォティーと同じに手や足に青い筋が浮き出している。あの二人、それだから仲よしなのかも。青い筋を比べ合ったりしてるんだ、きっと。

「ある朝のこと、ルシンダとジェインは人形の乳母車に乗ってドライブに出かけました……」

洞穴のような感じの階下《した》のホールで、電話のベルが鳴りだした。タピーは本を読むのをやめて眼鏡をはずした。

「続けてよ」としばらくしてジェイスンがうながした。

「電話が鳴っているわ」

「イザベルが出るからだいじょうぶだよ。ねえ、続けて」

タピーはふたたび本を取り上げて読みだしたが電話が気になって、ルシンダとジェインの行動に気持ちが集中できないでいることは、ジェイスンにも明らかだった。ベルの音がやんだとき、タピーはふたたび本を下に置いた。ジェイスンもようやくあきらめて、「誰からの電話だと思う?」ときいた。

「さあ、わからないわ。でもそのうち、イザベルが、階段を上がってやってきて、どういう電話か、話してくれるでしょうよ」

二人は大きなベッドの上に並んですわって、イザベルが現われるのを待っていた。イザベルの声が階段の下から、か細く聞こえていたが、何を言っているのかはわからなかった。しかしやがてチリンと一つベルが鳴って、どうやら受話器が置かれたらしかった。ついでイザベルが階段を上がって、廊下をタピーの寝室へと近づいてくる足音が聞こえた。

そしてドアが開き、イザベルの顔がのぞいたのだった。イザベルは微笑していた。興奮を抑えかねているような、輝かしい笑顔だった。白髪まじりの、やわらかそうな髪がうれしそうなその顔のまわりに不規則な後光のように波打っていた。そんなとき、イザベルはとても若く見えた。ジェイスンにとっては本当は大伯母さんなのだが、そんなふうにはぜんぜん見えなかった。

「すごくうれしいニュースがあるのよ。どういうニュースか、あなたがた、知りたいでしょ?」イザベルは部屋に入ってきて、ドアを後ろで閉めた。絹の羽根布団のひだの中にほとんど埋もれていた犬のスーキーが頭を上げて、あまり気がなさそうに唸ったが、イザベルはまったく気に留めなかった。イザベルはタピーのベッドの裾の手すりにもたれた。

「アントニーだったんですよ。ロンドンからで、週末にこっちに帰ってくるんですって――ローズを連れて」

「アントニーが帰ってくるのね？」タピーが誰よりも、何よりもアントニーが好きだということは、ジェイスンも知っていた。タピーの声がいまにも泣きだしそうに響いたので、ジェイスンはふと心配になってタピーの顔を見上げたが、その目に涙が光っていなかったのでホッとした。

「ええ、でもたった二日間ですって。月曜日には二人とも、もどらなければならないそうで。夜の便でエディンバラに着いて、あとは車だとか。だから明日の朝早く、こっちに着くことになるんじゃないでしょうか」

「まあ、すばらしいニュースじゃないの！」タピーの皺のよった頬にポッと赤みがさすのを、ジェイスンは見た。「本当にくるのね、二人そろって！」タピーはジェイスンの顔を見下ろしてにっこりした。

「どう思う、ジェイスン？」

ジェイスンもローズのことは聞いていた。アントニーはいつか、ローズと結婚するらしい。「ぼく、ローズに会ったことないから、わかんないよ」と彼はつぶやいた。

「ええ、もちろん、まだ会ったことはないわね。ローズとローズのお母さんがビーチ・ハウスで暮らしていたときには、あなたはここに住んでいなかったから」

ジェイスンはビーチ・ハウスのことも知っていた。それはずっと以前にはファーンリッグ荘の北の、海岸がグッとカーブしているところに建つ漁師の小屋だったのだが、タピーがコテージに改築して、夏の海水浴客に貸しているのだった。夏が終わったのでビーチ・ハウスには鍵がかかり、ブラインドが下ろされている。ジェイスンはときどき、あの家で暮らしたらどんなに楽しいだろうと思うことがあった。玄関のドアを開けたら砂浜だなんて、すてきだろうなあと。

「ローズって、どんな人？」

「ローズがどんな人かって――そうね、とてもきれいな人よ。そのほかのことは、わたしもあんまりよく覚えていないんだけれどね。ねえ、イザベル、ローズの寝室はどこにするつもり？」

「シングルベッドの置いてある、あの小さな部屋がいいんじゃないかと思って。ベッドもちゃんとこしらえてありますしね」

「じゃあ、アントニーの部屋は？」

「ミセス・ウォティーとわたしとで、今夜のうちに準備しておきますわ」

タピーは『二ひきのいたずらネズミ』を下に置いて言った。「いい機会だし、何人か、お客さまをお呼びしましょうよ……」

「お母さん……」イザベルは、そんなとんでもないことというように口をはさもうとした。けれども夕ピーは、娘が何を言おうが聞く耳をもたなかった。イザベル自身もうれしくてたまらなかったので、反対しとおす気になれなかったというのが本当のところだったのかもしれない。

「……ほんのささやかな夕食会よ。いつにしたらいいでしょうかね？　日曜の晩？　それはだめよね。だってアントニーは日曜の晩には、エディンバラに向けて出発しなければならないんですもの。となると、明日の土曜日の晩しかないわけだわ。あなたからミセス・ウォティーに話してくれる、イザベル？ウォティーに頼めば、ハトを三、四羽、捕まえてくれるかもしれないし。いえ、運がよければ雷鳥をね。それとも魚屋のリーキーさんに交渉して小エビでももらって……」

「そっちは、わたしが何とかしますわ。でも条件つきですよ」とイザベルは言った。「お母さんが主になって何か計画するなんてこと、お願いだからやめてくださいね」

「もちろん、そんなこと、しませんとも。そんなばかなこと、わたしがすると思って？　クラウザーさんご夫妻に電話をするのを忘れないでちょうだいね。それからアードモアのブライアンとアナのストダート夫妻も招待しなくちゃ。五年前にローズがここにきたとき、あの二人は会っているんですものね。アナにとっても、たまに夜の会に出るのはいいことなんじゃなくて？　あんまり急かしら？　どう思う、イザベル？　わけをよく説明してちょうだいね。失礼だと思われないように……」

「わかってくださいますとも、みなさん。失礼だなんて、誰も思うわけないでしょ」

クラウザー師はターボールの長老派教会の牧師で、ミセス・クラウザーはジェイスンの日曜学校の先生だった。お客の顔ぶれからすると、あまり陽気なパーティーではなさそうだとジェイスンは思った。「そのパーティー、ぼくも出なきゃいけないの？」

タピーは笑って答えた。「いやなら、無理に出る必要はないけど」

ジェイスンはため息をついて、「本、早く読みおわってくれないかなあ」とつぶやいた。

それでタピーはまた本を読みはじめ、イザベルはあちこちに電話をし、そのうえでパーティーの夜の献立についてミセス・ウォティーと相談しようと立ち去った。

『二ひきのいたずらネズミ』の最後のページには塵取りと箒をもったフンカ・ムンカの絵がのっていたが、タピーがやっとそこまで読んだとき、マクラウド看護婦が入ってきた。糊の利いた制服の裾さばきも威勢よく、赤らんだ、大きな手を振って、彼女はジェイスンをベッドから追い出し、悪気はないのだろうが、タピーへのおやすみのキスもそこそこに彼を自分の寝室に行かせた。「あなただって、ひいおばあさまを疲れさせたくはないでしょ？　明日の朝、ドクター・カイルがおいでになったときに、ひいおばあさまが青い顔をしていらしたら、ドクターがなんておっしゃるか、想像したくもないですからね」

ジェイスンは、ドクター・カイルが何かに腹を立てて恐ろしい権幕で怒鳴っているところを二、三回見たことがあったから、そういう場面をたやすく想像できた。この際、口答えをしないに越したことはなさそうだった。

ジェイスンはのろのろとタピーの部屋を出た。タピーをよくしてくれるのだから、マクラウド看護婦は嫌いではなかった。しかしいつもせかせかしていて、早く早くと急き立てるのがちょっと気に食わなかった。ひどい目にあわされたような気持ちで、ジェイスンは歯を磨くために、しおしおと浴室に行った。歯を磨いている最中に、ジェイスンは思い出した。明日は土曜日だ。つまり、学校に行かなくてもいいのだ。それに明日はアントニーが帰ってくる。頼んだら、アントニーは弓と矢をこしらえてくれるかもしれない。こう思いついたせいですっかり元気を回復し、ジェイスンはようやくベッドに入ったのだった。

アードモア・ハウスで電話が鳴ったとき、アナ・ストダートはちょうど庭に出ていた。日が沈んで夕闇があたりを閉ざす前のひととき、アナにとって、戸外には特別の魔法がみなぎりあふれているようだった。とくに夏が終わったばかりのこの季節、静かなたそがれが終わったばかりのひととき、黄金色と藍色に暮れていく夏のうつくしい宵にたいするノスタルジーが、そこはかとなく胸に迫るときには。

お茶の時間には屋内に入ってカーテンを閉ざし、炉のそばにすわって戸外のくさぐさの香りと音を忘れることは容易だった。しかし一陣の風がガラス戸を揺らし、カモメが一声鳴き、高潮のひそやかにささやくような音が響いてくる夕べ、アナは口実をもうけてジャケットを着てゴム長をはき、剪定鋏を手に、口笛を吹いて犬たちを呼んで、飽くことなく戸外に出て行った。

アードモアからはるかに望む海岸線の眺め、島々のたたずまいはハッと息を呑むほどすばらしかった。それだからアナの父親のアーチー・カーステアズは少々仰々しい感じの、花崗岩造りの彼の邸宅の場所として、ここを選んだのだった。実際アードモアの村（この村にしても郵便局をかねている雑貨店とヨットクラブのほか、ほとんど何もなかった）から一マイル、ターボールの店々から六マイルという距離を意に介さなければ、それはすばらしい住まいであった。

アナがこのたそがれのひとときが特別に好きな理

由の一つは、残照だった。あたりがとっぷりと暮れるに先立つ静寂《しじま》、海面に照り映え、海岸ぞいの道に輝き、内陸にそびえ立つ高山から燦然とさす名残の明るさ。加えて漁船の漁《いさ》り火、黄色く暖かく輝く、あちこちの民家や農家の窓。ターボールの町の街灯はその赤みがかった金色の照り返しで夜空を彩り、そしてそのさらに向こうにファーンリッグが、海に向かって差し伸べられている長い指のように横たわっていた。その指の先に木立に半ば隠されて、ファーンリッグ荘が建っているのだった。

しかしその日のたそがれどきには霧が深くあたりを閉ざし、目に映るものとてなかった。ぼんやりとした薄明かりが霧の中で渦巻き、海のほうで霧笛が鳴り、アードモア・ハウスは世界の果てにぽつねんと建っている家のように、霧にへだてられて世界の他の部分から孤立しているかのようだった。

アナはブルッと身を震わせた。入江の向こうにファーンリッグ荘を望み見ることができるのは、アナにとって、いつも大きな慰めだった。ファーンリッグ荘はタピー・アームストロングを意味した。タピーはアナの人生の試金石、人は家族と友人に囲まれて、迷うことなく、自信を失うことなく、まったく幸せに、満足して、有益な生涯を送ることができるという生きた証のようなものだった。タピーは、いろいろな意味で悲劇的であった人生行路をまっしぐらに歩きつづけてきた人だった。たゆたうことなく、道を踏みはずすことなく、またけっして敗北することなく。

アナがタピーに初めて会ったのは――というか、会ったことを記憶しているのは、ずっと昔のことで、そのとき、アナは人並みはずれて内気な少女だった。彼女の父親はすでにかなりの年配で、幼い、無口な娘よりも、隆盛をきわめている彼の事業と、余暇を入れあげているヨットに、より多くの関心を注いでいた。アナの母親は彼女を出産してすぐ亡くなり、アナは入れ替わり立ち替わり何人ものナニーによって育てられ、内気なのと、父親の莫大な財産とが障害となって、同年配の少女たちから隔絶されて成長した。

しかしタピーといっしょにいると、アナは自分がうすのろだとか、不器量だなどと考えずにすんだ。いつ訪ねても、タピーには彼女とともにする時間がたっぷりあるようだった。タピーはいつもさまざまな話をしてくれ、彼女の話も聞いてくれた。「ちょうど球根を植えに行こうと思っていたところなの。いっしょにきて手伝ってちょうだいな。手を動かしながら、二人で思いきりおしゃべりをしようじゃないの」

タピーと過ごした時間を思うとき、アナの目には知らず知らずのうちに涙がこみあげる。そうした思い出を強いて頭の奥に押しこんで考えないようにしていたのは、そのやさしいタピーが病気で寝ているのだと考える気になれないからだった。

タピー・アームストロングとヒュー・カイルは彼女のもっとも頼りになる友だちだった。ブライアンは彼女の夫で、彼女は彼を思うと胸がキューッと痛くなるほど、激しい愛情を彼にたいしていだいていたが、ブライアンはそうした意味で彼女の友だちではないし、過去においてもそれは同じだった。アナはときどき、ほかの夫婦はどうなのだろうと思いめぐらすことがあった。夫婦であると同時に、よい友人だという場合もあるのだろうか……?

アナは夕闇の中にほの白く浮かぶ、この季節の最後のバラを鋏で切った。その朝、切るつもりだったのだが忘れていて、夕暮れになってから思い出して、初霜がおりる前にと何本かを切ったのだった。手袋をはめていない手で茎を押えて、ひんやりとした感触を意識しながら薄暗がりの中を手さぐりしているうちに、親指をバラの刺にチクリと刺された。バラの香りがそこはかとなく漂っていた。その香りはすでに死んでしまった何かのよすがであるかのように、古めかしい感じがした。夏の名残をとどめているのは、今となってはそこはかとない、その香りだけだった。

バラの枝に蕾がつき、そしてそれが花開くころには——わたしの赤ちゃんが生まれているはずだわ。

そう思うだけで、幸せいっぱいの期待が胸をみなぎるはずだった。しかしそうした期待のかわりに、またしても迷信的な恐れが——禍を避けるために木でできているものにさわるべきだといったたぐいの

――が胸に浮かんでいた。赤ん坊が生まれてすぐ死んでしまうなんて、あるいは今度も死産だなんて、そんなおぞましい可能性は考えないに越したことはない。この二度目の妊娠までに、恐ろしく長い時が経過した。最初のときから五年の年月を経た後のことで、彼女はほとんど希望を捨てかけていた。でも今ふたたび、あたらしい生命の種子が彼女のうちに育ちつつあるのだ。日ごとに成長しているのだ。生まれてくる赤ん坊のために彼女はさまざまな計画を立てており、かわいらしいセーターを編んだり、古い籐のベビーベッドを屋根裏から下ろしたり、ヒューに教えられたように、午後になると足のほうを高くしてくつろぐように気をつけたりして、忙しく日を送っていた。

次の週にはグラスゴーに行って、高価なマターニティ用の服をいろいろと買いととのえ、美容院にも行くつもりだった。女性は妊娠しているときにこそうつくしく見えると雑誌などによく書いてあるが――そう思ってアナは、ロマンティックで、いかにも女性らしい、あたらしい人格を備えた自分の姿を思い描いていた。掌中の珠のようにいつくしまれ、愛されている自分のイメージを。

知らず知らずつかっていた古めかしい言葉に、彼女はハッとした。いつくしまれ、愛され。その言葉は遠い過去から、彼女の意識にたいして手を差し伸べているかのようだった。赤ん坊が生まれてこようとしている今、希望を感ずる現実的な理由がほかにもあるのではないだろうか。

ブライアンは以前から子どもがほしいと言っていた。男はみな、息子をほしがる。初めての子どもを失ったのは、彼女自身のせいだった。彼女が心配しすぎ、つまらぬことに動揺したからだった。しかし今度は違う。わたしは以前より年を加え、夫の気に入ろうとただやきもきすることもなくなり、以前に比べてずっと成熟している。今度の子はぜったいに失いたくない。

あたりはもうほとんど真っ暗になって、かなり冷え冷えとしていた。アナはまた身震いした。家の中で電話が鳴りだした。ブライアンが出てくれるのではと思ったのだが、踵を返して砂利を踏み、庭に面したドアから入った。

　電話は鳴りつづけており、ブライアンの姿は見えなかった。アナはバラの花を下に置き、ゴム長をはいたままホールを横切って、階段下のせまい一隅に行った。受話器は客間にも、キッチンにも、アナとブライアンのベッドの脇にもあったが、何年も前、父親がこの屋敷を建てたころから、電話機はこのコーナーに置かれていた。

「アードモア・ハウスです」

「アナ？　イザベル・アームストロングよ」

　アナはふと不安に駆られた。「タピーは――だいじょうぶ？」

「ええ、このところ、だいぶ元気そうでね。顔色もずっとよくなったし、食欲もね。ヒューがミセス・マクラウドって名の看護婦をよこしてくれて。みんなとも折り合っているし、タピーも気に入っているようだし」

「まあ、よかったこと」

「あのね、アナ、ブライアンとあなたと、明日の晩、夕食にきてくださらないかしら？　急な話でわるいんだけど。アントニーが週末にローズを連れて帰ってくるのよ。それをきいたとたん、案の定、タピーが真っ先にパーティーをって思いついて」

「もちろん、喜んで伺いたいわ。でも重い病気のあげくなのに、タピーには荷が勝ちすぎるんじゃなくて？」

「タピーはパーティーには出ないと思うわ。でも計画はすっかり自分で立てて大乗り気なのよ。タピーがどんなふうか、あなたはよくご存じよね、アナ。あなたとブライアンにはぜひいらしていただきたいんですって」

「うれしいわ。で、何時に？」

「七時半ごろ。正装なんかで現われないでちょうだいね。ほんの内々の集まりで、あなたがたのほかにはクラウザーさんご夫妻くらいだと思うし」

「まあ、楽しそう」

　もう少ししゃべって、イザベルは電話を切った。彼女にはまだ話していないからだった。ブライアンとイザベルは赤ん坊のことは何も言わなかった。ブライアンとヒューのほかは、誰も知らない。アナは誰にも知らせたくなかった。話したら、赤ん坊が無事に生まれないような気さえしていた。

アナはせまい電話コーナーを出て、ジャケットとゴム長をぬいだ。ローズとその母親のことは記憶にあった。あの夏、ビーチ・ハウスを借りていた親子を覚えているのは、それが彼女が赤ん坊を死産した、悲しい夏だからだった。だからパメラ・シュースターとその娘は、あの悪夢の夏の一部でもあった。むろん、あの人たちのせいではないわ。わるいのはわたし自身なんだから――とアナは思った。

ミセス・シュースターはこっちが気後れするくらい、洗練された都会的な女性で、娘のローズのほうは正視するのが憚られるほど、若さをほしいままに発散させていた。一言でいえば、親子ともものすごくグラマーで、内気なアナは圧倒されてものも言えなくなってしまった。そのせいだろう、通りいっぺんの初対面の挨拶をかわすと、二人ともアナにはほとんど見向きもしなかった。

しかし彼女の夫のブライアンの場合は大違いで、彼はたちまちシュースター親子のお気に入りとなった。二人が彼女の若い夫を高く買い、夫もまたそれを意識して自分の最良の面を見せて客を楽しませ、チャーミングにふるまい、彼女たちにひけを取らぬ機知を発揮していることが誇らしく、アナはますます背後にしりぞいて、夫の社交的成功をほほえましく眺めていたものだった。

ローズはあのときから、いつ、どのように変貌したのだろうか？　アントニーのように人柄のいい青年と婚約したことで、かつてのきついところが幾分か減じて、ずっと柔軟になっていないとも限らない。

ブライアンはどこにいるのかと、アナはそこにたたずんで耳を澄ました。家の中はしんと静まりかえっていた。アナが客間の戸口に立ってドアを開けると、明かりがこうこうと輝き、炉に火が燃えていた。ブライアンは肘掛け椅子に寝そべって、スコッツマン紙を読んでいた。ウィスキーのタンブラーが手もとに置いてあった。

妻の姿を見て新聞を少し下げて、その上からブライアンはじっと彼女に目を注いだ。かたわらのテーブルの上に電話機があった。「電話が鳴ったの、聞こえませんでした？」とアナはきいた。

「ああ、聞こえたよ。だが、どうせ、きみにだろうと思ったからね」

それについては何も言わずに、アナは炉に近づいて冷たい手を炎にかざして暖を取った。「イザベル・アームストロングからよ」

「タピーはどうなんだ？」

「よくなっているみたい。看護婦を頼んだんですって。わたしたち、明日の晩、夕食にファーンリッグ荘に招待されているのよ。二人とも伺えるだろうって返事をしておきましたけど」

「ああ、ぼくは構わないよ」

ブライアンがまた新聞を読みはじめようとするのを見て、アナは会話をとぎらすまいと、すぐ続けた。

「アントニーが週末に帰ってくるんですって」

「それでお祝いってわけか」

「ローズを連れてくるそうですわ」

長い沈黙のあげくに、ブライアンは新聞を下ろしてたたみ、膝の上に置いた。

「ローズだって？」

「ローズ・シュースターよ。覚えていらっしゃるでしょ。アントニーがあのローズと婚約したんだってこと」

「誰かから、ローズはアメリカにいると聞いたが」

「そうじゃないみたい」

「で、この週末、ファーンリッグ荘にやってくるのかね？」

「イザベルはそう言っていましたけど」

「ふうん、驚いたね」とブライアンは椅子の上ですわり直し、新聞を炉の前の敷物の上に落としてウィスキーに手を伸ばすと、グッと呷り、椅子からゆっくり立ち上がって、ウィスキーの二杯目をつごうとドリンク・テーブルのところに行った。

アナは「わたし、庭でバラを切っていたの」と言い、ブライアンがサイホンからシュッと音を立ててウィスキー・ソーダをグラスにつぐのを見ながら、「雨が降りだしてね。霧も立ちこめはじめて」とつぶやいた。

「少し前からそんな気配だったがね」

「初霜がおりるんじゃないかしら」

グラスを手にブライアンは炉の前にもどって、炎に見入りながらたたずんだ。

アナは背筋をグッと伸ばした。炉棚の上に鏡が置かれており、少しばかりゆがんだ二人の顔がこっちをじっと見返していた。浅黒い顔の男。絵描きが黒インクでグイと線を引いたような、秀でた眉。そのスリムな体形と対照的にずんぐりした、小柄な女。彼の肩のあたりにやっと届くか届かないかの背丈。小太りで、不器量で、目と目の間隔がせまく、鼻は大きすぎ、褐色とも、ブロンドともつかぬ髪の毛が霧のせいでクタッとしおたれて見えた。

母性の芽生えゆえの自分の変貌を確信していたので、鏡に映った変わりばえのしない顔はアナにとって少なからずショックだった。鏡の中から冴えない表情で、こっちを見返しているこの女はいったい、誰だろう？　ハンサムなわたしの夫と並んでたたずんでいる、この見も知らぬ女は？　答えはいつものように即座に返ってきた。アナよ。不器量なアナじゃありませんか。旧姓アナ・カーステアズ、現在はアナ・ストダート。何が起ころうとも、変貌の可能性はなさそうだった。

アントニーがエディンバラから急遽ロンドンにやってきたこと、フローラと彼のドラマティックな邂逅の一幕、そして彼といっしょに行こうという彼女の決意。あれこれ思い合わせてフローラは、エディンバラに着いたら時を移さず車に乗って、一路ファーンリッグ荘を目指して出発することを予想していた。

しかしエディンバラに着いたとたん、アントニーはまるで人柄が一変したかのようにのんびり構えだした。わが家に帰り、着古したジャケットを着て、はき心地のよい室内ばきをはいた男のように彼は目に見えてスローダウンし、ファーンリッグ荘にはいずれ着けばいいといった態度になっていた。

「何か食べて行きましょう」空港の駐車場に止めてあった自分の車を見つけて、フローラのスーツケースをトランクに納めて乗り込むと、彼は言った。

フローラはびっくりしてアントニーの顔を見つめ

た。「何か食べて行くって……」

「ええ、腹がへっちゃあいませんか?　ぼくはぺこぺこだ」

「でも飛行機の中で食事をしたじゃありませんか」

「あれは食事じゃありませんよ。プラスティックの容器に入ったスナックです。ぼくはとくに、冷たいアスパラガスってやつはゾッとしないんだなあ」

「一刻も早くわが家を目指そうと、さぞかし気が急いているんだろうと察していたのに」

「いま、出発したら、午前四時に到着することになるでしょうからね。ファーンリッグ荘は鍵が閉まっているでしょうし、三時間かそこら、外で待ちぼうけするか、誰かをたたき起こすかどっちかってことになるでしょう。後者の場合、とんでもない時刻に家中を引っ掻き回すことになりかねませんからね。これからエディンバラの市内に行って食事をしましょう」

「でももうずいぶん遅いわ。こんな時間に開いているところなんて、あるのかしら」

「ありますとも」


車はエディンバラの市街を走り、アントニーは自分の所属する小さなクラブにフローラを案内した。ここで二人はまず食前の一杯を楽しんだ後、最高に美味な晩餐を取り、コーヒーで仕上げをした。二人ともすっかりゆったりとした気分になり、それまでの慌ただしい展開とは大違いだった。

フローラとアントニーがクラブを後にしたのはほとんど真夜中近くだった。朝のうち吹きまくっていた風がやんで、エディンバラ市の街路は冷たい小雨が降りしきる闇にとざされていた。

「お宅までどのくらいかかるのかしら?」ふたたび車に乗りこんだとき、フローラはたずねた。

「雨の中だから、そうだな、七時間はかかるでしょうね。途中、せいぜい眠ってください」

「あたし、車の中ではあまり眠れないたちなんだけど」

「試してみても損はありませんよ」

フローラは実際、一睡もしなかった。極度の興奮と不安に胸をふさがれ、おまけに足先がひどく冷えこんで眠るどころではなかった。いまさら引き返すこともできないわけで、気分までわるくなっていた。せめても天気のよい月夜だったら、まわりの田園の風景にうっとりと見入り、あるいは地図を眺めて進路を確かめるのに心を奪われて、それなりに不安を静めることができたかもしれない。けれども雨はいっかなやまず、見えるものといえばアントニーの車のヘッドライトが照らす、曲がりくねった、暗い、ぬれた道路ばかりだった。タルマック舗装の黒い道は紆余曲折しつつ、車の前にきりなく続き、タイヤが立てるシューッという音とともに、後へ後へと飛ぶように消えて行くのだった。

しかし進むにつれて、まわりを閉ざす漆黒の闇にもかかわらず、あたりのたたずまいがおのずと感じ取れるようになってきた。荒涼とした、うら寂しい感じがつのり、小さな田舎町から次のそれまでの距離が増していた。内陸の細長い湖の湖面がほの白く光ったかと思うと道は上りにさしかかり、車は道なりにくねくねと曲がりながら、丘の斜面を上がって行った。

半ば開いている窓から、泥炭とヒースの匂いが漂ってきた。迷い羊が一、二匹、のんびり道を横切ろうとしているところをヘッドライトの光が捉えて、アントニーは口の中で罵りながら、ブレーキをかけることを再三余儀なくされた。

フローラはやがて山々に気づいた。それは彼女の故郷コーンワルの見慣れた丘でなく、峨々たる本当の山だった。ほとんど垂直に屹立し、深い洞穴や寂しい谷をつくって打ち続く山々。道はそうした山中をリボンのように細々と走っているのだった。溝の中にワラビが雨にぬれて光っていた。車のエンジンの音のバックミュージックのように、水の音がしていた。その音が折々高まったと思うと、遠くの見えない岩棚から道ばたの小川の大石小石の上に滝がなだれ落ちて、そこだけいっぱしの奔流となってほとばしり流れているのだった。

そのぬれそぼつ、灰色の日の夜明けはごく徐々に訪れて、フローラがほとんど気づかぬうちに朝が来ていた。暗闇が心持ち薄れ、丘の斜面の小屋が白く光りだし、もしゃもしゃした毛を雨にぬらした羊の群れを車がかろうじてよけることができるようになって、気がつくと夜が明けていた。

　夜のうちは対向車もほとんどなかったが、やがて大型トラックと行き合うようになった。トラックはディーゼル・エンジンの音を響かせて、こっちの車のフロントガラスに泥水をたっぷり浴びせては通りすぎた。

「大型トラックが急にふえだしたみたい。どこからくるんですか?」

「ぼくらが行こうとしている所から」

「ファーンリッグからってこと?」

「いや、ターボールから。ターボールは以前には、小さな、しけた漁村だったんですがね、今ではニシンを水揚げする重要な漁港なんですよ」

「ああしたトラックはどこに行くのかしら?」

「エディンバラとか、アバディーンとか、フレイザバラとか——どこでもニシンが売れるところへ。ロブスターはプレストウィックに運ばれて、そこからニューヨークに直接空輸されます。小エビはロンドンに、塩漬けニシンはスカンジナビアに行くんですよ」

「でもスカンジナビアでは、もともとニシン漁がさかんじゃないんですか?」

「北海の漁業は今では、底をつきかけています。それだからターボールが重要性を増し加えたんです。近ごろはおかげで、スコットランドにつきが回ってね。漁師たちは新車やカラーテレビを買いこんでいます。甥のジェイスンは彼らの子どもたちと学校仲間なんですが、ファーンリッグ荘にカラーテレビがないというので、見下されているようですよ。かわいそうに、あいつ、少々肩身がせまいんじゃないかな」

「ターボールはファーンリッグ荘とどのくらい、離れているんですか?」

「約六マイルです」

「ジェイスンはどうやって通学しているんですの?」

「庭師のウォティーが送って行くんです。ジェイスンは自転車通学を希望しているんですが、タピーが許さないんですよ。その判断は正しいと思います。まだたった七歳ですからね。ジェイスンが自転車通学を始めたら、とんでもない事故に遭うんじゃないかとタピーはかたときもおちおちしていられないでしょう」

「ジェイスンがタピーのところにきて、どのくらいになるんですか？」

「ここ一年ばかりのことです。今後、どのくらい、こっちで暮らすのか、それは父親のトーキルの仕事の先行きしだいでしょうね」

「お父さんやお母さんを恋しがることはないんでしょうか？」

「そりゃ、そういうこともあるでしょうが、ペルシャ湾岸はジェイスンの年齢の子どもが暮らせるような場所ではありませんから。タピーも、ジェイスンを手もとに置きたがっていますしね。ファーンリッグ荘に男の子がいて、いたずらをやったり、散らかしたりということがなかったら、わが家という気がしないんじゃないでしょうか。ファーンリッグ荘には昔からいつでも、小さな男の子がいたらしくてね。それだからタピーには、年齢を超越した感じがあるんじゃないかな。年を取る暇がなかったんでしょう」

「イザベル伯母さまは？」

「イザベル伯母はまるっきり聖人のような人です。病気のときはやさしく看病してくれ、気分がわるいときには少しでもさっぱりするように心をくだいてくれ、夜中でも文句を言わずに起き出して水を持ってきてくれる、ありがたい人なんですよ」

「結婚はなさらなかったの？」

「ええ、戦争のせいもあったんじゃないですか。戦争が始まったときには若すぎ、戦争が終わったときには、ファーンリッグ荘にもどりたいということしか念頭になかったようです。西部高地地方《ウェスト・ハイランズ》には当時、イザベル伯母の相手としてふさわしい独身男性があまりいなかったようでね。イザベル伯母に求婚した男が一人、いたことはいたんですがね。エグ島の土地を買おうとしていた農場主で、その土地を見にイザベル伯母をいっしょに連れて行ったんだそうです。それがそもそも間違いのもとだったんでしょうね。イザベル伯母は行きの船の中で船酔いに苦しみ、島に着いてみたら雨が一日中、降りどおし、家は原始的、トイレは庭の奥、そのあげくに帰りの船も船酔いという次第で、ロマンスは当然ながらそれっきり立ち消えになってしまったんですよ。われわれは大喜びしましたよ。相手の男というのが、虫の好かない赤ら顔の男で、簡素な生活に帰ることを金科玉条のように唱えている、ひどく退屈なおっさんでしたっけ」

「でもタピーは嫌いじゃなかったんでしょ?」

「タピーはどんな人間にも、好意をいだくたちですから」

「あたしにも好意をもってくださるかしら?」

アントニーはちょっと首をこっちに振り向けて、フローラに微笑を送った。陰謀の同志に送る泣き笑いのような、悲しげな表情だった。

「ええ、タピーはローズがきっと好きになるでしょう」

フローラはまた黙りこんでしまった。

あたりが明るくなってきた。雨があがり、風に乗って霧が漂いだした。海の匂いがしきりにした。カラマツとモミの木の植わっている丘の斜面にピンクがかった花崗岩が露出している切り通しがあった。車はそこを下って行った。小さな村々では人々がそろそろ起き出しているようだった。まだ暗い湖面が西風を受けてかすかにおののいているのが見えた。車が角を一つ曲がるごとに、すばらしい眺望があらたに開けた。そんなふうにして海のほとりにきたとき、フローラは岸辺の草むす岩にくだける、磯の香りのする波を見て、ハッと胸をとどろかせた。これは湖ではない、海なのだ。

彼らは浜辺づたいに数マイルばかり、車を進めた。フローラは遠くに崩れかかっている城を見た。城壁のまわりの草は羊に食いつくされていたが、近くのシラカバの木立の葉はあたらしく鋳造されたペニー銅貨のように色づいていた。羊の囲いを控えた農家のどこかで犬がしきりに吠えていた。遠くかすんでいるたたずまいがうっとりするほど、うつくしかった。

「ロマンティックな光景なんていったら、前時代的言い回しに聞こえるかしら。でもそれしか、頭に浮かばないものだから。ほんとにロマンティックな景色だわ」

「ここはボニー・プリンス・チャーリーの土地ですからね。伝統とノスタルジーにとっぷり浸っているんですよ。水泡に帰した、多くの企図の誕生の地、イギリスの長年にわたる海外移住と人口減少もまたここに端を発しています。女性の権利の回復に先鞭をつけたのも、この土地から生まれた優秀なスコットランド女性たちでした」

「あなたはここに住みたいとは思っていらっしゃらないの？　ずっとここで暮らしたいとは？」

「生計を立てて行かなきゃなりませんからね」

「ここではそれができないってこと？」

「公認会計士としてはね。漁師としてなら暮らして行けるでしょう。医師としてもおそらく。ヒュー・カイルのように。ヒューはファーンリッグ荘の家庭医として、タピーの健康に気を配ってくれているんですが、ほとんどずっとこの土地で暮らしてきたんです」

「幸せでしょうね、こんな土地で暮らせるなんて」

「いや、彼を幸福な男と呼ぶことはできないでしょうね」


急な丘の斜面を下って小さな港町ターボールに車を乗り入れたときには、すでに午前六時半になっていた。魚を運搬するトラックは一台も見当たらず、漁船が夜の獲物を持ち帰るときまでにはまだ間があり、波止場は閑散としていた。

時刻が早いのでアントニーは港ぞいの道に車を走らせて、荷揚げ場と桟橋とクレーン、そして燻製工場を見下ろす丸太小屋の前に車を止めた。

車を降りると潮風と、タールを塗ったロープと、魚の匂いのする寒気がいきなり二人を襲った。小屋のドアには「サンディーズ・スナック・バー。お茶、コーヒー、スナックいろいろ」と記されていて、湯気に曇った窓から黄色い明かりが洩れていた。

二人は古いニシンの箱を踏み台にして小屋の中に入った。中はとても暖かで、焼き立てのパンの匂い、ベーコンを揚げる匂いがした。カウンターの後ろから、花模様のオーバーオールを着た、ふとった女性が手にしていた壷から顔を上げた。アントニーを見るなり、その顔に開けっぱなしの笑みがひろがった。「まあ、アントニー・アームストロングじゃないの！　こんなところで何をしているのさ？　珍しいねえ！」

「おはよう、アイナ！　週末で帰ってきたんだよ。朝食をご馳走になりたいんだが」

「もちろんよ。さあ、すわってちょうだい。楽にしてね」と連れのフローラに興味ありげに視線を走らせた。「こちらはあんたのいい人？　結婚するんだってねえ？」

「そうなんだ」と答えてアントニーはフローラの手を取って、少し押し出すようにした。

「ローズだよ」

最初の関門、最初の嘘、最初のハードルだった。

「初めまして」とフローラは言った。あっけないくらい、やすやすと、彼女は最初のハードルを越えていた。

第6章　ジェイスン

タピーは五時から目を覚まして、六時にはもうアントニーとローズの到着を今か今かと待ちかねていた。

体の具合がわるくなかったら、すぐにも起き出して着替えをし、誰もがまだ寝静まっている家の階下に降りて、普段やりつけている細々とした用事を楽しみながら一つ一つ果たして行くところなのに——とタピーは残念でならなかった。玄関のドアを開け放って犬たちを外に出してやり、キッチンに行って早朝の一杯のお茶のためにやかんを火にかける。それから二階にもどり、アントニーとローズのために用意されている部屋の電気ストーブのスイッチを押し、部屋を暖めておく、洗いたてのベッドカバーがきちんと掛かっているか、衣装戸棚にハンガーが揃っているか、化粧台の引き出しのどれにも真っ白な紙が敷かれているか——つまり、お客を歓迎する態勢が万端ととのっているかどうかをチェックする必要もある。

そうした点検がひとまず終わったら、ふたたび階下に降りて犬たちを屋内に入れ、ビスケットをふるまって少しばかり撫でてやり、一方、カーテンを引いて朝日を部屋に入れる。さらにホールの炉の埋み火を掻き立てて泥炭を少し足しておく……もしも元気だったら、温かい歓迎の舞台をそんなふうにととのえておくのだが。

年を取り、そのうえ病気などという、しんきくさいものになって、おいそれとベッドを出るわけにいかないなんて、まったく情けない。こんなていたらくではアントニーたちを迎えるという、心おどる下準備は、どうしたってほかの者に肩代わりしてもらわなければならない。

挫折感に打ちひしがれ、くさくさするほど退屈で、タピーはいっそ起き出してさっさと着替えをしよう、イザベルやマクラウド看護婦やヒュー・カイルが何と言おうと知ったことではないという気持ちになっていた。しかしそうした憤懣《ふんまん》の背後には、じつはきわめて現実的な恐れが隠れひそんでもいた。言われたとおりにするという良識を欠いていたために、祖母が階段の下あたりにノビているところにアントニーが到着したら、それこそ、とんでもない帰省になってしまうだろう。

タピーはホッとため息をついて、不可避的な状況を甘んじて受け入れることにした。さしあたって彼女はベッドの脇のテーブルの上の缶からビスケットを一つ取り出してかじり、マクラウド看護婦が毎晩、魔法瓶に入れておいてくれるお茶を少し飲んだ。とにもかくにも辛抱して待つほかはない――とタピーは自分に言い聞かせた。でも病気って、まったく退屈だ。これまで病気らしい病気をしてこなかったのは、すごくありがたいことだったんだわ。

七時になったとき、家の中が少しばかり、活気づきはじめた。イザベルが階下に降りて行く気配がした。犬たちの立てる音。大きな玄関の扉が開け放たれて、牢獄のそれのような差し錠がはずされ、大きな鍵が回され……

そのうちにミセス・ウォティーの声がイザベルのそれとこもごもに聞こえるようになり、やがて朝食の準備が始まったのだろう、階下からおいしそうな匂いが漂ってきた。ジェイスンが浴室に行く気配がしたと思うと、手すりごしに「イザベル！」と呼ぶ彼の声が聞こえた。

「なあに？」

「ローズとアントニー、もう着いたの？」

「まだよ。そろそろだと思うわ」

タピーがドアを見つめているとハンドルが回り、ドアがゆっくり開いた。

「わたしは、もうちゃんと起きててよ」とタピーは声をかけた。と、ジェイスンのブロンドの頭がドアの陰からのぞいた。

「アントニーたち、まだ着いてないんだって」

「あなたが着替えをすませるころには、たぶん、着いていると思うわ」

「タピー、よく眠れた？」

「ええ、ぐっすり」とタピーはすました顔で嘘をついた。「あなたは？」

「うん、たぶん。あのさ、タピー、ぼくのレンジャーのTシャツ、どこにあるか、知らない？」

「乾燥戸棚の中じゃないかしら」

「わかった。行ってみるよ」

ドアを開けっぱなしにしたまま、ジェイスンは姿を消した。と、スーキーがやってきた。スーキーは朝の庭を一回りしたのだが家に入るとまっしぐらに二階を目指し、パタパタと軽い足音を響かせて寝室を横切り、椅子にいったん乗ってから、タピーのベッドに飛び移り、当然しごくのように羽根布団の裾のいつもの場所に落ち着いた。

「スーキー！」とタピーはたしなめたが、スーキーは良心など、薬にしたくも持ち合わせておらず、冷たい目でタピーをジロッと見ただけで早くも眠りにつく姿勢を取った。

次にやってきたのはマクラウド看護婦で、窓を閉め、カーテンを引き、電気ストーブをつけた。ノッシノッシと歩くにつれて、炉棚の上の装飾品がカタカタと鳴った。

「お孫さんとフィアンセのお嬢さんが見える前に、お身の回りをきちんとしておきませんとね」とマクラウド看護婦はいたずらっぽく目をキラリと光らせて言い、シーツを引っ張り、枕をふくらませ、ベッドに手を突っこんで湯たんぽを取り出し、朝食には何を召し上がるかときいた。「ミセス・ウォティーはベーコンをいためてますわ……アントニーは家に帰った最初の朝はかならずベーコンを食べるのを楽しみにしているからって。少し、召し上がってみます？」

待ちくたびれたタピーが業を煮やして、もう一秒だって我慢できないと思いはじめたときだった。アントニーの車が轟音を上げて開いている門から入り、でこぼこした自動車道を上がってくる音が聞こえた。続けざまに二回響いた警笛の音とブレーキのキーッと軋る音、タイヤの下から砂利が飛び散る音（タピーに言わせると、アントニーはいつもスピードを出しすぎるのだが）によって、朝の静けさがやぶられた。階下《した》にあわただしい動きがあり、飼い犬のプラマーが吠えはじめ、裏手の廊下、そしてホールに足音が響いたと思うと、ドアがバタンと大きな音を立てて開き、幾通りものうれしげな声が家中に響きわたった。

「お帰りなさい」、「疲れたでしょ?」、「まあ、よくねえ!」

ジェイスンの声も聞こえた。「お帰りなさい、アントニー、いいドライブだった? ねえ、ぼくに弓と矢をこしらえてくれる?」

と、アントニーの声が聞こえた。「タピーはどう?」(やさしい子だわ、アントニーって! 秘蔵の孫に対する愛情に、タピーの胸は張りさけんばかりだった。)

「タピー、起きてるよ」と興奮した甲高い声でジェイスンが言っていた。「待ってるんだよ、アントニーたちを」

タピーは早く二人に会いたくて、自分で自分を抱きしめるようにしてベッドの上に起き直ってドアを見つめ、アントニーが上がってくるのを今か今かと待っていた。アントニーは一段おきに階段を駆け上がってやってきた。

「タピー!」

「ここよ!」

階段の上がり口を大股に横切って、アントニーはほとんど駆けこむように部屋に入ってくると、チェシャー・キャットのように笑みくずれて祖母を見下ろした。

「タピー!」アントニーはベッドフォード・コードと呼ばれるコーデュロイ紛いの上下という、カジュアルな服装の上に厚手のセーターを着て、革のジャンパーを羽織っていた。アントニーがベッドの脇に立って彼女にキスをしたとき、一夜の無精髭がかすかにザラッとした感触を残した。かわいそうに、冷たい顔、まあ、髪を伸ばしてるのね。ああ、ほんとに帰ってきたんだわ、アントニーが……

二人は愛情をこめて、あらためて抱き合った。少し身を引き離して、アントニーは言った。「なあんだ、思ったより元気そうじゃないですか。重体かと思って飛んできたのに、何だか騙されたみたいだな」

「ええ、もう何ともなくてよ。車、いつもより手間取ったみたいね。道が混んでいたのかしら？」

「いや、かなりすいすいこられましたよ。早すぎたんで、サンディーズで朝食をちょっとね。ソーセージと濃いお茶をもらって」

「ローズもいっしょ？」

「ああ、階下《した》にいますよ。会いたいですか？」

「決まっているでしょ。すぐ連れてきてちょうだいな」

アントニーは部屋を出て行き、階段の上から「ローズ！　ローズ！」と呼びかけた。答えはなかった。「ローズ！　上がってきたまえ。タピーが早くきみに会いたいってさ」

タピーは一心にドアを見つめていた。やがてアントニーがローズの手を引っ張って部屋に入ってきた。

何だか二人とも、おずおずと恥ずかしそうにして——とタピーはその若さをたまらなくいとおしく思った。この娘と愛し合ったためにアントニーが身につけている、世慣れた、都会的な表皮が少しばかり、引き剥がされているようだった。

久しぶりに会うローズを見やって、タピーは五年前の彼女を思い出していた。十七歳から二十二歳までの五年のあいだに、整った顔だちの、しかしとかくむっつりと不機嫌になりがちだった少女が魅力あふれるおとめに成長していた。日に焼けた肌は健康と清潔感にあふれ、栗色の髪がつややかに流れ、目は——こんなにも濃い色だったのかとタピーは感嘆した。近ごろの若者がお仕着せのように身につけている洗いざらしのジーンズにタートルネックのセーター、タータンチェックの裏地のついた、ネイビーブルーのコート。

ローズは恥ずかしそうに言った。「すみません、何だかあたし、顔も、服も、汚れっぽくて」

「夜どおし、車を走らせたんですもの、少しばかり汚れているのは当然だわ。でも、あなたはそのままでとてもチャーミングよ。さあ、ここにきて、わたしにキスをしてちょうだい」

ローズはベッドに近より、身をかがめてタピーにキスをした。濃い色の髪が垂れて、タピーの頬に触れた。ローズの頬は滑らかで、ひんやりと冷たく、もいだばかりのリンゴをタピーに連想させた。

「いつまで待ってもきてくれないんじゃないかって、ほとんど諦めかけていたくらいよ」

ローズはベッドの端にすわった。「すみません」

「アメリカに行っていたんですって？」

「ええ」

「お母さまはお元気？」

「ええ、とても」

「お父さまは？」

「おかげさまで。三人でずっと旅行をしていたものですから」スーキーに気づいて、ローズはすぐに言った。「まあ、これ、あなたの犬でしたわね」

「スーキーを覚えててくれたのね、ローズ！　ほら、わたしたちのピクニックによくついてきたでしょ？」

「でもう――ずいぶん年を取っているんでしょうね？」

「十歳になるのよ。人間の年でいうと七十歳ってところね。それだって、わたしよりは若いわけよ。わたしは歯の数はスーキーより多いけど、でもスーキーはわたしみたいなおばかさんじゃないから、病気なんてくだらないものにかからなかったからね。それはそうと、あなたたち、朝食はもうすんだって言ってたわね？」

「ええ」とアントニーは答えた。「ターボールですませてきたんですよ」

「いやあね、ミセス・ウォティーがとくにあなたたちのためにベーコンをいためているのに。食べる真似だけでもいいから、一応テーブルにつくことね。せめてコーヒーくらいは飲んでちょうだいな」

タピーはいくら眺めても眺め足りないというようにローズにほほえみかけた。アントニーとこの娘が結婚して、ファーンリッグ荘の住人になったらどんなにうれしいか。

「婚約指輪、見せてもらえて？」ローズはタピーの求めに応じて、日焼けした指にはまっているダイヤとサファイアの指輪を示した。

「きれいな指輪！　当然よね、アントニーはとても趣味のいい子なんですもの」

　ローズは微笑した。その若い顔をパッと明るませた、おおらかな笑顔を見守って、タピーはうっとりしていた。白い、健康そうな歯がこぼれて。二本の前歯が心もち曲がっているためか、とても若い、可憐な感じだった。

「どのくらい、こっちにいられるのかしら？」とタピーは、二人がまた行ってしまうと考えただけで早くもたまらない気持ちになっていた。

「明日の晩にはもう立たないと。あいにく二人ともゆっくりしてはいられないんですよ」とアントニーが答えた。

「二日間だけってことね。あっという間にたってしまいそう」とタピーはローズの手をかるく叩いた。

「まあ、いいわ。せいぜいその二日を楽しませてもらうことにしましょう。さっそく今夜、ちょっとしたパーティーを予定しているのよ。ほんの四人ばかりのお客さまだけど、めったにない機会だから、どうしてもね」とアントニーの咎めるような表情を見て取って、急いでつけ加えた。「うるさいこと、言わないでちょうだいな、アントニー、そうでなくても、わたし、イザベルと看護婦さんにつけつけ言われっぱなしなんだから。ほどほどにとか、興奮しないようにとか。どうでしょう、わたしのために看護婦さんを頼んだのよ。ミセス・マクラウドってフォート・ウィリアムの人」と声を落とした。「それがね、馬そっくりって人なの」(ローズは思わず笑った)「わたしね、つまらないことをあれこれ注意されて、ちょっとうんざりしてるんだけど、でも看護婦さんがいることでイザベルの負担が少しは減るんでしょうからね。もちろん、わたしはパーティーには出ないわ。夕食のお盆を膝の上にのっけて、ベッドの上にちんまりすわって、あなたがたが楽しくやっている様子に聞き耳を立ててるだけで我慢するつもりよ」

ローズのほうを振り返ってタピーは言い添えた。「アナとブライアンにも声をかけたのよ。あの二人は覚えているでしょ？　もちろんよね。再会のチャンスがあればお互いに楽しいだろうと思って」

「あなたがお出になれないのが残念ですわ」とローズは言った。

「うれしいこと、言ってくれるのね。でももう少しのあいだ、おとなしく寝ていれば、あなたがたの結婚式には出席できるでしょうからね。何といっても、それが肝心なんですからね」とアントニーとローズの顔を見くらべてにっこりした。二人の目、濃い色のローズの目と、淡い色のアントニーの目がともにタピーの顔にひたと注がれていた。そのとき、タピーはふと、濃い色の目が疲労にかげっていることに気づいた。「ローズ、あなた、もしかして睡眠不足なんじゃあ？」

「ええ、眠れなかったものですから」

「かわいそうに、へとへとに疲れているんでしょうね」

「ええ、少し。急に眠気がさしたみたいでぼうっとしてしまって」

「すぐベッドに入るほうがいいわ。昼食までゆっくりおやすみなさいな。ね、そうすればきっと元気を回復するわ。アントニー、あなたも一休みしたほうがいいかもね」

「ぼくはだいじょうぶですよ」とアントニーが言下に言った。「もっと後で少し昼寝をするかもしれないが」

「でもローズはすぐベッドに入るべきだわ。ミセス・ウォティーに湯たんぽを入れてもらって、暖かくしておやすみなさいな。一寝入りしたら、ゆっくりお湯につかるといいわ。そうなさい、ね？」

「ええ、そうさせていただきます」

「じゃあ、階下《した》に行って、ミセス・ウォティーのいためたベーコンをお体裁だけでもつつくのね。ついでに看護婦さんに、わたしがそろそろ朝食をもらおうかって言ってるって伝えてちょうだい。そしてね」と、戸口に向かって歩きだしたアントニーとローズに向かって言った。「ほんとうにどうもありがとう、わざわざわたしに会いにきてくれて」


　いつもと違う感じの目覚めだった。ベッドはふかふかで、とても気持ちがよかったが、自分のベッドとは寝心地が違っていた。天井の蛇腹も、窓に引かれているとき色のカーテンも見慣れぬものだった。どこにいるのか、初めはさだかでなかったのだが、フローラはカバーの下から腕を引き出して時計を見た、十一時。五時間も眠ってしまったんだわ、あたし。ここはファーンリッグ荘、スコットランドのアーガイル州、アリセーグのファーンリッグ荘なのだ。あたしの本名はフローラ、でもここではローズ――アントニー・アームストロングの婚約者だ。

一家の人々には一通り会った。イザベル、幼いジェイスン、焼き立てのスコーンのようにざっくりした感じのする、いかにも温かい人柄のコックのミセス・ウォティー。彼女のご亭主で庭師のウォティーは、彼らがコーヒーを飲んでいるところに長靴の底をマットで丁寧にぬぐって入ってきて、収穫すべき野菜についての指示を奥さんのミセス・ウォティーに仰いでいた。誰もが彼女を大喜びで迎えてくれた。アントニーの婚約者だということだけでなく、ローズの五年前の滞在のときのことを覚えているからしかった。

「ミセス・シュースターはお元気ですか？」とミセス・ウォティーがまずきいた。「あの夏、あなたのお母さまは、生みたての卵をって毎日のように、この家にいらしたものでしたよ。ウォティーはお母さまによくレタスを差し上げてましたっけ。生野菜は毎日、かかさないようにしてるっておっしゃって」

イザベルはある日のピクニックの話をした。暑い日で、タピーはパメラ・シュースターのシックな水着を借りて海に入った。「見ちゃいけない、ハレンチな姿に決まっているからって、タピーは言ったけど、でもタピーは昔からほっそりしていて、何を着てもすっきり見えたものでね」とイザベルが言うと、アントニーがすかさずからかった。

「見ちゃいけないって言われたのに見たんですね、イザベル？　そうでなきゃ、すっきり見えたなんて言えるわけもないからなあ。つまりのぞき見をしたわけだ」

「わたし、ただ、タピーが水の中でこむらがえりを起こしはしないかって気が気でなかったのよ」

ジェイスンは思い出話ができないので、ふくれていた。「あなたがここにきたとき、ぼくもいればよかったなあ」フローラのことをとてもきれいだと思っているらしく、ジェイスンは彼女をうっとりと見つめて言った。「ぼく、そのとき、どこかよそに行ってたみたい」

「あなたはベイルートにいたのよ、そのころ」とイザベルが言った。「それに、ここにいたとしても、覚えているわけはないわ。五年前といえば、たった二歳だったんですものね」

「ぼく、二歳のときのこと、ちゃあんと覚えてるもん。いろんなこと、みんな覚えてるもん。ほんとだよ！」

「たとえば何を覚えているんだい？」とアントニーが疑わしげにきいた。

「たとえば……クリスマス・ツリーのこととかさ」とジェイスンはちょっと自信なげに言った。

だれもがにっこりしたが、ふきだしたり、からかったりする者はいなかった。彼の言っていることを信じている者がいないということはジェイスン自身にもわかっていたのだろうが、幼ないなりにその人格の尊厳が傷つけられることはなかった。

「でもさ、ぼくがもしか、この家にいたらさ、ローズのこと、ぜったいに覚えてたと思うんだ」とジェイスンはさも残念そうにつぶやいたのだった。

さてフローラはもう一度、時計を見た。十一時五分すぎ。もうはっきり目が覚めていた。彼女はベッドから出て窓のところに行き、カーテンを引き開けて、庭から海のほうに目をやった。

雨はやみ、霧もあがりかけているのだろう、遠くの島々の輪郭が少しずつはっきりしだしていた。引き潮どきらしく、小さな突堤と傾斜の急な小石まじりの浜辺が見えた。庭は草に覆われたテラスという感じで、浜辺のほうへと階段状に続いていた。庭の片側にテニスコートがあるのだろう、ネットが張ってあるのが見えた。下方には灌木の葉が赤みがかった金色に色づきかけ、ナナカマドの木には赤い実がなっていた。

フローラは身をひいて窓を閉ざし、浴室をのぞいた。浴槽はまるで棺桶のように巨大な、ヴィクトリア朝様式のもので、外側に磨きこんだマホガニーが張ってあったが、高さがあるので、浴槽に入るのは一苦労だった。湯はとても熱くて肌ざわりがやわらかく、泥炭がまじっているのだろう、少し茶色っぽく濁っていた。浴室のしつらえも昔風だった。石鹸はかすかに薬くさく、タオルは大きくて、白く、とてもふかふかしていた。浴室の棚にのっている瓶にはベーラムと書いてあった。すべてが古めかしく、おそろしく贅沢だった。

浴槽から上がって体を拭き、着替えをすませ、ベッドメーキングを終えて、衣類をハンガーに吊すと、フローラは部屋を出た。廊下の果てまで歩くと広い階段が途中にいくつかの踊り場をまじえつつ、大きなホールへと下っていた。フローラは足を止めて何か物音でもしないかと聞き耳を立てたが、タピーは休んでいるか、医師の診察を受けているか、それとも、あの威勢のいい、きびきびした物腰の看護婦が細々とした用事をしているかで、入って行ったら邪魔になるだけだろうと気後れして、フローラはそのまま、階下《した》に降りた。ホールの大きな炉には薪がくすぶり、泥炭のにおいが何がなし、なつかしい感じを漂わせていた。

しばらく様子をうかがってたたずんでいたが、あいかわらず何の物音もしなかった。家の中の様子にはまだ不案内だったが、ようやくキッチンを見つけてのぞくと、ミセス・ウォティーがテーブルに向かって鶏の羽根をむしっており、まわりに羽根がふわふわ舞っていた。

「ああ、ローズ、少しは眠れました？」

「ええ、ありがとう」

「コーヒーを一杯、あがります？」

「いいえ、結構よ。みなさんはどこかしら？」

「めいめいがめいめいの用事を果たしているって言ったらいいでしょうかね——わたしの知ってるかぎりじゃ。看護婦さんはドクターの往診を待ってますし、イザベルさんは今夜のパーティーのためのお買い物にって、ターボールにいらっしゃいましたし。アントニーとジェイスンは一時間ばかり前、いっしょにロックガリーに出かけて行きましたよ。自動車道にでこぼこあいている穴をうまいこと埋めてもらうように、ウィリー・ロバートスンに頼みにね。昼食まではもどらないと思いますよ。つまり、あなたはさしあたっては一人ぼっちってことですわね」

ミセス・ウォティーはこう言いながら、鶏の首を体から切り離した。フローラは切断された鶏の頭部から目をそらしつつ、またきいた。「何かお手伝いできること、ないかしら？　テーブルをセットするとか。ジャガイモの皮むきとか」

　ミセス・ウォティーは陽気な声を上げて笑いだした。「そんなこと、もうとっくの昔に終わっていますって。心配、要りませんよ。散歩にでも出かけたらどうです？　雨もあがりましたし、少しばかり、新鮮な空気を吸ってきたって罰はあたらないでしょうよ。ビーチ・ハウスに行ってみてもいいでしょうし。昔と変わったかどうか、見てきたらいいじゃないですか」

「そうね」とフローラはうなずいた。見ておけば、それなりにすらすらと思い出話ができるかもしれない。「ただ、あたし、道順をよく覚えていなくて」

「間違いっこ、ありませんて。この家のまわりをぐるっと回って、小道を砂浜のほうに下りて行けばいいんですから。コートをお持ちなさいよ。けさのこの空模様はもう一つ、はっきりしませんからね。午後からは日が出て、結構明るくなるかもしれませんけど」

　言われたとおり、コートを部屋から取ってきて、フローラは玄関から外に出た。外気はひんやりとして湿り気をおび、甘い香りがした。枯れ葉と泥炭を燃やす煙の匂いもするようだった。そうしたすべてに潮の香がそこはかとなくまつわっていた。フローラはちょっと足を止めて現在位置を確かめてから左に折れて、家の前の砂利を敷いた空き地を横切り、傾斜した芝生の間を走る小道を下って行くうちにシャクナゲの茂みのところに出た。

　シャクナゲの茂みを後にすると、あたらしく植えたものらしい若いモミの木立がまわりを囲むようになった。しかし小道はそうした若木のあいだをさらに続き、歩いて行くうちに両側に石垣を控えた門があった。この門の向こうの下方はヒースの野、さらに石がごつごつしている一郭があって、そのまた先に、見たことがないほど真っ白な砂浜がひろがっていた。

　そこは、車でファーンリッグ荘にきたときに見たのとは違う塩湖の南岸らしかった。ちょうど引き潮どきで、細い水路が二つの白い砂浜を分けていた。向こう岸の陸地はなだらかに傾斜し、緑色の低い丘の斜面にパッチワークのように牧羊地や畑が続いていた。野のあちこちに刈りたての干し草の束が積んであった。

手前に小さな農家があって、煙突から青い煙が立ち上り、戸口に犬がすわりこんで、しきりに吠えていた。丘の斜面では羊が草を食んでいた。水際まで歩いて行って目をまわりに配ってフローラは、入江の屈曲部にいだかれるように建っている家がビーチ・ハウスらしいと歩みを進めた。節くれだったカシワの木立を背後に控えていた。

近づくにつれて、石がゴロゴロして歩きにくい浜辺の上方に、家の戸口まで木の梯子段が設けられているのが見えた。家の前面のよろい戸は閉ざされていた。白いペンキを塗った壁、屋根はブルーのスレート、ドアとよろい戸は緑色だった。梯子段を上がってみると、石を敷きつめたテラスにファイバー・グラスのディンギーが寄せかけてあり、木の桶の中にはかつての夏に咲き誇っていたらしいゼラニウムの干からびた残骸があった。

フローラはドアに背をもたせかけて下方の景色を眺めながら、あたらしい役をもらった女優のように、ローズという人格に自分を投入しようとつとめた。十七歳のローズは五年前の夏をここでどのように過ごしたのだろう？　天気のいい、暑い毎日、彼女はこのテラスで日光浴をして過ごしたのかもしれない。高潮のときには、このディンギーに乗って塩湖を帆走したり？　日がな一日、泳いだり、貝拾いをしたり、輝くような白い砂の上をそぞろ歩きしたり？

それとも退屈でたまらず、いらいらと日を送っていたのだろうか？　毎日、ふくれっ面でニューヨークとか、キツビューエルとか、そのほか彼女の気に入りの狩場に一日も早くもどりたいとじれながら？ああ、そのときのローズの心境がもっとはっきり摑めれば——とフローラは切に思った。双子のかたわれをもっとよく、もっと深く知るだけの時があったらよかったのに。

フローラはくるりと向きを変えて二、三歩後じさりし、何らかの手がかりを求めるように家を眺めやった。けれどもよろい戸を下ろした家のたたずまいは、秘密を秘し隠している顔のようで、何も語ってはくれなかった。彼女は家に見切りをつけて、浜辺を波打ち際まで歩いてみた。ガラスのように透きとおった水が砂の上にひたひたと寄せており、おだやかな入江の浜辺には数限りない貝殻が、さあ、よりどり見どりというように、いささかも欠けていない完全な形で見出された。フローラはいつしか貝を一つ、また一つと拾いだした。

この他愛のない作業に夢中になっているうちに時の観念そのものが念頭を去っていたのだろう、どのくらいそうしていたのか、突然、フローラはそんな自分をじっと見守っている者がいることに気づいた。貝殻から目を上げると、湖のほとりのせまい道の脇に車が一台止まっていた。前にはなかったのにと思いながら目を走らせると、車の脇に一人の男がポケットに両手を突っこんでじっと立っていた。

二人のあいだの距離は百ヤードくらいだったろうか。フローラが自分に気づいたことを見て取ったのだろう、男はポケットから両手を引き出し、短い距離を大股に歩いて浜辺に降り立ち、砂の上を彼女のほうに近づいてきた。

フローラはたちまちつよい自意識に駆られて、まわりを見回した。その浜辺にはほかに人影とてなく、どうやらその男と彼女の二人だけ（数羽の食いしんぼうの海鳥をのぞいては）らしかった。取りとめのない思いが立て続けに脳裏にひらめいた。

もしかしたらあの男は道に迷って誰かと行き合ったらたずねようと、待っていたのかもしれない。それとも次の休暇を妻と子どもたちとともに過ごせそうな貸し別荘を物色しているのかも。たまたまビーチ・ハウスが目にとまって……しかしもしも性犯罪者が獲物をあさって歩き回っているのだったら？　犬を連れてくればよかった……

そんなばかなことがあるわけはない——とフローラはすぐ打ち消した。遠くから見ただけでも、そうした種類の人間でないことは一目でわかった。まっとうそうな、大地に足をしっかり踏まえている感じとでもいおうか。人並みすぐれて背が高く、がっしりとした肩、すらりとした長い脚が際立っていた。遠い道を歩き慣れている人間のしっかりした、鷹揚な足取りで、男はこっちに近づいていた。目立たない、しごく尋常な、地方育ちの人間によくみられるような服装だった。農場の経営者か、地主か、たぶん隙間風がたっぷり吹きこむ広い屋敷にでも住んで、八月には狩猟会に加わる、そういったたぐいの人種だろう。

貝殻を両手に握ってポカンと突っ立って、相手が近づくのをただ待っているというのも、気が利かない話だ。こっちから先に言葉をかけるほうがいいのかも。フローラは微笑を浮かべようとして、相手にまったく応ずる様子がないのに気づいた。男は戦車のような重圧感を漂わせながら、ひたすら彼女のほうに接近しつづけていた。年のころは三十代と四十代の中間といったところか。線の強い容貌。頭髪も、着ているスーツやシャツや、締めているネクタイにしても、これといって目立ったところはなく、しごく尋常な地方人の印象だった。しかしその目の深い、輝く青さに、フローラはわれ知らず動揺していた。フローラは彼女なりに、さまざまな事態を予期していたが、この冷ややかな目、この敵意に燃える、輝くようなまなざしは予想のほかだった。

男はようやく立ち止まった――彼女が立っているところから一ヤードと離れていないところで、浜辺の斜面を背に、片足に体重をかけて。一陣の風が起こって、フローラの頬に髪の毛を吹きつけた。彼女はそれを後ろに押しやった。

「しばらくだね、ローズ！」

あたし、ローズじゃないわ――と思いつつ、彼女は答えた。「こんにちは」

「楽しい思い出をよみがえらせているところかね？」

「ええ、まあ」

「ここにまたもどって、どんな気分かな？」西部高地人特有のやわらかい抑揚だった。この土地の出なんだわ。五年前のローズを知っているらしい。でもいったい、誰なんだろう、この人は？

「とてもうれしいわ」とフローラは、自分の声が自信たっぷりに響くことを願いながら言った。

彼はふたたび両手をズボンのポケットに滑りこませた。「きみが本当にここにもどってくるとは思いもしなかったよ」

「なんだか、あまりありがたくない歓迎の辞だけれど」

「きみはばかじゃない、ローズ。ぼくが双手をあげてきみを歓迎すると思っていたわけではあるまい?」

「あたしがもどってきたら、どうしていけないの?」

男はこれを聞いて微笑を浮かべたが、あいかわらず冷ややかな表情で続けた。「きみにしろ、ぼくにしろ、いまさらそんな質問をする必要はないと思うがね」フローラのみぞおちのあたりでかすかに憤懣の萌芽が動いた。こんなふうにおおっぴらに嫌悪の情を示されるのはたまらなかった。

「あたしに嫌みを言うために、わざわざここまでいらしたわけ?」

「いや、嫌みじゃない。一つ、二つ、思いついたことを言っておこうと考えたまでだよ。一度会って、きみはもう駆け出しのティーンエイジャーではないんだということを思い出してもらおうとね。きみはアントニーと婚約した。もう一人前の女性だ。ぼくはただ、きみがきみ自身のためにも、大人にふさわしく行動することを願うばかりだ」

この見知らぬ男の言葉に威嚇的なものを感じたとしても、そんな様子をけっして見せてはならないとフローラは心を決めていた。

「威しみたいに聞こえるけど」とフローラはせいいっぱいの虚勢を張って言った。

「いや、威しじゃないよ。警告さ。君によかれと願っての警告だよ。さて言うべきことはすべて言った。これで失礼するよ。どうか、貝拾いを続けてくれたまえ」

これだけ言って男は彼女に背を向けて、きたときと同様、唐突に立ち去った。とくに急いでいるようでもなかったが、コンパスの長い脚をそそくささと運んで見る見る遠ざかって行った。

フローラはその場に釘づけになったように凝然と立って、男の後ろ姿を見つめた。彼はたちまちのうちに岩の目立つ一郭にさしかかり、敏捷な身ごなしで斜面を上り、車に乗りこむとグルッと方向を転換して、ターボールに通ずる道路に出て走り去った。

フローラは貝殻を両手に握ったまま、軽く酔いを発した人間のように、呆然と立ちつくしていた。多くの疑問が胸に押し合いへし合いしていた。そうした疑問のうちから、一つの可能性が立ち現われた。十七歳のローズはあの男と情事にふけり、おそらくその後、彼をふったのだろう。あのような威嚇、あのようなあからさまな嫌悪は、それ以外には説明がつかない。

フローラは貝殻を唐突に落として歩きだした。初めはゆっくりと、ついで足取りを少し速めて。ファーンリッグ荘の提供する温かい団欒にもどり、アントニーを見つけて、浜辺の出来事について彼に報告し、自分の憶測を打ち明けようと思ったのだが、すぐに思い直した。

結局のところ、あたしには関係のないことじゃないかしら。あたしはフローラ、ローズではないのだから。あたしは二日間、このファーンリッグ荘にいるだけだ。アントニーとともに、明日の晩にはこの家を後にするのだ。そうすればこの家の誰にも、あの男にも、もう二度と会うことはないだろう。あの人、たぶん、ローズを知っているんでしょうね。ローズを知っていたからって、アームストロング一家の友人だとは限らない。知り合いかもしれない。でも、タピー・アームストロングのような人が、あんな感じのわるい男を自分の家に招くとは考えられない。

こう結論を下して、フローラは今しがたの浜辺の出来事は忘れてしまうに越したことはないと自分に言い聞かせた。しかしローズが彼との関わりで、何らか好ましくない行動を取ったのではないかという疑念を消し去ることはできなかった。

そんなふうに思いあぐねていたこともあって、シャクナゲの茂みから出たとたん、彼女を探しに芝生を横切ってこっちに向かって歩いてくるアントニーとジェイスンの姿を見たとき、彼女は何とも言えぬ安堵の思いが胸にあふれるのを感じた。二人ともひどくくたびれたジーンズの上に、だぶだぶのセーターを着ていた。ジェイスンのズックのスニーカーの足指のところには穴があき、靴紐がほどけていた。フローラに気づいてジェイスンはいきなり走りだした拍子に靴紐を踏んでつまずき、うつぶせにバッタリ倒れたが、すぐ起き上がって、また走りつづけた。息を切らせて駆けてきたジェイスンの体を、フローラはすくい上げて振り回した。「ぼくたち、あなたを探しにきたんだよ。ローズ、もうじきランチだって。ランチはシェパーズ・パイだってさ」

「迎えにきてくれたの？　ごめんなさいね。もうそんな時刻だなんて知らなかったものだから」フローラはジェイスンの肩ごしにアントニーの顔を見上げた。「おはよう」とアントニーは言って、思いがけず、身をかがめて彼女にキスをした。「どう、元気？」

「ええ、とっても」

「ミセス・ウォティーに聞いたんだよ――きみが散歩に出かけたって。ビーチ・ハウスは見つかった？」

「ええ」

「変わりはなかったろうね、何もかも？　だいじょうぶだよね？」

アントニーはビーチ・ハウスについてきいているわけではない。あたしのことを、自分がひきずりこんだ状況に、あたしがどのように対処しているかを案じているのだ。そう思ってフローラは心を動かされ、厄介なことが起こっていると彼が勘ぐらないように微笑で応えて、何もかも申し分ないと言った。

「ビーチ・ハウスに行ってみたの？」とジェイスンがきいた。

「ええ、行ってみたわ」三人は家のほうに歩みを返した。ジェイスンはフローラと手をつないでいた。

「でもよろい戸が閉まっていて、中の様子はさっぱり見えなかったわ」

「知ってる。ウォティーが毎年、夏の終わりに閉めるんだ。そうしておかないとターボールからやってきた乱暴な人たちが窓ガラスを割っちゃうんだって。いっぺん、誰かが窓をやぶって中に入って、毛布を一枚、盗んでったことがあるんだって」殺人事件のことでも語るように、ジェイスンは声をひそめて言った。

「あなたがた、けさは何をしたの？」とフローラはきいてみた。

「ロックガリーに行って、ウィリアム・ロバートスンに会って、自動車道にやたらあいている穴をふさいでもらいたいって頼んだんだよ。道路修理の機械を持って、来週こようって約束してくれた」とジェイスンは言ったが、アントニーはそう楽観的でなかった。

「ウィリアムが来週って言ったら、来年ってことかもしれないんだよ」と彼はフローラに言った。「スコットランドの西部だからね、ここは。時の経過はこのあたりじゃ問題にもならないのさ。明日も昨日と同じでね」

「ミセス・ロバートスン、ぼくにタフィーをくれたんだ。そいでぼくたち、ターボールの桟橋に行ってみたんだ。デンマークの船が入っててね。ニシンを樽に詰めてるとこも見たよ。カモメがサバを一呑みするのもね」

「セグロカモメは意地きたないからね」

「アントニー、今日は午後からぼくに、弓と矢をつくってくれるんだって」

「ローズに、何がしたいか、まずきいてみたほうがいいよ」

ジェイスンはちょっと心配そうにローズの顔を見上げた。「ローズも弓と矢、つくりたいでしょ？　ね？」

「ええ、つくりたいわ、でもそれだけだったら、午後じゅうなんてかからないんじゃなくて？　ほかのことをする時間だってあるかもよ。散歩に行くとか。イザベルは犬たちを散歩に連れて行ってもらいたいんじゃないのかしら？」

「うん、プラマーは散歩、大好きなんだ。でもスーキーは無精でさ。タピーのベッドに、ただすわってるのが好きなんだよ」

「スーキー、タピーのベッドでとても居心地がよさそうだったわ」

「あいつ、タピーの犬なんだよ。タピー、とてもかわいがってるんだ。でもさ、スーキーの息、すっごく臭くてさ」

食堂のテーブルは夜のディナー・パーティーのためにすでにセットされていたので、ランチはみんなでキッチンの白木の大きなテーブルを囲んだ。青と白の格子縞のクロスを掛けて、黄色い菊を挿した水さしが置かれていた。テーブルの一方の端にアントニーが、もう一方の端にジェイスンがすわり、イザベル、マクラウド看護婦、フローラ、ミセス・ウォティーが両側に並んだ。前ぶれのあったシェパーズ・パイのほかに煮リンゴのクリームがけがあり、あっさりした、熱々の、とてもおいしいランチだった。食べおわったころ、ミセス・ウォティーがコーヒーを入れてくれ、めいめい夕方までどのようにして過ごすかを話し合った。

「わたしは庭仕事をするつもりよ」とイザベルはきっぱり言った。「うつくしい午後になると思うから。もう何日も縁取り花壇に手をつけたくてウズウズしていたのよ」

「ぼくたちは散歩に行くつもりなんだが」とアントニーが言った。

「だったら、プラマーをいっしょに連れて行ってちょうだいな」

ジェイスンが抗議した。「でもアントニーは約束したじゃないか……」

アントニーがさえぎった。「弓矢のことを、もう一言でも口にしてみろ。矢をこしらえたら真っ先にきみの心臓をぷっつり射ぬいてやるよ」と弓に矢をつがえてジェイスンをねらう真似をした。「ヒューン！」

ジェイスンが口をとがらせて言った。「飛び道具で人をねらうな。けっして銃を突きつけるな」

「感心なご託宣だが、詩としてはいただけないね」とアントニーはフローラのほうを向いて言った。「ちょっと階上《うえ》に行って夕ピーに会ってから出かけようか？」

しかしマクラウド看護婦が止めた。「ミセス・アームストロングは昨夜はよくおやすみになれなかったんですよ。わるいけど、お見舞いは遠慮してくださいな。わたし、これから二階に行って、ご病人が気持ちよくお昼寝をなさるように気を配ってこようと思っていますの。あまり興奮なさるのはどうかと思いますしね」

アントニーはこの助言をおとなしく受け入れた。「あなたの言うとおりにしましょう。ここではあなたがボスなんだから。いつなら構わないのかな？」

「今夜のディナーの前ではどうでしょうかね？　お二人とも、パーティーのためにおめかしなさるんでしょうし」

「じゃあ、七時ごろに行くと夕ピーに伝えておいてください。二人とも信じられないくらい、めかしこんで行くって」

「承知しました。じゃあ、わたし、一足お先に失礼して患者さんのところに伺いますから。おいしいランチをご馳走さま、ミセス・ウォティー」

「お粗末さまでした、看護婦さん」とミセス・ウォティーはマクラウド看護婦に笑顔を向けながら、みんなにコーヒーのお代わりをと太い腕を伸ばした。

看護婦が立ち去ったとき、アントニーはテーブルの上に両肘をついた。「まるでたいへんな宴会でも開かれるような口ぶりじゃないか。男連中はみんな糊をうんと利かせたシャツを着て、単眼鏡《モノクル》をかけて、イザベルは家代々のダイヤモンドのネックレス、ドレスの裾を長々と引いて。お客の顔ぶれは？」

「アナとブライアン、それからクラウザーさんご夫妻よ……」

「へえ、ずいぶんと陽気なパーティーになりそうだなあ」とアントニーがつぶやくのを聞きとがめて、イザベルは「ふざけるんじゃないの」と言わんばかりのまなざしを甥に送った。「それからヒュー・カイルもお産とか、急患がなかったら、くるはずよ」

「ふん、ちょっとはましになるかもね。才気煥発な会話も聞けるだろうし」

「そんな偉そうな口をきいて」とイザベルは甥をたしなめた。

「クラウザーさんは頭のいい方ですからね。どんな話題にしろ、受けて立たれると思いますよ」とミセス・ウォティーが言った。

「クラウザーさんってどういう方なの？」とフローラがきいた。

「長老派教会の牧師さんだよ」とアントニーがミセス・ウォティーよりもはなはだしいくらいの高地地方《ハイランズ》訛りで答えた。

ジェイスンが口をはさんだ。「そいでさ、ミセス・クラウザー、日曜学校で教えてるんだけどさ、すごい出っ歯なんだ」

イザベルが「ジェイスン！」とたしなめたが、アントニーが引き取って言った「おまえをおいしく食べられるようにか。きみもパーティーに出るつもりかい、ジェイスン？」

「ううん、出たくないから、キッチンでミセス・ウォティーと食べることにしたの。イザベルがコークを買ってくれたし」

「食堂で会話があまりはずまないようだったら」とアントニーが言った。「ぼくもキッチンに行って、きみと食べるかもしれないよ」

イザベルがもう一度「アントニー！」と叱った。しかしイザベル自身も、アントニーが彼女をからかっているのだということをよくよく承知しているらしかった。おそらくアントニーは少年のころから、ことごとに伯母をからかってきたに違いない。それが楽しくて、イザベルは甥の帰りが待ち遠しいのだろう。

弓矢をつくるのにはちょっと時間がかかった。よく切れるペンナイフを探し出し、そのうえで弓にするのに持ってこいの形の、適当な枝を見つける必要があった。アントニーはなかなか器用で、こうした工作を何度もやったことがあるらしかったが、さんざん悪態をつきながら削ったり、たわめたりしたあげくにようやくあたらしい弓矢が出来上がった。それからチョークで木の幹に的を描き、いよいよ試射ということになった。ジェイスンはか細い腕のあらゆる筋肉を緊張させて弓を引きしぼり、次々に矢をはなった。おおかたははずれたが、何度か試みるうちに的の端に触るようになった。しかしやはり思うほどには飛ばず、「羽根をつけないとね」とアントニーが言った。

「羽根、どうやってつけるの？」

「明日、やって見せてあげるよ。今日はもう時間がないからね」

「今すぐやって見せてくれるといいんだけどな」

「だめだよ。ローズとぼくはこれから散歩に行くことにしているんだ。プラマーを連れて。いっしょにきたいかい？」

「うん」

「だったら弓と矢をしまってきたまえ。それから出かけよう」

　ジェイスンはあたらしい宝物を取りまとめて家にもどり、古いクロケーのセットや、幾脚かのすりきれたデッキチェアといっしょに玄関の内側に置いて、すぐまた出てきた。一方、アントニーはフローラとプラマーが試射が終わるのを辛抱強く待っているところにやってきて、「ごめん。ずいぶん時間がかかってしまったね」と言った。

「いいのよ。ここにすわっていると、まだ夏みたい。すばらしい夏の日みたいだわ」

「ああ、この地方ではごくたまにこういうことがあるんだよ。それでいて翌日には雨がまた降りだしたりね」ジェイスンが芝生の上を彼らのほうに走ってもどってきた。アントニーはフローラに手を差し伸べて、「さあ、きたまえ」と言った。

　彼らは自動車道を歩いて門を出ると道路を横断し、家の背後にそびえ立っている丘を上って行った。途中、刈株の目立つ畑や、がっちりした体の牛が草を食んでいる牧草地を横切った。そこからさらに土手を上り、羊の通り道が幾本も交叉しているヒースの野へと跳びおりた。プラマーは鼻を押し下げ、尻尾をピストンのように気ぜわしく振って進んでいた。雷鳥の一家がそれに驚いたのだろう、足元の茂みからいっせいに飛びたち、「もどれ《ゴーバック》、もどれ《ゴーバック》、もどれ《ゴーバック》！」と鳴きながら天駆けって去った。

　進むにつれて丘の傾斜はよりけわしくなり、はるかかなたのスカイラインまで爪先上がりの道がえんえんと続いていた。前方に崩れかかっている小さな農家が見えた。開いたままの戸口の脇に赤い実をつけたナナカマドの木が立っており、不断の風のために節くれだち、ひねこびたスコット・マツが一本、家を守護するように肩をそびやかしていた。

　農家の前に小川が流れていた。川の水は泥炭で濁り、いくつもの小さな滝や深い淵をつくりつつ、ほとばしり流れていた。淵の上に垂れているヒースの枝の下に黒ずんだ泡がたまっていたが、エメラルド色に輝く藺草がうつくしかった。地面は沼地のように水気をふくみ、白いカンナの花が風に揺れていた。ちょっとぐらぐらしている石を踏みしめて川を渡ると、崩れかけた壁が風よけになってホッと一息つくことができた。

そこは丘の頂きで、いきなり息を呑むようなすばらしい眺望が開けた。南方では鬱蒼たる森林に覆われた丘のかなたにアリセーグ入江がひろがっており、北方ではどっしりとした山腹に囲まれる形で内陸の湖の青い水が丘のふところ深くいだかれているのが見えた。そして西方は……

彼らは崩れかけている土手に肩をもたせかけて、比較を絶する、その眺望に言葉もなく見入った。西側の海は今は目の覚めるような青さで日光を浴びてキラキラと輝いていた。振り仰げば空には一点の雲もなく、水晶のように透明な大気のうちにどこまでも眺望が利いた。そうした状況のもとで、西の島々は水の上に浮かぶ蜃気楼のようだった。

「ここに住んで、一生のあいだ、毎日こうした景色を見て暮らせたら」とフローラは低い声でつぶやいた。

「ああ。ただ、毎日楽しむってわけにはいかないのさ。たいていは雨続きで自分の鼻の少し先さえ満足には見えないんだから。雨が降っていなければ風というわけで、最大風力十二という風が吹きまくっているんだからね」

「せっかくうっとりしているのに、水をささないでちょうだい」

アントニーはふと引用した。「『寒そうな家、風の吹きすさむ荒野《ムア》、ドアを開けると水たまり』。ロバート・ルイス・スティーヴンソンの詩にあるやつさ。タピーはよくスティーヴンソンの詩をぼくとトーキルに読んでくれたっけ。ぼくらに少しばかり教養が不足していると感じたときにね」それから遠くの島々を指してつけ加えた。「あの小さな島はマック島、あっちはエグ島、山地が目立つのはラム島。きみの右手に見えるのはスレート海峡、その向こうにクーリン丘陵地」

遠く空を背に、針の先のように銀色に光る峰々があった。「あれは雪かしら」

「ああ、今年の冬はきびしそうだな」

「湖は——山にまわりを囲まれている、あの湖は何て呼ばれているの？」

「あれはファーダ湖だ。ビーチ・ハウスのある塩湖は知ってるね？　あそこもファーダ湖の一部なんだよ。淡水湖がこっちの橋の下で海に流れこんでいるのさ。あそこにはダムとサケのための魚梯があるんだが……」

しゃべっているうちに、アントニーもフローラもジェイスンの存在をうっかり忘れていたのだが、彼は二人の脇にきて聞き耳を立て、怪訝そうな顔をしてきいた。

「なぜさ？　なぜ、ローズにそんなにくわしく説明するの？　まるでローズが初めてここにきたみたいに。ファーンリッグ荘にいっぺんもきたことがないみたいに」

アントニーが答えた。「うん……まあね……」

しかしフローラがすばやく言った。「ずいぶん前のことだし、そのとき、あたし、たった十七歳だったのよ。島や湖の名前を覚えようという気もなかったし。でもあらためて知りたくなったわけ」

「ここで暮らすことになったから？」

「いいえ、たぶん、ここでは暮らさないと思うわ」

「でもアントニーと結婚したら？」

「アントニーはエディンバラで暮らしているじゃないの」

「でも泊まりにくることもあるよね？　タピーを訪ねてさ？」

「そうね」とフローラも同意せざるをえなかった。

「たぶんね」

いささかの緊張をはらんだ空気は幸い、プラマーによってやぶられた。プラマーはもういい年で分別も十分にあるはずだったが、年甲斐もなく突然ウサギを追いかけてみようという気を起こしたらしく、いきなり耳をひらめかせてヒースを分けて走りだした。ジェイスンはプラマーがいったん弾みがついたら地の果てまでもウサギを追いかけるだろうということを知っていたので、急いで後を追った。

「プラマー、プラマー、だめじゃないか！　もどっといで！」ジェイスンの足は蜘蛛の足のようにか細く、その甲高い声は風に運び去られていた。「プラマー、もどってこいったら！」

「あたしたちも行ったほうがよくはないの？」

「いや、ジェイスンが捕まえるだろう」と言って、アントニーはフローラのほうを振り返った。「あぶないところだったな。ジェイスンはあれで、なかなか頭がいいからね。彼が聞いているとは思わなかったものだから」

「あたしもつい忘れていて」

「今夜のパーティーはだいじょうぶかな？　いろいろな話が出るだろうけど」

「あなたがそばにいてくだされば、だいじょうぶよ」

「ぼくが昼食のときに今夜の客について言ったことは、冗談だからね。みんな、気のおけない、いい連中だよ」

「ええ、わかってるわ」アントニーを安心させようと、フローラは笑顔で答えた。

アントニーはゆっくりした口調で言った。「ぼくはね、きみが、見たところはローズにそっくりなのにローズではないんだってことに、まだいっこうに慣れていないんだよ。少し間を置いては、またその事実を反芻して、そのつど初めてきみに会ったときと同様、ショックを感じている有様さ」

「あたしがローズだったらいいのにって思ってるの？」

「そういうわけじゃないんだ。つまり何かこう――化学作用みたいなものが違うってことなんだろうね」

「ローズを愛していた。だが、そんなふうにあたしを愛してはいない――そういうことなのね？」

「だとすれば、どうしてなのかなあ？　ふしぎだよ」

「あたしがローズでなく、フローラだからでしょ？」

「しかしきみはローズより、ずっと人柄がいい。ローズだったら、ジェイスンみたいな小さな子どもにさく時間など、なかっただろうし、ミセス・ウォティーやマクラウド看護婦にどう話しかけたらいいか、見当もつかなかっただろう」

「そうね。でもたぶん彼女は、どういうことを言ったらあなたが喜ぶか、わかってたと思うし、そのほうがずっと肝心なことなんじゃないかしら」

「しかし彼女はぼくに、あっさり別れを告げたんだよ」とアントニーは憤懣の思いをこめて指摘した。「そのうえ、どこかの結構なギリシア人とスペツェイに行ってしまった」

「でも、あなたはあたしに、自分の芯には冷静なスコットランドのビジネスマンが存在している――そう言ったんじゃなかった？」

アントニーはちょっと悲しげに微笑した。「ああ。だがぼくは心底、結婚したいと思っているんだからね。ぼくは三十歳だ。一生独身で過ごすわけにはいかない。つまり、いまだにふさわしい女性にめぐり会っていないってことなんだろうけれど」

「そういう女性、エディンバラにはいくらもいるでしょうに。さわやかな、すてきなお嬢さんたち、親に頼らずジョージ王朝風のフラットで一人暮らしをしている女性が」

アントニーは笑って言った。「きみ、そんなふうに想像してるの、エディンバラの生活を？」

「エディンバラの生活であたしが知っているのは、雨の降る、暗い夜にアントニー・アームストロングとともにしたディナーだけなんですものね」フローラは腕時計を見やった。「ジェイスンがプラマーを連れてもどってきたら、そろそろファーンリッグ荘に帰ったほうがいいんじゃない？　イザベルが家伝来のダイヤモンドを身につけるなら、あたしも少なくとも髪を洗うぐらいのことはしないと」

「ああ、もう帰ろう。それにぼくとジェイスンは、ミセス・ウォティーの代わりに鶏に餌をやって、卵を集めるって約束もしているしね」こう言ってフローラの顔を見やって、クスッと笑った。「家庭生活の要請にも答えないと。まったく魅力たっぷりだよ」アントニーは身をかがめてフローラにキスをした。今度は唇に。

彼が身をひいたとき、フローラはふときいた。「今のキス、ローズへのキス？　それともフローラへの？」

「きみへのさ、もちろん」とアントニーは言った。

その夕方、太陽は金色と赤を溶かして流したような燦燃たる光を放って海に沈んだ。フローラは髪を洗って、イザベルから借りた古めかしいドライヤーで乾かしたのち、窓のカーテンを片寄せて、とても信じられないといった表情でその日没を見つめた。光線の具合が変わるにつれて、華やかな色合いに変化が生じ、島々は初めピンクに、ついでくすんだブルーに変わった。海は空の色を映す巨大な鏡のようだったが、日がついに沈んだときには、黒インクを流したような、濃い藍色のわだつみに、ターボールの港から夜釣りに出て行く船の漁火が星をちりばめたように輝いていた。

そうしたあいだにも、ファーンリッグ荘では夜のパーティーに備える楽しそうな音が絶えなかった。階段を上がり降りする忙しげな足音、互いに呼びかわす声、カーテンを引く、かすかな音、炉に火を起こしている音。キッチンからは鍋や皿のカチャカチャいう音が聞こえ、うまそうな匂いが階上にまで漂っていた。

パーティーのために何を着るか、フローラの場合、迷う必要はなかった。夜の会に着られるものといえばただ一着、トルコ石色のウールの裾長のスカートにシルクのブラウスを合わせて幅の広いベルトを結ぶだけで、だいたい、あんなに慌てふためいて荷造りをしたのに、よくもまあ、この上下を入れることを忘れなかったものだと、自分でも感心しているくらいだったのだから。髪をととのえ、アイラインを引くと、フローラは着替えをして、イアリングをつけ、マーシャに誕生日にもらったシャマードをスプレーした。その香りにマーシャを、そして父親を、さらにアザラシ荘をまざまざと思い出して、フローラは突然、はげしい動揺を感じていた。

いったい、あたし、こんなところで何をしているのかしら？　この問いにたいする答えは、何ともおぞましいものだった。あたし、途方もないことに関わっているんだわ。まるでみぞおちのあたりをしたたかに蹴られたような衝撃で、フローラは周章狼狽していた。それまでの甘美なすべてが急に酸っぱい味わいに変わってしまったかのようだった。フローラは鏡に映っている自分の顔を眺めて、悪夢のように自分を待っている、嘘でかためた夜にあらためて思いを馳せた。あたし、きっとばかげたことを言うか、するかして、ローズなんかじゃないことを暴露し、アントニーを裏切ることになるだろう。ファーンリッグ荘の人たちはみんながみんな、あたしが大法螺ふきの詐欺師だということを知って呆れ返るに違いない。

　彼女のうちのすべての本能が彼女に、ここから出て行けと命じていた。今すぐ。みんなが気づかないうちに。誰も傷つかないうちに。しかしどうやって？　それにここを出て、どこに行こうというのだ？　アントニーにたいして、自分はいわば約束をしたようなものではないか？　善意から、この途方もない欺瞞行為に乗り出したアントニー。何もかもタピーのためだったのだ。

　フローラはしっかりしなければと自分に言い聞かせた。結局のところ、アントニーも、自分も、この欺瞞行為から利益を引き出すわけではない。一生のあいだ、良心のうずきを感じるだろうということのほか、何を期待しているわけでもない。それにほかの誰かに、それによって影響がおよぶわけでもないのだし。

　本当にそうかしら？　午後中ずっとフローラは、浜辺で出会った男のことを考えまいと心を決めていた。しかし今ふたたび、その男のことが胸によみがえっていた。明らかに何らかの敵意をいだいているようだった、あの大柄な男。暗黙の威しを彼は警告と呼んだが。あのような人間がいる以上、その状況をこともなげにかたづけるわけにはいかない。あの男がアームストロング家と何の関係もない人間なら話はべつだが。それに煎じつめて考えれば、このことについて重要なのはタピーだけだ。よくないことでも正しい理由があるなら、正当化されるのかもしれない。正しい理由、それはタピーそのものだ。廊下の先の寝室で、あたしがおやすみなさいを言いに行くのを待っているタピー。

　いえ、あなたを待っているわけではないわ。タピーはローズを待っているのよ。

　フローラは深く息を吸いこんで、鏡から顔をそむけるとカーテンを引いて明かりを消し、廊下を歩いてタピーのドアの前に立った。ノックをすると、タピーの声が「お入り」と応えた。

アントニーもいるだろうと思ったのだが、タピーは一人だった。ベッド・ランプがついているだけで、部屋の中は薄暗かった。部屋の奥の大きなベッドの上にベッド・ランプが温かい光の輪を投げており、たくさんの枕に支えられてタピーがすわっていた。のどもとにレースをあしらった、真新しいローンの寝間着を着て、ごく淡い水色のシェトランド・ウールのベッド・ジャケットの首にサテンのリボンを結んでいた。

「ローズ、待っていたのよ！　さあ、ここにきて、あなたをよく見せてちょうだい」

フローラは言われるままに光の中に進み出た。

「あまりゴージャスな服じゃないんですけど、これしか持ってこなくて」とフローラはベッドの脇に行って、タピーにキスをした。

「とてもいいわ。若々しくて、きれいで。ウエストが細いから、あなた、とてもすらりと背が高く、ほっそりとして見えるわ。ウエストが細いって、ほんとにすてき」

「タピーもすてきですわ」フローラはベッドの端に腰を下ろした。

「マクラウド看護婦におめかしをさせられてね」

「そのベッド・ジャケット、きれいですね」

「イザベルにクリスマスにもらったの。今日初めて着たのよ」

「アントニーはまだですか？」

「三十分ばかり前にきたわ」

「午後からは少しはお昼寝をなさいました？」

「少しね。あなたは何をして過ごしたの？」

フローラが話すのを、タピーは枕に身をもたせかけてじっと聞いていた。明かりがその顔を照らしていた。フローラは突然、危惧の思いに駆られた。何て弱々しく、疲れて見えるのだろう！　目のまわりに疲労からくる隈があり、古木の根のように節くれだった、褐色の手はフローラが話しているあいだ、シーツのへりを落ち着きなくまさぐっていた。

しかしそれはすばらしい顔であった。おそらく少女のころのタピーは美貌というわけではなかったろう。しかし年老いた今、骨格の均整と内にひそむ活力が明らかとなって、フローラはその面ざしに強く惹かれていた。きめの細かい、その肌は今はうるおいがなく、戸外で多くの時間を過ごしてきたために日に焼けて皺だらけだった。彼女の頬に触れるのは、枯れ葉にさわるようだった。すっかり白くなった髪は短く刈られて、こめかみのあたりでかわいらしくカールしていた。耳たぶはピアスされていて、昔風の重たいイアリングをつけてきたためだろう、変形していた。口もとはアントニーと同じ形で、突然温かい笑みを浮かべることがあるのも、アントニーとよく似ていた。

しかし何よりフローラの目を惹きつけたのは深くくぼんだタピーの目だった。菫色といったらいいだろうか、それはまわりのあらゆるものにたいする関心にあふれて輝いていた。

「それで帰ってきたんです。アントニーとジェイスンは鶏に餌をやって卵を集めるって、あたしと別れて。あたしは髪を洗ったんです」

「すてきよ、その髪。つやつやと輝いていて。磨きをかけた家具みたいに。ヒューが今しがた、診察に寄ってくれ、あたし、あなたがたのことをすっかり話して聞かせたのよ。診察の後、階下《した》に下りて行ったわ。アントニーと食事の前の一杯を飲んでいるんじゃないかしら。うれしいわ、ヒューがこられて。いつもひどく忙しくてね、かわいそうに。もっとも、わるいのはある意味ではヒュー自身なのよ。なぜ、パートナーを頼まないのかって、わたし、しょっちゅう、責め立てているんですけどね。ここ数年、患者がふえて、一人ではどうにもならないくらい、たくさんの患者をかかえているんですもの。ヒューは、そのほうがいいみたいで。くよくよ考えて、憂鬱な気分になる暇がないほうがありがたいんでしょうね」

フローラはアントニーがヒュー・カイルについて話していたことを思い出した。

「ヒューはほとんどずっとこの土地で暮らしてきたんです」

「幸せでしょうね、こんなところで暮らせるなんて」

「いや、彼を幸福な男と呼ぶことはできないでしょうね……」

「結婚していらっしゃるんですか？」取り立てて関心はなかったが、フローラはふときいてみた。

タピーはきっとしたまなざしを彼女に送った。

「覚えていないの、ローズ？　ヒューは奥さんに死なれてね。結婚はしたんだけど、奥さんが交通事故で亡くなって」

「ああ、そうでしたわね」

「悲しい話でねえ。わたしたち、ヒューを子どものころから知っているのよ。お父さんはターボールで何年も開業してきたお医者で、わたしたちみんな、ヒューの将来に関心をもってきたの。彼は昔から頭がよくて、ロンドンで王立外科大学のフェローになるために勉強を続けたんだけれど、奥さんが亡くなると、何もかも捨ててターボールにもどって、お父さんの患者をひきついだのよ。そのときはまだ、二十代でね、わたし、そんな彼を見てたまらなかったものよ。あんなに前途を嘱望されていたのに、もったいない話よね」

「再婚なさったらいいんじゃありませんか？」

「もちろんよ。でもヒューはそうしようとしなかったわ。そんな気持ちになれないって。家政婦がいることはいるのよ――ジェシー・マッケンジーって。でもジェシーはとてもだらしがなくて、いい加減で、まあ、二人してパッとしない所帯を張っているってところ」とタピーはホッとため息をついた。「でも他人に何ができて？　他人の人生を代わって生きるわけにはいかないんだから」とにっこりした。目がユーモラスに光っていた。「このわたしでさえ、ヒューの人生を操作することはできない相談なのよね、いくら頑張っても。わかるでしょ、わたしって、しょうのない、高飛車なおせっかいばあさんなんだけれど。わたしの家族や友だちはこのことを知っていて、でもおおらかにそれを受け入れてくれているみたい」

「むしろみなさん、喜んであなたの干渉を受け入れていらっしゃるんじゃないかと思いますわ」

「そうね」タピーは考えこんでいる様子でうなずいた。「あのねえ、ローズ、午後からベッドに横になっているあいだに、わたし、とてもすてきなことを思いついたのよ……」ちょっと口ごもってから、タピーはつと手を伸ばしてフローラの手を取った――若者との接触からあらたな力を得たいと願っているかのように。「ねえ、あなたまでアントニーといっしょにエディンバラにもどる必要はないんじゃなくて？」

フローラはびっくりして、タピーの顔を見つめた。

「つまりね、アントニーは仕事があるから、どうしたってもどらないわけに行かないでしょうけど、あなたはもしかしたら――あなた、ロンドンで仕事についているの？」

「そういうわけでもないんですけど、でも……」

「でももどらないわけにはいかないって言うのね？」

「ええ、そうなんです。つまり……」今度はフローラが口ごもった。情けないことに、何も言えなくなっていた。

「というのはね」とタピーが前より力をこめて言った。「とくに急いでもどる必要がなかったら、滞在を伸ばしたらどうかと思うからなの。わたしたちみんな、あなたが大好きになって、二日間じゃ、あなたをあらためて知るには短すぎるって感じているのよ。わたしとしても、いろいろとしておきたいことがあって――というよりも、しなければならないことがね。結婚式のことにしたって……」

「でもいつ結婚するか、それだってまだ決まっていないんですよ！」

「わかっているわ、でも招待するお客のリストもつくらなければならないしね。それにこの家にはアントニーのものがいろいろあるのよ。あの子が所帯をもつときに当然持って行くべきものがね。あの子の父親のものだった銀の食器とか、あの子自身のものである絵とか、家具とか、あの子の祖父のものだった机とか。そうしたものを送り出す準備も要るし。物事を中途半端にしておくのはいいことではないわ」

「でもタピー、あたしたちのことでそんな気をもむなんてとんでもないことですわ。あたしたち、そんなことのためにきたわけじゃないんですから。あなたはゆっくりやすんで、早く元気になってくださらないと」

「でもわたし、また元気になれるかどうか。これっきり、よくならないかもしれないのよ。そらそら、そんなに口をとがらせないの。現実に直面しなくてはね。わたしがよくならなかった場合、細かいことまで配慮ずみだったら、すべてがとても具合よく運ぶわけですしね」

しばしの沈黙の後、フローラは、断らなければならないことを、たまらなくすまなく思いながら言った。「やっぱり、これ以上、お邪魔するわけには行かないと思います。ゆるしてくださいね。あたし、やっぱり明日、アントニーと立ちます」

タピーの顔は失望に一瞬、さっと曇ったが、ほんの束の間で、「だったら仕方ないわね」と微笑して、フローラの手をかるく叩いた。「でもあまり間を置かずに、またファーンリッグ荘にきてちょうだいね。そのとき、いろいろと相談することにしましょう」

「ええ、できるだけ、そうしますわ。本当に……ごめんなさい」

「まあま、そんなに悲しそうな顔、しないのよ。べつに世界の終わりがきたわけでもないんですからね。わたしのばかげた思いつきにすぎないんだから。さあ、あなたはもう階下《した》に行ったほうがいいんじゃなくて？　そろそろお客も見えるころだし、あなたもいっしょに出迎えないとね。さ」

「じゃあ、明日また」

「もちろんよ。おやすみなさい、ローズ」

フローラは身をかがめてタピーにおやすみなさいのキスをした。そのとき、後ろのドアが開いて、ガウン姿のジェイスンが現われた。タピーに読んでもらう本を小脇にかかえていた。

「あたしはもう行くところだから」とフローラはジェイスンに言い、ベッドの端から滑り下りた。

ジェイスンはドアを閉めた。「ローズ、そのドレス、とってもすてきだね。ねえ、タピー、午後から昼寝をした？」

「ええ、ぐっすり眠ったわ」

「ぼく、『ピーター・ラビット』は持ってこなかったの。『宝島』にしたんだ。アントニーが『宝島』をこわがらずに聞けるようでなくちゃって言ったから。そろそろ、『宝島』を読んでもらうころあいだろうって」

「そうね、もしあんまりこわいようなら、途中でやめて、ほかの本にしてもいいしね」とタピーが言った。

ジェイスンは持ってきた本をタピーに渡し、大きな、ふかふかしたベッドによじのぼって、シーツと毛布を膝の上に引っ張り上げ、居心地よく落ち着いた。

「夕食はおいしかった？」とフローラはきいてみた。

「うん、とっても。コークを飲んだから、ゲップが出ちゃって」ローズが出て行ったら、タピーにさっそく本を読んでもらおうと、ジェイスンは階下《した》の様子を報告した。「ヒューがきてるよ。ほかの人たちはまだみたいだけど」

「だったら、あたし、降りて行ってこんにちはって挨拶しなきゃね」

フローラは二人を残して後ろでドアを閉ざし、落ち着きを取りもどそうと、両手を頬に押し当ててしばらくそこにたたずんでいた。何とも心苦しい場面からようやく抜け出したような気持ちで、そんな自分をうとましく思っていた。タピーの目に一瞬浮かんだ失望の表情は末ながく忘れられないだろう。でもほかにどう答えようがあったろう？　これ以上留まるわけにはいかないと断るほかに？

人生って、どうして単純なままではいけないんだろう？　なぜ、さまざまな人間によって、人間の感情によって、お互い同士の関係によって、複雑化してしまうのかしら？　やさしい意図で、無邪気な欺瞞として始まったものが、今ではみにくい形にふくれあがってしまっている。あたし自身がこんな厄介ごとに巻きこまれるなんて、夢にも思っていなかったのに。アントニーがあらかじめ彼女に与えた予備知識のいずれにも、タピーの温かい、愛のあふれる人柄が彼女に与えた衝撃をやわらげる力はなかった。

フローラはホーッと深いため息をついて、次のハードルを越えるべく身構えた。それからおもむろに階段を降りた。金色のハイヒールを踏みしめるカーペットがふかふかした感じを伝えた。ブナの葉と菊のアレンジメントがあらたに出窓にのり、ホールはパーティーのために、ととのえられていた。フランス窓にはカーテンが引かれ、炉には火が赤々と燃えていた。半ば開いている客間のドアの向こうから話し声が聞こえた。

アントニーが言っていた。「ヒュー、つまり、タピーはだいじょうぶ、何とか回復するだろうってことなんだね？」

「もちろんだよ、ぼくは最初からそう言ってきた」

「だがイザベルは……？」

「イザベルが……？」

イザベルがおずおずと口をはさんだ。とんでもなく愚かしい思いこみをしたと恥じているらしかった。

「わたしね、ヒュー……あなたがわたしにショックを与えまいとして……本当のことを言わずにいるんじゃないかと……」

「イザベル！」咎めるような声色だった。「ぼくのことは百も承知しているはずじゃないですか！　何であれ、あなたに隠す気はありませんよ。とくにタピーに関する場合」

「あなたの……顔に浮かんでいた表情からわたし……」

「残念ですが」彼はすべてを冗談にしようとつとめているかのようだった。「自分の顔の表情まではコントロールできませんからね。まあ、生まれつきみたいなもんなんでしょうから」

「いいえ、わたし、はっきり覚えているのよ」とイザベルはきっぱり言った。「わたしがちょうど客間から出てきたときだったわ。あなたは階段の中ほどにポツンと立っていて、そのときのあなたの顔といったら……それであたし、おびえてしまったのよ。タピーのことを心配しているに違いないって……」

「心配していたのはタピーのことじゃなかったんですよ。たまたまほかに、ひどく気にかかっていたことがあったものですから。とにかくタピーのことではなかったんです。タピーはだいじょうぶ、きっとよくなるだろうって、あのときもぼくははっきり言ったじゃないですか。古いヒースの根みたいに頑丈だって。ぼくらみんなより、ずっと長生きする可能性だってあるって」

ちょっと間を置いて、イザベルは認めた。「ごめんなさいね、あたし、あなたが言ったことが信じられなくて」今にもワッと泣きだしそうな声だった。

とても聞いていられず、フローラは開いているドアから客間に入って行った。

その夜、ファーンリッグ荘の客間には、舞台のセットのような雰囲気があった。照明も、大道具も、小道具もすべてととのって、ヴィクトリア朝の戯曲の第一幕の開幕を待っているといった感じだった。すでに舞台上にいる三人はフローラが登場すると、会話を中断していっせいに振り返った。

彼女はまずアントニーの存在を意識した。ダークグレーのスーツを着て、部屋の奥のテーブルに向かってドリンクを注いでいた。ヒースの花の色のウールのドレスの裾を長く引いて、炉の片側に立っているイザベルも。

しかし彼女の視線はもっぱら、もう一人の男、ドクター・ヒュー・カイルに注がれていた。彼は炉の前の敷物を隔てて、イザベルと相対していた。背がとても高く、大きな大理石の炉棚の上方に掛かっているヴェネツィア産の鏡に頭と肩が映っているほどだった。

「ローズ！」イザベルが言った「さあ、火のそばにいらっしゃいな。ヒューは覚えているでしょう？」

「ええ」とフローラは答えた。声を聞いたとたんから、ああ、あのときの男だと、その朝、浜辺で出会った男だと気づいていたのだった。「よく覚えていますわ」

第7章　タピー

「もちろん、覚えていますとも、お互いによく。しばらくだね、ローズ」とヒュー・カイルが言った。

フローラは眉を寄せて訊ねた。「今みなさんが話してらしたこと、ちょっと聞きかじっただけですけど、もしかしてタピーのことを話していらしたの？」

アントニーが、あらかじめ好みをききもせずグラスを彼女のところに持ってきた。「そうなんだ。ちょっとした誤解があったようでね」

フローラは受け取った手が凍りつきそうに冷たいタンブラーを見下ろして言った。「つまり、タピーについては心配要らないってことなのね？」

「ああ、ヒューはそう言っている」

フローラはワッと泣きだしそうになっていた。

「わたしがわるかったのよ」とイザベルが急いで説明した。「わたしの早合点だったみたい。わたし、あのとき、ひどく動揺してしまって。ヒューはわたしに、タピーが……あの……」とっさに言い回しを変えて続けた。「よくならないという可能性もあるって言おうとしているんだと思いこんでしまって、それでアントニーにも……」

「そうじゃなかったんですね？」

「ええ」

フローラはアントニーの顔を見た。アントニーはたじろがずに彼女のまなざしを受けとめた。自分たちのかけた罠に落ちた陰謀家二人。こんなふうにファーンリッグ荘に駆けつけて、この途方もない仮面劇に乗り出す必要からしてなかったのだ。周到に計画したこの欺瞞行為のすべては無駄な試みだったのだ。

アントニーは思っていることがすぐ顔に表われるたちらしく、フローラがこのニュースについてどう考えているかをも、すでに察しているようだった。ばかなことをしたものだと、彼は彼女にたいしてすまなく思うと同時にホッとしてもいるようで、見るから緊張がゆるんでいた。祖母のタピーは彼にとって、たとえようもなく大切な人なのだろう。

いかにも満足げにアントニーはふたたび繰り返した。「つまり、よくなる公算が大というわけだ」フローラはアントニーの手を探ってかたく握りしめた。アントニーは振り返って続けた。「じつはね、かなり切迫した状況のように思って取るものも取りあえず、こうして馳せ参じたんだよ。そうでなかったら、ローズとぼくがこの週末に出かけてくることはなかったろう」

「だったら」とイザベルは少し元気づいて言った。「ヒューが言ったことを取り違えたのは、わたしの怪我の功名だったのかもね。ショックを与えてごめんなさい。でも少なくともあなたがた、そのせいできてくれたんだし」

「まったくね！」とヒューが言った。「それ以上の特効薬は、ぼくにも処方できなかったろうよ。きみたち二人は、タピーの回復に大いに貢献してくれたわけだ」炉に背を向けて、ヒューはがっしりした肩を炉棚にもたせかけた。部屋の向こう側から彼の視線が自分に注がれているのを、フローラは感じた。

「ところでローズ、スコットランドを再訪した感想はどうだね？」

快活な口調だったが、その青い目はあいかわらず冷ややかで、フローラは心をゆるさずに答えた。

「とてもうれしいわ」

「こっちへは、あれ以来初めてなんだね？」

「ええ」

「ローズは夏中、アメリカを旅行していたんだよ」とアントニーが助け船を出した。舞台の袖に控えているプロンプターのように。

ヒューが眉を吊り上げた。「へえ、アメリカのどのあたりを？」

フローラはローズがどこに旅行したのか、必死で思い出して答えた。「ニューヨークとか、グランド・キャニオンとか、あちこち」

ヒューはなるほどと言うようにちょっとうなずい

た。「お母さんはお元気かね？」

「ええ、元気よ、ありがとう」

「お母さんもそのうち、こっちにこられるのかな？」ヒューは、いっこうに弾まぬ会話を辛抱づよく続けるつもりらしかった。

「いいえ……まだしばらくニューヨークだと思いますけど」

「しかし結婚式にはもちろん、参列されるんだろう？　きみたちがニューヨークで式をあげようと考えているならとにかく」

「お願いだから、そんな提案しないでちょうだい」とイザベルが言った。「わたしたちがそろってニューヨークに出かけて行くわけにはいかないんですから」

　アントニーは急いで言った。「どっちにしろ、まだはっきりしたことは何も決まっていないんだよ。場所はもちろんのこと、日取りにしても」

「つまり、われわれみんな、気が早すぎたってことか」とヒューが引き取った。

「まったく」とアントニーがうなずいた。

　それぞれがグラスを傾けるあいだ、部屋の中はいっとき、しんとしていた。フローラは何とかべつな話題を持ち出そうと、しきりに思いめぐらした。しかしあたらしい話題を思いつく前に外で車が前後して止まる音がした。ドアが開き、またバタンと閉まった。イザベルが言った。「お客さまのお着きみたいね」

「どうやら、みんないっしょに到着したようだな」とアントニーもつぶやき、グラスを置いて客を出迎えに立った。

　ちょっと間を置いてイザベルも「ちょっと失礼しますわね」と言ってグラスを置き、アントニーの後を追うように部屋から出て行った。

　というわけで、フローラとヒュー・カイルは二人だけ取り残された。二人ともそれっきり黙りこみ、口に出さない思いがくすぶっていた。フローラはいっそ、ここで攻勢に転じて、「あなた、たぶん、アームストロング家の人たちにわるく思われたくないんでしょうね。けさとはずいぶん態度が違うみたい」と言おうとした。だが今は対決のときでも、場所でもない――そう思ってやめた。それに自分が――つまりローズがかつてどういうことをしでかしたのか、まるで見当もつかないのに、自己防御の姿勢を取ることもできかねた。

それにしてもローズはいったい、何をしたのだろう？　想像するだけでも恐ろしかった。ローズはどうやら、高いモラルの持ち主ではなさそうだ。何ら良心の痛痒を感ずることなくアントニーを見限って、知り合ってからまだ日の浅い男の誘いに応じてギリシアに行ってしまったのだから。しかも自分が婚約を破棄したことから生じた問題の収拾を、初めて会ったこのあたしに押しつけて。

十七歳のローズがどんな破廉恥なことをやってのけたのか、あたしには想像もつかない――とフローラは心の中で嘆息した。まだ大人になりきっていない、中途半端な年齢ゆえの挫折感をいだき、退屈しきってもいたのだろう。退屈まぎれに、少しでも面白そうな男と見ると、恋愛遊戯にふけったのかもしれない。

しかしヒュー・カイルはそういったタイプとは見えない。どんな女の子にしろ、彼を相手に浮ついた恋に憂き身をやつそうとは思わないだろう。ヒュー・カイルは恋愛ごっこの片棒をかつぎそうな男ではなかった。まったくの話、彼は威圧感を感じさせた。フローラは勇気をふるい起こして彼の顔を見つめた。青い目がタンブラーごしにまたたきもせずに彼女の顔を見返していた。今夜のパーティーのために、彼はシルクのシャツの上になかなかりゅうとした黒っぽいスーツを着て、クラブの紋章らしいものの入ったネクタイを締めていた。あんなに大柄でなければ、こうまで重圧を感じないのだろうけれど――とフローラは思った。彼の顔を見上げて立っていると、心ならずも気後れを覚えた。そこに浮かんでいる表情は何とも居丈高で、彼女がせっかく振り起こした勇気すら、あえなく消え失せてしまいそうだった。混乱してフローラは言葉を失い、そこにぼんやりたたずんでいた。

意外にも彼女の狼狽を憐れんでか、ヒューはやおら沈黙をやぶって言った。

「タピーの話では、アントニーときみは明日はもう立つつもりだって？」

「ええ」

「まあ、一日だけにもせよ、うつくしい午後が過ごせたわけだ」

「ほんと、とてもすてきだったわ」

「どうやって過ごしたんだね？」

「散歩に行きましたわ」

そのとき、ありがたいことにアントニーが新来の客のうちの男性を二人、案内して入ってきた。

「ちょうどいっしょに到着してね」とアントニーは言った。「ローズ、クラウザーさんは初めてだよね？ターボールにこられたのは、きみがここで夏を過ごした後だったから」

クラウザー師は牧師らしく地味な色の外出着を着ていたが、白髪まじりのたっぷりとした頭髪、赤ら顔、恰幅のよい体格で聖職者というより、羽ぶりのいい馬券屋といった感じがした。フローラの手をギュッと握って力をこめて打ち振りつつ、彼は威勢よく言った。

「今夜はアントニーのお相手のお嬢さんに会えると楽しみにして伺ったんですよ。はじめまして」

「はじめまして」

「ミセス・アームストロングはあなたの訪問を、それはそれは楽しみにしておいでのようでしたね。われわれみんな、同じ気持ちでしたが」ヒュー・カイルの姿に気づいて、クラウザー師はようやくフローラの手を放して彼の前に歩みよった。「やあ、ドクター、ご機嫌いかがです？」

「ローズ」とアントニーが呼んだ。

クラウザー師が一通り挨拶し終えるのを待っている、もう一人の男の存在をフローラはぼんやり意識しており、アントニーに促されて向き直った。

「ブライアン・ストダートは覚えているだろうね？」

日焼けした顔、濃い眉、目と口のまわりの微笑に刻まれた線を、彼女は見て取った。その髪はふさふさと濃く、目は淡いグレーだった。アントニーほどの上背はなく、彼より年長らしく見えたが、一種動物的な活力がなんともいえない魅力を添えていた。地味な服装のパーティーの他の面々と違って、彼はセミフォーマルといおうか、濃い色のズボンにブルーのベルベットのスモーキング・ジャケットを合わせ、下に白いタートルネックのセーターを着ていた。

　温かい声音で彼は彼女にあいさつした。「やあ、ローズ、久しぶりだね」べつに何を考えるでもなく、そのひろげた両腕の中にローズは歩みより、二人は両頬にキスをかわした。ブライアン・ストダートはちょっと手を伸ばして彼女を少し引き離すようにした。「さてきみが変わったかどうか、とっくり見せてもらおうか」

「誰もが、昔よりもっときれいになったと言っているがね」とアントニーが言った。

「ローズが昔よりきれいになるなんて不可能だろう。しかしすばらしく幸せそうで、健康そのものらしい。きみは幸運な男だよ。アントニー」

「ああ」と少々曖昧にアントニーは答えた。「再会のキスも一段落したことだし、こっちにきて、何を飲みたいか、言ってくれないか」

　そうこうするうちにイザベルが二人の妻たちと入ってきた。イザベルの紹介で挨拶がことあたらしく繰り返された。ローズとは初対面のはずのミセス・クラウザーはジェイスンが言ったとおり、少し出っ歯だったが、なかなか感じのいい女性で、歌と踊りが眼目のパーティーにでも出席するようなタータン・チェックの服を着て、煙水晶のブローチをつけていた。夫のクラウザー師と同様、彼女もフローラにたいして心からの歓迎の意を表した。「まあ、よござんしたね、ミセス・アームストロングに会いにおいでになれて。ミセス・アームストロングが今夜のパーティーにお出になれないのは、かえすがえすも残念ですわねえ」それからフローラの頭ごしににっこり挨拶した。「今晩は、ドクター・カイル。ご機嫌いかがですか、ストダートさん」

「……それからこちら、アナよ。ローズ」とイザベルが持ち前のやさしい声で言った。「アードモアのアナ・ストダート」

　アナはにっこりフローラにほほえみかけた。ひどく内気なたちらしく、お世辞にもうつくしいとはいえぬ、平凡な顔立ちだった。いくつくらいだろうか

――とフローラは思いめぐらした。それにしても、あのように魅力的な夫をどうやって手に入れたのか？　金のかかっていそうな、しかしあまりパッとしないディナー・ドレスを着ていたが、つけている宝石はすばらしいものだった。耳たぶに下がっているイアリングも、指輪も、ネックレスも、ことごとくダイヤモンドであった。

アナは手を差し出しかけて、すぐおずおずと引っこめようとした――まるでとんでもなく不細工な社交上の失敗をしたかのように。フローラはその内気さが痛々しくて、とっさにその手を握りしめた。

「こんにちは」とフローラが手がかりを求めつつ言った。「以前にお会いしましたわね、あたしたち？」

アナは小さく笑い声を立てた。「よく覚えていますよ、あなたのこと。お母さまも」

「お宅は確か……」

「アードモアですわ。ターボールの向こうです」

「とてもうつくしいお宅なのよ」とイザベルが言った。「アードモア岬の突端にあるの」

「まわりには人家はあまりないんですの？」

「ええ、まあ。でも生まれてからずっと暮らしてきた家ですから慣れていて」ちょっと間を置いて、フローラの関心に勇気をふるい起こしたようにアナは一気に言った。「お天気さえよかったら、ファーンリッグ荘からもアードモアが見えますのよ。砂州のすぐ向こうに」

「今日の午後はとてもよく晴れていましたわ。でもあたし、そっちを見ることを思いつかなくて」

「日没はごらんになって？」

「ええ、もううっとりしてしまって。着替えをしながら見とれてしまいましたのよ」

打ち解けた気持ちで話し合っているところにブライアンが割って入った。「アナ、アントニーが何を飲むかってきいているが」

アナはどぎまぎと口ごもった。「……わたし、べつに何も……」

「まあ、そうも行くまい」とブライアンは忍耐づよい口調で言った。「何かもらわなくちゃあ」

「だったらオレンジ・ジュースを……」ブライアン

が取りに行くのを見送って、フローラはきいた。
「シェリーはお好きじゃないんですか？」
「あんまり」とアナは首を振った。そこにクラウザー師が部屋の向こう側からつかつかとやってきて、「うつくしい女性が、そうやってお二人だけで親密にしていらっしゃっては困りますな」と威勢よく声をかけた。

そんなふうにして団欒の夜はとどこおりなく進捗した。フローラはしゃべったり、微笑したりしずめで、ついには顔が痛くなったほどだった。ずっとアントニーのそばを離れずにいて（誰もが、何と仲のよいとほほえましく思っただろう）、その一方、極力、ヒュー・カイルを避けるようにしていた。アナ・ストダートは椅子を見つけてすわり、ミセス・クラウザーは腰掛けをそのそばに引きよせていた。ブライアン・ストダートとアントニーはエディンバラに住む共通の友人について話し合っており、クラウザー師とヒュー・カイルは暖炉の前にもどって、折々の身ぶり手真似から察するところ、釣りの経験談を交換しているらしかった。イザベルは客がそれぞれにくつろいで楽しんでいることを見きわめたうえで、ミセス・ウォティーに一言と席をはずしていた。

やがて銅鑼が鳴って、客はそれぞれにドリンクを飲みほして部屋を出ると、ホールを横切って食堂に行った。

緊張して気もそぞろではあったが、フローラもその宴の座の魅力的なしつらえに気づかずにはいられなかった。濃い、落ち着いた色の壁に掛かっている古めかしい肖像画。赤々と燃える暖炉の火。真っ白なナプキンと輝くばかりの銀の食器がマホガニーのテーブルの艶のある表面からさす光に照り映えていた。テーブルの中央に遅咲きのバラが活けてあり、銀製の枝状燭台に淡いピンクの蝋燭の灯が揺らいでいた。

イザベルが席順についての心覚えを一瞬、度忘れしたので、ちょっともたもたしたが、やがてそれぞれが然るべき席についた。テーブルの一方の端にはヒューが、もう一方にはクラウザー師が座を占めた。ブライアンとアントニーは中央の席に向かい合わせにすわり、女性たちが四隅の席についた。フローラはミセス・クラウザーと相対して、ヒューとブライアンの間にすわった。

一同が席について大きなナプキンを膝の上にひろげたとき、にぎやかな談笑が再開しないうちにイザベルがクラウザー師に食前の感謝の祈りをと促した。

クラウザー師が重々しく立ち上がると、一同は頭を垂れた。大聖堂の隅々にまで響きわたるような朗々とした声で彼は、備えられている食事について神に感謝し、この家のすべての人々への祝福を乞い、とくに彼らとともにここに列なることのできない、しかしすべての者の心のうちに特別な場所を占めているミセス・アームストロングのうえに神の恵みがあるようにと祈った。

祈りおわってクラウザー師が腰を下ろしたとき、フローラは、彼がとても好きになっていた。やがてミセス・ウォティーが一方の戸口から現われ、ふたたび談笑を始めた客に給仕して回った。

フローラは臨席のヒュー・カイルとさりげない会話をかわさなければならないのだろうかと困惑を感じていたので、ミセス・クラウザーがその役目は自分が引き受けようとばかり、話しだしたのでほっとしていた。ミセス・クラウザーはシェリーを二杯飲んだせいか、顔がほんのり上気し、声もいくぶんか甲高く響いた。

「先だって、シンクレアさんを訪問したら、ちょうどドクターが見えた後だということでしたわ。お年のせいですかしら、あの方、近ごろはあまりお具合がよくないようですわね……」

フローラのもう一方の隣から、ブライアン・ストダートが言った。「どうやらきみは、もっぱらぼくと話をしなきゃならないようだね……」

フローラは笑顔で答えた。「あたしはちっとも構わなくてよ」

「きみに再会できて、こんなうれしいことはない。まるで一吹きのさわやかな風が吹きこんだようだよ。こういう辺鄙な奥地のようなところに住んでいることで問題なのは、それなんだな。気がつかないうちに老いこんで、退屈な人間になっている。そのうえ、どうしたら心機一転できるか、思いもよらないときている。いいときにきてくれたね、ローズ。ぼくらをせいぜい元気づけてくれたまえ」

「あなたはいつだって、老いこむとか、退屈なんてことには縁がなさそうだけれど」とフローラは言った。一つには彼がそういう受け答えを期待していることが明らかだったし、もう一つにはブライアンの目がいかにも興ありげにきらめいているのを見て、軽い口調でふざけてみようという誘惑に抗しきれなかったからだった。

「うれしいお世辞を言ってくれるんだね」

「お世辞じゃないわ。事実だわ。だって、あなたは老いこんではいらっしゃらないし、退屈にも見えないんですもの」

「お世辞でも嬉しいよ」

スープのスプーンを取り上げながら、フローラは言った。

「ここに住んでいることで問題なのはって、今おっしゃったけど、ここのすばらしい点についても聞かせてくださらない？」

「長所を並べるほうがむずかしいね」

「そんなこと。長所はいくらもあるはずよ」

「そうだな。住み心地のいい家、猟や釣りを思いきり楽しめること、アードモア湖に二本マストのヨットを係留し、夏にはそいつで海に乗り出すこと、車をどこまでも走らせることのできる広大な天地――まあ、そういったところかな」

そのリストに彼の奥さんが入っていないのが、フローラには残念に思われた。

「そのリスト、ちょっと物質的すぎやしなくて？」

「おやおや、ローズ、五年前のきみはそれ以上の何ものも求めなかったがね」

「責任をともなうものについては、どうなのかしら？」

「ぼくがもっと責任を持つべきだ――そう言っているわけか」

「事柄によっては責任も持っていらっしゃるんでしょ？」

「もちろん、持っているよ」

「たとえば……？」

執拗に迫る彼女に心をくすぐられているらしく、ブライアンはあいかわらず上機嫌だった。

「アードモアの管理自体、おそらくきみが想像する以上の時間と労力を必要としているからね。それにこのあたりの人間のいわゆる郡議会《クーンシル》なるものがある。魚を運搬するトラックのために道幅をひろげるべきか、ターボール小学校のトイレの数をふやすべきかといった、すこぶるつきの重大問題を決定するために委員会が何回も開かれたりね。わかるだろう？　結構、手間暇のかかる仕事に、ぼくもそれなりにたずさわっているわけさ」

「ほかには？」

「おいおい、どういう気なんだい、ローズ？　まるで就職試験の口頭試問じゃないか」とブツブツ言いながらも、ブライアンは大いに愉快そうだった。

「あなたの時間の使いみちがいま言ったようなことだけだったら、そうね、退屈な人間になる危険は大ありじゃないかしら」

ブライアンは哄笑した。「まいったなあ！　じゃあ、ヨット・クラブの運営というやつはどうかな？　価値ある仕事のうちに入れていただけますかね？」

「ヨット・クラブ？」

「おやおや、まるで生まれて初めて聞くといわんばかりの声を出すんだね」と言ってブライアンは、耳の遠い、そのうえ頭のわるい人間を相手にしているかのように、ゆっくり、はっきり言って聞かせた。「アードモア・ヨット・クラブだよ。ぼくといっしょにクラブを訪ねたのを忘れたのかい？」

「そんなこと、あったかしら」

「ローズ、きみって人をよく知らなかったら、本当に忘れたんだと思うだろうがね。この五年間はぼくが思っていたよりも長かった——そういうことかな」

「ええ、そういうことでしょうね」

「ヨット・クラブとのつきあいも、この際、あらたにしてもらいたいね。もっとも残念ながら、目下のところ、クラブは冬を前にして開店休業の状態というか、実際に閉めちまっている。しかし一度ぜひ、アードモア・ハウスにわれわれを訪ねてくれたまえ。いつまでこっちにいられるの?」

「あたしたち、明日はもう帰るんです」

「明日?　だって、それこそ、きたばかりじゃないか?」

「ええ、でもアントニーは仕事にもどらなければならないし」

「しかしきみは?　きみも仕事にもどらなければならないって言うのかい?」

「いいえ、でもロンドンにはもどらないと」

「きみだけでも、このまま、滞在を続けたらどうだね?　一週間かそこらなら、のばしたって、どうってことはないだろう?　ぼくらにきみをもっとよく知る機会を与えてくれたまえ。というか、きみをちゃんと知るチャンスをね」

その声色にひそむ何かを敏感に感じ取って、フローラはブライアンの顔をきっと見返したが、その薄青い目からは何の邪心もうかがえなかった。

「だめなのよ」

「これ以上はごめんこうむるってことかい?」

「そうじゃないわ。あなたとアナにお目にかかりにアードモアに行ければうれしいけれど。でも……」

ブライアンはロールパンを取って、両手の指で細かく割いた。「アナは週の初めにグラスゴーに買い物に行くそうでね」そう言った彼の横顔は蝋燭の灯の輝きを受けていっそう浅黒く、彫りの深い顔だちが際立っていた。何か意味ありげにも聞こえたが、どういうことか、フローラにはさっぱりわからなかった。

「アナは買い物はいつもグラスゴーに?」

それは無邪気な質問だったが、ブライアンはスプーンを置いて、もう一度、フローラのほうに向き直って微笑した。その目はすてきに面白い、ひそかな冗談を彼女と共有しているかのように、いたずらっぽくきらめいていた。

「ああ、ほとんどいつもね」


イザベルが立ち上がってテーブルのまわりを回って、からになったスープの皿を集めはじめたので、二人の会話は中断された。アントニーもテーブルから立ってサイドボードの前に行き、ワインを注いで回る支度に取りかかった。と、キッチンとのあいだのドアが開き、ミセス・ウォティーが湯気の立つ皿と一重ねの小ぶりの皿ののった盆を持ってふたたび現われた。アントニーが席を立ったので、ミセス・クラウザーはテーブルの向こう側から少し身を乗り出して、クリスマスのチャーチ・セールのこと、自分がプロデュースするはずの降誕劇のことを話しはじめた。

「ジェイスンも出演しますの?」とフローラはきいた。

「ええ、もちろん」

「ジェイスンは天使を演ずるわけじゃないでしょうね?」とヒューが口をはさんだ。

「あら、どうして天使じゃいけませんの?」とミセス・クラウザーはわざと憤然として見せた。

「どうもねえ、ジェイスンは天使って柄じゃありませんから」

「手のつけられない腕白少年でも白いガウンを着て、金紙をはった王冠をかぶると、結構天使らしく見えるものですわ。ローズ、あなたにもぜひ見にきていただきたいわ」

「え?」とフローラは不意に水を向けられて、あわててきき返した。

「クリスマスにはファーンリッグ荘にいらっしゃるんでしょ?」

「さあ……まだ考えていなくて」テーブルの向こうにいるはずのアントニーに助け船を求めようとしたが、あいにくアントニーの席はからっぽだった。それに代わる助けを求めて見回した目がぼんやりヒューを見つめているのに気づいて、フローラは苛立った。

ヒューがやおら言った。「ローズはクリスマスはニューヨークで過ごす予定じゃないかな」

「ええ、そうかも」

「それともロンドンか、パリか」

この人、ローズをとてもよく知っているみたいだけれど——とフローラは思った。「さあ、まだどうとも決めていないんですけど」

ブライアンが身を乗り出して、話の中に割って入った。「ぼくもさっき提案したんだよ。明日、ロンドンに帰るのはやめて二、三日滞在をのばしたらって。あいにく素気なく斥けられたが」

「でもそんなの、いけませんよ！」とミセス・クラウザーが憤然と言った。「ブライアンの提案はすばらしいんじゃありません？　もう少しゆっくりしていらっしゃいな、ローズ、どうせなら思いきり楽しんでお帰りなさいよ。わたしたち、みんな、あなたが楽しく過ごせるように協力できると思いますよ。どうお思いになります、ドクター・カイル？」

「ローズだったら、どこであれ、楽しく過ごせるんじゃないですか。ぼくらがちょっかいを出す必要はないでしょう」とヒューはぼっそり言った。

「でも、ミセス・アームストロングがどんなにお喜びになるか……」

ワインに少し酔い、親しい人々との団欒の楽しさにぼうっとしてもいたのだろう、ミセス・クラウザーはヒューの返事の素っ気なさに気づいていないようだった。フローラのほうは敏感にそれを感じ取って、怒りと困惑に顔が赤らむのを覚えていた。なみなみと注がれているグラスを取り上げて、彼女はまるで癒しがたい渇きを感じているかのようにグッと飲みほした。グラスを置いた自分の手がブルブル震えているのに、彼女は気づいていた。

この間に次のコースが手際よく給仕されていた。何かのキャセロール料理とホウレン草のクリーム和え、マッシュ・ポテトで、フローラは食べきれるかどうか、心配だった。サイドボードのところでミセス・ウォティーを手伝って給仕をしていたイザベルが、小さなお盆を取りあげて戸口に進もうとしていた。「ミス・アームストロング、どちらへ？」とミセス・クラウザーがきいた。

イザベルは立ち止まってにっこりした。「タピーに食事を届けようと思って。わたし、タピーに約束していますのよ、途中でパーティーの模様を報告するって」

ヒューが立ち上がって、イザベルのためにドアを開けた。

「くれぐれもよろしく、おっしゃってくださいね」とミセス・クラウザーが言うと、テーブルのまわりの人々も口々に「よろしく」とか、「お大事に」などと言った。

「ええ、もちろん、伝えますとも」とイザベルは言って、部屋を後にした。ヒューがドアを閉めてもどってくると、すでに席についていたアントニーが、ミセス・クラウザーの隣から身を乗り出して、ヨットはもうしまったのかときいた。

「ああ」とヒューは答えた。「つい先週。ジョーディー・キャンベルがターボールのボートヤードに持って行ってくれてね。先だって彼に会いに行ったんだが、アントニー、きみが婚約したらしいと言ったら、興味深々だったよ」

「一度、ローズを連れて、ジョーディーに会いに行ってこようと思っているんだが」とアントニーは言った。

ワインを飲んだ勢いで、フローラは一瞬の困惑を何とか克服していたが、ヒュー・カイルの最前の当てつけがましい言葉がまだ気にさわっていた。彼女は強いて平気な顔をよそおって、二人の会話の中に割って入った。「あなたはどんなヨットをもっていらっしゃるんですか?」

説明してもどうせわかるまいと言わんばかりの口調で、ヒューは素っ気なく答えた。

「ガフ・リグの七トンヨットだよ」

「やっぱりアードモア・ヨット・クラブに置いていらっしゃるの?」

「いや、ぼくのは今も言ったようにターボールのボートヤードに預けてある」

「もうかなり古くなっているんじゃないか」とブライアンが言った。

ヒューは冷ややかな一瞥をブライアンに送った。

「一九二八年の製造だから、推して知るべしだろうね」

「つまり、かなりの老朽船というわけだ」

「こちらでは誰もがヨットをもっているのかしら?」とフローラはきいた。「季節には、どなたも帆走を楽しんでいらっしゃるわけ?」

ヒューはナイフとフォークを置き、ひどく頭のわるい子どもに苦労して説明しようとしているような口調で言った。「スコットランドの西部はヨットの帆走にかけては世界有数の海域でね。まったく関心のない者ならいざ知らず、このあたりに住んでいながら、地の利を利用しないというのは愚の骨頂だろう。しかしここの海での帆走は油断は禁物だ。アードナミユールカンから遠く乗り出すには経験と、風力十二の風に対処できるだけの知識が必要だ。片手に美女を抱き、もう一方の手にジントニックのグラスを持って、モンテカルロの波止場に止まっているヨットにとぐろを巻いているのとでは、わけが違うからね」

ミセス・クラウザーは笑いだしたが、フローラは「そんなこと、思ってもいませんわ」と冷ややかに答えた。この人が何を言おうが、たじろぐものかと自分に言い聞かせながら。「この夏は、かなり帆走なさったんですか？」

ヒューはふたたびナイフとフォークを取り上げた。「海にはほとんど一度も出なかったよ」と言った声はいかにも残念そうに響いた。

「どうしてですの？」

「暇がなくてね」

「忙しすぎてってこと？」

「忙しすぎるなんてものじゃないのよ、このドクターの場合」ミセス・クラウザーは何にもせよ、黙って聞いていることができないたちらしかった。「ターボールの住人で、このドクターみたいに長時間、よく働く人はいないでしょうよ」

「タピーは、あなたにはパートナーがいて当然なのにって言っていらっしゃったけど」とフローラは相手の痛いところをついてやりたいと、タピーを持ち出した。「昨夜、あたしがおやすみなさいを言いに行ったときに」

ヒューは平然と言い返した。「タピーはぼくが六つくらいのときから、ぼくの生活の舵を取ろうと、あれこれ指図してきた人だからね」

「失敬だが」とブライアンがさりげなく口をはさんだ。「さすがのタピーにも、それは思うに任せなかったようだね」

氷のような沈黙がいっときはさまった。さすがのミセス・クラウザーも取りなしかねて、言葉を失っていた。フローラは困惑してアントニーの助けを仰ごうと見回したが、彼はちょうどアナのほうを向いて話しかけたところだった。フローラはナイフとフォークを、まるで音を立てることを禁じられているようにそっと置き、ワイングラスをふたたび手にした。

　彼女を中にはさんで、二人の男の目が切りむすぶのを彼女は見た。と、ヒューがワインを一口ふくんでグラスを下に置き、物静かな口調で言った。「タピーがわるいんじゃあない。みんな、ぼく自身のせいだよ」

「それにしても、タピーの言っていることは正しいとぼくは思うね」とブライアンは軽く言ってのけた。「まったくの話、パートナーを頼むべきだよ、きみは。エネルギッシュで野心的な、若い医者がいいだろう。よく学び、よく遊べと言う格言は大人にも当てはまる。働きづめじゃあ、固い一方の、退屈な人間が出来上がってしまう」

「退屈な人間のほうが、怠け者よりはまだましじゃないかな」とヒューは切り返した。

　真剣な言い合いに発展しないうちに介入する必要があるとフローラは判断した。

「手伝ってくれる人はいないんですか？」

「看護婦が一人、診療を手伝ってくれている」とヒューはぶっきらぼうに言った。「注射をしたり、目薬をさしたり、処方箋を書いたり、膝の切り傷に包帯をしたり、大いに頼りになる存在でね」

　フローラはかいがいしくエプロンを掛けた看護婦の姿を想像した。都会風の洗練されたところはないとしても、たぶん、若くて、きれいで、さわやかな感じの美人に違いない。A・J・クローニンの小説に出てくる看護婦が主人公の医師を愛したように、ヒューを愛しているのかも。そんな可能性、大ありだわ。あたしはこの人がたまらなく嫌いだけど、人あたりはわるくないだろうし、押し出しも立派なものだ。ローズもこの人の風采に気を惹かれたのでは？　ローズのほうからモーションを掛けて、彼はその彼女の接近を本気で自分を求めているのだろうと誤解したのでは？　おそらく。そのあげくに捨てられて、彼女にたいして激しい恨みをいだくようになったに違いない。

　そんなふうに思いめぐらしていたところ、ドアが開いて、イザベルがもどってきた。中座してすまなかったと詫びてイザベルは、クラウザー師の隣の自分の席につこうとした。クラウザー師が立ち上がって、イザベルのために椅子をひいた。

「タピーはいかがですか？」と一同が口々にきいた。

「タピーはすばらしく元気ですわ。みなさんにくれぐれもよろしくと申しました」今夜のイザベルには、いつもとまるで違う特別な輝きのようなものが感じられた。「それにね、ローズにタピーからの伝言があるんですの」

一同はローズへの伝言と聞いて、微笑をたたえてフローラのほうに向き直った。それからその視線をもう一度、イザベルにもどし、どういう伝言かと次の言葉を待った。

「タピーはね」とイザベルはよくとおる声で言った。「ローズをもう少し引き止めるべきだって考えているみたいで。アントニーは一人でエディンバラに帰ればいいじゃないかって」こう結ぶと、イザベルは、顔を輝かせてフローラにほほえみかけた。「わたしもすばらしい思いつきだって賛成したのよ。お願いよ、ローズ、ぜひ、そうしてちょうだい」

まあ、タピー、ひどい人、あたしには何も言わないでいきなり。

フローラは呆然とイザベルを見つめた。ほとんど自分の耳を信ずることができなかった。まるで舞台上に立って脚光を浴び、観客の目が自分に注がれているのを意識しつつ、科白を度忘れしてしまったような具合だった。彼女はアントニーのほうを見やり、その顔に彼女と同じくらい愕然とした表情が浮かんでいるのを見た。どうか、助けてという思いをこめてアントニーを見つめながら、フローラはまるで別人のような自信なげな声で、「でも……あたし、そんなこと……」と口ごもっていた。

アントニーが助け船を出してくれた。「イザベル、前にも言ったとおり、ローズもロンドンにもどらないわけには行かないんですよ……」

しかし四方八方から、言い訳なんて聞く耳をもたないとばかりに、みんなが口々に言った。

「どうして帰らなきゃいけないんですか？」

「誰もが大喜びしているんですから」

「タピーだって、どんなにうれしいか」

「急いで帰らなければならない理由なんかないみたいじゃありませんか」

みんなが笑顔で、もう少し滞在をのばせと勧めているのだった。彼女の隣席のブライアンが椅子の背に身をもたせかけて、はっきりした声で言った。

「ぼくは最初からそう提案していたんだよ。すばらしい思いつきじゃないか」

テーブルの向こう側からアナまで熱心に言った。

「もう少しいらしてくださいな。ロンドンにもどるのはもっと後でいいんじゃありません？」

この間ずっと一語も発しなかったのはヒューだけだったが、それに気づいたミセス・クラウザーがフローラの向かい側から言った。「どうお思いになって、ドクター？　ローズがもう二、三日、逗留したらって、あなただって思っていらっしゃるでしょう？」

いうまでもなく、みんなが同意を期待して、黙ってヒューのほうを見つめた。

しかしヒューは首を振った。「いや、ローズが滞在をのばすのがいいとは思えませんね」その答えにこもる刺に気づいたのだろう、急いでつけ加えた。

「ローズがそれを望むならとにかく」じっと見返した目が挑戦するように自分に注がれているのを、フローラは感じた。

その瞬間、フローラに何かが起こったのだった。食事中に飲んだワインのせいか、その朝の浜辺での出会いのせいか、何とはない憤懣の気持ち、それに瞬間的に衝きあげた意固地な衝動が大いに関係していた。

何年も前のこと、父親がフローラに言ったことがある。「そんな意地を張るのは、自分の顔に当たりちらして、鼻をちょんぎるようなものだよ」

「タピーがそうしてほしいとおっしゃってるなら、そうね、あたし、滞在をのばすことにしますわ」と言っている自分の声を、フローラは聞いた。

まるで難行苦行のようだったディナー・パーティーが終わったとき、そしてお客が帰り、犬たちを外に出してやり、コーヒーカップをキッチンにさげたうえでイザベルが二人にやさしくおやすみのキスをして二階の寝室に上がって行ったとき——アントニーとフローラは消えかけている炉の火をはさんで顔を見合わせた。

「なぜ、あんなことを？」とアントニーがきいた。

「さあ、わからないわ」

「気がおかしくなったのかと思ったよ」

「たぶん、そうでしょ。でも今さらひっこむわけには行かないわ」

「ああ、フローラ」

「約束をたがえるわけにも行かないし。あなた、困る、アントニー？」

「べつに困るわけじゃないよ。きみが我慢できるなら、きみひとりでそれなりに対処できるなら、そしてタピーがそれを望むならば、ぼくに何が言えるだろう？　しかし……」とアントニーは口ごもった。

「しかし？」

「信じてくれないかもしれないが、ぼくはきみのことを考えて案じているんだよ。きみはぼくに、この週末だけと約束させた」

「わかってるわ。あのときはそのつもりだったんだけど」

「あのときはタピーが危篤だと思いこんでいたが、今ではそうした状況ではないということが明らかになっている——そういうことかい？」

「それもあるわ」

アントニーは深いため息をついて、フローラに背を向けて炉の火を見下ろし、火の消えかけている薪を靴の足先でつついた。「これからいったい、どういうことになるんだろう？」

「あなた次第じゃないかしら。タピーに打ち明けることだってできるわけだし」

「つまり、きみがローズじゃないってことをかい？」

「そのことを打ち明けるって、そんなにとんでもないことかしら？」

「とんでもないさ。ぼくは一度だって、タピーに嘘をついたためしがないんだからね」

「これまではね」

「そう、これまでは」

「あなたはタピーを過小評価していると思うわ。タピーだったら、きっとわかってくださるでしょうよ」

「タピーにはとりわけ話したくないんだよ、そのことについてはね」アントニーの口調は片意地な少年のそれのように響いた。

「ほんというとね」とフローラも認めた。「じつはあたしもなの」

二人はどうしようもないと言うように、ふたたび顔を見合わせた。ふとアントニーが微笑した——浮かない笑顔ではあったが。

「ぼくら、揃いも揃って情けない臆病者だね」

「途方もない陰謀を企てたわりにはね」

「そのあげく、暗礁に乗り上げそうになっている」

「さあ、それはどうかしら」とフローラは冗談にしてしまおうと軽い口調で言った。「新米のペテン師にしては、これまでのところ、かなりうまくやってきたんじゃなくて?」

アントニーは不本意そうにつぶやいた。「ぼくがきみに熱烈な恋をすれば、嘘から出た真なのになあ」

「ええ、万事解決よね。とくに、あたしも同時にあなたに夢中になれば、めでたしめでたしなんでしょうけど」

部屋の中は冷えびえとしだしていた。フローラは身震いして、残り火で暖まろうと炉のそばににじり寄った。

「きみ、とても疲れた顔をしているね。無理もない。たいへんな晩だったんだ。それを何とか切りぬけたんだから大したものだよ」

「アップアップしながらね。ねえ、ヒューとブライアンはうまが合わないみたいね」

「ああ。正反対だからね、あの二人は。ヒューも気の毒に。往診を依頼する電話に妨げられずに、いっぺんだって食事をちゃんと取ったことがあるかどうか、怪しいものだよ」

その夜のディナーにしても、ヒューは二番目のコースが終わらないうちに席を立つことになった。アントニーが電話を受けたのだが、呼び出されてホールに行ったヒューは数分後にはコートを着てドアの陰から首を出して中座する詫びを言い、別れの挨拶もそこそこに立ち去ったのだった。

「アントニー……あなた、ヒューって好き？」

「ああ、大好きだよ。子どものころ、ぼくはいつも彼のようになりたいと思っていた。エディンバラ大学時代はラグビーの選手でね。ぼくの目に映った彼は若い神のようだった」

「ヒューはあたしを嫌っているみたい。というよりも、理由はわからないけど、ローズを憎んでいるような気がするわ」

「それはきみの思い過ごしだよ。ヒューは確かにあまり愛想のよくない男だが」

「ひょっとして、ヒューとローズは……恋愛関係だったんじゃないのかしら？」

アントニーはすぐには返事もできないほど、つよいショックを受けたような顔をした。

「ヒューとローズが？　いったい全体、きみは何だってそんな途方もないことを考えたんだい？」

「とにかく何かあったことは確かだと思うわ……」

「何があったにせよ、そういうことじゃなかったのは、それこそ、確かだよ」アントニーは両手をフローラの肩に置いた。「きみは疲れているんだよ。緊張のあげく、ありもしない、ばかげた想像をしているのさ。ぼく自身もかなり疲れている。考えてみりゃ、三十六時間ってもの、ろくに眠っていないんだからね。今になってドッと疲れが出たようだ。ぼくはもう寝るよ」とフローラにキスをした。「おやすみ」

「おやすみなさい、アントニー」

ほかにすることも、言うこともなかったので、二人は暖炉の前に炉囲いを置き、相手の支えを必要としているかのように、互いの腰に腕を回して影の濃い階上へとゆっくり階段を上がって行った。

タピーが朝早く目を覚ますと、窓の外のブナの木の枝で小鳥がさえずっていた。そのとたん、何ともいえない満足な思いがほのぼのと胸にあふれた。

こんなことは本当に久しぶりだった。このところ彼女の目覚めには、あまりうれしくない予感がつきまとっていることがしばしばだった。愛する家族について、この国について、そして世界のどうしようもない、悲惨な現状についての危惧がとかく胸にあふれた。新聞を読み、テレビの九時のニュースを聞くことはなるべく欠かさないようにしていた。けれども、耳を傾けながらも知りたくない、聞かずにすめばありがたいのにと思わずにはいられなかった——とくに早朝は。折々、彼女は冷たい夜明けの光が誰にとっても何の約束ももたらさないかのように感ずることがあった。そのような朝には、起き上がって着替えをし、いつものように朗らかな顔で朝食に降りて行くことからして、ひとかたならぬ努力を要するように思われるのだった。

けれども今朝は違っていた。特別に楽しい夢から心地よく目覚めて、夢見心地のまま、空中を浮遊している感じといったらいいだろうか。一瞬、彼女は身動きすることも、いや、目を開けることさえ、憚られる思いでじっとしていた。目を開けたら最後、夢は四散し、冷たい現実が取って代わるだろうと恐れているかのように。

だが、少しずつ実感がともなうようになった。夢ではない。本当のことなのだ。願っていたことが現実に起こったのだ。昨夜のディナーが終わったとき、イザベルがやってきて、ローズがとうとうみんなの説得を聞き入れ、アントニーがエディンバラに帰った後にもしばらくファーンリッグ荘に留まろうと言ってくれた——そう告げたのだった。

ローズはすぐには帰らずに、しばらくここにいてくれるんだわ。

夕ピーは目を開けた。ベッドの裾の手すりが、窓からさしこむ朝日の光を受けて光っていた。今日は日曜日ね。夕ピーは日曜日が好きだった。教会から帰ると、夕ピーは家族や友だちと食卓を囲んで、この日を祝った。ファーンリッグ荘の日曜日の昼食のテーブルを囲む顔ぶれが十二人以下ということはめったになかった。昼食が終わると季節によって、テニスをしたり、でこぼこした芝生でゲームをしたり、風の吹きすさむファーダ浜を長いこと、散歩したりして過ごした。お茶の時間になると、またみんなが集まる。あるときはテラスで、またあるときは客間の暖炉のまわりでの団欒。バターとブルーベリーのジェリーを熱々のスコーンにのせて食べたり。チョコレート・ケーキ、フルーツ・ケーキ、わざわざロンドンから取り寄せた特別なジンジャー・ビスケットもテーブルに並ぶ。お茶が終わると、カード・ゲームに興ずる者、新聞の日曜版に読みふける者など、思い思いにくつろぐ。子どもがいれば絵本の読み聞かせをしたり。

『秘密の花園』、『たのしい川辺』、『小公子』、古い、なつかしい本の数々。何回となく繰り返し読んで聞かせたものだった。「むかしむかし、とてもうつくしい人形の家がありました……」このあいだの晩の聞き手はジェイスンだった。彼女の腕のくぼみの中にすっぽり納まって、入浴したあとの、さわやかな匂いのする頭を彼女の顎の下にはさむようにして。かつて同じようにして本を読んでもらった誰彼と寸分違わぬ格好で。

小さな男の子。たくさんの男の子たち。疲れて、時と記憶がごっちゃになるとき、タピーはその子たちがいつ生まれたか、いつ死んだかを忘れていることがあった。

ジェームズとロビー。暖炉の前の敷物の上にすわって鉛の兵隊たちを並べて遊んでいた彼女の幼い弟たち。ジプシーのように野放図だった、彼女の息子のブルース。いつも裸足で走り回り、手のつけられぬ腕白少年だったブルースには、誰もが呆れ、父親がいないから、あんな育ち方をしてと首を振り振り、嘆いたものだった。それから孫のトーキルとアントニー、そして今はジェイスン。

見かけはちょっとずつ違うかもしれないが、彼らはひとしくタピーの胸のうちに同じ喜びを燃え立たせた。その一方、しょっちゅう、腕の骨を折ったり、膝の切り傷からダラダラ血を流したり、麻疹や、百日咳などで心配させた。「ありがとうって、おっしゃい」、「テーブルから立つときは、もう立っていいかどうか、ちゃんときくのよ……」叱ったり、注意したりすることは山ほどあった。「タピー、おおげさに騒いじゃだめだよ。いい？　あのねえ、アントニーがモミの木から落っこちちゃったの！」というのんびりした前口上に、あわてて駆けつけたり。

子どもの成長の里程標。泳ぎを覚えた日。自転車に乗れるようになった日。初めて空気銃をもらった日。空気銃については、心配のしずめだった。「飛び道具で人をねらうな。けして銃を突きつけるな――さあ、もういっぺん言ってごらんなさい」と彼女は毎晩、お祈りの前に、こう唱えさせたものだった。

　初めて寄宿学校に行く日は、どの子の場合もたいへんだった。家を離れるまで、あと何日あるかと指折り数え、そのあげくにターボール駅での泣きの涙の別れ。真新しいトランクや、お菓子の入ったタックボックスが積みこまれるころには、どの子の顔も煤煙と涙で薄黒くなっているのだった。

　小さな男の子たちは、過去にさかのぼって、えんえんと伸びている長い黄金の糸の一部だ。しかし奇跡的にも、その同じ糸が未来の年月にまで続いているのだった。しっかりした、有能なトーキルは学校でも、社会でもなかなかよくやり、テレサと結婚して現在、バーレーンに住んでいる。トーキルはタピーを一度も心配させたことがなかった。しかしアントニーはトーキルとはまるで違っていた。ちっともじっとしていない、気まぐれな子だが、とても魅力があった。ファーンリッグ荘にしょっちゅうガールフレンドを連れて帰ってきたが、結婚しようと思うほど愛している娘はいないようだった。アントニーが結婚して落ち着くことはないのではないかと、タピーはほとんど諦めかけていたのだが、思いがけずローズ・シュースターと再会し、愛するようになったと聞いて、タピーの奇跡にたいする信仰は復活した。

　ローズって、本当にいい娘《こ》だわ。一千年たっても、アントニーがもっとふさわしい娘にめぐり合うことはありえないだろう。アントニーが彼女に世にも貴重な贈り物をもたらしてくれたかのように、タピーの反応は、この喜びを世界中の人々とわかち合いたいということだった。クラウザー夫妻とストダート夫妻のような、ごく親しい、家族同様の人々だけでなく、すべての人と。

　タピーの活動的な頭の中でこの思いつきは、しだいに形を取りはじめた。昨夜のディナー・パーティーは、イザベルの言葉によると大成功だった。しかしタピー自身は参加できなかったわけで、テーブルのまわりの談笑も低いざわめきがはるかに伝わってくるだけで、タピーはひどい挫折感を感じていたのだった。ヒューが意地悪くも、お客との面会を禁じたからで、久しぶりに家族以外の人間に会い、ちょっとしたゴシップを取りかわす喜びすら否まれていたのだった。

でも次の週末にはきっと……とタピーは思いめぐらした。今日は日曜日だ。アントニーはローズをファーンリッグ荘に置いてエディンバラに帰り、次の週末に迎えにくるわけだ。でもその間わたしたちは一週間、ローズを引き留めておける。時間はたっぷりあるわ。

パーティーを催そう。ちゃんとしたパーティーがいい。そう胸につぶやいたとたん、心おどる楽の音が漂ってくるような気がした。そしてたちまちハイランド・リールのジグとビートが聞こえてきた。

ディドル、ディドル、ダム、ダム、ダム、ダム、ダム……

シーツの下で、タピーの足の指はひとりでにヒコヒコと動いて拍子を取りはじめた。興奮が彼女を捉えるうちに、さっきのふとした思いつきが爆発的なインスピレーションとなり、タピーは自分が病気なのだということを完全に忘れていた。死ぬかもしれないと本気で思ったわけではないにもせよ、そんな気持ちが頭の端をちょっと掠めたのは事実だったが、それも今は遠く霞み、たちまちいくつもの、はるかに重要なことが頭に浮かんでいた。

まあ、もう朝だわ。タピーは手を伸ばしてベッドランプをつけて、ベッドの脇のテーブルの上の小さな置時計を見た。七時半。タピーはゆっくり身を起こしてベッドの上にすわり、肘で枕の形を直した。それから眼鏡と、ついでベッド・ジャケットを取った。着るのにちょっと手間どったが、首もとで何とかリボンを結び、テーブルの引き出しからメモ帳と鉛筆を取り出した。メモ帳のあたらしいページのてっぺんに、彼女は書いた。

ミセス・クランウィリアム。

以前はうつくしかった書体が今はまるで蜘蛛が這っているようだったが、字なんてどうだっていいと彼女は思った。それから次に書き記す名を思案した。

チャールズとクリスチャン・ドラモンド夫妻。

ハリーとフランシス・マクニール夫妻。

曜日は——金曜日に限る。ダンス・パーティーなら金曜日がいい。土曜日だと、日曜の早朝までずれこむことがあり、安息日に不都合だと気をわるくする人がいないとも限らない。アントニーには、金曜日の午後から休暇を取るように言っておこう。

タピーはメモにさらに名前を加えた。

ヒュー・カイル。

ジョニーとカーステンのグラント夫妻。

昔はコールド・サーモンや巨大なロースト・ターキー、口の中で溶けそうなプディングをふくめて、料理はことごとくファーンリッグ荘のキッチンで調理されたものだった。しかし今ではもうそうは行かない。ミセス・ウォティーには荷が勝ちすぎる。イザベルからターボールのステーション・ホテルのアンダースン氏に掛け合ってもらおう。あのホテルなら、ワインセラーも、料理人も揃っているし、こっちの注文どおりに運んでくれるに違いない。

リストはさらに長くなった。クラウザー夫妻、そしてもちろん、ストダート夫妻。ターボールに最近移ってきた、あの何とかいうカップルも——ご主人は確か、冷凍食品の会社を経営しているとかいったっけ。

トミーとアンジェラのコックバン夫妻。

ロバートとスーザンのハミルトン夫妻。

ディドル、ディドル、ダム、ダム、ダム、ダム、ダム。

郵便局長のミセス・クーパーのご主人はアコーディオンを弾く。頼めば、小さなバンドをまとめてくれるかも。ヴァイオリン弾きが一人、ドラムに数人。それはイザベルに任せるとしよう。このパーティーにはジェイスンも出席させよう。あの子のおじいさんが子どものころにつけたキルトとベルベットのダブレットを着せて。

そのページはほとんど満杯だったが、タピーはまだ書きつづけていた。

シェーマス・ロクラン。

クライトン夫妻。

マクドナルド夫妻。

タピーはページを繰った。こんな幸せな気持ちはもう何年にもないことだった。


金曜日のパーティーについて、ファーンリッグ荘のほかのメンバーに知らせたのはイザベルだった。「おはよう」を言いかたがた、朝食の盆をさげに二階の母親の寝室に行ったイザベルは、軽いショックを受けたような、ぼうっとした状態でキッチンにもどった。

彼女はガタンと音を立てて盆をテーブルの上に置いた。イザベルにしては珍しいことで、みんながやりかけていたことを中断してイザベルの顔を見上げた。ベーコンを口に押しこんだところだったジェイスンまで、一瞬、口を動かすのをやめた。

イザベルの後れ毛は、気もそぞろに掻き上げたように乱れており、彼女のやさしい顔には、お母さんたらまったくという憤慨の気持ちと、でもお母さんらしく、病気を克服したばかりか、こんなとてつもない思いつきまでという感嘆の思いが表われていた。

イザベルはすぐには口を開かずに、無言でそこに立っていた。ツイードのスカートと日曜日に着ることにしている、晴れ着のセーターに着やせして見えるその姿は、打ちひしがれたようにしょんぼりとして、どう切り出したものか、言葉を失っているようだった。イザベルがそんなふうに黙りこんでいるのも珍しいことで、それだけでもみんなの注意を引かずにはいなかった。ミセス・ウォティーはランチのためのジャガイモをむきかけていたが、ナイフを持った手を少し上げたまま、彼女の顔を見つめ、マクラウド看護婦はちょうど昨夜使ったグラスを洗い桶から取り出して、もう一磨きしようと（その必要はなさそうだったのに）していたのだが、やはりイザベルの顔を見つめていた。フローラも、手にしていたコーヒーカップをかすかな音を立てて下に置いた。

沈黙をやぶったのは、ミセス・ウォティーだった。

「どうかしました？」

イザベルはキッチンの椅子の一つを引き出して腰

を落とし、長い脚を前に伸ばして言った。「タピーったら、またパーティーを催そうって」

タピーの家の面々はとても信じられないといった啞然とした顔で、この言葉を受けとめた。昨夜のパーティーの後始末もすっかりすんでいない状態での、この発表であった。一瞬の静寂をやぶったのは、古めかしい時計の時をきざむ音ばかりだった。

呆れてものも言えないといったみんなの顔を、イザベルはおもむろに見回した。「ほんとなの。今度の金曜日に。ダンス・パーティーですってさ」

「ダンス・パーティーですか？」とマクラウド看護婦はタピーがリールを踊りまくっているところを想像して、とんでもないとばかりに居住まいを正して宣言した。「わたしが死んでからにしてもらいたいですね」

「タピーはね」とイザベルは、マクラウド看護婦が何も言わなかったかのように続けた。「ステーション・ホテルのアンダースンさんに、お料理を持ちこんでもらって、ミセス・クーパーのご主人にバンドの編成をお願いするんですって」

「へえ！」というのが、ミセス・ウォティーの唯一の反応だった。

「タピーったら、今からもう招待客の長いリストをこしらえているのよ」

ジェイスンはいったい、みんなが何を大さわぎしているのか、さっぱりわからなかったので、ふたたびベーコンを食べはじめた。「そのパーティー、ぼくも招かれているの？」と彼はきいたが、いつもと違って誰も彼の言うことに注意を払っていなかった。「だめだって、おっしゃったんでしょうね？」とマクラウド看護婦が身を乗り出して、キッとイザベルの顔を見返した。

「もちろん、言いましたとも」

「それでミセス・アームストロングは？」

「まるで知らん顔」

「でもそんなこと、問題外ですわ。ダンス・パーティーなんて、まあ、どんな騒ぎになるか、騒音にしたって、たいへんなものでしょうし。ミセス・アームストロングはお加減がよくないんですよ。ダンス・パーティーなんて、そんなごたいそうなものを開くとはね。まさか、ご自分も出席なさるつもりじゃあ……？」

「ああ、その点は安心してくださいな。少なくとも」とイザベルはつけ加えた。母親をよく知っているので、はっきりそう言い切れないと思ったのだろう。「その点は安心していいとわたしは思いますけどね」

「でもどうしてなんですか？」とミセス・ウォティーがきいた。「何だって、またパーティーなんぞ？　昨夜のパーティーの後かたづけもすんでいないのに」

イザベルがため息をついた。「ローズのためですって。みんなに、ローズをひきあわせたいんですって」

一同は今度はフローラのほうをいっせいに見つめた。この爆弾的宣言に、この場に居合わせている誰よりも怖気をふるう理由大ありのフローラは、いたたまらぬ気持ちで顔が赤らむのを意識していた。

「でもあたし、パーティーなんて、開いてほしくありませんわ。タピーがぜひにっておっしゃるから、もう少し滞在するって言いましたけど、そんなことを計画していらっしゃるなんて、まるで知らなかったんです」

イザベルが彼女の手をそっとなでて言った。「昨夜はね、タピーもそこまでは考えていなかったようよ。けさ早く目を覚まして思いついたらしいの。だからもちろん、あなたのせいなんかじゃないわ。タピーって、何かっていうとお客を招きたがるのよ」

フローラはこの計画に異をとなえる現実的な根拠を探しもとめた。「でも時間が足りないでしょ？　ダンス・パーティーだなんて。招待状を出すのからして無理ですわ。一週間もないんですから」

しかしそれもすでに考えずみらしかった。「招待は電話でいいのよ」とイザベルが言った。「どうせ、わたしがかけることになるんでしょ」と早くも諦めまじりの声だった。

マクラウド看護婦は、このたわごとにはもう十分耳を貸したとばかり、椅子を引き出してすわった。糊の利いた胸当てがふくれ上がって、ムネタカバトそっくりに見えた。

「ミセス・アームストロングにおっしゃってあげて

くださいな。ダンス・パーティーなんてとんでもないって」

ミセス・ウォティーとイザベルが申し合わせたようにため息をついた。「それが容易なことじゃないんですよ、看護婦さん」とミセス・ウォティーが言った。頭のいい、しかしどうにも言うことを聞かない子どもの母親の口調だった。「あなたはミセス・アームストロングを、イザベルさんやわたしのようには知らないから。まったくの話、ミセス・アームストロングがいったん、こうと決めなさると、たとえ暴れ馬が向かってきても、あの方がひっこむことはありますまいよ」

ジェイスンがトーストにバターをぬりながら言った。「ぼく、ダンス・パーティーって、出たことがないんだ」しかし今度もまた、誰も彼に注意を払わなかった。

「アントニーさんはどうなんです？　アントニーさんにお願いして、道理を説いて聞かせてもらうわけにはいかないんですか？」とマクラウド看護婦がそれなら何とかなるだろうと言わんばかりに言った。

しかしミセス・ウォティーとイザベルはそろって首を振った。タピーに関するかぎり、アントニーはまったくの役立たずだろう。それにアントニーは寝不足を取りもどすべく、まだベッドの中だった。そんな彼をたたき起こす気は誰にもなかった。

「ミセス・アームストロングのご家族がだめなら」と言った看護婦の口調は、何て情けな一家だろうと言わんばかりだった。「ドクター・カイルにお願いするほかありませんねえ」

ヒュー・カイルの名を聞いたとたん、ミセス・ウォティーとイザベルは目に見えて元気づいた。どうしてか、二人ともヒューのことは思いつかずにいたらしかった。

「ドクター・カイルねえ」とミセス・ウォティーは考えこんだように繰り返した。「そう、いい思いつきじゃないですか。ミセス・アームストロングはわたしらの言うことは気になさらないかもしれませんけど、お医者さまのおっしゃることならねえ。ドクター・カイルはけさ、見えるはずなんですか？」

「ええ、そのはずですよ。ランチの少し前あたりにね」

ミセス・ウォティーはたくましい両腕をテーブルの上にのせて、ぐっと身をもたせかけて、まるで陰謀に加担しているように声をひそめて言った。

「だったら、それまではミセス・アームストロングのご機嫌をそこねないようにすることでしょうね。四の五の理屈を並べて騒ぎ立てれば、ミセス・アームストロングが動揺なさるだけでしょうから。そうでしょ、ねえ、看護婦さん？　何もかもみんな、ドクター・カイルにお任せすりゃあいいんですよ」

というわけで、この厄介な問題はさしあたっては棚上げということになった。フローラはつい、ヒューが気の毒になっていた。

フローラはミセス・ウォティーを手伝って朝食の皿を洗い、食堂の絨緞に掃除機を掛け、ランチのためにテーブルをセットした。イザベルは帽子をかぶって、ジェイスンを連れて教会に出かけた。ミセス・ウォティーが料理を始めると、フローラはマクラウド看護婦にあらかじめよく言いふくめられたうえでタピーのところに行った。

「ダンス・パーティーについては、いいとも、わるいとも、はっきりしたことは言わないほうがよござんすよ」と彼女は警告していた。「ミセス・アームストロングがそれについて何か言いだそうとなさったら、上手に話題を変えるこってすね」

フローラが、きっとそうすると言って歩きだしたとき、ミセス・ウォティーが呼びとめて、ぬれた手を拭いた後、引き出しを開けて、大きな紙袋を取り出した。その中にはグレーの毛糸が幾かせか入っていた。ミセス・ウォティーはこの毛糸で、ジェイスンのセーターを編むつもりでいるらしい。

「ちょうどいい仕事をあげましょう」とミセス・ウォティーは紙袋をフローラに渡しながら言った。「わたしのためにミセス・アームストロングとあなたとで毛糸を玉に巻いてくださいな。どうして初めから玉に巻いて売らないのか、いつもわたし、不思議でしょうがないんですがね。でもそうやって売ってないんだから、手間暇かけて巻くほか、しようがありませんわ」

おとなしく、その紙袋を下げて、フローラは階段を上がってタピーの寝室に行った。部屋に入るとすぐ、タピーが昨日より目に見えて元気になっていることがわかった。目の下の青黒い隈が消え、余裕がある感じだった。彼女はベッドの上にすわっていたが、フローラを見ると、うれしそうに手を差し伸べた。

「あなたがきてくれるといいと思っていたところよ。さあ、ここにきて、わたしにキスしてちょうだい。まあ、今朝のあなたはまた、すばらしくきれいだこと」フローラは日曜日に敬意を表して、スカートの上にシェトランド・セーターを着ていた。「ええ、わたし、今初めて、あなたの脚を見せてもらったのよ。そんなすてきな脚を持っているのに、なぜ、いつもズボンをはいているの？　もったいないこと」

二人はキスをかわした。フローラが身をひこうとしたとき、タピーは彼女を抱きしめたまま、ささやいた。「あなた、わたしのことを怒ってる？」

「怒ってるって……」

「あなたにもう少しここにいてもらおうという、わたしの画策についてよ。昨夜、イザベルにあんな伝言をして、わたし、陰険だったかしらね。でも、どうしてもあなたに思い直してほしかったの。ほかに方法を思いつかなかったものだから」

フローラはついほだされて、にっこり笑って言った。「いいえ、怒ってはいませんわ」

「あなたにしても、どうしてももどらなければならない、大切な用事があるようでもなかったし、わたし、心底、あなたにいてほしかったの」

タピーはようやくフローラを放し、フローラはベッドの端に腰を下ろした。

「でもタピー、あなたは今、階下《した》ではとても評判がわるいんですのよ。そのこと、ご存じかしら？」

ダンス・パーティーのことには触れないようにという、看護婦の助言をわざと無視して、フローラは言った。

「評判がわるいって、どういうこと？」

「このうえまた、パーティーを催すなんておっしゃるからですわ」

「ああ、そのこと」とタピーはコロコロ笑った。困惑しているどころか、とても得意そうだった。「わたしが言いだしたら、かわいそうに、イザベルはほとんど気絶しそうだったわ」

「タピー、いけませんわ。みなさんを困らせちゃ」

「でもどうして？　なぜ、パーティーをもう一度、催してはいけないの？　じっと寝ていなければならないんで、わたし、くさくさしてるのよ。少しは楽しみがなくてはね」

「よくなるのが今のあなたのお仕事なんですよ。浮わついたパーティーを計画することでなく」

「浮わついたパーティーなんて、とんでもない。それに、この家ではこれまでにも、ずいぶんいろいろなパーティーが開かれてきたのよ。はたから手を出すまでもなく、何事もほとんどひとりでに進行すると思うわ。それにね、ほかの人は何もする必要がないのよ。わたしがすっかり計画しましたからね」

「イザベルにしたって、招待の電話で一日、つぶれてしまうし」

「そりゃまあね。でもイザベルはそんなこと、苦にしやしないわ。電話なら、すわってかけられるんだし」

「でも、家の掃除や、花を活ける手間や、家具を動かすのだってたいへんでしょうし」

「それはウォティーがするからだいじょうぶ。わけもないことよ。それに……」インスピレーションを求めるように一瞬、沈黙し、それからうれしそうに言った。「そうだわ。花はあなたにお願いするわ」

「そんなこと、あたしにはたぶん、手にあまるんじゃないでしょうか」

「だったら鉢植えをズラッと並べればいいのよ。それともアナに手を貸してもらうか。ねえ、ローズ、くだらない故障を言い立てて、わたしの出鼻をくじこうとしても無駄よ。だって、わたし、何から何まで考えてあるんですからね」

「看護婦さんは、ドクター・カイルの判断しだいだって言ってましたけど」

「そういえば、マクラウド看護婦さんは朝中、乗合いバスを後ろから見たような、ふくれっ面をしていたわね。でもヒューの判断しだいって言うなら、安心してちょうだい。ヒューは、すてきな思いつきだって言ってくれるに決まっていますからね」

「さあ、あたしだったら、そんな楽観的な見方はしませんけど」

「わたし、ヒューを子どものときから知っているのよ。事柄によっては、とことん頑固だけど」とタピーはいかにも楽しそうな表情になってつぶやいた。「でも、ヒューのそういうところ、会っていくらもたたないのに、よくわかるのねえ」

「昨夜のディナーで隣り合わせでしたから」フローラは紙袋を開けた。「ミセス・ウォティーが毛糸を巻いてほしいって言ってましたけど、手伝っていただいてもお疲れにならないかしら」

「ええ、もちろんよ。わたしが腕に掛けるから、あなた、巻いてちょうだいな」

のんびりした、この分業の役割が決まると、二人はさっそく仕事に取りかかり、タピーは会話がいささかも中断しなかったかのように、すぐ続けた。

「昨夜のディナー・パーティーのことを聞かせてちょうだい。何から何まで」

フローラは話しはじめた。初めからおしまいまで楽しいことの連続であったかのように、ことさらに熱をこめて語った。

「クラウザーさんご夫妻って、とてもいい方たちでしょ？」フローラがようやく口をつぐんだとき、タピーはうれしそうに言った。「わたし、大好きなのよ、クラウザーさん。初めのうちはちょっと圧倒されるけど、ほんとうにいい人よ。ヒューはどうだった？　楽しそうにしていたかしら？」

「ええ、そう見えましたけど。でもやっぱり途中で往診の依頼の電話がかかって」

「かわいそうに。手伝ってくれる人がいるといいんだけれど……」タピーが手を下ろしたので、フローラは毛糸を巻くのを中断して、彼女が言葉をつぐのを待った。「……でもわたしね、ヒューにとっては忙しい日常が、一種の作業療法になっているようにも思うのよ。このごろではそういう言い方するんじゃなかった？」

「つまり、奥さんが不慮の死をとげたショックからの立ち直りに役立っているってことでしょうか？」

「ええ。ヒューって、小さいころはとてもかわいい子だったのよ。トーキルと遊ぶために、毎日のようにこの家にやってきてね。お父さんが、うちのかかりつけのお医者さんだったから――その話はしたわね？　ルイス島の貧しい家に育った人だけれど、すばらしいお医者だったわ。ヒューも頭がよくてね。パブリック・スクールのフェットの奨学生試験にパスして、それからエディンバラ大学の医学部に進んで」

「大学のラグビー・チームの一員だったとか」

「アントニーに聞いたのね？　アントニーは昔からヒューをとても尊敬していてね。そうよ、ヒューは大学の選抜チームの花形選手でね。でももっとすばらしいのはヒューが優秀な成績で最終試験を通過したことだったわ。解剖学ではカニンガム賞を受けるし、前途有望な学徒として医学界にはなばなしい登場をしてね。そのころ、ロンドンの聖トマス病院の外科部長のマクリントック教授に、自分のところにこないかと言われてね。わたしたちみんな、そりゃあ、鼻高々だったものよ。自分の子どもだったとしても、ああまで肩入れしなかったでしょうね」

そうした賛辞がどうしてあの無愛想な男にと、フローラは不思議でならなかった。

「そんなにすばらしい経歴の人が、どこでどう、つまずいてしまったんですか？」

「べつにつまずいたってわけではないわ」と言って、タピーが毛糸のかせを掛けた手首を上げたので、フローラはまた毛糸の巻き取りを続けた。

「その後、結婚なさったんですのね？」

「ええ、ダイアナとね。ロンドンで出会って、婚約して、ターボールに連れてきたわ」

「そのとき、お会いになったんですか？」

「ええ」

「好意をお持ちになりました？」

「とてもうつくしい、チャーミングな人だったわ。自分をうつくしく見せることをよく知っていたしね。父親はたいへんな金持ちだったんじゃないかしら。こんな田舎町に、しかも知り合いが一人もいないところにやってきたんだから、当人としてはたいへんだったんでしょうね。あの人の慣れている世界とはまるで違うし、しっくりいかなかったのも無理はないでしょうね。わたしたちのことを、退屈な、つまらない連中ぞろいだと思ったようだったわ。かわいそうなのはヒューでね、どんなに情けない思いをしたことか。わたしはもちろん、何も言わなかったわ。わたしなんかの知ったことじゃないんですもの ね。でもヒューのお父さんはわたしと違って、思っていることをズバッと言ったようでね。そのときはヒューはダイアナに夢中で、わたしたちの誰が何と言おうが、何の効果もなかったでしょうよ。わたしたちみんな、彼を失いたくはなかったけれど、彼に幸せになってほしいとは思っていましたからね」

「それで二人はその後、幸せに暮らしたんですか?」

「それがわからないのよ。ローズ、二年間というもの、わたしたちはヒューに一度も会わなかったからね。会ったのは、ダイアナが自動車事故で亡くなり、ヒューがすべてを捨ててターボールに帰ってきて、お父さんの患者を引きつぐようになったときで、それ以来、ずっとこっちに住んでいるのよ」

「奥さんが亡くなってから、どのくらいになるんですか?」

「ほとんど八年ね」

「八年もたてば、痛手も癒えて、再婚することだって考えられなくはないでしょうにね」

「ヒューはそうしなかったわ」

タピーも、フローラも毛糸巻きの手を黙って動かしていた。そのころには毛糸の玉はずいぶん大きくなっていた。フローラは話題を変えた。

「あたし、アナって好きですわ」

タピーは顔を輝かせた。「うれしいこと、アナが好きになったなんて。わたしもアナが大好きなのよ。でもアナはとても内気で、人となかなか親しくなれないたちだから」

「アナは小さいころから、ずっとこの土地で育ったんですって?」

「そうなのよ。父親はわたしの親しい友だちでね。アーチー・カーステアズって、グラスゴーの出身だったわ。お金儲けがうまくてね。世間からは、ダイヤモンドの原石みたいにゴツい一方の人間だと思われていたみたい。世間って、ほんとにばかで、俗っぽいのねえ。でもわたしはアーチーが好きだったわ。ヨットに凝っていて、大洋を航海できるような、豪華なヨットを操っていたわ。それで最初にアードモアにやってきたのよ。アードモアの湖とまわりの自然に一目で惚れこんで。世界中を探しても、あんなすばらしいところはないでしょうね。とにかく第一次大戦が終わると、アーチーはアードモアに屋敷を建てたのよ。時がたつにつれてますます多くの時をアードモアで過ごすようになってね。結局、引退してからはここに落ち着いて、アナはここで生まれたのよ。アーチーの結婚は晩年になってからでね。お金儲けに忙しくて、結婚する暇がなかったんでしょうね。だからアナはかなり年の行った両親の子どもとして生まれたわけ。母親はアナが生まれて数か月で亡くなってね。お母さんが生きていたら、アナは違うたちの子どもに育っていたかもしれないわ。でも母親はアナを残して亡くなった。どうしてそんなことにって、思いめぐらしてみても始まらないけどね」

「ブライアンとアナはどうして結婚することになったんでしょうか？」

「ブライアンについて、何がききたいの？」

「アナはブライアンと、どんなふうにして知り合ったんでしょう？」

タピーはかすかにほほえんだ。「ブライアンがある夏、アードモア湖に小さなみすぼらしいヨットで乗りつけたのよ。南フランスからたった一人で帆走して。そのころにはアーチーはアードモア・ヨット・クラブを設立していてね。まあ、手ごろのおもちゃというか、趣味というか、引退後の暇つぶしといったところでしょうかね。クラブをつうじてヨット関係の昔の友だちと連絡が取れるというのも、狙いの一つだったんでしょうし。ブライアンはヨットを係留すると、一杯飲もうと岸に上がってね。アーチーは彼と話すうちに、その一人旅の次第にすっかり感心して、ディナーでもって、アードモア・ハウスに招待したわけ。アナにとっては、まるで若いロキンヴァーが白馬にまたがって現われたような印象だったでしょうね。彼を一目見た瞬間から心を奪われ、以来、彼を深く愛しているのよ」

「それでブライアンと結婚したんですね」

「ええ、当然の成り行きでね」

「お父さんはどういう意見だったんでしょう？」

「かなり慎重だったわね。ブライアンの覇気に感心していたし、気に入ってもいたようだけれど、娘婿にとは望まなかったんでしょうね」

「アナに思い切らせようとしたんですか？」

「ええ、はっきり言って、何とか気持ちをひるがえさせようと説得したらしいわ。でもおとなしい一方だと思っていた人がおそろしく頑固で譲らないことってあるものなのね。アナはそのころにはもう子どもではなく、一人の女性に成長していたわ。自分が何を望んでいるのか、はっきり知っていて、かならず手に入れようと決心してもいたんでしょうね」

「ブライアンも彼女を愛して結婚したんでしょうか？」

タピーは長いあいだ、答えなかったが、やがてぽっつり言った。「いいえ、愛したとは思わないわ。でも好意を持ったことは確かだと思うの。それに、アナとの結婚がもたらす物質的な富はブライアンにとって、こたえられない魅力だったでしょうし」

「それ——ブライアンがアナの富のために彼女と結婚したということじゃありませんかしら——とても婉曲な言い回しをなさってるけど」

「そうは言いたくなかったのよ。アナが大好きだから」

「それに二人が幸福なら、問題にもならないんじゃないでしょうか」

「二人の結婚が決まったとき、わたしもそう自分に言い聞かせたんだけれど」

「アナって、そんなにお金持ちなんですか？」

「アーチーが亡くなったとき、一切を相続しましたからね」

「で、ブライアンは？」

「ブライアンはアーチーの指定で一定の継承権を与えられただけでね。その額についてはたまたまわたしも知っているんだけれど、かなり潤沢なものだったわ。でもおおもとの資産はすべてアナが相続したのよ」

「万一——結婚が破綻するようなことがあったらど

うなりますの？」

「そのときはブライアンの継承権も解消するでしょうね。彼は無一文になるわけよ」

フローラはアナを、その自信のなさそうな物腰、身につけていた、すばらしいダイヤモンドを思った。そしてあらためて痛ましい気持ちになった。夫と物質的な絆だけで自分に結ばれているとしたら、ひどく味気ないのではないだろうか。

「ブライアンって、とても魅力のある人ですわね」

「ブライアン？　ええ、魅力的で、同時に挫折感にさいなまれている男でもあるわ。することがほとんどなくて、自分を持ちあつかっているんじゃないかしら」

「お子さんはいないんですか？」

「アナは子どもを一人、なくしているのよ。あなたとあなたのお母さんがビーチ・ハウスに滞在した夏のことだけれど。もちろん、あなたは覚えていないでしょうね。というより、そのときはもう、あなたがた、ここにはいなかったんじゃないかしら」

毛糸はもうほとんど巻き取られて大きな玉になっていて、かせの毛糸はタピーの細い手首に二巻き、三巻き、残っているだけだった。「でもここにきて、アナにまた赤ちゃんが生まれようとしているみたいでね」とタピーはポッツリ言った。

フローラは毛糸巻きを中断して叫んだ。「アナに？まあ、よかったじゃありませんか！」

しかしタピーは余計なことを言うのではなかったと後悔していた。「だめね、わたしって。言ってはいけなかったのに、つい。ヒューは、わたしの気分があまりわるそうだったので、元気づけようと思って教えてくれたのよ。秘密にするって約束したのに」

「秘密はだいじょうぶ、守りますわ。というより、もう忘れてしまいましたわ」


昼近くで、タピーとフローラは毛糸の最後のかせの巻き取りに余念がなかった。そこにヒューがやってきた。階段を上がり、廊下を歩いて近づいて来る足音が聞こえ、ドアをそそくさと叩く音がして次の瞬間、ヒューが彼らのかたわらに立っていた。普段着のスーツ姿で片手にカバンを下げ、ジャケットのポケットから聴診器が飛び出していた。

「おはようございます」

タピーはジロリと彼の姿を一瞥した。「日曜日は安息日だってこと、誰もあなたに教えたことがないみたいね」

「けさ、起きたときには日曜日だってことをまったく忘れていましたがね」ベッドの裾のほうに立って、彼はいきなり言った。「ところでダンス・パーティーとやら何とやら、またまたろくでもない計画があるようですね」

タピーはムッとしたような顔をした。「思ったとおり、わたしが一言も言わないうちに、あなたに言いつけたのね、あの人たち」

ヒューはカバンを床の上に置き、ベッドの裾の手すりに両腕を置いて身を乗り出した。

「じゃあ、その計画について、ぼくに話してみてください」

毛糸の最後の一巻きがスルリとタピーの手から滑り落ち、クルクルと巻き取られた。

「今度の金曜日に、ローズのために、ちょっとしたパーティーを催そうと思っているのよ」とまるで当然しごくのことを告げるように、タピーはサラリと言った。

「そのちょっとしたパーティーのお客は何人くらいの予定ですか?」

「そうね……六十人くらいかしら」とタピーはヒューと目を合わせて、「七十人かも」と言い直した。

「七十人がこの家のホールで跳ねまわり、シャンパンを飲み、ペチャクチャしゃべるわけですか。あなたの健康に、それがおよぼす悪影響を考えてみたらどうです?」

「あら、むしろ、いい影響をおよぼすと思うけど」

「誰が宰領するんです?」

「主だったことはもう決めてしまったのよ。朝食前の三十分間に。ですからね、わたしがこれ以上そのことで、あれこれ頭を悩ます必要はないでしょうよ」

当然ながら、ヒューは疑わしそうな顔をした。

「タピー、とても信じられませんね」

「うるさいこと、言わないでちょうだい。まるで女王様ご臨席のパーティーでも開催するような大騒ぎをして」

　ヒューはフローラのほうに視線を移した。「で、きみはこの計画についてどう思っているのかね、ローズ？」

「あたしですか？」毛糸の玉をまとめて紙袋にしまっていたフローラはドギマギと顔を上げた。「とてもすてきだと思いますけど、でももしもタピーにとって荷が勝ちすぎるとあなたがお思いなら……」

「どういうこと、ローズ、今になってみんなと同じにつまらないことを言い出したりして」とタピーはつけつけと遮り、ヒューのほうに向き直った。「言ったでしょ、もう何もかも計画ずみだって。お料理はアンダースンさんに持ちこんでもらうし、花はローズが活けるし、ホールの家具の埃はウォティーが払ってくれるでしょうし、招待はイザベルが電話ですればいいんだし。ヒュー、そんな仏頂面を続けてるなら、あなたは呼ばないからいいわ」

「で、あなた自身は何をするつもりなんですか？」

「わたし？　わたしは何もしませんよ。ただここにすわって、ぼんやり宙をみつめているだけよ」青い目はいかにも無邪気そうだったが、ヒューは首をかしげて、さあ、どうだかというように用心ぶかい声音できいた。「お客との面会は禁止しますよ」

「どういうこと？　ここでお客に会うこともいけないって言うの？」

「二階に誰かがこっそり上がってきて、あなたと四方山話を取りかわすことは、医者として厳禁します」

　タピーはひどくがっかりした顔をした。「でも一人か、二人だったら……」

「一人か二人ではどうせすまないでしょうからね。時がたつうちに、この寝室はピカデリーあたりのような賑やかさに発展するでしょう。ですから面会はいっさい禁止。あなたの約束だけじゃあ、心もとないですからね。看護婦に立ち番を頼むことにしましょう——槍とか、そうだな、さしこみ便器のたぐいを武器にして。とまあ、そんな条件を、ミセス・

アームストロング、あなたが受けいれるなら、ダンス・パーティーを許可しますかね」と言って、ヒューはグッと背筋を伸ばして立ち上がり、ベッドの前のほうに回ってたたずんだ。

「ローズ、すまないが看護婦を探して、ぼくがきていることを知らせてくれないかな」

「ええ、わかりました」とタピーに急いでキスをして、フローラはベッドから下りて、部屋を出た。ちょうど二階に上がってこようとしていたマクラウド看護婦と踊り場ですれ違った。マクラウド看護婦は苦虫を嚙みつぶしたような顔をしていた。

「ドクター・カイルはミセス・アームストロングのところですか？」

「ええ、あなたがいらっしゃるのを待っておいでよ」

「ドクターは、ミセス・アームストロングの浮ついた思いつきにストップをかけてくださったんでしょうね」

「どうかしら。あたしの見たところ、パーティーは開かれそうな感じだけど」

「まあ、何てこってしょうねえ！」

ミセス・ウォティーのほうは諦めの境地で、フローラの報告を受けとめた。「まあね、ミセス・アームストロングがパーティーをどうしても催したいって言いなさるなら、仕方ありませんわね。やってやれないこともないんだし。わたしら、もうパーティーずれしているくらい、いくつものパーティーをこなしてきて、そうしろって言われりゃ、逆立ちしながらだってやれるくらいですから」

「あたしは花を活ける係なんですって」

ミセス・ウォティーはおかしそうな顔をした。「おやおや、もう役割をもらいなさったの。ミセス・アームストロングは、役割を割りふるのはお手のものですからねえ」

「でもあたし、てんでだめなのよ。ラッパズイセンを花瓶に挿すだけだって、うまくいきっこないわ」

「だいじょうぶですって」戸棚を開けて、お皿を一重ね、取り出しながらミセス・ウォティーは大きくうなずいた。「ところでドクターはすぐオーケーを出されました？」

「すぐってわけじゃないけど、結局、踏みきられた格好で。お見舞い客の面会はおことわりという条件つきで。看護婦さんが番兵役ですって」

ミセス・ウォティーは嘆かわしそうに頭を振った。

「ドクター・カイルもお気の毒に、ミセス・アームストロングにかかっちゃあね。ただでさえ気苦労が多いのに、わたしらまで何のかのと余計な頼みごとをして。それに今は家政婦さえいないんですからねえ。ジェシー・マッケンジーが一応、ドクターのとこの家政婦ってことになってるんですがね。二日前にスカイ島行きのフェリーに乗っかってポートリーにいっちまったそうですから。お母さんて人があっちに住んでいるんですが、具合がわるいとかでね」

「まあ」

「ターボールじゃこの節、お手伝いなんて容易にゃ見つからないんでしょうねえ。たいていの女の人は魚市場に出ていますしね。ニシンを箱づめしたり、燻製工場で働いたり」と言いながら、ミセス・ウォティーは時計を眺めてオーブンの中の骨つき肉を思い出し、ドクター・カイルの気苦労のほうは忘れてしまったらしかった。ゆっくり身をかがめて彼女はオーブンのドアを開けた。とたんに湯気とともにうまそうな匂いが漂い、脂がジュージュー言っている音がした。

「アントニーはまだ起きてこないんですか？」とミセス・ウォティーは骨つき肉の横腹に焼き串を突き刺しながらきいた。「もう起こしたほうがよかないですか。さもないと夕方まで一眠りしちまって、目を覚ましたとたんに飛び出さなきゃならないでしょうからね」

フローラが言われるがままにアントニーに声をかけようとホールを横切ったとき、ヒューが夕ピーの部屋から出てきて、階段を降りはじめた。フローラはなぜともなく階段の下で立ち止まって、彼が降りてくるのを待った。

今日の彼は角縁眼鏡をかけて、なかなかりゅうとした風采だったが、フローラのそばまでくると、カバンを下に置き、眼鏡をはずしてケースに入れ、ジャケットのポケットに納めて、フローラの顔をジロッと見た。

「何か？」と彼は彼女が釈明をすべきだと思っているかのように促した。フローラ自身も驚いたことに、彼女はとっさに口走っていた。

「ヒュー、昨夜、あなたは……あたしがこれ以上、滞在をのばさないほうがいいと思っていらしたんでしょ？」

彼はそのように率直に詰問されるとは思ってもいなかったようだった。「そう。しかしぼくの態度で、かえってきみが滞在を続ける気になったんじゃないかという印象を受けたんだが」

「どうしてあなたは、あたしがここにとどまらないほうがいいと思ったんですか？」

「わるい予感がしたということにしておいてくれるかな」

「揉めごとが起こるという予感？」

「まあね」

「夕ピーのパーティーが揉めごとなんですか？」

「まあ、開かれないに越したことはないだろうね」

「でも開かれることになったわ」

「目下のところ、そんな形勢だね」

ヒューがもっと何か言うだろうと待っていたのだが、何も言わなかったので、はっきりさせたくてフローラは言葉を続けた。「でもどうってことないんじゃありません？　夕ピーの容態にしても、もう心配はないんでしょ？」

「そう、彼女が言われたとおりにおとなしくしていればだが。しかしマクラウド看護婦はとんでもないとばかり、ひどく機嫌をわるくしていたっけ。彼女に関するかぎり、ぼくの点数はすっかり低下してしまったようでね。が、その計画こそが、夕ピーが目下、必要としている、ちょっとした刺激として働く可能性もないわけじゃない。そうした効果でもないと……」とヒューは言葉を切り、察してほしいと言うように沈黙した。

ヒューは目下かかえている病人たちについての心労に疲れきっているように見えたので、フローラは知らず知らず、彼に同情していた。「そうね、まあ、いいとしますか。夕ピーは何よりもやりたいことをやるわけなんでしょうから。九十歳のおじいさんに、どういう死に方がいいと思うかときいたら、どこかの嫉妬ぶかい夫に妻の不倫相手として、ピストルで撃たれて死にたいと言ったって話もありまし」

思いがけず、ヒューは愉快そうな笑顔を見せた。フローラにとって、ヒューの笑顔を見るのは初めてのことで、その温かさに彼女はハッとした。まるで違う印象だったのだ。一瞬、彼女はタピーの話にあった、かつての屈託のない青年を見る思いだった。

「ああ、まさにそれだよ」と彼は言った。

灰色に曇った、ほとんど何の物音もしない静かな朝だったが、二人が階段の下で向かい合ってたたずんでいたときにそよ風が起こって、雲が吹き寄せられて雲間から太陽が顔をのぞかせ、玄関のドアの両脇の丈の高い窓から日光がさしこんで、すべてのものを金色の絵の具を流したような光のうちに浸した。斜めにさしこんだその二条の光のうちに細かい埃が浮き、それまで気づかなかったものまでがはっきり見えた。ところどころ、すりきれて見えるヒューのスーツ、さまざまなものが詰めこまれているために、形がくずれかけているポケット。プルオーバーの前身頃の真ん中あたりがひどく不器用につくろってあった。しゃべりながら彼が階段の手すりの柱の上に置いた手の形、長い指、その一つにはまっている印形指輪。その清潔そうな手はきわめて印象的だった。

彼女のちょっとした冗談がおかしかったのか、彼はまだ笑顔を消していなかったが、ひどく疲労困憊しているのは明らかだった。昨夜のパーティーにはわざわざ一張羅に着替えて参加したのだろう。家庭の温かさのまるで感じられぬ家の中をあちこち引っ掻き回して清潔なシャツを探し出して。家政婦が母親を訪ねてポートリーに行ったきりだとか。

「昨夜、パーティーの途中で電話がかかってお帰りになったけど、重症の急患だったんじゃないでしょうね？」

「重症といえば重症だろうね。ぼくのよく知っている老人が階段から落ちてね。それまでは息子の嫁さんに世話になっていたんだが、彼女も音を上げかけていたところに、この事故さ」

「ひどい怪我だったんですか？」

「奇跡的にも骨は折れなかったらしい。しかし打ち身とショックですっかりまいってしまってね。ロックガリーの病院のベッドがあいているんだが、入院を承知しないんだよ。今住んでいる家で生まれたんだから、死ぬのもこの家でと頑張っていてね」

「家はどこですか？」

「ボトゥリックだ」

「ボトゥリックって……」

「ロックファーダの向こう岸の果てだよ」

「だったら十五マイルくらいも離れているんじゃありません？」

「そのくらいだろうね」

「何時ごろ、おもどりになったの？」

「午前二時ごろかな」

「それでけさは何時に起きたんですか？」

ヒューはおかしそうに目尻に皺を寄せた。「どういうことだね？　宗教裁判かな？」

「ひどく疲れていらっしゃるみたい」

フローラは玄関の戸口に立って、ヒューのためにドアを開けた。ぬれた草や砂利や炎のように赤く色づいた葉に日光が当たって、目もまばゆいばかりに輝いていた。

いつもの素っ気ない態度にもどって、ヒューは「じゃあ、いずれまた」と言って階段を降り、車に乗ってシャクナゲの茂みのあいだの道を走り去った。

日だまりは暖かいはずなのに、フローラは思わず身を震わせ、家の中にもどってドアを閉ざすと、アントニーを起こそうと二階に上がって行った。

アントニーは赤い革の上ばきをはき、タオルの一枚を腰に巻いて結び、もう一枚をマフラーのように首に掛けて、洗面台の前に立って髭を剃っていたが、ドアの陰からフローラがのぞいたのに気づいて振り返った。

「あなたを起こしてこいって言われたのよ。もう十二時半だからって」

「ちゃんと起きているよ。時間もわかっている。ちょっと入らないか」

フローラはドアを閉めて、ベッドの端にすわった。「どう、よく眠れた?」

「ああ、ぐっすり」

「アントニー、あなた、何を聞いてもだいじょうぶ?」

ちょっと間を置いてからアントニーが言った。

「どういう意味だね、それは?　何かこう、空恐ろしい気持ちになってきたよ」

「当然よ。だってタピーったら、またまたパーティーを計画しているんですって。今度の金曜日。それもダンス・パーティーだとか」

ちょっと間を置いて、アントニーは言った。「わかってきたようだ、きみがどうして『何を聞いてもだいじょうぶ?』ってきいたのか」

「タピーったら、朝食前に何から何まで計画してしまったらしいわ。ヒュー・カイルも含めてみんなの反対を押しきって。パーティーの計画に本気で猛反対しているのは、どうやらマクラウド看護婦さんだけみたいだけど。彼女、噛みつきそうな顔で歩き回ってるわ」

「つまり、パーティーの開催はもう決まったようなものだってことなんだね?」

「そうなのよ」

「アントニーとローズのために?」

フローラはうなずいた。

「婚約祝いのパーティーか」

「そう」

髭剃りをすませて蛇口をひねると、アントニーは剃刀を洗いながら「やれやれ」と嘆息した。

フローラはひどく後悔していた。「あたしのせいよ。あたしが滞在をのばすって言わなかったら」

「そんなこと、きみに予測がつくわけもあるまい?　タピーがそうした途方もない思いつきをするなんて、誰が予想しただろう?」

「今さらわたしたちが口を出しても、どうにもならないでしょうね?」

アントニーはクルッと彼女のほうを振り向いた。銅色の髪が突っ立ち、いつも朗らかな顔が曇っていた。彼は首に巻いていたタオルを引っ張って取り、椅子の上にほうり投げた。「まったくのところ、泥沼の中でアップアップしているような気分だよ。今週の末にはぼくらは二人とも、あぶくみたいに希薄な存在になっているだろうよ。泥まみれのあぶくよろしく」

「このあたりで何もかも、打ち明けてしまうほうがいいんじゃない？　タピーに本当のことを話すのよ」

そうしたいという思いは、朝中、フローラの胸の奥に影をさしていたのだったが、それを明るみに出し、口にするのは、自分自身にたいしてすら、初めてだった。

「だめだよ」とアントニーは言下に言った。

「でも……」

アントニーはフローラの顔を見つめた。「だめだと言ったらだめだ。タピーは本当によくなっていると思うかい？　よくなっているとすれば結構な話だ。危篤というのはイザベルの勘違いだったので、タピーは奇跡的に回復した。だが、タピーは年寄りだよ。重い病気のあげくだし、きみとぼくが曇りなき良心を胸に抱きしめるという、贅沢な思いをしたいと思ったばっかりにタピーにショックを与えて、その結果、彼女がどうかなったら、ぼくは自分を永久にゆるさないだろう。きみにだって、そのくらいのことはわかるんじゃないか？」

フローラはため息をついて、みじめな気持ちでつぶやいた。「ええ、まあ」

「きみは世界一すてきな人だよ」アントニーはこう言って、身をかがめてフローラにキスをした。アントニーの頬は滑らかで、レモンのようにさわやかな、清潔な匂いがした。「わかってくれたところで、ぼくは失敬して着替えをするよ」


午後になると潮がひいた。ランチの後、フローラとアントニーはついてきたがるジェイスンを卑怯にもまいて、散歩に出かけた。犬たちを連れて二人はファーダ浜を目指した。

潮がひいた後の砂浜は掃き清められたように白く輝いていた。二人は遠くの大波のほうへと干潟を歩いた。西日の光線が強風に乗って折々照りつけた。

心はずむ散策とはいえなかった。アントニーが彼女を残してエディンバラに帰ってしまうのだという事実が、運命のように重たく胸にのしかかり、二人ともほとんど言葉をかわさずに黙々と歩いていた。けれどもその沈黙は、それなりに親しみのこもるものだった。アントニーも自分と同じように思い悩んでいるのだということが、同病相憐れむといった気持ちを掻き立てていた。

水際まできて、二人は足を止めた。アントニーは長い縄のような海草を見つけて波の上にほうり投げ、プラマーに取りに行かせた。プラマーはしぶきを上げてパチャパチャと泳ぎ、そのあげく、海草をくわえて引きずりながらもどってきた。スーキーのほうは足をぬらす気になれずに水際から身をひいてすわりこみ、プラマーの様子を眺めていた。プラマーは水草をアントニーの足もとに置き、ブルブルッと胴震いをして、ぬれた大きな耳をそばだてつつ、アントニーがまたまた海草をほうるのを期待して待っていた。アントニーがさらに遠くへ海草を投げると、プラマーは寄せてくる波の中にもう一度、跳びこんだ。

風の中に立って、アントニーとフローラはプラマーの姿を見守った。

「でもいつかは話さないわけにはいかないわ、アントニー」とフローラは言った。「あたしがローズでなく、フローラだってことを、いつかは話さなくちゃ。曇りのない良心なんて確かに贅沢かもしれない。でも一生、内緒ごとをかかえて生きて行くなんてこと、あたしにはできないわ」フローラはアントニーの顔を見つめた。「ごめんなさいね。でもあたしもう、我慢ができなくて」

アントニーの横顔は石に彫りつけたように硬かったが、風をまともに受けて頬が赤らんでいた。彼は両手をポケットに突っこんで、ホーッと嘆息した。

「ああ、わかっているよ。ぼくもそう考えていたんだ」と彼女の顔を見下ろした。「だが、ぼくが話すよ。きみは何も言う必要がない」

フローラはちょっと傷ついた。「あたし、あなたの断りなしに告白しようなんて、思ってもいなかったのに」

「ああ。とにかくここ数日、きみはひどく重たい気分で過ごすことになると思うよ。軽い気持ちではいられまい。これまでよりもいっそう辛いと思うんだ。きみを支えてあげようにも、ぼくはここにはいないんだからね。タピーの具合がわるくなかったら、次の週末、ダンス・パーティーの後で打ち明けよう。きみの気持ちに添って懺悔するわけだ」そう思っただけで、彼は早くも意気消沈しているようだった。

「だがそれまでは、誰にも何も言わないと約束してくれたまえ」

「アントニー、もちろんよ」

「約束してくれるね?」

フローラは約束した。太陽は雲の陰にかくれ、急に冷えびえとしていた。二人は少し震えながらプラマーがもどってくるのを待ち、それから踵を返して、ファーンリッグ荘への長い帰途についた。

家に着くと、プラマーは体が乾くまでミセス・ウォティーのキッチンに追いやられた。スーキーは矢のように階段を駆け上がって、タピーの寝室にもどった。アントニーとフローラはコートとゴム長をぬいで客間に行った。客間ではイザベルとジェイスンが炉のそばでお茶を飲みながら、テレビの冒険物の番組を夢中になって見ていた。会話はさしあたっては歓迎されそうになかったから、アントニーとフローラは二人といっしょにすわって、バターつきトーストを食べながら、剣をふるっての丁々はっしの戦いと、炎に包まれた螺旋階段を上がったり降りたりのめまぐるしい場面をいっしょに眺めた。主人公が地下牢にほうりこまれて、その数奇な運命の帰趨は来週のお楽しみとなったとき、イザベルはテレビを消し、ジェイスンはようやくアントニーとフローラに注意を向けた。

「ぼく、いっしょに散歩に行こうと楽しみにしていたんだよ。でも二人とも、どこを探してもいなくてさ」

「すまない」とアントニーはちっともすまなそうに響かぬ声で言った。

「ぼくとトランプする?」

「だめだ」とアントニーはからのカップを置いて言った。「荷造りをしてエディンバラに立たなきゃならないからね」

「荷造り、手伝ってあげるよ」

「きみの手伝いは要らないよ。ローズが手伝ってくれるだろうからね」

「でもどうしてだめなの？　どうしてさ……」と

ジェイスンは泣き声になっていた。彼は日曜日の夕方にはとかく不機嫌になった。明日は月曜日で、また学校に行かなければならないからだった。イザベルがやさしく口をはさんだ。

「アントニーとローズは、わたしたちみんなが聞いていないところで相談したいことがいろいろあるみたいだからね、ジェイスン。引き出しからトランプを出していらっしゃい。わたしと一勝負しない？」

「だけど、アントニーはさ……」

「ねえ、『乞食と王さま』、それとも『神経衰弱』？」

機嫌を直して炉の前の敷物の上にトランプを並べはじめたジェイスンを残して、アントニーとフローラはアントニーの部屋に行った。部屋の中は住む者がすでに立ち去ってしまったかのように、きちんとかたづいていた。カーテンはまだ開いていて、中央の冷たい明かりがついたままだった。アントニーは髭剃り道具をまとめて、スーツケースにしまった。フローラは洗いたてのシャツを積み重ね、ガウンをたたんだ。そう長い時間はかからなかった。アントニーは銀の柄のブラシをシャツの上に置き、スーツケースの蓋をして鍵をかけた。

「ぼくがいなくてもだいじょうぶだね？」

そうきいたアントニーの顔がひどく心配そうだったので、フローラは無理に笑顔をつくった。「もちろんよ」

アントニーはポケットを探って、紙きれを取り出した。「ぼくの電話番号を書いておいた。ぼくと連絡を取る必要が生じるかもしれないからね。これが事務所の番号、こっちがフラットの番号だ。ほかの者に聞かれたくなかったら、車を借りて、ターボールに行くといい。波止場のそばに電話ボックスがあるよ」

「いつ、こっちにもどるつもり？」

「金曜日の午後、できるだけ早くもどるようにするよ」

「待ってるわ」

スーツケースを手に、アントニーはタピーに別れを告げに行き、フローラはジェイスンとイザベルに、アントニーがもう出発するそうだと言いに行った。ミセス・ウォティーがバターをぬったスコーンとリンゴを一袋持って、キッチンからやってきた。家族の一員が食料を持たずに旅立つなんて、彼女にとってはとんでもないことだったのだ。アントニーは階下に降りてくると、みんなにキスをして、パーティーがあるからといって、あまりはりきりすぎないようにと言った。一同は「じゃあ、金曜日にね、アントニー」と、それぞれの仕事にもどって行き、アントニーとフローラは薄暗い夕暮れの戸外に歩み出た。

アントニーの車は玄関のドアの前に止まっていた。スーツケースを後部座席にほうりこんで、アントニーはフローラをかたく抱きしめた。

「行かないでくれるといいのに」とフローラはささやくように言った。

「ぼくも行きたくないんだよ。気をつけてくれたまえよ。あまり、みんなのペースに巻きこまれないようにね」

「もう巻きこまれてるわ」

「そうだね」とアントニーは情けなさそうにつぶやいた。「わかってるよ」

フローラはそこに立って、走り去るアントニーの車を見送った。テールライトが門の向こうに消えたとき、フローラは家の中にもどって玄関のドアを閉ざし、ホールにたたずんで、ただただ味気ない気持ちを噛みしめていた。客間のドアの背後からトランプをしているイザベルとジェイスンの低い話し声が聞こえてきた。フローラは腕時計を見た。ほとんど六時十五分前だった。二階に行ってお湯につかってこよう――とフローラは思った。

最初見たときから好きだった彼女の寝室は、ひんやりした黄昏の光の中で、見知らぬ家の見知らぬ居室のようによそよそしい感じがした。彼女はカーテンを引き、ベッドの脇のランプをつけた。ほんの少しだが、居心地がよくなったような気がした。電気ストーブもつけた。

あたし、自分ってものを見失っているんだわ――とフローラは思った。アントニーだけが、あたしがフローラだってことを知っている。でも自分について人に知ってもらうことがそんなに重要なのだということを、あたしは今の今まで気づいていなかったのだ。

まるでアントニーがフローラを連れ去って、ローズをあとに残して行ったかのようだった。フローラはローズが信じられず、ほとんど嫌いになっていた。ギリシアにいるローズをフローラは想像してみた。ローズは今ごろ何をしているのかしら？　日光浴をしたり、星空の下で低いギターの調べに合わせて踊ったり？　しかしそうした図はいずれも浅薄だった。派手な、安っぽい絵葉書のように。ローズはギリシアにいるのではない。現にここに、このファーンリッグ荘にいるのだ。

手が凍りつきそうに冷えこんでいるようで、フローラは両手を火にかざした。わたしはフローラよ。フローラ・ウェアリングよ。

アントニーにたいする約束が重苦しく胸にのしかかっていた。本当のことを言わないと約束をしたために、かえって本当のことが言いたくてたまらなくなっているようだった。誰かに言いたい。誰でもいい。耳を傾け、理解してくれる人に、本当のことを話したい。

でも誰に？

答えはいかにも明らかで、なぜ、すぐ思いつかなかったのだろうと、不思議なくらいだった。誰にも言わないでほしい――とアントニーは主張し、彼女は約束をした。しかし誰にもというのは、この家の人たち、アームストロング家の人たちに言わないでほしいということだ。

寝室の一隅に、小さな事務机があった。中をのぞいてみようなどとは、それまで夢にも思っていなかったのだが、彼女は立ち上がってその前に立ち、蓋を開けた。中にファーンリッグ荘と上部に浮き出し印刷されているレターペーパーと封筒が入っていた。銀製の盆の上にペンものっていた。フローラは椅子を引いてすわり、レターペーパーを出してペンを走らせはじめた。まず日付けを記した。

こうして彼女は父親宛てに手紙を書いたのであった。それはかなり長いものとなった。

第8章　ブライアン

翌朝早く、フローラが朝食のためにキッチンに降りて行こうとしていたとき、電話が鳴った。フローラはちょっとためらったが、誰も現われる様子がなかったので、ホールを横切って片隅の大櫃の端に腰をかけて受話器を取った。

「もしもし？」

女性の声が言った。

「ファーンリッグ荘ですか？」

「ええ」

「イザベル？」

「いいえ、イザベルを呼びます？」

「あのう……もしかして……ローズかしら？」

フローラはちょっと間を置いてから答えた。「そうですけど」

「ああ、ローズ、わたし、アナ・ストダートです」

「おはようございます、アナ、イザベルにご用？」

「いいえ、あなたで構わないわ。土曜日のディナー・パーティーのお礼を言おうと思っただけだから。わたし……あのう、本当に楽しい夜でしたわ」

「よかったわ。イザベルに伝えておきますね」

「朝早くからごめんなさい。でも昨日、お電話するのを忘れてしまって。グラスゴーに行くものですからね――これから。出かける前に一言、お礼を言っておきたくて」

「いい旅をなさってください」

「ええ、ありがとう。ほんの二日間だけなのよ。もどったら、一度、アードモアにわたしたちを訪ねてくださらない？　ランチか、お茶か……」

余計なことを言ってしまったというように、語尾は自信なげに消えていた。内気なアナがせいいっぱい誘ってくれたのだ。フローラは急いで言った。弾んだ声でうれしそうに。「まあ、すてき！　ありがとうございます。お宅を見せていただくの、楽しみですわ」

「ほんと？　帰ったらお電話しますね」

「ぜひ」と言ってから、フローラはふと思い出してつけ加えた。「ダンス・パーティーのこと、もうお聞きになった？」

「ダンス・パーティー？」

「噂がもう伝わっているんじゃないかと思っていたんですけどね。今週の金曜日の夜にファーンリッグ荘でダンス・パーティーが催されるんですって。タピーが昨日の朝、何から何まで一人で計画して」

「今週の金曜日？」アナはとても信じられないと言わんばかりだった。

「ええ、今度の金曜の夜。イザベルはかわいそうに、けさは電話をかけるのに大忙しでしょうよ。あなたにはもうお伝えしたって言っておきますね。電話先が一つ、減るわけでイザベルもホッとすると思いますわ」

「ダンス・パーティーだなんて。ワクワクするわ。聞かせていただいてよかった。グラスゴーであたらしいドレスを買ってきますわ。どのみち、新調しなきゃならないんですしね……」

ふたたび語尾が消えた。アナは電話をどうやって切ったらいいか、わからないたちらしいとフローラは思った。それで、「じゃあ、せいぜい楽しく過ごしていらしてね」と電話を切るきっかけを提供しようと思ったとき、アナが言った。「ちょっと待ってくださるかしら？　切らないでね」

「もちろんよ。あの……」

少し間を置いて、アナがまた言った。「あのね、ブライアンがあなたと話したいんですって。じゃあ、わたしはこれで」

ブライアン？「さようなら、アナ、楽しく過ごしていらしてくださいね」

ブライアンの屈託なげな、明瞭な声が聞こえた。

「やあ、ローズ！」

「おはようございます」意外だったので、フローラはちょっと用心ぶかい声で応じた。

「電話にはやたら早すぎるが、朝食はもうすんだ？」

「これからよ」

「アントニーはもう立ったのかい？」

「ええ、昨日、お茶の後で」

「つまり、きみは置いてきぼりを食ったわけか。アナもぼくをほったらかしてグラスゴーに行くそうでね。置きざりにされた者同士、今夜、どこかで夕食をいっしょにというのはどうだろう？」

いろいろな思いが一瞬、フローラの胸を掠めた。この誘いについてはアナも承知しているらしい。とすると、やましいことはないのだろう。でもタピーが聞いたらどう思うかしら。イザベルは？　一癖も二癖もありそうな、あの魅力的な男といっしょに出かけるなんて、賢明なことだろうか？　べつに何ということもない、罪のない誘いにもせよ、あたし自身、喜んで応ずる気があるのかどうか。

「ローズ？」とブライアンが促した。

「ええ、聞いているわ」

「いないのかと思ったよ。息づかいさえ、聞こえなかったしね。で、何時に迎えに行こう？」

「あたし、まだ行くって言ってませんけど」

「もちろん、くるに決まっているさ。わざとためらって見せたりする必要はないよ。ロックガリーのフィッシャーズ・アームズに行こう。うまい小エビ料理を食わせるんだ。この電話はもう切るよ。ちょうどアナが出かけるところでね。ぼくが見送るものと思って待っているから。じゃあ、七時半と八時のあいだに迎えに行くよ。出かける前にイザベルがドリンクをふるまってくれるとありがたいが。タピーによろしく。イザベルにも、ディナーのお礼をよく言ってくれたまえ。われわれ二人とも、大いに楽しんだって。じゃあ、今夜」

言うだけ言ってブライアンは電話を切ったが、フローラは受話器をまだ握りしめていた。ずうずうしい男。ゆっくり受話器を置いて、やれやれと心の中でつぶやきながらも、フローラは微笑した。ふっとおかしくなったからだった。自分の魅力に自信たっぷりの男の誘い。まったくおおっぴらで、危険な感じはぜんぜんしなかったし、とくに気を回すにも当たらないと思われた。どうってこともないのだ。あれこれ考えるまでもあるまい。小エビ料理をご馳走になるのはわるくないし。

あたし、おなかがすいているのね、きっと。フローラはキッチンに向かって歩きだした。

ジェイスンはすでにウォティーに送られて登校していたが、イザベルはまだキッチンのテーブルについていて、手紙を読みながらマクラウド看護婦と向かい合ってコーヒーを飲んでいた。ミセス・ウォティーは窓の前に立って、ミートパイのためにステーキを刻んでいた。

「電話の音がしたようだったけど」イザベルは主婦らしく、この家の中で起こることを刻々承知していたいらしかった。

「ええ、ちょうど通りかかったもので受話器を取ったんですけど」フローラはすわって、ボウルにコーンフレークを入れた。「アナ・ストダートからでした。一昨日のディナーのお礼ですって」

イザベルは手紙から顔を上げ、「そう、まあ、わざわざ」とつぶやいた。

「二日ばかり、グラスゴーに行くんですって」

「ああ、そんなことを言っていたわね」

「そしてね、ブライアンがあたしに、今夜、ディナーをご馳走するからいっしょに出かけようって」

フローラはイザベルの顔をじっと見守った。感心しないといった表情がわずかでもその顔をよぎりはしないかと思ったのだが、イザベルはにっこり笑って、「まあ、いいこと」と言っただけだった。

「あたしはアントニーがいないから、ブライアンはアナがいないから、置いてきぼりになった者同士、食事でもしようって。七時半に寄るから、イザベルがドリンクを一杯、ふるまってくだされればありがたいんですって」

イザベルは笑ったが、ミセス・ウォティーは「まったくあつかましい人ですねえ」と首を振った。

「ブライアンは嫌い、ミセス・ウォティー?」

「いえ、嫌いじゃありませんよ。ですけど、ひどくずうずうしいところがありますよね、あの旦那さん」

「ミセス・ウォティーが言いたいのはね」とイザベルが説明した。「ブライアンはわたしたち、愛想のよくないスコットランド人とは大違いだってことなのよ。ローズが退屈だろうと思いやってくれたんでしょうし、親切な申し出だとわたしは思うけど」

「ついでにあたし、金曜日のダンス・パーティーのこと、アナに話しておきましたわ。ですからアードモアにそのことで電話する必要はないと思います。アナはグラスゴーでパーティーのために、あたらしいドレスを買ってくるみたい」

「あらあら」

「あらあらって、どういう意味？」

「アナは何かっていうと、服を新調するのよ。そのつど、大枚を払うようだけど、どうしてだか、いつもそっくり同じに見えるのよね」とイザベルはため息をついた。「それにしてもわたしたちも考えなくちゃ――金曜日に何を着るか。わたしはいつものブルーの、レースのついたドレスで間に合わせるつもりだけど、でも誰もが見飽きているでしょうね、ちっとも変わりばえがしなくて」

「あなたはあれを着てなさると、いつだってとってもすてきに見えますわ」とミセス・ウォティーが請け合った。「前にも見たことがあるからって、どうってこと、ありませんて」

「ローズ、あなたは何を着るつもり？」

そうした質問をどういうわけか、フローラはまったく予期していなかった。もっと重要な問題が山ほどあって、着るもののことに頭を悩ます必要を感じず、ダンス・パーティーに何を着るかなんて、今の今までちらっとも考えていなかった。フローラは、期待に満ちた表情でこっちを見ている三人の顔を見回した。「さあ、わからないわ、あたし」と彼女はつぶやいた。

看護婦はとても信じられないといった表情で、フローラの顔を見つめた。彼女はタピーのふとした思いつきからのダンス・パーティーにたいして、いまだに感心しないという態度を取ってはいたが、みんなの期待の気持ちが伝染したのだろう、知らず知らずのうちにその日を心待ちにする気持ちになっていたのだった。彼女はまた、社交的な事柄に関してはいっぱしし、しきたりや体裁に拘泥するたちで、ファーンリッグ荘のような大きな屋敷に滞在するためにはるばるやってきた若いお嬢さんが舞踏会用のガウンと、それにマッチしたティアラをスーツケースの中に入れてこなかったなんて、とてもじゃないが信ずることができなかったのであった。

「お荷物の中に、何か適当なドレスはありませんの?」

「ぜんぜん。週末だけのつもりだったし、ダンス・パーティーのためのドレスが要るなんて考えてもみなかったんですもの」

三人はそれぞれに思いめぐらす様子で、押し黙っていた。

「一昨日のディナー・パーティーに着たドレスは?」とイザベルが聞いた。

「あれはウールのスカートにブラウスを合わせただけですもの」

「なんせ、あなたのためのパーティーなんですからね」とミセス・ウォティーがささやくような低い声で言った。「もう少しドレッシーなものでないと」

フローラはみんなに恥をかかせることになるのではと、いたたまらない気持ちになっていた。「何か買うことはできないかしら?」

「ターボールではだめね」とイザベルが首を振った。「ここ百マイル以内のところでは、ダンス・パーティーに着るものなんて、とても探し出せっこないでしょうね」

「アナといっしょにグラスゴーに行けばよかったかも」

「リフォームできるようなものが、この家に何かないでしょうかね」と看護婦が言った。フローラはとたんに、古い家具のカバーあたりからこしらえたドレスを着ている自分を想像した。

イザベルが首を振った。「たとえ何か見つかったとしても、ドレスメーカーと呼べるような器用な人はわたしたちの中にはいないんですしね」

看護婦が咳払いを一つして言った。「わたし、これでも若いころには自分の服はみんな、自分でこしらえたものでしたよ。それにあなたがたよりは、少しは時間があるかもしれませんし」

「もしかして、ローズのために何かつくってくださるってこと?」

「わたしでお役に立てるなら……」

看護婦がこう言ったとき、ミセス・ウォティーが肉をスライスする手を休めて振り向いた。やさしい顔が、片手に握った、よく切れそうな肉切り庖丁とひどくちぐはぐな感じだった。「屋根裏部屋を探してみたらどうでしょう？　あそこのトランクの中には昔、ミセス・アームストロングが着てなさった古いドレスがワンサと詰まってますからね。勿体ないような、うつくしい布地のものがどっさりありましたっけ……」

「樟脳のにおいがひどいと思うけど」とイザベルが言った。

「よく洗って、風に当てれば、においなんか、たちまち吹っ飛んでしまいますよ」いい思いつきだとばかり、ミセス・ウォティーは庖丁を下に置き、手を洗うと、自分ならすぐにでも屋根裏に行って探してみるのだがと言った。早く探すに越したことはないとも。

というわけで、四人はゾロゾロと屋根裏に上がって行った。

屋根裏は家の一方の端からもう一方の端までだだっぴろく広がっている巨大な空間で、薄暗いうえに蜘蛛の巣が縦横に張り、樟脳と古ぼけた革のクリケット・ブーツのにおいがした。そこに並んでいるのは、フローラが時間があったら調べてみたいと思うようなチャーミングな品々だった。まず古風な秤。分銅と目盛り棹が添えられていた。それからヴィクトリア朝のものらしい人形の乳母車。ドレスメーカー用のボディー。かつてお湯を運ぶのに使ったらしい広口の真鍮の水さし。

ミセス・ウォティーはスイッチをパチンとひねって薄暗い電灯をつけると、壁際に並んでいるトランクの前につかつかと進んだ。どれもものすごく大きく、どっしりと重たそうで、丸みを持たせた蓋があり、運びやすいように革製の取っ手がついていた。ミセス・ウォティーとイザベルは二人がかりで最初のトランクの蓋を開けた。中にはミセス・ウォティーが言ったとおり、さまざまなドレスが詰まっていた。樟脳のにおいが鼻にツンときた。中から次々に取り出されたのはゴテゴテした飾りのある、当節着るのは少々ためらわれるスタイルのドレスばかりだった。小さな黒玉の刺繍のある、黒いシルクのドレス、房のついたティーローズ・サテンのスカート、なわより《ブクレー》毛糸で編んだジャケットはシフォンで縁取りしてあり、ブリッジ・コートといって、ブリッジのときに着たものだとイザベルが教えてくれた。

「これみんな、タピーが着たものなんですか？」

「ええ、若いころにはタピーは結構おしゃれだったみたいでね。おまけにスコットランド人らしく、何一つ捨てずに取っておいたんでしょうね」

「そこのそれはいったい、何かしら？」

「ああ、これ？　イーヴニング・ケープじゃないかしら」とイザベルは皺だらけのベルベットを一ふるいし、毛皮の襟にハーッと息を吹きかけた。そのとたん、毛皮のあいだから蛾が一羽、フラフラと飛び立った。「これを着たタピーを、わたし、覚えているわ……」遠い昔に思いを馳せるイザベルの声は夢見るような響きをおびていた。

探し回るうちに、だんだん心細くなってきた。フローラが、やっぱりターボールからグラスゴー行きの列車に乗ろうと思うと言いだそうとしたとき、ミセス・ウォティーが、かつては白かったのだろうが、今は少し煤けて見えるレースのついたローンの服を引き出した。古いハンカチーフみたいに見える――とフローラは思ったが、それは長い袖、細いネックバンドのついた短いドレスだった。イザベルがハッと気づいて興奮したように叫んだ。「まあ、それ、タピーのテニス服ですって！」フローラはまさかと言うように叫んだ。「こんなものを着てテニスをしたなんて！」

「そうなのよ。まだ娘のころのことでしょうけどね」イザベルはそれをミセス・ウォティーの手から引き取って、肩のところを持って掲げた。「どう思います、看護婦さん？　これを何とかつくり直せないでしょうかねえ？」

マクラウド看護婦はキュッと口もとを引きしめて蜘蛛の巣のように軽い、そのシルクの服を、経験に富んだ手つきで触ってみてつぶやいた。「わるくありませんわ。とてもきれいに縫い上げてありますし」

「でもあたしには短すぎるわ」とフローラはもう一つ、乗り気になれなかった。

看護婦はフローラの体にそれを当てがってみた。

「確かに短すぎますね。でも裾を少し出しゃ、いいんですよ。わかりゃしませんて」

フローラはひそかに、こんな古い服をリフォームしたドレスなんてひどいものだろうと思わずにはいられなかった。しかし少なくとも古い椅子カバーではないのだし、どんなものであれ、グラスゴーに行くよりはましだった。

「このままじゃ、透けて見えそうね。下に何か着ないと」

「裏地をつけますわ」と看護婦が言った。「きれいな色の裏地をね。ピンクでもいいし」

ピンクの裏地？　フローラは気持ちが落ちこんだが何も言わなかった。ミセス・ウォティーとイザベルは、インスピレーションを求めるように顔を見合わせた。と、ミセス・ウォティーが、イザベルの部屋のカーテンを新調したとき、裏地を余分に買いすぎたことを思い出した。新品同様の布がどこかにしまってあるはずだと。あそこでもない、ここでもないとしばらく首をひねったり、探し回ったりしたすえに、ミセス・ウォティーは勝ち誇ったような叫び声を上げて、黄色いニスを塗った化粧台の引き出しからそれを取り出した。

「どこかにしまっといたはずだと思ったんですよ。どこだか、なかなか思い出せなくて」

それは野鳥の卵のような色合いのブルーの布だった。ミセス・ウォティーはそれを取り上げてポンとふるって皺を取り、テニス服の下に当てがった。

「どう思います？」

ブルーは少なくともピンクよりはましだ。洗ってみたら、このテニスドレスもそうわるくないかもしれない。顔を上げると、三人は彼女のあまり気乗りのしない表情を心配そうに見つめていた。三人三様、妖精のおばあさんが貧しい女の子をダンス・パーティーの花形のお姫さまに変身させようと揃って意気ごんでいるようで、フローラは自分がこの企図にさっぱり熱意を示していないのがつくづく恥ずかしくなった。何とか埋め合わせをしようと、フローラはにこやかにほほえみ、一週間、夢中で探しても、これよりすばらしいものは見つからないだろうと言った。

ロナルド・ウェアリング宛ての分厚い手紙はすでに書き上げられていたが、まだ投函されていなかった。一つには切手が手もとになかったからで、どこに行ったらポストがあるか、わからないからでもあった。ランチの後、午後から何をするつもりかとイザベルにきかれて、フローラは手紙のことを思い出した。

「ターボールまで行ってきても構わないかしら？手紙を出してきたいんですけど」

「構わないどころか、とてもありがたいわ。ハンドクリームを切らしてしまって、買ってきてもらえるとありがたいのよ。そしてね、ついでにジェイスンを学校から連れて帰ってくださらない？ ウォティーが迎えに行かないですむし。あなた、車の運転はできるんでしょ？」

「ええ、車を貸していただければ」

「そうね、ヴァンを使ってちょうだい」とイザベルは持ち前のゆったりとした口調で言った。「仮にどこかにぶつけたとしても、あの車なら頑丈だから問題にもならないし」

ローズがターボールに行くということが知れわたると、フローラはたちまちさまざまな用事を頼まれた。看護婦は、細い縫い針とあたらしいドレスにマッチするようなブルーのシルクの布を少し買ってきてくれと言った。タピーからはテイッシュペーパーと、とくべつにハッカの利いた薬用ドロップを頼まれた。フローラは買い物のリストを持ってキッチンに行き、ミセス・ウォティーを探した。

「ターボールに郵便を出しに行くついでに、あたしがジェイスンを学校から連れて帰ることになったんですけどね。もしも何かターボールで買ってくるものがあったら言ってくださいな」

「ウォティーは知ってます？ ジェイスンを迎えに行かないでよくなったってことを」

「いいえ、出がけに、言おうと思って。イザベルがヴァンを使っていいっておっしゃったけど」

「ウォティーが行かないのなら、これをわたしからって届けてくれます?」とミセス・ウォティーは冷蔵庫から、エナメルの皿にのっている大きなステーキ・パイを取り出した。

「どこに届けるんですの?」

「ドクター・カイルにと思ってね」と引き出しからワックス・ペーパーを取り出して、かなりの長さをやぶってパイをくるみながら、ミセス・ウォティーは言った。「今夜のディナーのためにパイをこさえたときに、イザベルさんが言ったんですよ——家政婦のジェシーが留守でドクターが難儀してなさるだろう、余分に一つ、こさえて届けたらどんなものかって。そうすりゃ、一日に一度はちゃんとした食事を取ることができるわけですしね」

「でもドクターのお宅がどこか、あたし、知らないのよ」

「ターボールの丘のてっぺんですよ。間違えっこありませんて。診療所が家の脇に継ぎ足されていますし、真鍮の表札がかかってるし」

ミセス・ウォティーはフローラにパイの包みを渡した。ずしりと重くて、ドクター・カイルの少なくとも四日分の栄養源になりそうだった。

「これをどうしたらいいんでしょう?　玄関のドアマットの上に置いてくるのかしら」

「そんな!」とミセス・ウォティーは何をつまらないことをと言わんばかりに答えた。「中に入っててキッチンの冷蔵庫に入れてくりゃいいんですよ」

「でも、あの——ドアに鍵がかかっていたら?」

「鍵はポーチの内側の棚の上に置いてありますよ、右のほうにね」

フローラは手回りのものをまとめながら、「間違った家に置いてきたりしないといいけど」と自信なげにつぶやきつつ、裏口から外に出た。ミセス・ウォティーは、まるですばらしくおかしなジョークでも聞いたようにゲラゲラ笑いくずれていた。

ウォティーは菜園にいた。フローラは彼に、ジェイスンは自分が連れて帰るからと告げ、ヴァンを借りていいとミス・アームストロングに言われたとつけ加えた。ウォティーは彼女に、ヴァンはガレージにある、鍵はイグニションにさしこんであるはずだと言った。

「あの車はとくに癖もないし、運転は楽なものだよ」

確かに運転はとくにむずかしくなかったが、それにしても風変わりなヴァンだとフローラは思った。タピーは自慢にしているが、ミセス・ウォティーは恥ずかしく思っているらしいおんぼろ車。おそらくターボールの町の人々の揶揄の種であろうヴァン。タピーはガソリンを大量に消費する古いダイムラーに嫌気がさし、日常の用向きのためにもう少し小さな車があればと考えて、ターボールの魚屋のリーキー氏が払い下げたヴァンを買い取った。ウォティーが妻に督励されてペンキを塗り直しはしたが、脇腹に大書された文字はまだはっきり読み取れた。

アーチボード・リーキー
上物鮮魚
ご注文に応じて
連日、燻製ニシンをお届けします。

フローラはこのヴァンを一目見て、とても風格があると思った。運転席に乗りこんでエンジンをかけると、ギアは少しばかり軋ったが、ヴァンは無事にターボールを指して走りだした。

その午後、ターボールの町には活気がみなぎっていた。港は大小の船が押し合いへし合いという感じだったし、桟橋には大型トラックが並んでいた。エンジン音、クレーンの音、高圧ホースから水がほとばしり出る音、お腹をすかせたカモメの鳴き声。どこに行っても人が群れていた。黄色いオイルスキンを着た漁師、オーバーオール姿の運転手、制服姿の港湾事務所の係員、ゴム長をはき、縞のエプロンをかけた女性たち。誰もが船から魚を下ろしてトラックに積むのに忙しそうで、それに先立って魚からはらわたを抜き出したり、荷造りをしたり、さまざまな複雑な段取りを経る必要があるらしかった。

ターボールについてアントニーが言ったことを、フローラは思い出していた。ほんの少し前まではターボールは小さな漁村に過ぎなかったとアントニーは言った。しかし最近ではニシン漁とニシンの加工業の中心地として発展していると。繁栄は不可避的にそのしるしを残していた。ファーンリッグ荘からの途中、ヴァンは、膨張しつつあるターボールの子ども人口の必要に応えるために新設された学校の校舎の脇を通過した。町の背後の丘の山腹には公営住宅が建ち並び、港のまわりのせまい通りには魚を積んだトラックばかりでなく、乗用車もひしめいていた。

ヴァンを五分間ばかりむなしく走らせた後、フローラはようやく駐車できるスペースを銀行の前の「駐車厳禁」という札の脇に見つけた。そこに車を入れて買い物をすませ、郵便局も大した面倒もなく見つけて切手を買い、父親への手紙を投函することができた。父親はまず一人で読み下し、それからマーシャに見せるだろう。

車を止めた場所にもどろうと角を曲がったところで若い巡査がヴァンの脇に止まっているのに気づいて、フローラは慌てて走りだした。平謝りに謝って車に乗りこんで走り去ろうと思ったのだが、巡査は咎めるでもなく彼女に「ファーンリッグ荘のミセス・アームストロングのお友だちですね？」と言った。

フローラは面食らいながら、「そうですけど」と答えた。

「車でわかりましたよ」

「どうもすみません。あたし、あの……」

「買い物はもうすんだんですか？」

「ええ、でもドクター・カイルのところにパイを届けなきゃいけないんです。それからジェイスンを学校に迎えに行かないと」

「ドクター・カイルのところに行かれるなら、ヴァンをここに置いて歩いて丘を上がるほうがいいでしょう。心配しなくてもだいじょうぶ、ぼくが車に目を配っていますから」

「ありがとうございます」

巡査はドアを開けて、慇懃に彼女を車に招じ入れてくれた。フローラは買い物包みを座席に乗せ、パイの包みを取り出した。若い巡査は温かい微笑を向けていた。

「あのう……もしかしてドクター・カイルのお宅を

ご存じですか？」

「町を出て丘を上っておいでなさい。左側の最後の家です。ホテルのつい手前ですよ。前っ側に庭があって、門に表札が掛かっています」

「いろいろ、どうも」

若い巡査は内気そうに微笑した。「いやあ、なあんも」

町のはずれの丘の勾配は急で、階段状になっており、長い、浅い階段をどこまでも上って行く感じだった。初めはテラスつきの小さなコテージが道路すれすれに立ち並んでいたが、やがてパブが一軒はさまり、それからまたコテージが続いた。家の規模がだんだん大きくなり、庭つきの住宅になった。坂をほとんど上りつめたところに最後の一軒が建っていた。道路から少しひっこんだ、がっちりした構えの、飾り気のない家で、門から玄関のポーチまで、タイルを張った小道が続いていた。片側に靴の箱のような感じの白い簡素なコンクリートの建物が付属していた。ここに違いないと思いながら、フローラは錬鉄製の門と「ヒュー・カイル」と書いた真鍮の表札を眺めた。そして門を開けると、坂道を玄関の前へと上がって行った。

ベルを鳴らしたが応答はなく、丘を上るうちに持ち重りしだしたパイの包みをもてあまして、彼女は礼儀上、もう一度、ベルを鳴らした後、ミセス・ウォティーが教えてくれたように手を伸ばしてポーチの内側の棚から鍵を取り、ドアを開けた。

取っつきはタイルを張ったホールで薄暗がりの中に階段が立ち上がり、骨董屋の店のようなにおいがした。フローラは背後のドアを閉ざさずに中に入った。古めかしい帽子掛けの下が傘立てになっており、一隅に象眼入りの小テーブルが置かれていた。何もかも埃だらけだった。掛け時計は止まっていた。こわれているのか、それとも巻くのを忘れたのか、巻く暇がないからか。

右手にドアがあり、開けてみるとおよそ殺風景な感じの居間で、散らかっているものもないかわり、潤いを添えるような花一輪、見出されず、窓にはブラインドが半ば下がっていた。そのドアを閉ざして反対側のドアを開けると、ヴィクトリア朝様式の重厚な感じの食堂だった。食卓はマホガニー製のどっしりしたもので、サイドボードも相応にいかめしく、デカンターや銀製のコースターがのっていた。壁ぞいに椅子が並び、この部屋でもブラインドが半ば下がっていた。陰気で、まるで葬儀場という感じだった。亡霊を呼び覚ましたくなかったので、フローラはそこそこにドアを閉めて、キッチンはどこかと家の奥のほうの探検に乗り出した。

家のほかの部分の、死の世界のような、殺風景なたたずまいとは打って変わって、キッチンの散らかりようはすさまじかった。それは広い厨房ではなかった。家の規模からすると小さすぎるくらいだったが、見回したところ、空間という空間に雑物がごった返していた。ソース鍋、フライパン、キャセロールの類が水切り台の上に積み重ねられ、流しには汚れた皿が所せましと置かれ、中央のテーブルの上には急いで食事——それもあまり食欲のわかない——をしたためたあとが歴然としていた（コーンフレーク、卵の目玉焼き、フルーツケーキといったものを、天下の珍味とありがたがって食べる人間ならいざ知らず）。なかんずく味気ない光景は、テーブルの真ん中に置きっぱなしなっているウィスキーの半ば空になっている瓶だった。どういうわけか、この瓶の存在が悲しいほど散らかり放題のそのキッチンに、何かとんでもない災害が起こりかねぬ可能性を漂わせていた。

冷蔵庫はクッカーのそばの片隅に置いてあった。フローラはそのほうに歩きだしかけて敷物の破れめに足先を引っかけてつまずき、もう少しでうつぶせに倒れるところだった。敷物に目をやってフローラは、その回りの床が恐ろしく汚れていることに気づいた。少なくとも一週間、拭き掃除はもとより、掃除機もかけたことがないように見えた。

フローラは冷蔵庫を開けて、もっとおぞましい光景が目に入る前にパイをしまおうと急いでドアを閉めて、冷蔵庫に背をもたせかけ、キッチンのそのすさまじい乱雑ぶりを眺めやった。さまざまな思いが胸のうちを掠めていた。最もはっきりしているのは、ジェシー・マケンジーという家政婦は役立たずの無精者で、ヒューとしては一刻も早くお払い箱にするに越したことはないという思いだった。どんなに無能な男でも、たった数日でキッチンをこんなていたらくにするなんてことはありえない。

　フローラはどうしようもないと言わんばかりに、呆然とキッチンを見回した。こんな生活に甘んじているヒューが気の毒でたまらなくなっていた。同時に彼女は、自分がこのキッチンを見たことを知ったら、ヒューはどんなに傷つくだろうと察しをつけていた。彼女の本能は、何事もなかったようにそっとここから出て行くほうが賢明だと告げていた。ヒューには、パイを置いて行ったのはウォティーだと思わせておけばいい。

　それに、彼女はジェイスンを学校に迎えに行って連れて帰るはずだった。フローラは腕時計を見て、まだやっと三時十五分前だということに気づいた。学校に迎えに行く前に一時間ある。その一時間でいったい、何ができるだろう？　港をぶらぶらと散策して過ごそうか？　あのサンディーズ・スナック・バーでコーヒーでも飲むか？

　でももちろん、フローラにはそんな気はなかった。さまざま思いめぐらしながら、フローラは手袋をはずし、コートを脱いでドアの裏の掛け釘に引っ掛けると、服の両袖をまくり上げていた。おばかさん——と彼女は自分を嘲笑しながらも、エプロンはないかと探し、ものすごく大きな前掛けが流しのそばに吊されているのを見つけた。肉屋の前掛けという感じの、男物のエプロンだったが、彼女は腰のまわりにクルクルと二重にそれを巻きつけて、布巾を見つけて熱湯の栓をひねった。熱いお湯がほとばしり出るのを見て彼女は、これは、このみじめったらしい家に足を踏み入れて以来の、最もすばらしい光景だとありがたく思った。

　流しの下の戸棚をのぞくと、意外にも頑丈そうなブラシと粉石鹸とスティール・ウールが見つかった（ジェシー・マケンジーにも、掃除をしようという感心な意図はあるのかもしれない——とフローラは思った）。そしてそれらを十分に役立てた。洗った食器をしまうことになったとき、彼女はきれいになった皿を重ねて物陰に押しやるだけにとどめ、カップや水さしを掛け釘に掛けた。次に彼女はソース鍋の類に注意を向けた。洗いおわったときには、ソース鍋は輝くばかりだった。それらをサイズ順にクッカーの上方の棚の上に並べたとき、その光景はただ整然としているだけでなく、すばらしくチャーミングに見えた。

流しの中に山積していた食器をそんなふうに洗ってかたづけると、ヒュー・カイルの家のキッチンは短時間のうちに目覚ましい変貌をとげた。彼女はさらにテーブルの上をかたづけて、腐りかけているようなフルーツケーキを捨て、ウイスキーの瓶を見えない所にしまい、テーブルクロスの上のパン屑をふるった。それから濡れ布巾でテーブルやカウンターの上を拭いた。何もかもピカピカに輝いていた。

何とも収拾がつかないほど、よごれ放題の部屋を徹底的にきれいにするほど、心を満足させてくれることはない。このころにはフローラはすっかり楽しくなっていた。後はもう床掃除だけだ。時計を見ると、まだ三時二十分過ぎだった。フローラは破れている敷物を取り上げて裏口から外に出し、箒を探した。箒と塵取りは靴墨とネズミの糞の臭いのする、じめじめした戸棚に入っていた。何か月間もの塵や埃を掃き清めた後に、石鹸水を加えた熱湯をバケツに満たし、フローラは床掃除に取りかかった。

一通り、まわりを掃き清めた後、フローラはさらにバケツ三杯半の湯と粉石鹸を半袋使って、まずまず満足できる結果を得た。拭き掃除を終えたリノリウムの床は清潔なにおいを漂わせて輝き、一皮むけたタイルは思いがけず、茶色とブルーのきれいな模様が明らかになって、真新しい感じさえした。水切り台の下の暗い空間だけがまだやり残してあり、フローラはこの空間に頭を突っこんだ。このころには、すっかり夢中になっていたので、ネズミの糞や蜘蛛の巣、慌てふためいて逃げ出す蜘蛛といったものを連想しても、ひるまなかった。ブラシで羽目板をガタガタゴシゴシと力をこめてこするうちに、せまい空間にはもうもうと湯気が立ちこめた。ひとしきりこすってフローラはブラシを下に置き、雑巾をしぼって石鹸水を拭き取った。

さあ、終わった。フローラは水切り台の下から後じさりで出て立ち上がろうとした。そのときふとキッチンのテーブルの脚のあいだの、拭いたばかりの清潔な床にガッチリ踏んばっている一対の足に気づいた。ラバーソールの茶色の革靴、ツイードのズボンの裾。体の重みを踵に掛けてフローラは上体を起こし、視線をそろそろと上方に移した。ヒュー・カイルのびっくりした顔がそこにあった。

フローラとヒューのどっちがより仰天していたか、それはわからない。びっくりしたあげくにフローラはとっさに口走った。「いやだわ!」

「え?」

「あなたが帰ってくるとは思わなかったものだから」

ヒューはこれには答えずに、戸惑った顔でまわりを見回した。「いったいぜんたい、きみはこんなところで何をやっているんだい?」

フローラは、ヒューに見つかったのが口惜しくてムッとしていた。汚れ仕事をやっているのを発見されたからではなく、余計なことをとヒューが見当違いな怒りをぶつけるだろう、そのあげく、いつものようにむっつりとした、気むずかしい態度を取るだろう——そう思ったからだった。「何をやってたかって、もちろん、床をこすっていたのよ」

「そんなこと、とんでもないよ」

「どうしていけないの? すごく汚れていたんですよ」

ヒューはまわりを見回して、輝くばかりの棚やカウンター、ピカピカの流し、整然と吊り下がっているソース鍋、きちんと重ねられている皿に目を走らせた。それからフローラに視線をもどして、まだ戸惑ったような表情で片手を上げて、頭の後ろを掻いた。驚いたのなんの、まったく言葉もないといった顔だった。

「お礼の言いようもないよ、ローズ、どうもありがとう」

過大に感謝の意を表してほしくなかったので、彼女はあっさり言った。

「好きでやったんですから、気にしないでくださいな」

「しかし、どうもわからないな。きみは何だってこんなところにいるんだね?」

「ミセス・ウォティーがパイを焼いて、あなたに届けてほしいって言ったんです。冷蔵庫に入れときました」ふと思いついて彼女は言った。「あなたが入ってきた音、聞こえなかったわ」

「玄関のドアが開けっぱなしだったからね」

「そうだったのね。あたし、閉めるのを忘れたんだわ。ごめんなさい」

髪の毛が垂れて顔を半ば隠しかけるのを、片手の手首で後ろに押しやりながらフローラは立ち上がった。大きすぎる前掛けが足にまつわる感じだった。彼女はバケツを取り上げて水を流し、雑巾をしぼってバケツとともに流しの下の戸棚にしまった。戸棚のドアを閉ざすと、フローラはヒューのほうに向き、まくり上げていた袖を下ろした。

「お宅の家政婦はひどいわ」とフローラはぶっきらぼうに言った。「べつな人を頼んだほうがいいと思いますけど」

「ジェシーはあれでもせいいっぱい、やっているんだが」とヒューは言った。「母親のところに出かけたものだから」

「いつ、帰ってくるんですか？」

「さあ。明日か明後日か」

「期限つきでやめてもらって、ほかの人を探したほうがいいと思うわ」フローラはむしょうに腹が立っていたが、こんな疲れた顔をしている人間がいること自体、ゆるせないという気持ちになっていた。

「こっけいよ、こんなの。あなたはこの町の人が頼りにしているお医者さまじゃありませんか。手伝ってくれる人はきっといるはずだわ。看護婦はどうなんですの？　診療所で働いている看護婦さんって人は手伝ってくれないんですか？」

「結婚しているし、子どもが三人もいるからね。診療所で働くのがやっとだと思うよ」

「でも心当たりはないのかしら。ここに通って、家事をもっときちんとしてくれる人の心当たりは？」

ヒューは首を振った。「さあ、どうかな」

彼が疲れていることはわかっていた。だが今初めてフローラは、彼がそうしたことに気が回らないだけでなく、誰かがあたらしい家政婦を周旋してくれようがくれまいが、彼にとってはどうでもいいのだということに気づいたのだった。彼に食ってかかり、不満ではちきれそうになっている奥さんのように責め立てたことを、フローラは後悔していた。

ずっとやさしい口調で、彼女は言った。「あなたもびっくりしたかもしれないけど、あたしも同じくらい、びっくりしたわ。どこに行ってらしたの？」

ヒューは何かすわるものはないかとまわりを見回し、フローラが片隅に積んだ椅子を見つけると、一つを引き出してテーブルの脇に据えた。

「ロックガリーに」と彼はすわって足を組み、両手をポケットに突っこんだ。「病院にアンガス・マケイを見舞いに」

「ファーダ湖の向こう岸に住んでるって人かしら、このあいだ、話してくださった？」

ヒューはうなずいた。

「じゃあ、入院をやっと承知したってこと？」

「ああ、承知したというか、説得にようやく応じたというか」

「あなたが説得なさったのね？」

「そう、ぼくが。けさ、救急車がボトゥリックまで彼を引き取りに行った。ぼくは午後、病院に様子を見に行ったんだが、アンガスは五人のほかの老人たちといっしょに病院に寝かされていた。五人が五人とも、向こう側の壁をじっと見つめて死を待っているんだよ。アンガスは自分の身にどういうことが起こったのかということさえ、わからない様子だった。ぼくはこういうときの決まりのように、快活に話しかけた。しかしアンガスはただそこに横になって、ぼくの顔をじっと見返しているばかりだった。年取った犬のように。ぼくは自分が人殺しのような気がしていたたまらなかった」

「そんなふうに考えることはないと思うけど。あなたのせいではないんですもの。アンガスの息子さんのお嫁さんは、お舅さんの世話ですっかりまいっていたって、あなた、言ってらしたじゃありませんか。それにそんな辺鄙な場所に住んでいたのでは、どうにもならなかったでしょう。階段からまた落ちることだってあるでしょうし、もっと恐ろしい事故だって」

ヒューはフローラに言うだけ言わせて黙っていた

が、彼女が言葉を切ると、濃い眉の下からじっと彼女に目を注ぎながら言った。「アンガスはすっかり老いこんでいるんだよ、ローズ、弱って、わけもよくわからなくなっているんだ。その年取った彼をぼくらは、彼が生まれ育った土地から根こそぎ引き抜いた。どんな人間にたいしてにせよ、それは限りなくむごいことだ。アンガスはボトゥリックで生まれた。彼の父親も祖父もそこの土地を営々と耕してきた。アンガスは妻をそこに伴い帰った。彼の生涯の終わり近く、彼がわれわれの役に立たなくなると、われわれは彼を自分たちの見えないところに、彼を見てわれわれの胸が痛まないところに送りこんだ。見も知らぬ人々の介護を受けるに任せて」

フローラは、医者ともあろう者が一人の患者の身の上について、そのように思い悩んでいようとはと驚いていた。「でも仕方のないことじゃありませんか。あなた一人の力ではどうにもならないわ。患者が年を取るのを止めることはできないんですもの」

「わからないかなあ、アンガスは患者じゃあない。ぼく自身の一部、成長期のぼくの一部だったんだよ。ぼくの父は忙しい医者だった。父は小さな男の子の相手をして過ごす時間を持たなかった。だから晴れた土曜日、ぼくは十五マイルの道をアンガスに会いに、ロック・ファーダからボトゥリックに自転車を走らせた。そのころの彼は背の高い、がっしりした体格の男だった。雄牛のように頑丈で、ぼくはアンガスのような物知りはいないと心から尊敬していた。野鳥について、狐について、野兎について、よくふとったマスがどこで釣れるか、知恵のあるサケも食らいつくような毛鉤をどうやって釣り糸につけるか、彼は誰よりもよく知っていた。ぼくはアンガスを世界一、賢い人だと思っていた。何でもできる、神さまのような人だと。ぼくらはいっしょに釣りに行った。小型の望遠鏡を持って丘に上り、イヌワシの巣を見せてもらったこともあった」

老人と少年が連れだって丘を上って行く光景を想像して、フローラは知らず知らず微笑していた。「そのころ、あなたはいくつだったの？」

「十歳くらいかな。今のジェイスンより、もうちょっと大きかったかもしれない」

ジェイスン。フローラは愕然とした。ジェイスンのことをすっかり忘れていた。腕時計を見てなおびっくりして、彼女は立ち上がって前掛けの紐をほどきはじめた。

「あたし、もう行かないと。ジェイスンを学校から連れて帰るはずだったのよ。あの子、忘れられたのかと思ってしまうわ」

「お茶を入れてもらえると思っていたんだが」

「もう時間がないわ。四時十五分前までに行かなきゃいけないのに、もう二十分前なんですもの」

「校長に電話して、ジェイスンをもう少し引き止めておいてくれるように頼んでみよう」

ヒューがそんな提案をするなんてと、フローラはびっくりしていた。この人、あたしをもてなしてくれようとしているんだわ。フローラは前掛けを下に置いた。「ジェイスン、気をわるくしないかしら？」

「それどころか」とヒューは立ち上がって、「あの学校には汽車の模型が備えつけてあってね。生徒が特別にいい子だったりすると、それで遊ばせてもらえるんだよ。独り占めするチャンスがあれば、ジェイスンは飛びつくに違いない」とドアを開けっぱなしにして、ホールに出て行った。

フローラは突っ立ったまま、その後ろ姿を見送った。誰かの人となりについてすっかり見きわめたと思っていると、当人がまるで予期しない行動に出る――こういうのってまいっちゃうと思いながら。彼女はともかくもやかんに水を満たして火にかけた。

ホールからヒューの声が聞こえてきた。

「もしもし、フレイザー先生ですか？　ドクター・カイルです。ジェイソン・アームストロングはそこにいますか？　十五分ばかり、引き止めておいていただけませんか？　じつはアントニーのフィアンセの女性が迎えに行く途中なんですがね、もう少し手間がかかりそうで。いや、じつは、ぼくのためにお茶を入れてもらおうと思っているんですよ。そう、ここにいるんです……そうですか、ありがとうございます。ジェイスンにベルを鳴らさずに入るように言ってください。われわれはキッチンにいますから……助かりますよ。さようなら、フレイザー先生」

受話器を置く音が聞こえ、次の瞬間、ヒューがもどってきた。

「いい都合になった。若い先生の一人が車でジェイスンをここに送りとどけて、門のところで降ろしてくれるそうでね」

「でもそれじゃあ、ジェイスン、汽車の模型で遊ぶ暇がないんじゃないかしら」

ヒューはキッチンの片隅から椅子をもう一つ持ち出しながら、「さあ、どうかな」と言った。

フローラは口の欠けたティーポットを見つけ、冷蔵庫からミルク入れを出し、古びているが、うつくしいウェッジウッドのマグカップを二つ取り出した。

「お茶も、お砂糖もどこにあるのか、わからなくて」

ヒューは戸棚の中からお茶と砂糖を取り出した。お茶は横腹にジョージ五世の肖像画の描かれている缶に入っていた。缶はベコベコで、色もはげていた。

「かなり古いみたい」

「ああ、ぼくも含めてこの家のすべてと同様にね」

「ずっとこの家で暮らしていらしたんですか？」

「ほとんどね。ぼくの父は四十年間、ここで暮らしてきた。ごく内輪にいっても、変化ということ自体、気に染まない男だったんだよ、ぼくの父は。父に代わってここでやって行こうともどってきたときは、まるで過去に足を踏み入れたような感じだった。初めのうち、ぼくは、すべてを変えてこの家全体を現代風に改築しようと考えていた。しかしいくらもたたないうちに、いわゆる西海岸の腐朽病が兆しはじめたのさ。診療所を建てるだけで、ぼくの時間と労力のすべてを吸い上げられてしまった。診療所がともかくも建つと、住まいの改築のことは念頭を去った。というか、およそ気にならなくなってしまったんだよ」

フローラはホッとしていた。少なくとも食堂の家具を選んだのはヒュー自身ではなかったのだ。やかんが煮えたぎりはじめた。ティーポットに湯を満たし、それをテーブルの上に置いて彼女は言った。「とてもガッチリした、いいお宅だと思うわ」不器量な子を誇らしげにひきあわせた母親に、「とても丈夫そうなお子さんじゃありませんか」と誉めるお客の心境だった。

「タピーに言わせると、ここは人間の住むところじゃないそうだ」とヒューはのんびりした口調で言った。「まるで霊廟だって。ぼくもそんな気がしているよ」

「家がわるいわけじゃないわ」さあ、どうかなと言わんばかりの彼の視線を彼女はまともに受けとめ、「住みいい家になる可能性は――いくらもあると思うけど」と少々しどろもどろに言って、テーブルにむかってすわるとお茶を注いだ。快い家庭的な雰囲気が漂いだしていた。これにはげまされて、フローラは続けた。「ちょっと心を遣えば、どんな家だって……」と言いよどみ、必死でインスピレーションを求めた。

「ペンキをふた刷毛も塗れば……」

ヒューはひどくびっくりしたような顔をした。

「たったそれだけでいいのかい？」

「まあ、手始めにはね。ペンキを塗るだけでもたいへんな違いだと思うわ」

「フーン、試してみるだけのことはありそうだね」

とヒューはミルクと砂糖をたっぷり入れて、筋肉労働者好みのお茶を熱そうな顔もせずに飲み、すぐ二杯目をついだ。「ペンキをふた刷毛か」彼はティーポットをテーブルに置いた。「それからおそらくブラインドを上げて、日光を入れることだろうね。家具磨き用のワックスのにおいが漂う。あちこちに花、まわりには本、そして音楽。長い冬の日が終わって家に帰ると炉に火が燃えている」

フローラは思わず言った。「あなたに必要なのはあたらしい家政婦じゃないわ。奥さんだわ」こう言ったとたん、キッとしたまなざしが自分に向けられるのを意識した。あたし、余計なことを言っちゃったみたい。「ごめんなさい」

しかしヒューは腹を立てているようにも見えなかった。二杯目のお茶には一杯目よりも多いくらいのミルクと砂糖を入れて掻きまぜながら、彼は言った。「結婚していたことはあるんだがね」淡々とした口調で、非難がましくは響かなかった。

「知っているわ。タピーから聞いて」

「タピーはほかにどんなことを言ったのかな？」

「あなたの奥さんが自動車事故で亡くなったってこ

とを」

「ほかには？」

「それだけよ」タピーを弁護したいという気持ちで彼女はつけ加えた。「タピーはあなたのことがとっても好きだから、話してくださったんじゃないかしら。あなたが一人で暮らしているのがたまらなくて」

「ダイアナと婚約した後で、ぼくは彼女をターボールに連れて帰ったんだが、この彼女の訪問は成功とはいえなかった。タピーはそのことも話したかい？」

「そのことってわけじゃないけど」とフローラはもじもじした。

「きみの顔つきでわかるよ。タピーもダイアナを好きになれなかった。ほかの者と同様にね。タピーも、ぼくが誤った選択をしたと思っていた」

「本当にそうだったの？」

「ああ。最初からね。しかしぼくは愛ゆえの自分の思いこみに目がくらんでいて、誤りを認めようとしなかった。ぼくはダイアナにロンドンで会った。そのころ、ぼくは聖トマス病院に勤務して王立外科大学のフェローになるために研鑽を積んでいた。親しい友人もできた。ジョン・ラッシュムアという、エディンバラ大学時代からの知り合いで、ラグビー仲間でもあった。ジョンはシティーの病院に勤めていて、それまでもロンドンに行くたびに会っていた。彼を通じてぼくはダイアナを知った。彼女とジョンは、ぼくがいまだかつて知ることがなかった世界に属していた。都会にぽっと出の田舎青年の例に洩れず、ぼくはそれに眩惑された。その世界によって、また彼女によって。

「ぼくが彼女と結婚しようと心に決めたとき、ぼくの周囲の者はみな、気でもおかしくなったのかと言って反対した。彼女の父親は、ぼくを見くだしていた。最初から彼はぼくを、金目当てに自分の娘に近づいた、食えないスコットランド人と決めつけていた。ぼくの指導教授もこの結婚には反対だった。王立外科大学のフェローになれるとしても、さらに二年間、研究生活を送らなければならない。教授は、結婚よりも将来のことを考えるべきだと言い、むろん、父もこの意見に全面的に賛成だった。

「不思議に響くかもしれないが、父の意見はぼくにとって最も重大な意味をもっていた。父さえ、賛成してくれれば、ほかの誰が何と言おうが、問題ではないという気がしていた。そこでぼくはダイアナをターボールに連れ帰った。彼女をみんなに見せびらかしたいという気持ちもあった。ダイアナにスコットランド行きを承知させるには、説得が必要だった。彼女は以前に一度、雷鳥狩か何かのためにスコットランドに行ったことがあるだけで、ターボールなんて、ちっぽけな町には何の関心もなかった。しかしぼくはついに彼女に同行を承知させた。ぼくは、父も、ぼくの年来の友人たちも、ぼく同様、たちまち彼女に夢中になるだろうと、ナイーヴにも信じていたんだよ。

「しかし、訪問は失敗だった。雨が降りどおしに降っていて、ダイアナはターボールも、この家も、スコットランドもいやでたまらなかったようだ。甘やかされて育った者にはありがちなことだが、彼女もすばらしくチャーミングに振る舞うことができた。しかしその相手は彼女を面白がらせるか、何らかの意味で彼女に刺激を与えることができる者に限られていた。そうした要件を満たす者は、あいにくこのあたりには一人もいなかった。彼女にじかに会ってみて、父はものも言えないほど呆れ返ったらしい。もともと寡黙な人間だったが、彼女にたいしては慇懃そのものだった。わが家の賓客だったからだ。しかし三日もたつと、誰もがもうたくさんだという気持ちになっていた。父はウイスキーをひっかけたあげく、ぼくを診察室に呼び、あんな女と結婚しようと思うなんて正気の沙汰じゃないと言った。ほかにもいろいろと言ったが、とても繰り返す気になれないような、ひどい罵言の数々だった。そのうちにぼくも癇癪を起こして、同じように罵り返した。その一幕が終わったとき、ぼくは、ダイアナをぼくの車に押しこんでロンドンに取って返した。一週間後、ぼくらは結婚した。親が反対したにもかかわらず——というより、親の強硬な反対のゆえに」

「それで……うまく行ったんですか？」

「いいや。初めのうちは、まあ、よかった。初めはぼくらはお互いに夢中だったからね。もしもきみがロマンティックなたちだったら、愛し合っていたから何ごとも問題にはならなかったという言い方をしただろう。しかしぼくらの世界は北と南ほど離れていたし、そのあいだの架け橋となるような、何の共通点もなかったのだ。初めて会ったとき、ダイアナは、名声をほしいままにしている外科医の妻として社交界に君臨する自分を思い描いていたようだ。ところが結婚してみると、夫は起きている時間のほとんどを病院であくせく過ごしている研究者に過ぎなかった。それは、結婚というにはあまりにも浅薄な結びつきだった。彼女と同様、ぼくのせいでもあったのだが」

フローラは冷えこんだ手を温めようとマグカップを両手でかかえていた。「もしも状況が違っていたら……」

「しかし状況は違わなかった。ぼくらとしては、それなりに辻褄を合わせて暮らして行くほかなかった」

「ダイアナが事故に遭ったのは、いつのことなんですか？」

「結婚のほとんど二年後だった。そのころには、ぼくらはいっしょに過ごすことがほとんどなくなっていた。だからダイアナがぼくに、ウェールズの学校友だちのところに行くと言ったとき、ぼくはまったく気にしなかった。しかし事故で亡くなったとき、彼女はジョン・ラッシュムアが運転する彼の車に乗っていた。その行き先もウェールズでなく、ヨークシャーだった」

フローラは驚いて見つめた。「まさか……あなたのお友だちが……？」

「そう、ぼくの親友といっしょだった。二人はすでに何か月も前から愛人関係だったのだ。ぼく自身はいささかの疑いもいだいていなかったのだが、すべてが終わった後、真相が明らかとなった。ぼく以外の者はみんな知っていたらしいが、ぼくに告げる気になれなかったんだろう。妻と親友を一時に失うなんて、自分の住む世界が崩壊するような、目も当てられぬ経験だ。自尊心も同時に失ってしまったんだからね」

「ジョン・ラッシュムアって人は？　やはり亡くなったんですか？」

「いや」さりげない口調だった。「ピンピンしているよ」

「それであなたは王立外科大学のフェローになろうという目標を捨てて、ターボールに帰ってらしたのね？」

「ぼくが帰ってきたのは父が病気になったからでね」

「ロンドンにもどろうと思ったことはないんですか？」

「ああ、ない」

「これからだって、外科医になることはできるんじゃありません？」

「いや、今となっては遅すぎる。ぼくは今ではこの地域の医者だ。もともとぼくはこの地域に属していたんだろう。澄んだ空気や海の匂いから離れて、長いこと都会で暮らすことができたかどうか、あやしいものだという気もしているよ」

「あなたはそっくりだわ、あたしの……」あたしの父そっくりと言おうとして、フローラはあぶないところで気がついた。ヒューの話を聞いているうちに、彼女は自分がここではローズなのだということを忘れていた。ごく自然のうちに彼女は、ヒューの打ち明け話、思い出話と引き替えに自分のそれを話したいという、矢も盾もたまらぬ思いに駆られていた。それまで固く閉ざされ、かんぬきが掛けられていた扉をヒューが開けてくれた。その扉の向こうに進みたいと彼女は切に願っていた。

けれども彼女にはそれができなかった。ローズとして彼女は、お返しに提供すべき何ものも持っていなかった。ローズとしての彼女には、彼とわかちあうべき思い出もなく、傷心の彼に差し出すべき慰めもなかった。突然彼女を襲った挫折感は耐えがたいもので、とっさに彼女は、すべてを打ち明けようかと真剣に考えたくらいだった。ヒューはたぶん、理解してくれるだろう。アントニーに彼女は、誰にも言わないと約束した。しかし結局のところ、ヒューは医者なのだ。医者に秘密を打ち明けるのは、懺悔聴聞僧に告白するのと似たようなものではないだろうか？　相手がヒューだったら……

そもそもの初めから、フローラはアントニーと彼女が乗り出したこの欺瞞について、本能的に嫌悪を感じていた。罪もない他の人々の生活がそれによって影響を受けずにいないからだった。しかし気がつくと、彼女自身がこの嘘から生じたもつれに巻きこまれているのであった。

ヒューは彼女が黙ってしまったので、「ぼくはいったい、誰そっくりなんだね？」と促した。

「べつに……」約束するわ――と彼女はアントニーに言った。つい昨日、浜辺で。「以前にちょっと知っていた人が、あなたと同じような考え方をしていたものだから」

危険な一瞬、誘惑の一瞬は過ぎ去っていた。彼女は依然としてローズであり、打ち明けずにすんでうれしいのか、残念なのか、自分でもよくわからなかった。

キッチンは心地よく暖かく、しんとしていた。聞こえるのは外の物音だけ。トラックがギアを変えて門の前を通り過ぎて丘を上って行った。犬が吠え、港のほうから重そうなバスケットを下げてやってきた女性が通りの向こう側にいる友だちに呼びかけていた。カモメの鳴きかわす声が空にあふれて……

そのしばしの静寂は、ジェイスンの到着によって唐突にやぶられた。玄関のドアが開き、家全体を震わせるガタンという音とともに閉まった。フローラは跳び上がって驚いた顔でヒューのほうを見つめ、自分と同じように愕然とした表情がヒューの顔に浮かんでいるのを見た。二人ともジェイスンのことをすっかり忘れていたのだったが、甲高い声が静かな空気をつんざくように響いた。「ローズ！」

「ローズはここだよ！」とヒューが応えた。「キッチンにいる」

廊下を走る足音がしてドアがパッと開き、ジェイスンが跳びこんできた。「ぼくねえ、トムスン先生に車で送ってもらったんだ。港にはものすごく大きな船が入っててね。ドイツからの船だって、先生、言ってた。やあ、ヒュー！」

「お帰り、ジェイスン」

「ただいま、ローズ」ジェイスンはテーブルの向こうのフローラのところに回って、両腕をその首に掛けてキスをした。気が急いているのだろう、ちょっとおざなりのキスだった。「あのさ、ヒュー、ぼくねえ、タピーにあげようと思って、すっごくいい絵を描いたんだ、お昼から」

「見せてごらん」

ジェイスンはカバンの留め金をもどかしそうにいじくってはずし、一枚の絵を取り出した。「やあ、クシャクシャになっちゃった」

「構わないよ。ここに持ってきて見せてくれたまえ」

ジェイスンはヒューの脇に立ってその膝にもたれた。ヒューは絵を引き取って、そっとひろげ、テーブルの上で皺を伸ばした。前にも一度、フローラはヒューの手に目をとめたことがあった。今、その手がジェイスンのけばけばしい絵を大事そうに、そっと扱うのを見守っているうちに、どういうわけか、彼女はみぞおちあたりが奇妙に騒ぐのを覚えた。「よく描けてるじゃないか。何を描いたんだね？」

「わかんないの、ヒュー？　ばかだなあ！」

「啓蒙してくれたまえ」

「何のこと、ケーモーって」

「説明してくれないかな」

「うん。いい？　これ、飛行機で、これはパラシュートで降りようとしている人。こっちの人はもう着陸して、仲間が降りてくるのを待ってるんだ。木の下にすわって」

「わかった。すてきだね。タピー、きっと喜ぶよ。折らないほうがいい。折らないでローズにそのまま持って帰ってもらいなさい。皺にならないように。頼んだよ、ローズ？」

不意にこう言われて、フローラはテーブルに落としていた目を上げた。ハッとするほど青いヒューの目が見つめていた。

「この絵、きみに持って帰ってもらうといいって言ったんだが」

「ええ、もちろんよ」

「お茶、飲んでたの？」とジェイスンがきいた。「食べるもの、何かないかなあ？」

フローラはさっき捨てたフルーツケーキを思い出

しながら、「さあ、あたしたち、お茶を飲んだだけだから」と言った。

するとヒューが、「食器戸棚の上にのっている赤い缶の中を見てごらん。ビスケットくらい、入っているかもしれないよ」と言った。

ジェイスンは缶を下ろしてテーブルの上に置き、苦労して蓋を開けて、銀紙に包んだ大きなチョコレート・ビスケットを取り出した。

「これ、もらっていい？」

「食べてみる勇気があるなら、ちっとも構わないがね。いつからそこに入っていたのか知らないが」

ジェイスンは銀紙をはがして、一口かじってみた。「うん、なんともないみたい。ちょっとしめってるけど、だいじょうぶ」と言い、ビスケットをくちゃくちゃ嚙みながら、ヒューからフローラの顔へと目を移した。「どうしてぼくを迎えに学校までこなかったの、ローズ？」

「ヒューのためにお茶を入れていたのよ。べつに構わなかったでしょ？」

「うん、ぜんぜん」とジェイスンは彼女のそばにやってきてもたれかかった。フローラは片方の腕でジェイスンを引き寄せて、その頭の上に顎をのせた。

「ぼくねえ、汽車の模型で遊んでたんだ」といとも満足げな口調で、ジェイスンは言った。

やっぱりとフローラは笑いだした。いっしょに笑いだすだろうとヒューのほうを見ると、ヒューはジェイスンの言葉が聞こえなかったらしく、何か考えこんでいるような、つかみどころのない表情で彼ら二人を見つめていた。まさにすばらしい発見をしようとしている科学者の、一途な表情だった。


ジェイスンはすでにベッドに入り、タピーも階上《うえ》の寝室で看護婦によって心地よく包みこまれているころだろう。ローズはブライアン・ストダートにディナーをご馳走になるということで、さっき出かけた。とてもチャーミングな外出姿だった。イザベルは一人、炉のそばに椅子を引き寄せてすわり、編み物をしながらモーツァルトを聞いていた。一人居はイザベルの場合、珍しいことで、テレビの九時のニュースのかわりにモーツァルトを聞くのは、いっそう珍しいことだった。ちょっぴり胸が痛むのは、タピーが九時のニュースを欠かさず聞くことにしているからで、イザベルがこうしてモーツァルトを聞くのはタピーが病気で床についているためだった。しかしそれほど良心がとがめなかったのは今日はとくべつに忙しく過ごしたからで、パーティーへの電話による招待に一日中、追われて過ごして疲れてもいた。うずく良心を抑えてイザベルは編み物の手を動かし、自分を甘やかすという、この珍しい束の間を楽しんでいた。電話が鳴った。イザベルはため息をついて時計に目をやり、毛糸の玉に編み針を刺してホールに行った。ヒュー・カイルからだった。

「イザベル、すみません。ローズはいますか?」

「いいえ、いないわ」

「そうですか。いや、どうってことはないんですが」

「何か、伝えます?」

「ちょっとね……今日、彼女、ミセス・ウォティーがこしらえてくれた、すてきにうまいパイを届けてくれたんですがね、帰りがけに手袋を置き忘れて行ったんですよ。なくしたと思うといけませんから ちょっと知らせておこうと」

「伝えておくわ。今夜はたぶん、もう会わないと思うけど、でも明日の朝、伝えるわ、必ず」

「外出したんですか?」

「ええ」とイザベルはほほえんだ。アントニーが留守でもローズが楽しく過ごせると思うとうれしかった。「ブライアン・ストダートがディナーに連れて行ったわ」

長い沈黙があり、それからヒューは聞き取れないような、かすかな声で、「何ですって?」とききかえした。

「ブライアン・ストダートがディナーに連れて行ったのよ。アナが留守で、残された者同士、食事でもってことになったんでしょ」

「どこに行ったんですか?」

「ロックガリーだと思うわ。確か、フィッシャーズ・アームズって、ブライアンは言ったと思うけど。ブライアンは出かける前に、ここでドリンクを一杯飲んで行ったわ」

「そうですか」

「手袋のこと、ローズに伝えておきますね」

「え？」手袋のことはもう忘れているように、ヒューはきき返した。「ああ、いつでも結構ですよ。おやすみなさい、イザベル」

ヒューにしても唐突すぎる――と、イザベルは思いながら、「おやすみなさい」と答えた。受話器を置いて彼女は、何かあったのだろうかと訝りながら、ちょっとのあいだ、そこにたたずんでいた。しかし思いつくこともなかった。それで明かりを消して、ふたたびモーツァルトの世界にもどった。

ロックガリーはファーンリッグ荘の南方、約十五マイルのところにあって、鉄道が敷設されたために富裕な狩猟家がイングランドから訪れるようになり、小さな漁村から交通の要衝の地に様変わりしていた。第二次大戦以後、この地で製材業が始まるとともに道路の幅が広がり、町そのものが昔日の面影をとどめぬほどに発展し、夏の観光客のためにゴルフコースまでできた。

フィッシャーズ・アームズは以前は湖に面する小さな宿屋だったのだが、たびたび建て増されて現代風のホテルに変貌し、かつての庭が駐車場に変わっていた。

駐車場に車を入れて降りると海草のにおいが漂い、暗い湖面にコテージの光が揺れていた。コートを二階においてくると言ったフローラにブライアンは、「じゃあ、バーで待っているから」と答えた。

二階の化粧室は花模様の壁紙を貼った、しゃれた一隅で、淡い紫色のカーテンが下がり、対のカバーにはひだが取ってあった。フローラはコートを脱いで掛けると、鏡の前に立った。今夜の彼女は、あのトルコ石色のウールのスカート（ほかに着るものがないので）の上に長袖の黒いセーターを着ていた。

ブライアンと外出するのはあまり気が進まず、断る理由もないのでというのが本当のところだった。しかし鏡に映った顔はほんのり上気し、髪がつやつやと櫛から流れ、目が星のような輝きをおびていた。

階下《した》に降りて行くと、バーはかなり混んでいたが、ブライアンは炉のそばのいちばんいいテーブルについていた。フローラが近づくと、ブライアンは立ち上がって彼女を迎えた。他の男性客が見慣れぬ、若い、魅力的な女性の出現を好奇の目で追っているのを意識しつつ、ブライアンは「火のそばにすわりたまえ。きみのためにドリンクを注文しておいたよ」と言い、純金製のシガレットケースを出して勧めた。フローラが首を振ると、ブライアンは一本取って、B・Sと頭文字を彫りこんだ、やはり純金製のライターで火をつけた。そこに銀の盆にのってフローラのドリンクが到着した。

「これは何かしら？」氷の入ったグラスを見下ろしてフローラはきいた。

「マティーニだよ、もちろん」マティーニが続けた。ブライアンが続けた。「マティーニは飲まないと言おうとしたとき、ブライアンが続けた。「とくに辛口を注文したよ――きみの好みをちゃんと覚えている証拠にね」

気を遣ってくれたのに断るのも愛想のない話だと、フローラはグラスを取り上げた。

「乾杯《シャランタ》」

「どういう意味かしら？」

「健康を祝すといった意味だよ。ゲール語だ。この土地に住むようになってからぼくが覚えた唯一のゲール語さ」

「とても便利な言葉なんでしょうね。間の悪い状況を切り抜けるのにも役に立つんじゃなくて？」

ブライアンの笑顔を見守りながらフローラはマティーニを一口含み、ほとんど息がつまるような衝撃を感じた。まるで冷たい火を飲んだようで、フローラは思わず、喘いでグラスを下に置いた。

「どうかしたのかい？」とブライアンが笑いかけた。

「これ、とても強いのね」

「ばかな。きみのお気に入りのドリンクじゃないか」

「最近は……飲まなくなっているものだから」

「まさか、ローズ、きみ、行いをあらためつつあるって言うんじゃないんだろうね？」とブライアンは心底心配そうだった。「そんなの、我慢ならないよ。きみは昔はずいぶんと強いマティーニを、平気な顔して飲み下したものだったじゃないか。タバコも立て続けに吸っていた」

「ほんと？」

「そうとも。それもめっぽうつよいフランス・タバコをね。ぼくはきみのことは何から何まで覚えているんだよ」

フローラは何とかこの場をあっさり切り抜けようとして言った。「タバコは今でものむわ。ほんのときどきだけどね」

「人格、高潔な男のよき感化ってわけか」

「アントニーのこと？」

「ほかの誰のことを、ぼくが言うと思うんだい？　きみの生活のうちに、高潔な男がそう何人も登場するわけもないからね」

「いいわ、アントニーの感化だとしておきましょう」

ブライアンは理解に苦しむと言わんばかりに頭を振った。「いったい、何だってアントニーなんかと婚約したんだい？」

まだ夜もふけぬうちに、いいも悪いもよく知りぬいている間柄の二人のような、打ち解けた会話が取りかわされていることに気づいてフローラは、薄い氷の上でスケートをしているような剣呑さを感じて少し警戒していた。「理由はいくらでもあると思うわ」

「まず、一つあげてみたまえ」

「あげてもいいけど、あなたにとっては、どうでもいいことじゃないかしら」

「もちろん、どうでもよくなんかないさ。きみのすることは何だって、ぼくの関心事なんだからね。何というか、きみらしくないんだよね。きみとアントニーはあまりにも違いすぎる。ピンとこないんだ、まるっきり。きみたちが結婚するらしいとアナからきいたときは、ほとんど信じられなかったよ。いや、今でもぼくには信じられないね」

「アントニーは好きじゃないの？」

「アントニーを嫌いな人間なんていないよ。彼の場合、それが問題なんだが。いい人間すぎるっていうところがね」

「それがあなたの質問にたいするこっちの答えよ。彼はとってもいい人だってこと」

「本音でものを言いたまえよ、ローズ」ブライアンはドリンクをテーブルの上に置いて、彼女のほうに身を乗り出した。彼は彼女とのデートのために、しゃれたカットのブレザーコートを着ていた。心持ち、裾が張り出したダーク・グレーのズボン、赤とグリーンのグッチの商標のついたスリッポン。少し縮れている漆黒の髪が額から掻き上げられ、濃い眉の下の薄青い目はこっちの出方を油断なくうかがっているようだった。車の中で近々とすわっていたとき、フローラはブライアンの発散させている高価なアフターシェーヴの香りを意識したが、今、彼女は彼の手首の金時計と、カフリンクと印形指輪に気づいていた。些細な点までおろそかにしていないダンディーの姿だった。

彼のほうでも、彼女の様子に目を走らせていた。自分がそれに予想外の反応を示していることに気づき、フローラは警戒する必要を感じてもっと安全な話題を探した。「アナはタピーが開こうとしているダンス・パーティーのことを、あなたに話したかしら?」

一瞬、彼の目にちょっと腹立たしげな表情が浮かんだが、すぐ消えた。ブライアンは椅子によりかかって、ウイスキーに手を伸ばした。

「ああ、出かける前にそんなことを言っていたっけ」

「あなたがたも招待されてるのよ」

「当然ね」

「いらっしゃる?」

「たぶん」

「あまり熱意のない返事だけど」

「タピー・アームストロングのパーティーは前にも何度か、経験しているからね。変わりばえのしない服を着た、変わりばえのしない顔ぶれが同じような会話を取りかわすわけで、およその見当はつくよ。しかしこの前も言ったように、こういう辺鄙な片田舎の暮らしにはそれなりに、払うほかはない罰金というものがあるからね」

ブライアンは、さまざまな罰金に苦しんでいる男というようには見えなかった。

「あまり乗り気じゃないみたいね」

　ブライアンは微笑した。ふたたび魅力たっぷりな彼にもどっていた。「そうだね、あんまりね。しかしきみが出席するなら、そしてきみ本来の心をそそる姿で迎えてくれるなら、雨が降ろうが、槍が降ろうが、ぼくはもちろん参加するよ」

　フローラは思わずふきだしていた。「あいにくあたし、心をそそる姿なんかじゃないと思うわ。ほんと言って、珍妙なスタイルでお目見得することになるかも」

「珍妙って、どういうことだね？」

　フローラはその朝のドレスをめぐるドラマを思い出し、面白おかしくブライアンに告げた。しかし話し終わったとき、ブライアンは笑うどころか、とても信じられないというように言った。「まさか、ローズ、ファーンリッグ荘の屋根裏にしまってあったボロを着てパーティーに出るなんて！」

「でもほかにどうしたらいいって言うの？」

「ぼくがきみを車でグラスゴーに連れて行くよ。グラスゴーでドレスを買ったらいい。エディンバラでも、ロンドンでも構わないがね。いや、飛行機でパリに飛ぶほうがもっといいかな。週末をパリで過ごして、ディオールで買い物をして」

「すてきなこと、思いつくのね」

「すてきだと思ってくれるなら、うれしいね。こたえられない誘いだろう？　いつ、実行しようか？　明日はどうだね？　きみは危険な生き方を楽しむたちだったじゃないか」

「おあいにくさま、あなたと買い物に出かける気なんか、あたしにはこれっぽっちもありませんからね」とフローラはきっぱり言った。「お断りするわ、はっきり」

「ふうん、楽屋の衣装箱から引っ張り出したような、妙ちきりんなドレスを着て現われて、みんなの笑いものになっても、ぼくは知らんよ。だが一つのことは確かだろうね。そんなものを着ても、結構チャーミングに見える女性がいるとしたら、きみだけだろう。さあ、ともかくもそいつを飲んでしまいたまえ。ジョンが向こうで合図している。われわれのテーブルの用意ができたらしい」

　食堂の内部は暖かく、ほとんど蝋燭の照明だけなのだろう、薄暗かった。有線放送の音楽が低く流れていた。彼らのテーブルは張り出し窓がカーブしている一角に納まっていて、カーテンが引かれてちょっと秘密めかしい雰囲気があった。席につくと、またドリンクが運ばれてきた。一杯目のマティーニが効きはじめていたフローラは、二杯目のグラスを少々うろたえた表情で見つめた。

「マティーニはもうたくさんだわ」

「そんなつまらないこと、言うなよ、ローズ。せっかくいっしょに出かけてきたんじゃないか。楽しもうよ、せいぜい。それにきみは運転するわけでもないんだし」

フローラはブライアンのウイスキーのグラスを見やった。「でもあなたは運転するはずじゃなくて？」

「心配は要らないよ。ぼくはこのあたりの道は手のひらのようによく知りぬいているんだから。この辺の警察にしたって、もともと大してうるさかないが、ぼくは警察ともまずまずの関係だしね」と言いながら、ブライアンは新聞紙くらいもの大きさのメニューをひろげた。「さてと、何をもらおうか？」

メニューには小エビのほかに牡蠣も載っていた。フローラは小エビも好きだったが、牡蠣はもっと好物だった。ずいぶん久しぶりでもあった。ブライアンは鷹揚に言った。「いいとも、きみはそいつを食いたまえ。だがぼくは小エビをもらうよ。お次はステーキでどうだい？　あとはグリーン・サラダかな。ほかには？　マッシュルームか、トマトか？」

入念に検討を加えたあげくに注文がすむと、ウェイターがワイン・リストを差し出したがブライアンは手を振って、一九六四年のシャトー・マルゴーを持ってきてもらいたいと言った。ウェイターはその選択に感心したような表情でうなずき、メニューとリストを引き取って歩み去った。

「きみがシャンパンのほうがいいなら、頼んでもいいが」

「なぜ、シャンパンなんて言い出すの？」

「再会を祝うという、こうしたロマンティックな機会には、シャンパンがふさわしいんじゃないかと思ってね」

「そういう機会なの、今夜は？」

「再会には違いないからね。ぼくにとっては千載一遇の、ぜったいに取り逃せない好機だよ。ロマンティックな機会かどうか、それはまあ、きみしだいだろうね、ローズ。それとも世界を震撼させるような重大決意をするには、まだ少々宵の口で気分が乗らないかね？」

パニックがフローラを捉えていた。足の下に踏みしめている薄い氷にひびが入りかけているのがわかっていたし、よほど気をつけていないと、会話が彼女のコントロールのおよばない方向に向かう恐れがありそうだった。彼女は糊の利いたクロスを掛けたテーブル、赤い蝋燭、石鹸の泡のように軽そうに輝いているワイングラスといったもの越しに、ブライアンの顔をじっと見た。彼は彼女の答えを待っていた。考える余裕がほしかったので、フローラは二杯目のマティーニを一口飲んだ。一杯目よりもっと効きそうだった。しかし同時にすべてが恐ろしく明確に、かつ単純になっていた。用心することだわ、せいぜい。

「そうね、まだ宵の口ってところでしょうね」

ブライアンはクスクス笑いだした。「ローズ」

「何がそんなにおかしいの？」

「きみだよ。冷たく、取り澄まして、手のとどかない美女を装ったり。オーケー、きみはあの清廉潔白な青年紳士アントニー・アームストロングと婚約した。しかしきみの中身はあいかわらずのローズだよ。ぼくの前では自分を偽る必要はないからね」

「そうかしら、ブライアン」

「どういうことだね？」

「もしかしたらあたし、以前のあたしじゃないかもよ」

「きみが変わるわけはないよ」

そのブライアンの口調はいかにも確信に満ちていて、フローラもつい、そうかもしれないという気持ちになっていた。その夜までは、ローズの性格について彼女が得た知識はもっぱら憶測にもとづいていた。ところがこうしてローズの真の姿を熟知しているらしい男と顔を合わせている今、フローラは余計なことは聞きたくないという心境になっていたのであった。幻想は子どもっぽい。しかし、幻想が真相を隠し、心を慰めてくれることもある。ローズとあたしは結局のところ、姉妹なのだから。一瞬、家族にたいする忠誠心に似たものが好奇心と争った。しかしそれも一瞬のことで、フローラの高邁な本能は彼女の好奇心ほど、つよくなかったのだろう。それまでに飲んだマティーニの影響もあって、フローラは向こう見ずな気分になっていた。

フローラはテーブルの上に腕を置き、上体をブライアンのほうに乗り出した。「あたしが変わっていないってどうしてわかるの？」

「今さら何を言うんだい？」

「言ってみて」

ブライアンは顔を輝かせた。「そうそう、今のきみとまったく同じだったよ、あのころのきみは。ほうら、きみはすでにちゃんと以前のきみにもどっている。それが自然だからだよ。きみは自分について語る、わずかな機会だって見送ることができないたちなんだから」

「そのころのあたしがどうだったって言うのよ？」

「いいとも、聞かせてあげよう」両手でウイスキーのタンブラーをかかえて、ブライアンはそれを愛撫するように手の中で回した。しかし興奮したように輝くその目は、フローラのそれをひたと見つめていた。

「きみはうつくしかった。すらりと伸びた長い脚。さらにあの若さ。まるで若馬のようだった。あのころのきみはとかく不機嫌で、利己的にふるまいがちだった。自己中心といってもよかったろう。だが何よりも、ものすごくセクシーだった。ぼくはそんなきみにたちまちにして魅せられたんだよ。どうだい、これで満足したかい？」

フローラは蝋燭の火照りを頬に感じていた。セーターのネックがまつわりつくようで、指を一本、首に当ててゆるめた。「たった十七でそんな……」と彼女は消え入るような声でつぶやいた。

「そのとおりだよ。奇妙なくらい、成熟していたよ、きみはね、ローズ。しかしきみが去った後で、ぼくはきみのことがかたときも忘れられなくなっていた。こんなことは、いまだかつて覚えがない。その後も一、二度、ビーチ・ハウスに行ってみたくらいでね。だがあの家にはシャッターが下りていて、きみを思い出すよすがはどこにも見当たらなかった。打ち寄せる潮が砂の上のすべてのものを運び去るように」

「そのほうがよかったのかもしれないわ」

「きみは特別だった。ぼくはきみのような女性に会ったことがないよ」

「過去の経験から言ってるのね」

ブライアンは控えめながら誇らしげに微笑した。

「きみについていちばんありがたいのは、取り繕う必要がまったくないことだよ」

「つまり、あたしはいつでも、自分もまた、あなたが女性遍歴のあいだにめぐり逢ったうちの一人にすぎないってことを知っていた――そうなのね？」

「そのとおりだよ」

「じゃあ、アナはどうなの？」

ブライアンは答える前にグラスから一口すすった。「アナはね」ゆっくりした口調だった。「アナはいうならば駝鳥だ。目に見えないものについては悩まないんだよ、彼女は。彼女の夫に関するかぎり、できるだけ、見て見ぬふりをしているというわけでね」

「奥さんについては、ずいぶんはっきり確信しているみたいね」

「こっちの気がおかしくなるくらい愛されるというのがどういうことか、きみにはわかるかい？　まるで羽根布団の中に埋もれているようで、息がつまってくるんだよ」

「あなた自身は気がおかしくなるくらい、誰かを愛したことは一度もないの？」

「ない。きみでさえね。きみにたいしてぼくが感じている気持ちは聖書に出てくる、あの古めかしい言葉だよ。そら、情欲《ラスト》っていうやつさ。すばらしい言葉だとぼくは思うがね。舌なめずりをするくらい、味わいがあるよ」

そんな調子のやりとりのさなかに、いかにも場違いな感じで最初のコースが運ばれてきた。ウェイターの手が皿を置き、ナイフとフォークの位置を直すのをぼんやり意識しながら、フローラは蝋燭の炎を見つめ、打ちくだかれた理性を何とか取りまとめようと努力していた。グラスが持ち去られ、フローラは自分が二杯目のマティーニを飲みほしていることに初めて気づいた。大きな真っ赤な宝石のように輝くワイングラスが代わりに置かれていた。このセーターを着てきたのは間違いだった――とフローラは思った。厚ぼったくて、襟が首のまわりを締めつけるようで。暑いわ。たまらなく暑い。襟を指で引っ張りながら、彼女は牡蠣の並んでいる皿を見下ろした。ウェイターの姿は消えていた。テーブルの向こうからブライアンがきいた。「食欲がわかないのかな、いざとなったら?」

「え?」

「ちょっとあやふやそうな表情を浮かべていたからさ。あまり、うまそうに見えないのかい?」

フローラは何とか気を取り直して、「いいえ、とてもおいしそうだわ」と、スライスしたレモンを取って牡蠣の上で絞った。レモンの汁が、ベタつく感じを指に残した。テーブルの向こうではブライアンが汚れなき良心しか持ち合わせていない原始人のように、いとも旺盛な食欲を示しつつ、小エビ料理をつつきはじめていた。フローラはいったん取り上げたフォークをまた下に置いた。のどに引っかかっていた質問を、彼女は思いきって口にした。

「ブライアン、あたしたちのことだけど……あの……ほかの人は誰も知らずじまいかしら?」

「もちろんさ。ぼくを何だと思っているんだい? こういうことにかけては場数を踏んでいるんだから」フローラはほっと胸を撫でおろした。「ヒュー以外にはね」とブライアンはさりげなくつけ加えた。

「ヒューですって?」

「おいおい、ぶったまげたような、そんな声を出すことはないだろう。ばかみたいに口をポカンと開けて、いったい、どうしたんだね、ローズ? あいつがぼくらを見つけやがったことは、きみだって知ってるはずじゃないか!」ブライアンは子どもっぽいいたずらを見つかった少年のように、愉快げな笑顔で言った。「あのときはまいったね、もう! 本当のとこ、彼はぼくをまだゆるしちゃあいない。だが打ち明けた話、彼の怒りは嫉妬からきているとぼくは初めから睨んでいたんだよ。あいつ自身、きみにはげしく恋こがれていたからだ――そうぼくは見当をつけていたんだがね」

「そんなこと、嘘よ！」

はげしい語調に、ブライアンはびっくりしたように見返した。「え？　何だって急にそんなことを言うんだい？」

「本当じゃないからよ」とフローラは自分の言葉の正しさを証明しようと、やっきになっていた。「アントニーだって、そう言っていたわ」

ブライアンは愉快げに言った。「へえ、きみ、もうそんなことまでアントニーと話し合っているのか。そいつは面白いね」

「アントニーは言ったわ。そんなこと、あるわけはないって……」

「アントニーなら、そう言うだろうさ」とブライアンは無造作にさえぎった。「もともとヒューはアントニーにとって、父親像の原型のようなものだったんだから。ラグビーの試合の花形選手だしね。しかしあの男、高邁なモラルを掲げて見せるが、きみが彼の前に現われたころには、かみさんを亡くして三年という月日が流れていたんだからね。われわれの誰と比べてもひけを取らないくらい、欲望に燃えていたに違いないよ」

フローラは敗北感に打ちひしがれていた。ヒューがひそかにローズを愛していたのかもしれないという思いは、海岸でヒューと心おののく出会いをした最初のときから、ずっと彼女の心の奥にひそんでいた。これまでは大した問題ではなかったのだが、でも今は……

そんなことがいつから気にかかっていたのか、それはわからない。おそらく彼女がヒューとファーンリッグ荘の階段の下に立ち、彼がアンガス・マケイについて語った、あのとき。太陽が雲の陰から出て、部屋のうちににわかに黄金色の光が満ちあふれた、あのひととき以来かもしれない……それともヒューがジェイスンの絵を引き取ってテーブルの上に置いて皺を伸ばしたとき……ジェイスンの頭ごしに何気なく見上げたら、ヒューが不思議そうな表情を浮かべてこっちを見ていた……

さっきまでは暑かったのに、いまは暑さを感じていなかった。といって、寒いというのでもなかった。彼女は自分が無にひとしくなっているのを、麻痺しているかのように感覚がなくなっているのを感じた。ローズのことなんて、聞かなければよかった、彼女についての真相を知らずにいたほうがよかったと、ただただ悔やまれた。悔やんでももう遅い。ジグソー・パズルの欠けていた数片が非情にもピタリとはまった。しかし完成した絵は見るに耐えぬ、おぞましいものだった。十七歳のローズの裸身がどこかのベッドにしどけなく横たわり、あさましい抱擁へとブライアン・ストダートを誘っている——もしくは彼に誘われている図。

しかしそれよりもっと受け入れがたいのは、ヒューがローズのような、みだらな性情の人間と、一時にしろ、情をかわしたということだった。

悪夢のようなディナーは何ごともなかったように進行し、ブライアンはウイスキーとワインで舌の根がゆるんだらしく、自分のことばかり話すのをやめて、自分が建造しようとしている、あたらしいヨットについてしゃべりはじめていた。話がたけなわになったころ、ウェイターのジョンが近づいて電話がかかっていると告げた。

ブライアンは唖然とした表情で、とても信じられぬというように問い返した。「ほんとかね?」

「はい、交換台の女性が、電話に出ていただきたいと言っています」

「いったい、誰からだろう?」

「さあ」

ブライアンはフローラのほうに振り向いた。「失敬。誰が電話してきたのか、見当もつかないが」とナプキンを置いた。「ちょっと行ってくるよ」

「ええ、どうぞ」

「すぐもどるからね」

ブライアンはテーブルのあいだを縫って、食堂の奥のドアから姿を消した。一人残されて、フローラは一時しのぎとはいえ、ちょっと息をつく暇を与えられた思いでホッとしていた。これまでのことを筋道を立てて考えようとしたが、食堂の内部はひどく空気がわるく、頭がずきずきと痛みだしていた。それにマティーニを飲みすぎてもいるようだった。蝋燭を見つめるうちに炎が奇妙に揺らめきはじめて、目の焦点がさだまらず、フローラはまわりを見回して、ウェイターの視線を捉え、水を一杯、持ってきてくれと頼んだ。そしてその水をタンブラーに加えて一気に飲みほした。グラスを下に置いたとき、誰かがテーブルの向こう側に立っているのに気づいた。両手をブライアンの椅子の背に置いていた。

フローラはその手に見覚えがあった。その日、その手を見るのは二度目だった。次の瞬間、彼女はヒュー・カイルと目を合わせていた。

彼を見たときの彼女の最初の反応は、こみあげるような純粋な喜びだった。本能的な歓喜とでも言おうか、あまりのうれしさに彼女はその瞬間、言葉を失い、呼吸さえできずにただ彼の顔を見つめていた。

「こんばんは」彼は言った。

いつもよりいっそう上背があるように、いっそう威圧的に見えるヒューであった。スーツの上に大ぶりのオーバーコートを着ていた。ディナーにきたようでもないがとフローラはふと不審に思った。

「こんなところで何をしていらっしゃるの？」うれしさがつい声にあふれているのが自分でもわかったが、フローラは敢えて気にしなかった。

「きみをファーンリッグ荘に連れて帰ろうと思ってね」

フローラはまわりを見回した。「ブライアンはどこかしら？」

「もう家に帰ったよ」

「家に帰ったですって？」あたし、まるでばかみたい。この人の言うことを鸚鵡返しに繰り返すばかりで。「ブライアンは電話に出ているはずだけど」

「電話がかかったわけじゃない。ぼくが呼び出したんだ。ブライアンをこの食堂から引き出すには、それしか方法がなかったからね」ヒューの目は、青いガラスのように冷たい光をたたえていた。「彼を追いかけようと思っても、もう間に合わないよ。車でアードモアにもどる途中だろうからね」

ヒューの声は平静だったが、いかにも冷ややかに響いた。フローラが瞬間的に感じた喜びは消え失せていた。まるで溺れかけている人のように、ぐっと下に引きこまれるような衝撃を、彼女は胃のあたりに覚えていた。彼の冷静な口調の背後に、煮えたぎるような激怒が抑えきれずににじみ出ているのを、彼女は感じた。しかしマティーニを過ごしすぎたせいもあって、いったい、どういうことなのか、彼女にはさっぱり理解できなかった。

「ブライアンは、あたしを置きざりにして帰ってしまったわけ？」

「そう、きみを置きざりにしてね。さあ、行こう。ぼくが連れて帰ってあげるよ」

高飛車な言い方がコチンときた。自分にだって言い分はあるという気がした。

「でも――あの――まだ食事の途中で……」

「きみを見つけたときの様子から察すると、とくに食欲をそそる食事のようでもなかったがね」

グサリと刺すような声だった。フローラはむらむらと腹が立ち、同時に恐れも感じていた。「あなたとなんか、帰りたくないわ」

「とすると、歩いて帰るつもりかい？　十五マイルもあるんだよ。しかも歩きいい道ではない」

「タクシーを頼むわ」

「タクシーなんかないよ。コートはどこだね？」

すぐには思い出せなかった。「二階よ。でもあなたと帰る気はないわ」

ヒューは若いウェイターを呼びよせて、二階に行ってコートを持ってきてくれと命じた。「ネイビーブルーで、タータン・チェックの裏地だ」ボーイが去ると、ヒューはふたたびフローラを顧みた。「さあ、行こう」

「ブライアンは、どうして先に帰ってしまったの？」

「そのことは車の中で話すよ」

「あなたが帰らせたわけ？」

「ローズ、ほかの客が好奇心をまる出しにしてこっちを見ているよ。ここで揉めないほうがいいと思うがね」

その通りだった。大部分の客が鳴りをしずめてこっちに注目していた。公の場で人目をひくのは、フローラとしても不本意だった。それ以上、口答えをすることなく、彼女はそろそろ立ち上がった。足もとが覚束なくて、彼女は一歩一歩しっかりと踏みしめて、食堂を出た。

コートを見つけてくれたウェイターにチップを渡し、ヒューは彼女にそれを着せかけた。フローラはコートのボタンをはめようとしたが、指が思うように動かず、やっと二つはめたところで、待ちくたびれて業を煮やしたらしいヒューがいきなり彼女の肘を支えて歩きださせ、ホールを横切って外に出た。

外は暗く、小雨が降っていた。冷たい風が湖を越えて西方から吹きつけた。レストランの中が暑すぎるくらいだったうえに、ワインに上気し、こってりした料理に堪能していたので、突き刺すような寒気はまるで棍棒か何かの一撃を食らったような衝撃だった。暗闇がまわりで揺れているようで、フローラは目を閉じ、片手で頭を押さえた。しかしヒューが彼女のもう一方の手首を摑み、ぬかるんでいる駐車場を彼の車のところまで遮二無二進ませた。フローラはつまずいてあぶなく転びかけ、ヒューに支えられて事なきを得た。しかし靴が片方ぬげてしまった。彼女がそれを履くあいだ、ヒューは苛立ちを隠そうともせずに待っていた。もたもたするうちに、彼女はハンドバックを取り落とした。ヒューが拾い上げて自分のオーバーコートのポケットに押しこみながら、口の中で悪態をつくのが聞こえた。

やがてヒューの車の黒い影が目の前に浮かび上がった。彼はドアを開けて彼女を手荒く押し入れると、ドアをたたきつけるように閉めた。ヒューはそのまま車の前を回って、運転席にすわった。こっちのドアもバタンと閉まった。隣にすわっている彼の存在に圧倒されて、フローラは息のつまるような思いを感じていた。コートはクシャクシャ、足はグッショリぬれ、風に乱れた髪の毛が顔の前に垂れかかっていた。フローラは背をまるめて、両手をポケットに突っこみ、泣きだしてはいけない、泣きだしたりしたら、けっして自分をゆるさないと胸のうちで繰り返した。

ヒューは半ば彼女のほうに向き直った。「何か言い分があるかい？　それとも酔っぱらっていて話をするどころじゃないかね？」

「酔っぱらってなんかないわ」

ヒューは車内灯をつける気もなさそうで、フローラは前方の闇を見つめながら、泣くまいと歯を食いしばって言った。「ブライアンはどこ？」

「さっきも言ったろう。アードモアに帰って行ったよ」

「どうして帰したの？」

「きみの知ったことじゃないだろう」

「あたしがあそこにいるって、どうしてわかったんですか？」

「イザベルに聞いたんだよ。きみは手袋をぼくのところに忘れて行った。それでぼくはファーンリッグ荘に電話して、ブライアンがきみをディナーに連れ出したことを知ったんだよ」

「だからって、べつに犯罪行為でもないと思うけど」

「ぼくの辞書では犯罪行為なのさ」

あの男、高邁なモラルを掲げて見せるが……

「アントニーにたいしてってこと？　それともブライアンがブライアンだから？」

「アナにたいしてだよ」

「アナは知っているのよ。ブライアンがあたしを誘ったとき、そばにいたんですもの」

「そういうことじゃあないんだよ」

「じゃあ、どういうことなの？」

「きみにはよくよくわかっているはずだろうに」とヒューはうんざりしたように言った。

フローラは彼のほうを見た。そのころには彼女の目は闇に慣れて、暗い中にほの白く浮かび上がっている彼の顔を意識していた。

きみが彼の前に現われたころには、彼がかみさんを亡くしてから三年という年月が流れていた。あいつにしたってわれわれの誰と比べてもひけを取らぬくらい、欲望に燃えていたに違いないよ。

ヒューはローズを愛していたんだわ。本当だとは思いたくなかった。しかしあのように突然彼女の前に姿を現わし、怒りを爆発させたことから考えても、そうとしか思えなかった。人もあろうに、ヒューがローズを愛していたなんて。そう思っただけで、ゆるせないという思いがこみあげ、彼を殺してしまいたくなっていた。

「ええ、よくわかってるわ」と彼女は冷たく言った。「あなたは嫉妬しているのよ」しゃべっているのがローズなのか、それともワインのせいなのか、それとも彼女自身、すなわちフローラがみじめだから、失望しているからなのか、わからなかった。彼女にわかっているのはただ、自分が彼を傷つけたいと思っているということだけだった。「ブライアンは、あなたが持っていないものを持っているわ。奥さんと家庭よ。あなたにはそれがたまらなかったんだわ」涙を抑えようとしてもむだだった。涙は滂沱と頬を伝っていた。それもまたヒューのせいだった。ほかのことも起こっていた。彼女はもはやフローラでなく、ローズであった。骨の髄までローズだった。だから彼女は思いつくかぎりの最も残酷な、ヒューを最も傷つけるであろう言葉を口にしようとしていた。「あなたの奥さんはそうした死に方をすることによって、あなたをめちゃめちゃにしてしまったんだわ」

その言葉は、彼ら二人の沈黙のあいだに宙ぶらりんになっていた。短い、しかし重い沈黙がはさまり、次の瞬間、ヒューは彼女を平手打ちした。

さしてはげしい一撃ではなかった。もっと力がこもっていたとしたら、おそらく彼女は昏倒していただろう。しかしフローラは生まれてこのかた、誰からもぶたれたことがなかった。不思議なことに、ぶたれたショックで彼女は泣きやんでいた。痛みと恥ずかしさに言葉もなく、フローラはただそこにすわっていた。頭がガーンと鳴っており、ショックで口がポカンと開いていた。

ヒューは手を伸ばして車内灯を消した。彼女は両手で顔を覆った。

「だいじょうぶかい？」とヒューがきいた。

フローラはただ夢中でうなずいた。

ヒューは彼女の手首を握って、両手を顔から離させた。彼の顔を見るのはたいへんな努力を要したが、彼女は敢えて彼を見返した。

「なぜ、きみはそんなに多くのものをほしがるんだ、ローズ？」と彼はきいた。「なぜ、何もかも、一人占めにしようとするんだね？」

違うわ。あたし、ローズじゃないのよ。

反動がきていた。彼女はガタガタ震えだした。「帰りたい。ファーンリッグ荘に帰りたいわ」とフローラは告げた。

第9章　フローラ

はげしい渇きに、フローラは目を覚ました。まるであたらしい形の恐ろしい拷問のような渇きだった。口の中がカラカラに乾き、頭がズキズキしていた。目を覚ますとすぐ、前の晩の身も凍るようないきさつのすべてが一時に記憶によみがえり、後悔に打ちひしがれて、彼女はそのままベッドにぐったり横になっていた。起き上がってコップに水をくんでくる気力もないほど、まいっていたのだった。

羽根布団がベッドからずり落ちて、体が冷えきっていた。暗闇の中で彼女は下に手を伸ばして、羽根布団を引き上げようとした。しかし手を伸ばしたとたん、突き刺すような痛みを感じて、息もたえだえに喘いだ。冷や汗をジットリかいていた。少したつと苦痛は薄らいだが、すっかり消えたわけではなかった。フローラはそっとベッドに身を横たえて、遠くからおそるおそる見守るように、次にそれが自分に何をするかと待っていた。のどの渇きはまだ納まっていなかった。フローラはおっかなびっくり手を伸ばしてベッド・ランプをつけた。しかしもう少し楽な姿勢を取ろうとしたとき、はげしい吐き気が襲って、彼女は弾かれたようにベッドから跳び出し、浴室にようやくたどりつくと吐きに吐いた。

身の毛のよだつような苦しいひとときが終わったとき、フローラは――嘔吐にさいなまれ、苦痛をのぞいて胃の中がすっかりからっぽになっていることを朦朧と意識しつつ――精も根も尽きはてたようにぐったりと浴室の床に横たわっていた。薄っぺらな寝間着一枚で、ズキズキと痛む頭を浴槽のマホガニーの縁で支えて。冷や汗をかき、目を閉じて彼女は死を待っていた。

少しして死の時がいまだに訪れないことに気づ

き、フローラはふたたび目を開けた。床に寝そべって見上げると浴室はひどく巨大に、現実離れして見えた。開いているドアから見える廊下はどこまでも伸びている感じだったし、彼女の寝室はまるで別世界のように遠く思われた。ややあって苦痛をこらえつつ、彼女は立ち上がって、壁づたいに手探りしながら一歩一歩踏みしめてようやくベッドにもどり、その上に倒れこんだ。布団の下に身を縮める気力もなく、ガタガタと震えながら。

それっきりもう眠れなかった。夜はいつまでも続くように思われた。枕が熱を持ち、ゴツゴツして、シーツもクシャクシャ、そのうえ、汗で不快な湿りけをおびていた。ああ、朝が早くきますようにと彼女は祈った。朝がくれば、誰かきてくれるだろう。やさしくいたわって、シーツを取り替えてくれるだろう。頭痛がおさまるような薬もくれるだろう。しかし夜明けがようやく訪れて空が白みはじめるまでには、何時間もありそうだった。やがて彼女は疲れきって眠りに落ちた。

そんな状態から彼女を救い出してくれたのはイザベルだった。フローラがいつまでたっても朝食に降りてこないので、イザベルは二階にやってきて彼女の寝室をのぞいた。「もう少しゆっくり寝ていたいのかもしれないけれど、ちょっと見にきたのよ。もしかして……」と言いかけて、イザベルは床に脱ぎちらされている服に気づき、毛布が曲がり、シーツの端が敷物の上に垂れ下がっているベッドの有様に驚いて棒立ちになった。

「ローズ！」イザベルは急いで部屋を横切ってベッドの脇に立ち、幽霊のように青ざめた顔で横たわっているフローラを見て、思わず声を上げた。髪の毛が汗で額に貼りついていた。

「もうだいじょうぶだと思いますけど」とフローラはやっとの思いで言った。「夜中に少し吐いてしまって」

「まあ、かわいそうに！　なぜ、わたしを起こしてくれなかったの？」

「ご迷惑をかけたくなかったものですから」

イザベルはフローラの額に手を置いた。「とても熱いじゃないの」

「おなかが痛くて……」

「……それにまあ、寝心地がわるそう」とイザベルはシーツや毛布をきちんとしようと引っ張りかけたが、「看護婦さんを呼んでくるわ。二人ですぐ気持ちよくしてあげますからね。じっとしていらっしゃいよ。起きようなんて、思ってはだめよ」

マクラウド看護婦をつれてイザベルがもどってくると、想像したとおり、心配そうな顔がのぞきこみ、やさしい手が伸ばされ、シーツが洗いたてのピンとしたものに取り替えられ、毛糸のカバーにくるんだ湯たんぽが二つ当てがわれた。寝間着も取り替えられ、顔と手をスポンジで洗ってもらった。かすかにオーデコロンの香りがした。

「このベッド・ジャケット、どなたの？」

「わたしのよ」とイザベルが答えた。

貝殻のような淡いピンク色でレースがふんだんにつき、袖がゆったりと広かった。

「とてもきれいね」

「タピーにもらったのよ」

ああ。タピー。フローラは泣きたい思いだった。

「イザベル、タピーって病人があるうえに、あたしまで。ダンス・パーティーのこともあるし、いろいろ取りこんでいるところに……」そうしどろもどろに言っているうちに、目に涙がたまり、頬を伝った。

「ご迷惑ばっかり……」

「迷惑だなんて。ばかなことを考えるんじゃないのよ。タピーのことは看護婦さんにお願いしてあるんだから、だいじょうぶ、あなたのことにだって、きっと手を貸してくださるでしょうよ。ねえ、看護婦さん？」

マクラウド看護婦はよごれたシーツ類を一まとめにしているところだった。「ええ、ええ、すぐまた元気になれますよ」ドタドタと足音を響かせて、マクラウド看護婦は部屋を出て、洗濯機のところへと去った。

イザベルはティシュペーパーを取って、フローラの涙を拭いてくれた。「そのうち、ヒューがタピーの往診にくるでしょうから、あなたも診ていただきましょうね」

「いや！」とフローラは叫んだ。とても大きな、はっきりした声だったので、イザベルはびっくりして見返した。

「いやなの……？」

「ヒューに診てもらうなんていや。お医者さんに診てもらう必要はないんです」とフローラはイザベルの手を握りしめた。イザベルが今言ったことを撤回するまで放すまいとしているように。「どこもどうもありませんから。昨夜は具合がわるかったけど、もうだいじょうぶですわ。どうってこと、ないんです」イザベルは、この娘は頭がちょっとおかしくなったんじゃないかと思っているように、彼女の顔をじっと見つめていた。「お医者さんて、あたし、大嫌いなんです」とフローラはとっさに口走った。

「小さいときから……」

イザベルは、危険な精神病者をなだめすかそうとしているような表情を顔に浮かべていた。「まあね、あなたがそんな気持ちだったら……」

フローラはそっとイザベルの手を放した。「約束してくださいな、イザベル」

イザベルはすばやく身をひき、きっぱりと言った。

「わたしはね、守れるとはっきりわかっている約束でなければしないことにしているの」

「お願い……」

イザベルは戸口へと退却していた。「少しおやすみなさい、ね。そうすればずっと気持ちがよくなるわ」

フローラは眠った。そして悪夢にうなされた。目を覚ますと、またしても冷や汗をかいていた。マクラウド看護婦がやさしく彼女を揺さぶり起こしていた。眼鏡をかけた馬という感じの顔がのぞきこみ、縮れた白髪が揺れていた。「さあ、起きて。ドクター・カイルが診察してくださいますからね」

「診察なんていやよ、ぜったいに！」とフローラは言下に言った。悪夢の恐ろしさにまだおののいていた。

「それはあいにくだね」と言う声に気がつくと、ベッドの裾のほうにヒューがぬっと立っていた。すぐには焦点が合わず、少しぼやけて見えた。「いやでも診察はさせてもらうつもりだよ」

フローラは目をしばたいた。ヒューの面影の細部まで、はっきり浮かびあがっていた。フローラは浮かぬ顔でヒューを見上げた。裏切られた気持ちだった。

「イザベルに、話さないでって言ったのに」

「人間、誰しもそうだが、イザベルも必ずしも言われたとおりにしないんだよ」

「でも約束したんです、イザベルは……」

「おやおや、あなたにだってわかっているはずですわ」とマクラウド看護婦が口をはさんだ。「ミス・アームストロングは約束なんてなさらなかったって。あの、よろしかったら、ドクター、わたし、ちょっと失礼してミセス・アームストロングのお世話にまいりますが」

「ああ、どうか、そうしてください」

マクラウド看護婦が糊の利いたエプロンの音をかすかにゴワゴワと響かせて出て行くと、ヒューはそっとドアを閉めて、フローラのところにもどってきて、医者らしくもない、くつろいだ物腰でベッドの端に腰を下ろした。

「吐いたんだって？」

「ええ」

「何時ごろ？」

「夜中に。時刻はわかりませんけど。時計を見ませんでしたから」

「とにかくちょっと診せてもらおうか」と、フローラの乱れた髪を後ろに押しやって、じっとり湿った額に手を置いた。ひんやりとした、医者の手らしい感触だった。でもこの手でこの人、あたしの頬をたたいたんだわ――とフローラはふと思った。

「痛みはかなりひどかったんだね？」

「ええ」

「どこが？」

「どこもかしこも。とくにおなかが」

「どのあたりだね？」そしてフローラが指さすと、

「盲腸はどうなんだね？」とき返した。

「盲腸は四年前に取りました」

「すると一つの可能性は排除されるわけだ。普段、何かの食品にアレルギー反応を示すといったことはあるかね？」

「いいえ」

「昨日は何を食べたね？　ランチには？」

思い返すこと自体、努力を要し、疲れを覚えた。

「コールド・ラムとベークド・ポテトと」

「昨夜のディナーは？」

フローラは目を閉じた。「ステーキとサラダを少し」

「その前には？」

「牡蠣を」

「牡蠣か」まるで彼女の選択を誉めているような口調だった。もう一度、彼は繰り返した。「牡蠣ねえ」

「あたし、牡蠣、好きなんです」

「ぼくも好きだよ。ただし新鮮な場合に限るがね」

「あたしが腐った牡蠣を食べたってことですか？」

「そのようだね。味わってみてどうだった？　牡蠣がわるくなっているときは、たいていわかるんだが」

「さあ……よく覚えていません」

「フィッシャーズ・アームズは前にも牡蠣料理で似たような問題を起こしていてね。一度、行って、店主に厳重注意をしなければいかんな。アリセーグの全人口を殺戮しないうちに」

ヒューは立ち上がって、ポケットから体温計の入っている銀色のケースを取り出し、「妙だな。アードモアからはまだ往診の依頼がないが」とフローラの手首を取って脈を探った。

「ブライアンは牡蠣じゃなく、小エビ料理を食べていましたから」

「それは残念」とヒューはつぶやき、フローラの口中に体温計を押しこんだ。

この口のわるい医師の前になすところなく金縛りにでもなってしまったようにおとなしくなって、フローラはすっかりしょげていた。彼女は顔をそむけて、窓の外にぼんやり目を放った。朝雲がゆっくり空を横切っていた。どこかでカモメが一声鳴いた。彼女は往診が終わるのを、ヒューが体温計を彼女の口から取り出すのを、ただ待っていた。彼が立ち去り、あたしは死ぬ。それだけのことだ。

一分、二分とたったが、ヒューは体温計も取り出さなければ、彼女の手首も放さなかった。部屋の中に奇妙な静寂が忍びよっているかのようだった。まるでその中のすべてのものが凍るか、化石に変わってしまったかのように。ややあって、ほんの少し好奇心を動かして、フローラは頭をめぐらしてヒューのほうを見た。彼はじっと彼女のベッドの脇に立っていた。彼女の手首を握り、目を伏せて、その顔には何か思いめぐらしているような表情が浮かんでいた。イザベルのベッド・ジャケットのゆったりした袖口が折り返され、淡いピンクのひだの中からフローラの細い腕が突き出ていた。あたし、もしかしたら死病にかかっているのかも。ヒューは、あたしの余命がいくばくもないということを告げる勇気をふるい起こそうとしているのではないだろうか。

イザベルがそこにやってきたので、この行きづまり状態に終止符が打たれた。イザベルはドアの陰から恐る恐る首を突き出した。まるでフローラが彼女に跳びかかって首を絞めるのではないかと恐れているように。

「ご病人さんはいかが？」と彼女はことさらに快活な口調できいた。

ヒューはフローラの手首を放し、体温計を口中から取り去った。

「食中毒だと思いますよ」と彼はイザベルに言った。そして体温計の目盛りを読もうと眼鏡をかけた。

「食中毒ですって？」

「そうびっくりすることはありませんよ。伝染病というわけではないんですから。どうやら昨夜、フィッシャーズ・アームズでよくない牡蠣を食べたようです」

「まあ、ローズ！」

イザベルの嘆かわしそうな声色に、フローラはいたたまらぬ思いで弁解した。「あのう、あたし、牡蠣が好きなものでつい」

「でもダンス・パーティーはどうなるの？　あなたがベッドじゃあ、そもそもダンス・パーティーなんて」

「とも限りませんよ」とヒューが言った。「言われたとおりにして、しばらくおとなしく寝ていれば、パーティーまでには元気になるでしょう。二日ばかりは絶食、ベッドを出ることは厳禁」ヒューはカバンを手に立ち上がり、ベッドの裾の真鍮の柱の上の玉に片手を置いた。「一日、二日は気持ちが落ちこんで、やたらと涙もろくなるかもしれないが、それも食中毒のいやらしい症状の一つでね」

　涙もろくなるかもしれないと聞いたとたん、フローラは早くも泣きだしそうになっていた。おそらくそれに気づいたのだろう、ヒューはイザベルを促して戸口に急いだ。戸口で振り返って、ヒューはごくたまに見せる、あの快活な笑顔をフローラに向けた。「さようなら、ローズ」

　フローラはオンオン泣きながら、ティッシュペーパーに手を伸ばした。

　今後二、三日は気持ちが落ちこむだろうという、ヒューの予言は的中した。フローラは一日目はほとんどうつらうつらと過ごしたが、二日目は憂鬱きわまりない気分に打ちひしがれていた。灰色っぽい、雨模様の冴えない天候が、この気持ちをつのらせた。窓から見えるのは次々に空を掠めて走る黒い雲と、ぬれた翼を折々せいいっぱい張って空を旋回しているカモメだけ。満ち潮どきには下方の砂浜に砕ける波が陰気くさい、こもった響きを伝えた。夕闇が早くからあたりをとざして家の中まで押し寄せている感じで、ファーンリッグ荘では午後三時には点灯しなければならなかった。

　フローラの思いは内に向けられ、自己憐憫にひたっていたが、考えることがむなしくから回りしているようで、踏み車をただ踏んでいるようにどんな結論にも達することができなかった。他人の家の、他人のベッドに横になってフローラは、自分をふたたび見失って狼狽していた。よい結果が生じることを確信して、この常軌を逸した仮面劇に乗り出したのだが、今はこの自分がそんな無鉄砲な行動を取ってそれに一枚加わったことが、とても信じられない気持ちだった。振り返ってみて、とんでもなくばかな真似をしたものだと悔やまれてならなかった。

「一卵性双生児を引き離すって、もしかしたら一人の人間を半分ずつ、切り離すようなものかもしれないわ」

ローズはそう言った――ロンドンで。しかしそのとき、フローラはその彼女の言葉をとくに重要視しなかった。でも今はその言葉を噛みしめずにはいられない。ローズは芯まで腐っている、モラルも、節操もない人間だ。一卵性双生児が一つの人格を二つに割ったものだとすると、同じ腐敗の種子があたしのうちにもひそんでいるのではないだろうか？

　もしもあたしたちの母親があたしを選び、父親がローズを選んだとしたら、あたしも十七歳で、妻のある男と良心の痛みも感ぜずに関係を持っただろうか？　アントニーがあたしを最も必要としているときに、彼の期待に応えずに富裕なギリシア青年の住むスペツェイに逃げ出したり？　ローズがあたしを利用したように、あたしもローズを臆面もなく利用していたかも……

　初めはそんなことは到底ありえないように思われた。しかしヒューの車の中でのおぞましい場面の後には、フローラは自分についてもはや確信が持てなくなっていた。あなたの奥さんはそうした死に方をすることによって、あなたをめちゃめちゃにしてしまったんだわ。それはローズの言いそうな言葉だった。だが実際にその言葉を口にしたのは彼女自身だったのだ。いまわしい一言は彼女の良心に、いうならば焼きごてを当てたような傷を残した。フローラは目をつぶって、枕に顔を伏せた。しかしそんなことをしても何にもならなかった。自分自身の頭の中から逃げだすことはできない。

　それだけでは十分でないかのように、ほかの心配、ほかの懸念も重たく胸にのしかかっていた。別れのときがきたとき、アームストロング家の人々に別れを告げることに、どうして耐えられるだろう？ここを後にするとして、いったい、どこに行くというのか？　今さらコーンワルに帰ることはできない。マーシャと父さんには、二人だけの時をもうしばらく過ごしてもらいたい。ではロンドンに帰るのか？　ロンドンに暮らすことには、それなりの問題が付随している。それでもやはり、ロンドンにもどるほかないだろう。だが、どこに住んだらいいのか？どこで働くのか？　雨の日、バスを待つ行列に加わっている自分、昼食時間にあわただしく買い物をしている自分、家賃を払っている自分、あたらしい友だちをつくろうとやっきになっているところ、以前の友だちと連絡を取ろうとしているところ、さまざまな自分と、その状況をフローラは思い描いた。

何よりも彼女を悩ましていたのは、ヒューの面影だった。しかし彼のことを考える勇気はなかった。ちょっとでも考えはじめると、ふたたび身も世もなく涙に暮れることになるからだった。

もしもおまえがローズなら、アームストロング家の人々がおまえについてどう思おうが、気にもしないだろう。あっさりさよならを言い、それっきり振り返りもせずに遠ざかるだけのことだ。

でもあたしはローズではない。

もしもおまえがローズなら、仕事を見つける必要はない。バスを待って行列する必要もない。いつだってタクシーに乗れるんだから。

でもあたしはローズではない。

もしもおまえがローズなら、どうしたらヒューがおまえを愛するようになるか、知っているはずではないのか？

それにたいする答えはなさそうだった。

誰もがフローラのことをやさしく気づかってくれた。イザベルはエディンバラのアントニーに電話でローズの病気のことを知らせて、彼からの見舞いのメッセージを伝えてくれた。ジェイスンは花束をこしらえて贈ってくれた。アナ・ストダートまで心配して、とき色のツツジを届けてくれた。

お加減がよくないそうですね。早くよくおなりになるように。金曜日には全快して、パーティーに出席なされることを祈っています。ブライアンからもよろしくとのことです。

アナより

「アードモアの温室のツツジよ」とイザベルが言った。「あそこの温室はすばらしいわ。あたし、いつも羨ましくて。ローズ、あなた、また泣いているの？」

「泣きだしたら止まらないみたいで、あたし……」

イザベルはホッとため息をつき、ティッシュペーパーを取ってローズに渡そうと手を伸ばした。

フローラは、午後のひとときを何度かマクラウド看護婦と過ごした。職業的な態度をなげうち、患者のシーツの扱い方など、看護婦の用向きに関することを話していないときには、彼女は結構楽しい話相手だった。彼女はまたフローラの舞踏服（そう彼女は呼んでいた）の進捗状況を報告してくれた。「ちょうど今、裏地をつけているところなんですよ。裏地がつくとたっぷりした感じになりますからね。かわいらしいベルトもこさえようかと思って。ミセス・ウォティーのところにパールのバックルがあって、使ってもいいそうですから」

ミセス・ウォティーからは「早くよくなってくださいね」というカードが届いていた。タピーは秘蔵のバラの最後の三、四輪をウォティーに命じて切らせ、自分で花瓶にアレンジし、イザベルがそれを「古手の病人から、駆け出しの病人さんへですって」と化粧台の上に置いた。

「ヒューは今でも毎日、タピーのところに見えるんですか？」とフローラはきいてみた。

「毎日じゃないわ、このごろじゃ、近くにきたときに寄るだけよ。なぜ？」とイザベルは微笑を浮かべてきいた。「診てもらいたいの？」

「いいえ」とフローラは首を振った。

木曜日は朝からすばらしい上天気だった。フローラが目を覚ますと、まるで鋳造したての銅貨のようにキラキラと輝く朝が彼女を迎えた。明るい日ざし、青い空、カモメの鳴き声がまるで夏に逆もどりしたような印象だった。

「まあ、気持ちのいい朝！」とマクラウド看護婦は弾むような足取りでフローラの寝室に入ってきて、カーテンを開け、冷たくなった湯たんぽを取り出し、ベッドをきちんと整えた。シーツをあまりピンと張ったので、フローラはほとんど足を動かすことができないほどだった。

「あたし、今日は起きるわ」大病人のような毎日にいい加減、飽き飽きしていたフローラはきっぱり言った。

「だめですよ。ドクター・カイルのお許しが出るまではね」というのがマクラウド看護婦の返事だった。

ヒューの名を聞いて、フローラはたちまち意気消沈した。こんなにさわやかな天気なのに、あいもかわらず、みじめな気分が心を閉ざしている。とはいえ、そのみじめさは今はもう食中毒とは何の関係もなかった。それは胸に重苦しくのしかかっている、例の憂鬱な気分のせいで、彼女は自分がヒューにたいして言い放った、あのゆるしがたい言葉について、くよくよと思いわずらっていたのだった。その言葉は巨大な剣のように彼女の上に宙づりになっていて、彼女が彼に謝罪しないかぎり、消えてなくなりそうになかった。

そう思っただけで、また病気がぶり返すようで、彼女はしょんぼり毛布の下に身を縮めた。マクラウド看護婦が不審そうに首をかしげてきいた。「まだ気分がよくないんですか?」

「いいえ、もう何ともないわ」とフローラは無気力に答えた。

「何か食べてみます? おなかがすいていやしませんか? ミセス・ウォティーにプリンでもつくってもらいましょうかね?」

「そんなもの、持ってきたら、あたし、窓から捨てちゃいますからね」とフローラは言った。

マクラウド看護婦は軽く舌打ちして、キッチンに降りて行き、自分の患者の一人は癇癪を起こすだけ、元気になったらしいと報告した。

しばらくしてイザベルが朝食の盆を持ってやってきた。トーストとマーマレード・ジェリー、それに中国茶という、軽い朝食だった。

「あなた宛てに郵便がきていてよ」とイザベルが言って、カーディガンのポケットから出した絵はがきの絵のほうを上にして、盆の上に置いた。青い海と大きな栗の木とエッフェル塔の絵だった。パリからかしらと訝りながらフローラはそれを受け取った。

誰からだろう?——宛名を見ると、ひどく不揃いな、下手くそな字でアーガイル州アリセーグ、ターボール、ファーンリッグ荘ミス・ローズ・シュースターと記されている。どういうことだろうとフローラは文面に目を走らせた。わずかなスペースにひどく小さな文字が書きなぐられていた。

れんらくするって言ったから、一筆書きます。あなたと会えたのはすてきだったわ。スペツェイに行く前にパリで二日ばかり、ゆっくりして行こうと思います。これをファーンリッグ荘に送るのは、あなたが今ごろそこで家族の輪のうちに迎えられているんじゃないかと見当をつけたからです。ひょっとしたら、あなた、アントニーと結婚しているかもね。彼によろしく。

日付けも、署名もなかった。

「お友だちから?」イザベルがきいた。

「ええ、友だちから」

悪知恵に長けたローズ。イザベルは他人宛ての葉書など読もうとは思わないだろうが、たとえ誰が読んだとしても、この文面からは差出人のことも、内容の意味もさっぱりわからないだろう。きたならしいものに触っているように、フローラの指先はうずいていた。思いきり顔をしかめて、彼女はそれをベッドの脇の紙屑籠の中に落とした。

イザベルがその様子に気づいて、心配そうな顔できいた。「気分がまたわるくなったんじゃないでしょうね?」

「そんなこと、ありませんわ」とフローラは答えて、トーストにマーマレードを塗り、ガツガツと一口、噛みきった。

フローラがささやかな朝食を食べおわるとイザベルは盆を持って去り、フローラはふたたび一人になった。ローズの手紙に彼女は、われにもなく動揺し、怒りを感じていた。自己嫌悪の気持ちもあった。愛情をあふれるほど持っている人に接して、力を得たい——彼女はそう切に思った。少し甘やかしてくれる人、いたわってくれる人のところに行きたかった。そうした求めに応えてくれる人を、彼女は一人だけ知っていた。とんでもないことかもしれないと思いつつ、誰のゆるしを得る気もなしにフローラはベッドを出て着替えの服を探した。何としてもタピーに会って、彼女と話したかったからだった。

ジェシー・マケンジーはポートリーから帰ってきた。例によって発作を起こして寝こんでしまった彼女の母親が、どうやら自分は今回も死にそうにないと見きわめて起きることにしたからだった。孝行娘がはるばるやってきてくれたからではなかった。近所のおかみさんが見舞いにきて彼女を元気づけようとして、ケイティー・メルドラムがまたまたみごもっているというニュースを伝えたのだ。ケイティーは恥知らずで評判の娘で、後ろ指をさされようが、牧師さんから訓戒を受けようが、平気で自堕落な生活を送っている。生まれてこようとしている赤ん坊の父親が誰かということで、賭ける者まで現われたというのだった。そんなことを聞いちゃあ寝てなんかいられないというわけで、ジェシーのお母さんはベッドの上にすわって、何か精のつくものを食べさせてくれと娘に要求し、二日で床上げをしてゴシップを聞き回り、自分も負けずに意見を開陳しというう、従来の生活に復帰した。

ジェシーは母親が元気を回復したのを見とどけて、ターボールに帰ることにした。ターボールでは彼女は燻製工場で働いている弟のために朝夕家事をし、日中はドクター・カイルの家政婦ということになっていた。毎朝、丘を上って彼女はドクター・カイルの家に通い、電話に出たり、ご用聞きの商人としゃべったり、近所の人と噂話に花を咲かせたり、お茶をガブガブ飲んだりして時間をつぶした。その合間に彼女は家中をドタドタ歩いてゴミを掃除するより、むしろ製造し、ドクターのために洗濯をし、彼の夕食を調理して帰宅するのだった。

ドクター・カイルの日常は多忙をきわめており、ジェシーはしばしば彼が帰る前に家路についた。フィッシュ・パイとか、シェパーズ・パイ、フライド・チョップスなど、料理に関するかぎり、彼女の想像力はいとも貧しいものだったが、その成果の夕食さえ、ドクターはどうかすると食べずじまいのことがあり、ジェシーは手つかずの夕食の皿を翌朝眺めて頭を振り、皿の上の料理をゴミバケツに捨てるのだった。

医師の家の家政婦だということで、彼女は町でも少しばかり、重んじられていた。電話に出たり、伝言を伝えたりする自分がいなかったらドクターはさぞかし困るだろう――ジェシーはいつもそう思っていた。

だからポートリーから帰った翌日の木曜日の朝、ドクターの家のキッチンに立った彼女は少なからずショックを受けた。

その日は上天気でジェシーは、ドクターのキッチンは自分が四日留守をしたあいだに、ものすごいていたらくになっているだろうと自己満足たっぷりの、苦りきった顔で丘を上って行った。わたしという者がいなかったら、ドクターは手足をもがれたも同然だということは周知の事実なのだからと。

ところが予想に反して、ドクターのキッチンの床はピカピカ、流しは磨きこまれ、ソース鍋はクッカーの上に整然と並び、汚れた皿など一枚も見当たらなかった。

それは痛烈なショックだった。ジェシーは何が起こったかを徐々に悟った。ドクターはわたしに代わる家政婦を見つけたのだ。わたしのキッチンに、わたしの留守にその女が入りこみ……いったい、誰だろう？　ジェシーは可能性のありそうなターボールの誰彼のことを思い浮かべてみた。ミセス・マードックかしら？　そうだわ、きっと。ジェシーは心も凍るような衝撃を受けた。もしもミセス・マードックだったら……ドクターがわたしをクビにしたことを、もう町中が知っているに違いない。あれこれ思いめぐらして、ジェシーは気が遠くなりそうだった。

そのとき、ドクターが着替えをしているのだろう、聞き慣れた物音が二階から聞こえてきた。ドクターはあそこにいる。わたはここにいる。わたしはやめない。やめるものか。力ずくで追い出されでもしないかぎり、生半可な手段ではわたしを追い出すわけに行きませんからね。

大いに元気づいて、ジェシーはコートをぬいでドアの裏に掛けて、やかんを火にかけた。ドクター・カイルが階下に降りてきたころには、朝食の用意はすっかりととのっていた。けさはジェシーは清潔なテーブルクロスを見つけてテーブルに掛けていたし、ベーコンもドクターの好みに合わせてころあいに揚がり、目玉焼きの卵も上にいやらしいジェリーのような生の部分が残ることなく、上々の出来だった。

ドクターは玄関のドアの前で立ち止まって郵便物を拾い上げ、ホールを歩きながら、「ジェシー」と声をかけた。「おはようございます、ドクター！」とジェシーは快活に答えて、戸口から入ってきたヒュー・カイルを見返った。

自分が四日も留守にしたのにドクターがしごく元気そうで、上機嫌なのを見て少々拍子抜けはしたものの、少なくとも解雇を申し渡す雇い主の、困りはてた、間のわるそうな表情でなかったので、ジェシーはホッとしていた。

「やあ、元気かね、ジェシー？」

「ええ、まあ、おかげさんで」

「お母さんはどうだった？」

「芯がつよいんでしょうね、奇跡的な回復ぶりで」

「それはよかった」ドクターはテーブルに向かってすわり、ナイフを取って一通目の手紙の封を切った。タイプで打ってあり、細長い封筒にはグラスゴーの消印があった。ベーコン・エッグの皿をちょっと勿体らしい手つきでドクターの前に置きながら、ジェシーは目ざとくこのことを見て取っていた。

ジェシーはお茶を注ぐとカップをテーブルの上に置いた。トーストもこんがり焼けているし、お茶の香りもいい。すばらしい朝食じゃないの。ドクターは手紙をひっくり返して読み終わった。威勢のいい書体で署名されていた。

ジェシーは咳払いをして言った。「わたしの留守中は困んなさらなかったですか、ドクター？」

「え？」とドクターは顔を上げたが、彼女の言葉が聞こえなかったらしい。よほど重要な用向きの手紙なのだろう。

「わたしの留守中はどうでした？」

珍しいことにドクターの顔が愉快げにほころぶのを、ジェシーは見た。

「きみがいなくて寂しかったよ。母親に置きざりにされた子どもみたいにね」

「やめてくださいよ」

「本当だよ。キッチンはかなりひどくなっていてね」とベーコン・エッグを見やり、「うまそうじゃないか」と手紙を脇に置いて、一か月もうまい食べ物にありつかなかった人のようにガツガツと食べはじめた。

「でも今は、ぜんぜんひどくないようですけど」

「そうなんだ。親切な妖精が掃除をしてくれてね。それ以来、看護婦も気をくばってくれて」

看護婦なら、どうってことはない。外部の人間じゃないんだし。でも親切な妖精って……もしもあのおせっかいなマードックが……動揺を必死で抑えて、彼女は敢えてきいた。「親切な妖精って、誰なんです？　失礼でなかったら教えてくれません？」

「失礼なものか。アントニー・アームストロングの婚約者《フィアンセ》だよ。ファーンリッグ荘に滞在しているんだが、ある日、訪ねてきたついでに掃除をして行ってくれたんだよ」

アントニー・アームストロングの婚約者《フィアンセ》！　ジェシーは心底ホッとしていた。ミセス・マードックじゃなかったのだ。わたしの評判がガタ落ちということもないだろうし、ドクター・カイルの家政婦という、この名誉ある地位はどうやら安泰らしい。

その朝、ジェシーはついぞ見せたことのないほどの熱意をもって掃除に取り組み、ヒューが早朝の往診に出かけたときには、階段の中ほどにひざまずいて鼻歌まじりに蜘蛛の巣や埃と格闘していた。

「もしも誰かが電話してきたら、診療は十時からだと言ってくれたまえ。緊急に連絡を取りたければファーンリッグ荘に電話するように。ミセス・アームストロングの具合を見たいので、ちょっと寄るつもりだから」玄関のドアを開けてドクターは一瞬、ためらってから言った。「ジェシー、すばらしい朝だよ。ブラインドを上げて窓をみんな開けて、日光をたっぷり入れてくれたまえ」

いつもだったら、とんでもないと抗議しただろうが、けさのジェシーはおとなしく、「承知しました、ドクター」と仕事の手を止めずに、つつましく答えるにとどめた。


彼はドアを開けて「おはようございます」と声を

かけた。

まだ朝食の真っ最中で食事をしながら郵便物に目を通していた夕ピーは、眼鏡ごしに彼を見上げた。

「おや、ヒューじゃないの」

彼は部屋に入ってドアを閉ざした。「うつくしい朝ですよ。いくら眺めても見飽きないくらいです」

夕ピーはこれには答えなかった。本当のところ、膝に朝食の盆をのせ、乱れたままのベッドにすわっているところを見られるのは、たとえ相手がヒューでもありがたくなかった。夕ピーは眼鏡をはずしてジロリと見やり、いつになく満足げなその様子を敏感に感じ取った。

「ばかに早いじゃありませんか」

「診療時間前に二、三軒、回っておこうと思ったんです。その二、三軒のうちにお宅がまじっていたってことですよ」

「それにしても早すぎるわ。看護婦さんがどこにいるかもわからないし、わたしだってまだ、用意ができていないのよ」

「看護婦には声をかけておきましたから、そのうちやってくるでしょう」

「あなた、まるでクリームを好きなだけ、なめた猫みたいな顔をしてるけど?」

ヒューはいつものように彼女のベッドの裾の手すりにもたれた。「ジェシー・マケンジーがポートリーから帰ってきたんです。陽気に鼻歌を歌いながら大掃除をしていますよ——下剤でもかけたみたいに徹底的に」

「そりゃ、結構なことだわね。でもそれだけじゃ、舌なめずりをしている猫みたいな、その顔の説明にはならないわ」

「ええ、まあ。じつはちょっと報告したいことがあるんです」

「わたしが喜ぶような報告?」

「だと思いますがね」いかにも彼らしく、ヒューは前置きなしに言った。「けさ、デイヴィッド・スティーヴンソンという若い医師から手紙をもらったんですがね。エディンバラ大学で三年前に資格を取り、以来、グラスゴーのヴィクトリア病院に勤務してきたとか。申し分のない経歴ですし、推薦状もあります。

年は三十歳くらいでしょう。以前、看護婦だった奥さんとのあいだに小さな子どもが二人いて、都会暮らしはもうたくさんだという気持ちから、ターボールにこられればありがたいと思っているようです」

「つまりあなたのパートナーにってこと？」

「ええ」

意外なのと、うれしいのとで、タピーはとっさに何も言えなかった。彼女は枕にもたれて目をつぶり、十数えてからパッと目を開けた。ヒューは彼女の反応を待っているようだった。「誰よりも先にあなたに報告したかったんですよ。ご感想はいかがです？」

「あなたみたいに癪にさわる人って、見たことがないわ」

「わかっています。前もって一言も言わずに陰険だって、怒っていらっしゃるんでしょうね？」

「もう何か月も前からわたしたちみんな、暇さえあればあなたに言ってきたはずよ――パートナーを頼めって。なのにあなたときたら、のらりくらりと問題を先送りしたあげくのはてに……」

ヒューは、タピーの不平がましい言葉の陰にひそむ喜びを察して言った。「しかし、よかったと思ってくださいますよね？」

「もちろんよ」とタピーはあいかわらず不機嫌な口調で言った。「あなたの口からこんなうれしいニュースを聞かせてもらえるなんて。でもどうせなら、そうしたことを企てているって匂わせてほしかったわね。うるさくせっつく必要なんてなかったのに。骨折り損もいいところ」

「タピー、ときどきですが、あなたはぼくがジェイスンのような小さな男の子ではないんだってことを、忘れておられるんじゃないかと思うことがありますよ」

「つまり、わたしみたいなおせっかい婆さんに干渉されないでも、その気になればパートナーくらい、いつだってちゃんと頼める――そう言いたいのね？」

「そんなことは言っていませんよ」

「まあね。だけどほんとうはそう言いたいんでしょ？」とまだブツブツ言いはしたが、いつまでも不機嫌なふりをしつづけることはできなかった。うれしい気持ち、満足な思いが心の底からこみあげていた。タピーはようやく微笑し、「ちょっとゆっくりできるわね、これからは」としみじみ言った。「好きなことも、少しはできるようになるんじゃなくて？」

「まだ決まったわけじゃないんですよ。本人が次の水曜日に訪ねてくることになっています。あちこち見て回って、この土地でやって行くことについて、およその見当をつけるわけでしょう」

タピーは現実的だった。「どこに住むの、その一家は？」

「それも問題の一つでしょうね。住居まで付属しているわけではありませんから」

住居探しは、タピーのお得意の領域だった。「みんなでアンテナを張って、あちこちに問い合わせてみましょうよ。いいところが見つからないともかぎらないわ」

「こっちにくると決まってからにしてくださいよ。それまではまだ内々の話なんですからね」

「わかったわ。一言も洩らさないから安心していて。こちら、ドクター・スティーヴンソン」と声に出して言ってみると、いかにも頼りになる人物のような気がしてきた。「ドクター・カイルのパートナーとして、このほど赴任なさったのよ――なんてね。うれしいじゃないの、ねえ？」

重大ニュースの発表を終えて、ヒューは診察に寄った医者の立場にもどってきいた。「けさはどんな気分ですか？」

「昨日よりずっといいわ。でも明日はたぶん、もっとよくなっているでしょうよ。わたしね、ヒュー、じっとおとなしく寝ているなんて、もうまっぴら。大ボケ老人みたいに、こんなふうにベッドの上にちんまりすわっているなんてこと、そう長くやってられないわ」

「来週になったら一、二時間、起きてもいいと思いますよ」

「ところでローズはどんな具合？　かわいそうな子、まあ、食中毒なんてねえ」

「どうですかね。かわいそうなローズには、けさはまだ会っていませんのでね」

「じゃあ、よく診てやってちょうだい。そしてもう心配ないってことを、はっきりさせてね。牡蠣の食中毒なんて、ゾッとするわね。レストランともあろうものが、もっと気をつけてくれなくちゃあ。肝心のローズが出席できないなんてことになったら、せっかくのパーティーが台なしですものね」

タピーの言葉を聞きながら、ヒューはタピーのベッドの脇を離れて窓辺にたたずんだ。その朝の輝かしさに魅かれているように。いったい、わたしの言ったことを少しでも耳に入れているのかしらとあやぶみながら、タピーはだしぬけに既視感が胸を衝くのを感じていた。

「ねえ、わたしが病気でものすごく気分がわるかった日のことを覚えていて？　あのとき、わたし、あなたに、できたらアントニーとローズに会いたいって洩らしたわね。あのときもあなたはその窓のところに、今と同じように立っていたわ。そしてわたしが二人に会えるように計らってくれた。あなたと、もちろん、イザベルとで。感謝しているのよ、ヒュー。結局のところ、何もかもすばらしい結果になって。わたしって、ほんとうに運がいいわ」

タピーは愛情のこもる目でヒューの背中を見つめて、彼の返事を待った。しかしヒューが振り返って何か言う間もなく、ドアをノックする音がした。マクラウド看護婦が朝食の盆をさげにきたのだろうと、タピーは「どうぞ！」と叫んだ。

ドアが開いてローズが入ってきた。部屋に足を踏みいれた彼女の目に最初に映ったのは、窓を額縁のようにしてたたずんでいるヒューの姿だった。ほんの半秒ばかり、そこに棒立ちになっていた後、彼女は一言も言わずにクルリと踵をめぐらして逃げ出した。タピーはあっけに取られていた。黒っぽいストッキングをはいた、すらりとした脚と子ども用のキルトのような短いプリーツスカートがひらめいて消えた。

ヒューもまた、このローズの目まぐるしい登場とそれに続く退場に、一瞬ひどくびっくりしたらしかったが、われに返ると居丈高に呼ばわった。

「きみ、ちょっとここにきたまえ！」

ヒューときたら、何てまあ、威張りくさってと夕ピーは憤慨しながらも待っていた。ローズは機会さえあれば、すぐまた逃げ出そうとしているように、ドアの取っ手をもじもじといじくっていた。まるで十五歳の少女のように見えると夕ピーは思った。ヒューは窓辺から、そんなローズを意地の悪い目つきで（と夕ピーは感じた）睨めすえていた。

本当のところ、いささかこっけいな状況といってもよかっただろう。普通だったら、ローズはユーモアのセンスをくすぐられて笑いくずれていたに違いないし、夕ピーもいっしょになって大笑いしていただろう。しかし一瞬、ローズは笑いだすというより、泣きだしそうに見えた。ああ、泣かないでほしい……

緊張をはらんだ沈黙が長びいていた。ようやくヒューが言った。「誰かが起きていいと言ったのかね？」

ローズはもじもじしながら答えた。「いいえ、誰もそんなこと……」

「看護婦は、おとなしく寝ているように言いつけたんじゃないかね？」

「ええ、だから看護婦さんがわるいんじゃありません」

「じゃあ、どうして起きた？」

「夕ピーに会いたいと思って。あなたがいらっしゃるとは思わなかったものですから」

「そのようだな」

夕ピーはローズがかわいそうでたまらなくなっていた。「やめてちょうだい、ヒュー、いきなり、ローズを怒鳴りつけるなんて、あんまりじゃなくて？　赤ん坊じゃないのよ、ローズは。起きたかったから起きたんでしょうに、何がわるいの？　さ、ローズ、ここにきて、わたしの膝の上のお盆をどけてちょうだい。あなたの顔がもっとよく見えるように」

味方を見出してホッとしているようにドアを閉めて近づくと、彼女は盆を取って床の上に置いた。夕ピーはその手を取って引き寄せて、ベッドの上の、自分のすぐ脇にすわらせた。

「まあ、すっかりやせて、手首なんか、小枝みたいに細くなっているじゃありませんか。ひどい目に遭ったわねえ！」こう言いながら夕ピーも、本当のところ、起きるのは早すぎたのではないかと思いはじめていた。ローズが面痩せして、いかにも弱々しく見えたからだった。「やっぱり、もう少しベッドで過ごしたほうがいいんじゃないかしら。そうすれば、明日のパーティーには元気いっぱい、出席できるでしょうからね。考えてもごらんなさい、あなたが出られなかったら、せっかく準備したものがすっかり無駄になってしまうんですもの」ふとローズの気を軽くさせるようなことを思いついて、夕ピーは急いで言った。「一つ、いいことがあってよ。花のことで頭を悩ます必要はなくなったわ。アナがアードモアの温室の鉢植えをたくさんランドローヴァーに積んで、持ってきてくれることになっているから。ついでにブナの大枝を二、三本、届けてくれるとありがたいんだけれど。ブナの枝って、とても見ばえがするんですものねえ……」

ローズがはかばかしい反応を示さないことに気づいて、夕ピーの声はとぎれた。ローズはベッドの端にすわってうつむいていた。化粧気のない、骨ばった、その顔は今はみにくくさえ見えた。髪の毛がつやを失い、愛らしい性質をありありと映し出しているようだった口の両端が無気力に下がり、夕ピーははっきり懸念を覚えた。五年前のローズは、とくに理由もないのに、折々むっつりと不機嫌になったものだった。そのとき夕ピーは、十七歳というのは微妙な年齢で、そのころは誰でもとかく似たような傾向を示すのだろうと、あまり気にしなかったのだが。そんな表情が今またローズの顔に表れるとは思ってもいなかったので、アントニーのために夕ピーは心を痛めた。病気をきっかけに、この娘が不機嫌なふくれっ面で過ごすなんてことになりませんように――と彼女は心から願った。ふくれっ面は夕ピーの目から見て、ゆるしがたい罪悪であり、わがままな心情の表われだった。

いったい、どうしたことだろうと、夕ピーは思いめぐらした。もちろん、食中毒で寝ついたことが直接の原因だろうけど、ひょっとしてアントニーと喧嘩をしたのでは……？　しかしアントニーはここにはいない。ではイザベルと？　そんなことがあるわけはない。イザベルは生まれてこのかた、争いごととはおよそ縁遠い人間なのだから。

「ローズ」とちょっともどかしそうに、タピーは問いかけた。「いったい、どうしたっていうの？」

ローズが答える前に――というか、口を開く前に、ヒューが彼女にかわって答えた。

「べつにどうってことありゃしませんよ。食中毒のあげく、少々早くベッドを離れすぎたということを除けばね」

ふたたびタピーのベッドの脇にもどって、ヒューは医者らしい言い回しでこの場の状況を総括していた。その声を聞いて、ローズは何とかシャンとしようという努力をしたようだった。ほんとに頼りになる人だわ、ヒューって――とタピーは毎度のことながらありがたく思った。

「気分はどうだね？」とヒューはローズにきいた。

「本当のところ、どんな具合なんだね？」

「もうだいじょうぶです。足がちょっとふらつくくらいで」

「朝食は何か食べたかね？」

「ええ」

「食べても、べつに吐き気は感じなかったんだね？」

ローズは間がわるそうに目を伏せた。「ええ、だいじょうぶでした」

「だったら、外の空気に当たってみるほうがいいかもしれない」ローズははかばかしい反応を示さなかった。「日が出ているあいだに」

タピーははげますように、ローズの手を撫でた。

「そうよ。そうしてみたらいいわ。とてもすてきな朝じゃありませんか。気分がきっとすっきりするわ」

「ええ」とローズは不承不承、ベッドから立ち上がって戸口に進もうとした。立っている者は何とやら、タピーは追いかけるように言った。「どうせなら、このお盆をキッチンにさげてちょうだい。看護婦さんに会ったら、わたしが呼んでいるって言ってくれる？　ミセス・ウォティーにも声をかけるといいわ。外に出るなら豆を少し摘んできてもらいたいって言うかもしれないし」

家事に関するかぎり、タピーは第六感がはたらくようで、ミセス・ウォティーはローズが突然現われたことにひどくびっくりしたものの、豆を摘んできてもらえるなら願ったりかなったりだと言って、大きな籠を渡した。

「看護婦さんはもちろん、あなたが起きて外に出ようとしていることを承知しているんでしょうね？」

「ええ、今会いましたから。感心しないって顔だったけど」

「だったら、あまり顔を合わさないほうがいいんじゃないですかね」

「ええ、気をつけるわ」

というわけで、フローラは籠を持ってホールにもどった。豆なんて摘みたくなかったし、本当のところ、外に出るのからして、あまり気が進まなかった。タピーのベッドにいっしょにすわって居心地よく過ごしたかったのに、ヒューの横槍が入って計画倒れになってしまった。朝の九時なんて早い時間に往診にくるなんて、そんなことがあたしにわかるわけ、ないじゃないの。

コートを取りに二階に上がる気もしなかったので、クローク・ルームの中に吊るされているたくさんのコートのうちの一つを借りることにした。ガバガバしたツイードのコートで、裏にウサギの毛皮がついていた。彼女がそのコートのボタンをはめていたとき、ヒューが階段を降りてきた。片手をポケットに突っこみ、もう一方の手に下げたカバンが足の横にぶつかっていた。

「マクラウド看護婦には一応、話しておいたよ。だから彼女も、きみが出かけることについてはしぶしぶながら了承している。これから出かけるつもりかね？」

「ええ、ついでに豆を摘んできてくれって」とフローラは諦めた口調でつけ加えた。

笑顔ともいえないが、ヒューの目尻にクシャッと皺が寄った。片手を出してヒューはドアを開けて、彼女が出るあいだ押さえていた。外は日の光がまぶしいばかりで、満潮どきなのだろう、サファイア色のシルクをひろげたようなファーダ湖の青い水が木立のあいだに見え隠れしていた。空気はワインのようにかぐわしく、空を背にカモメが何羽も旋回していた。

ヒューが空を仰いで言った。「あいつら、内陸に向かっているな。どうやら嵐がくるらしい」

「嵐って——今日のうちに？」

「今日か、明日か」二人は並んで階段を降りた。

「明日のダンス・パーティーが大テントを張る、大がかりなものでなくてよかったよ。大テントが風にもまれて木のてっぺんに巻き上げられるなんてことになったら、目も当てられないからね」

砂利道に出たとき、フローラはふと足を止めた。

「ヒュー」

ヒューも足を止めて彼女の顔を見下ろした。

言うのよ、フローラ、思いきって言ってしまいなさい。

「このあいだの晩にあたしが言ったこと、とても申し訳なくて。つまり……あの……あなたの奥さんのこと……あんなひどいことを言う権利、あたしにはぜんぜんなかったのに。すんなりゆるしてはいただけないと思いますけど……あなたとしてはもちろん、忘れることはできないでしょうし。でも、あたしがすまないと思っていることだけでも、わかっていただきたくて」

言ってしまった、とうとう。言わずにいたことをやっと言ったのでホッとして、フローラはまたしても涙に暮れていた。しかしヒューはフローラがみずから非を認めたことに、彼女自身ほどの感銘を受けていないようだった。

「まあ、こっちとしても謝るべきだろうが」とヒューは言った。何を言い出すのかとフローラは待っていたが、「ぼくの謝罪はもっと後でいいだろう」と言っただけだった。

フローラは眉を寄せた。どういうことだろう？しかしヒューはとくに説明する気はなさそうだった。「べつに気にすることはないよ。それより、きみは病気あがりなんだからね。せいぜい大事にしたほうがいい。豆を摘むのも、まあ、ほどほどにして」と歩きだしかけて、何かを思い出したらしく立ち止まった。「ところでアントニーはいつ、こっちにやってくるんだね？」

「明日の午後です」

「わかった。じゃあ、明日の晩」

「パーティーにはきてくださるのね？」

「できればね。ひょっとして、ぼくが参加しないほうがいいのかな？」

「いいえ、ぜひ、いらしていただきたいわ」と言ってからつけ加えた。「お客さまのうち、あたしの知っている人は三人だけだし、あなたがいらっしゃらなければ二人になってしまうでしょうし」

　ヒューはおかしそうにふと微笑した。「だいじょうぶ、きみはきっとパーティーを十分に楽しめると思うよ」

　それだけ言って、ヒューは車に乗りこみ、門を抜けて走り去った。フローラはそこに立ったまま、見送った。ほんの少し、心が慰められていたが、どうもわからないという気もしていた。ぼくの謝罪はもっと後でもいいだろう……いったい、何を謝る気なんだろう？　それに、どうしてもっと後でなければいけないのか？　ちょっとのあいだ、フローラはそうしたもろもろについて思いめぐらしたが、つきつめて考える気力がまだないようで、菜園を目指して歩きだした。


金曜日になっていた。

　イザベルは目を覚まして雨の音を聞きながら、昨日は午後中、そして夜に入ってまで、おおかたは雨模様だったと思い返していた。強風の音に、あるいは小石を窓にぶつけるようにパラパラと降りつける雨音に時折眠りから覚めて彼女は、予定されているパーティーのことを気づかわずにはいられなかった。ウォティーが出たり入ったりするたびに、宴会係がカップやグラスを運んだり、あちこちしたりするたびに、あるいはアードモアの温室からテンジクアオイの植木鉢やブナの葉などが持ちこまれるつど、ぬれた足跡が床に残り、泥がポトポトと落ちる――そんなむざんな光景が目に浮かぶようだった。

　しかし午前七時、雨は何とかやんだようで、イザベルはベッドから出て窓辺に行き、カーテンを引き開けた。真珠色がかった灰色の霧に閉ざされている海。太陽の最初の光線を反射する、淡いとき色が一筋、海面に照り映えていたが、島々の姿は見えなかった。庭の向こうの大小の岩を背に、海面はあくまでも静かだった。

雨はまだすっかりあがっていなかったが、風はないでいた。イザベルはまだ一日を始める気力もないままに、そこにたたずんでいた。朝食のコーヒーでも飲めば少しは元気が出るかもしれない。午後にはアントニーがエディンバラから帰ってくることだし。そう思いついて、イザベルはふと朗らかな気分になった。浴室に行って彼女は湯の栓をひねり、朝の入浴の支度をした。


ジェイスンは学校に行きたくなかった。「ぼく、家にいて手伝いたいんだ。ダンス・パーティーに出なきゃならないんだったら、学校を休んで手伝っちゃ、どうしていけないのさ?」

「パーティーに出たくなければ出なくても構わないのよ」とイザベルはおだやかな口調で言った。「いやなのに無理に出席させようなんて、誰も思っていないわ」

「フレイザー先生に手紙を書いて、家に用事があるからぼくを休ませるって言ってくれればいいんだよ。ほかの子のお母さんがするみたいに」

「ええ、そうできないことはないわ。でもわたしはそうする気はないのよ。さあ、朝食をさっさと食べてちょうだい」

ジェイスンは黙りこんだ。彼はダンス・パーティーについては、もう一つ、はっきり決めかねていた。お祖父さんがジェイスンの年に着たというダブレットとキルトを着ることになっているというのが、まず気に食わなかった。キルトはまあ、いいとしてダブレットはベルベット製で、あんなのを着たら、それこそ女みたいに見えやしないだろうか。あんな格好で踊るなんて、たとえば友だちで一歳年上のドゥーギー・ミラーには知られたくなかった。

ジェイスンは卵を食べおえて、ミルクを飲みながらテーブルの向こう側にすわっているイザベルを見つめて、彼女を説き伏せられないか、もう一度、やってみようと思った。「ぼく、いろんなもの、運んであげるよ。ウォティーのお手伝いもするよ」

　イザベルはひょいと手を伸ばして、ジェイスンの髪の毛をクシャクシャにした。「ええ、もちろん、あなたはお手伝いがよくできるでしょうよ。でも学校には行かなきゃいけないわ。それに午後になればアントニーが帰ってくるわ。ウォティーのお手伝いは、アントニーがしてくれるでしょうからね」

　ジェイスンはアントニーが帰ってくるということを忘れていたのだった。「午後になったら帰ってくるの、アントニーは？」イザベルがうなずくと、ジェイスンは満足そうにため息をついた。イザベルはジェイスンにやさしくほほえみかけたが、ジェイスンが手製の矢に羽根をつけてもらおうと計画を立てているのだということには、気づかなかった。

　その日の昼前にアナ・ストダートはアードモアのランドローヴァーをファーンリッグ荘の門から入れ、でこぼこの自動車道をガタガタ走り、砂利を敷いた空き地にブルーのヴァンと並べて止めた。ヴァンはターボール・ステーション・ホテルのアンダーソン氏のものだった。玄関は開けっぱなしで、アナはローヴァーを降りて、シープスキンのコートのポケットに手を突っこんで階段を上がった。

　ホールからは家具が残らず運び出され、敷物も取り去られていた。重くて動かせないものは壁際におしつけられた。ミセス・ウォティーはジェット・エンジンのような音を立てる床磨き機を動かして寄せ木の床を磨いていたし、イザベルは白いテーブルクロスを何枚も抱えて階段を降りようとしていた。ウォティーは丸太を満載した籠を暖炉の側に運んでいた。誰もがアナをにこにこと迎えてくれ、イザベルは「アナ、まあ、よくきてくださったのね」と言い、階段を降りると食堂に行った。アナもついて行った。

　食堂の大きなテーブルは片側に寄せられていたが、イザベルはテーブルクロスをその上に落として、「重たいのよね、テーブル・クロスもこれだけあると。毎日のことじゃないからいいようなものだけど」と言った。

「ここまで準備するだけでも、たいへんだったでしょう？」とアナはしみじみ言った。

「ええ」とイザベルは答えて、細い手首をふるって、いちばん上のテーブルクロスの皺を取った。「鉢植えの植物を持ってきてくださったの？」

「ええ、ランドローヴァーに積んで。でも運ぶのは誰かに手伝ってもらわないと」とアナは答えた。

「ウォティーはどこかしら？」とイザベルがミセス・ウォティーにきいた。

「どこか、その辺にいると思いますけど」とミセス・ウォティーが床磨き機の音に負けじと声を張り上げた。床磨き機を止めるつもりはないし、夫を探しに行くつもりもなさそうだった。

「ウォティー！　ああ、そこだったの！　ミセス・ストダートがランドローヴァーから荷物を下ろすのを手伝ってもらえない？　ああ、薪を運搬中なのね。わかったわ。ねえ、ミセス・ウォティー、ローズはどこかしら？」

「さあ、知りませんねえ」とミセス・ウォティーは、床磨き機をカーテンの背後の薄暗い一隅に押し入れながら答えた。

「どうしたらいいでしょうねえ」とイザベルはつぶやいて、垂れかかった髪の毛を後ろに押しやった。いちどきにいろいろなことに気を配らなければならないので、頭が混乱しているらしかった。

「わたし、ローズを探して手伝ってもらいますわ」とアナはイザベルに言った。「どうか、やりかけの仕事にもどってくださいな」

「ローズはたぶん客間にいると思うのよ。ウォティーが持ってきたブナの枝を、何とかまとめる気らしいけど、ちょっと自信がなさそうだったし、あなたに手伝ってもらえれば大喜びでしょうよ」


昔からこうだったわ、ファーンリッグ荘のパーティーは――とアナは思い返していた――いつも同じパターンだった。客間でドリンク、居間にくつろいでおしゃべり、食堂で夕食、ホールでダンス。ブライアンは、タピーのパーティーは退屈で閉口だと言っている。同じ顔ぶれが同じような服装で、同じような会話を取りかわすんだから、いい加減、うんざりだと。しかしアナは何かが変化したり、前と違った印象を与えるのが好きでなかった。

パーティーのための、さまざまな下準備。一見、ただごたついているとしか見えない現状も、アナの胸を深い満足感で満たしていた。それは彼女が、午後八時までにはいつものようにすべてが準備完了の運びになり、ごく細々としたことまで見落とされることなく、お客の到着を待つばかりになっているということを知っているからだった。ただ今夜のパーティーにはタピーの顔は見えないだろう。でもたとえいつものように古めかしいブルーのベルベットのドレスを着て、ダイアモンドのアクセサリーをつけて、階段の下に立ってお客を迎えることができないとしても、タピーがこのパーティーの中心的存在だということには変わりはない。彼女は二階の寝室で音楽に耳を傾け、ほんの少し、シャンパンを飲み、思い出にふけるに違いない……

ミセス・ウォティーの声がした。「申し訳ありません、ミセス・ストダート、そこの床をちょっと磨かせていただきたいんですけれど……」アナはあわてて謝って移動し、ローズを探しに出かけた。

ローズは客間のグランドピアノの脇に膝をついて、古シーツの上にひろげられているブナの長い枝を何とかまとめようと必死になっていた。バラの花を描いた、大きな壷と丸まった金網がかたわらに置かれていた。ローズはアナを気もそぞろに見上げた。

「こんにちは、ローズ！」

「アナ、よかったわ、きてくださって！　あたしがすばらしいアレンジメントを苦もなくやってのけると誰もが思いこんでいるみたいで、半ダースのラッパズイセンを花瓶に挿すことさえ、上手にできないんだって、いくらあたしが言っても、てんで信じてくれないのよ」

アナはコートをぬいで椅子の上に置き、かいがいしくローズを手伝いにかかった。

「少しずつまとめて、違う長さのところで切るようにしないと、それこそ、箒みたいに見えるでしょう」

ローズは感心したようにアナの手さばきを見守った。「あなたって器用なのねえ！　すごいわ！　どこで覚えたの？　誰かに教わったのかしら？」

器用だと誉められるのは、とても晴れがましい気持ちだった。「誰に習ったわけでもないの。わたし、ただ、こういうことが大好きなのよ」とアナは答えた。「菊の花でも少しないかしら？　色どりを添えると思うけど」

「イザベルがウォティーに、菊の花を少し切ってきてもらえないかって頼んでらしたけど、でもウォティーはそのほかにもいろいろな用事をいちどきに言いつけられて、気もそぞろらしかったわ」

「いつもこんな具合なのよ、ファーンリッグ荘のパーティーって」とアナは言った。「どうしようもなくゴタついているみたいに見えるでしょうけど、おしまいにはいつもちゃんと準備がととのっているの。さあ、これはこれとして、後で何かの実をあしらいましょうよ。この花瓶はどこに置くはずなのかしら？」

「イザベルはピアノの上って言ってらしたわ」

ローズは身をかがめて花瓶を持ち上げて、それをピアノの上に安置した。アナはその姿に見とれた。長い、すらりと伸びた脚、細いウエスト、さりげなく束ねた、つやつやした栗色の髪。アナはいつもそうしたスタイルに憧れていた。しかし彼女の胸には嫉妬の影はさしていなかった。これももしかしたら、わたしが妊娠しているからかしら？　それともローズが好きになってしまったからだろうか？

ローズを好きになるなんて思いもしなかった。かつてローズが今よりもっと若くて、ブライアンが彼女とお母さんをヨット・クラブにドリンクでもと誘ったときにはアナは、こっちのあらを探しているような、ローズの人を小馬鹿にしたようなまなざしと、傍若無人の無礼な言葉に恐れをさえ覚えたものだったが。でもこのあいだ、ブライアンがローズをディナーに誘ったときも、わたしはとくに気にしなかった——そうアナは思い返していた。自分の留守のあいだ、夫も若い相手と晩餐のひとときを楽しめるのだと、世慣れた、おおらかな奥さんの気持ちになっていた。わたしもようやく成長して、物事をあるがままに受け入れるようになったのかもしれない。

「これでどうかしら？」とローズはピアノの前から

後じさりしてきいた。

アナは床の上にひざまずいたまま見上げて、「とてもいいと思うわ」と答えた。「あのねえ、ローズ、このあいだの晩、ブライアンはあなたとディナーに出かけてとても楽しかったそうよ。でも牡蠣のことを聞いてひどく申し訳ながってね、フィッシャーズ・アームズにさっそく電話して、マネージャーをとっちめていたみたい」

「ブライアンのせいじゃなかったんですもの」とローズはアナと並んでひざまずいて、折れたブナの枝やぬれた葉をかたづけながら言った。髪の毛が垂れて、ローズの表情をアナの視線から隠していた。

「ツツジを届けてくださったお礼も言わないでごめんなさいね」

「あなたの病気には、わたしにも責任があるような気がしたものだから」

「ブライアンはお元気？」

「ええ、とっても。ただ目がまだちょっとね」

「目をどうかなさったの？」

「かわいそうに、ドアに顔をぶつけてしまったんですって。片目のまわりに痣ができて」と言いながら、アナは思わず微笑した。ブライアンの顔はまるで道化芝居のこっけいな道化のようだった。「でも、もうだいじょうぶみたい。痣の色も薄くなりかけているし」

「お気の毒ね」とローズはつぶやいた。「ねえ、ブラックベリーか何か、もう少し摘んできましょうか？　それとも鉢植えの植物でも運んできます？」

「ウォティーに手伝ってもらわないと無理だわ」といって、アナはちょっと恥ずかしそうにつけ加えた。「じつはね、まだ誰にも話していないんだけど、わたし、重いものは持たないように言われているの、ヒューに。いずれ赤ん坊が生まれるものだから」

「ほんと？」

アナはうなずいた。打ち明け話をする相手がいることが、女友だちと話せることがうれしかった。「ええ、まだ先のことだけど。春になったら」

「まあ、おめでとうございます。春って、赤ちゃんが生まれるにはとてもいい季節だし。あのう、子羊とか、子牛とか……」と何を言おうとしたのか、わからなくなって口ごもった。「じき、気持ちのいい夏を迎えるわけだし」

「あのねえ……」とアナはためらいがちに言った。前々から考えてはいたのだが、今は、ぜひ、ローズに頼みたいという気持ちになっていた。「生まれてくる子の名親を、あなたにお願いしたいと思って。ブライアンにはまだ話していないけど——もちろん、いずれ、話すつもりですけどね、でもまずあなたの気持ちを伺ってみたくて。あなたに代母になっていただきたいのよ、あなたが嫌でなかったら」

「もちろん、嫌じゃないわ」とフローラは答えた。「何だか、とても晴れがましい気持ち。ただあたし、ここにはもうちょっとしか、いないわけだし。それに……」

「あなたがそのとき、ここにいらっしゃらなくたって構わないのよ」とアナは答えた。「代母って、母親の親しいお友だちにお願いする例が多いみたいですしね」こう言っているうちに、何だか胸がいっぱいになって、もっと無難な話題にもどろうとして言った。「ねえ、どうかしら、ダリアをあそこの書き物机の上に飾ると、パッと明るい感じがしなくて？　タピーの縁取り花壇にはダリアがたくさん咲いていたわね。行って切ってきましょうよ。ウォティーが悲しがるかもしれないけど」

四時ごろにはすべての作業がストップしていた。すわる場所がないので、人々は居心地のよいミセス・ウォティーのキッチンに集まった。ミセス・ウォティーは疲れも見せずにスコーンを焼いていた。ウォティーは例の魚屋払い下げのヴァンでターボールにジェイスンを迎えに行く前に一休みとキッチンのテーブルにすわってお茶を飲んでいたが、その顔は葬儀屋のように陰気くさかった（丹精して咲かせたダリアが切り花になってしまったのを見て、すっかり落ちこんでいるらしかった）。マクラウド看護婦はアイロンを掛けていた。イザベルは疲れた顔に垂れかかった髪を後ろに押しやりながら、部屋にもどって一休みしてくるとつぶやいた。誰かが文句を言うかと待っていたが、誰も何とも言わなかった。

イザベルはフローラに目をとめてつけ加えた。

「ローズ、あなたも少し休んだほうがいいんじゃなくて？　朝からずっと働きずめじゃありませんか」

けれどフローラには一休みする気はなかった。休むくらいなら、外に出たかった。

「あたし、プラマーを散歩に連れて行こうかと思ってるんですけど」

イザベルはパッと顔を輝かした。「そうしてくれる？　プラマーったら、一日中、恨めしそうな目つきでわたしの後について歩いていて。でもわたしもう、外に連れて行く気力がなくなってしまって」

フローラはちらっと時計を見た。「アントニーは何時ごろ、着くんでしょうか？」

「そろそろじゃないかしら。昼食後にエディンバラを立つって言ってたから」と答えてイザベルは伸びをした。「じゃあ、わたし、卒倒する前に二階で休んでくるわね」

プラマーはホールにいた。ホールの様子がすっかり変わってしまったので、戸惑っているらしかった。プラマーは変化が大嫌いだった。無視され、忘れられて、プラマーは階段の下に押しこまれた彼のバスケットの中に憮然と寝そべっていた。

フローラが彼の名を呼んだとき、プラマーは初め、情けなさそうな顔でしょんぼり彼女の顔を見返した。散歩に連れて行ってもらえるのだとようやく理解したときの、その喜びようといったらなかった。一跳びでバスケットから跳び出ると、磨きたての床の上に滑りだしそうな足を踏みしめて、ピストンのようにせわしなく尻尾を振り、のどの奥でうれしそうな唸り声を立てた。外に出るとプラマーは何かくわえて歩けるようなものはないかと探し回り、そのあげく、長い棒きれをくわえてひきずりながらもどってきた。こんなおまけつきで、フローラとプラマーはしばしの散策に出かけたのだった。

戸外の景色は灰色っぽく冷え冷えとしており、物音一つ聞こえてこなかった。太陽は一日中、雲の陰に隠れたきりだったし、道路は前日の雨でまだぬれていた。門を出てターボールに至る道を一マイルばかり歩いて行くと、下り坂が百ヤードばかり、湖ぞいに続いていた。前方にせまい浜辺があり、プラマーはさっそくあたりを嗅ぎ回った。しかしフローラは低い防波堤の上に腰を下ろしてアントニーの到着を待つことにした。三十分ばかりたったころ、アントニーの車が見えた。丘を越えて現われる車を何台もやり過ごした後のことで、フローラの体はかなり冷えこんでいた。フローラは防波堤から降りて、道の真ん中に立ちはだかり、風車のように両腕を振り回した。アントニーは彼女を認めて車の速度をゆるめ、片側に寄せて止めた。

「フローラ」と彼は声をかけて車を降り、二人は道の真ん中で抱き合った。こんなにうれしい気持ちで誰かを迎えたこと、こんなに安堵を感じたことはないとフローラは思った。

「待っていたのよ。誰よりも先に会いたくて」

「いつから、ここに出ていたんだね?」

「何時間もって気がするけど、それほど長い時間じゃなかったと思うわ」

「ひどく寒そうに見えるよ。さあ、早く車に乗りたまえ」

乗ろうとして、フローラはプラマーを思い出した。プラマーはせまい浜辺の果てにようやく姿を現わしたところで、何か彼にとって魅力的な匂いを追っているらしかった。フローラが呼んでも知らん顔だったプラマーはアントニーが口笛をピーッと吹いたとたんに耳をそばだてて振り返り、期待にあふれる目で彼らのほうを眺めた。アントニーがもう一度、口笛を吹くとプラマーは足を宙に飛ばしてもどり、岩の上をまたたく間に這い上がって子犬のように嬉々として防波堤を飛び越え、アントニー目がけて体当たりした。しかし車の後部座席にスーツケース、ビールのケース、レコード一山などといっしょに納まるように、プラマーをなだめすかすのにはちょっと時間がかかった。

「レコードは何のため?」アントニーの隣にすわって、フローラは質問した。

「今晩のためだよ。バンドの連中が一休みして、菓子パンを食ったり、ウイスキーを飲んだりするあいだ、音楽がストップしちゃ、パーティーはかたなしだからね。だが、タピーのレコードはほとんど戦前のものばかりだから、ぼくのを少し持ってきたんだよ。しかし……」とフローラの顔を見やり、「きみ、だいじょうぶだよね?」と念を押した。

「ええ」

「まったくドジもいいとこじゃないか！　ぼくが背を向けたとたん、古い牡蠣を食うなんてさ。イザベルが電話してきたんだよ。きみがファーンリッグ荘で死んだりしたらどうしようって慌てていたよ。ブライアンと外出して、ディナーをご馳走になったんだって？」

「ええ」

「イザベルがそう言っていた」とアントニーは愉快げに言った。まったく気にしていない様子だった。

「アリセーグのカサノヴァと遊び回るとろくなことにはならないって教訓さ。今夜のパーティーの準備は、うまいこと、進捗しているかい？　イザベルはまだ頑張ってるの？」

「そろそろダウンしそうよ。あたしが出かけようとしたとき、ちょっと昼寝をするって言ってらしたわ。アナ・ストダートとあたし、ダリアをみんな切っちゃって、それからってもの、ウォティーはあたしたちに口をきいてくれないの」

「それも毎度のことでね。タピーはその後、どう？」

「あなたに会うのを楽しみにしていらっしゃるわ。毎日、どんどんよくなっているのがわかるんですって。このぶんなら、来週は一、二時間、起きていてもいいってことになるんじゃないかしら」

「すごいじゃないか！」彼はだしぬけに身を乗り出して彼女にキスをした。「きみ、少しやせたみたいだね。顔もちょっとギスギスと骨ばって見えるよ」

「もうすっかりいいんだけど」

「嫌で嫌でたまらなかったろうね、フローラ？　何もかもうんざりだったんじゃないかな？」

「そうでもなかったのよ」と彼女は正直に言った。

「嫌でたまらないってことはなかったわ。自己嫌悪におちいったことは確かだけど。自分がつくづく卑怯な、ちっぽけな人間だって気がして。日がたてばたつほど、辛くなったわ。なぜって、あたし、毎日、ここのすべてがますます好きになって。あるときはあたしはローズで、あなたと婚約しているんだ、嘘をついてなんか、いない――そう思うのよ。でも次の瞬間には、あたしはフローラにもどっているの。どっちがいっそう、やりきれないのか、自分でもわからなくて。アントニー、あたしがした約束のことだけど、これまではあたし、ちゃんと守ってきたわ。あなたも守るつもりでしょうね？　当てにしていいのね？　つまりタピーにはいずれ、本当のことを話すつもりなんでしょ？」

アントニーは後ろに背をもたせかけて、両手をハンドルに掛けたまま、フローラに横顔を向けて悄然と前方を見つめた。しばらく間を置いて彼は低い声で「ああ」と答えた。フローラは彼が気の毒でならなかった。

「辛いのはわかるわ。いっそこれからもどって、さっそくタピーに話して、すべてにけりをつけるほうがいいんじゃないかって気もするけれど。でもあいにく、パーティーや何かで取りこみ中だしね」

「明日、話すよ」とアントニーはきっぱり言った。今はもうこれっきりという気持ちが語調に表われていた。「さあ、もう帰ろう。ぼくは腹ぺこでね。早くお茶にありつきたいんだ」

「ミセス・ウォティーがスコーンを焼いたところよ」

「明日のことは明日まで、きれいさっぱり忘れよう。いいね、これっきりだよ」

こんなふうに言いきって、アントニーはイグニション・キーに手を伸ばしたが、フローラが止めた。

「もう一つ、話しておかなきゃならないことがあるの」とフローラはポケットに手をつっこんだ。

「これ」

「何だい？」

「絵葉書よ」

「かなりクシャクシャだね」

「ええ。いっぺん紙屑籠に捨てたんだけど、あなたにも読んでもらうほうがいいんじゃないかと思って拾い出したのよ。だから折れたり、クシャクシャになったりしているわけなの」

アントニーはちょっとおっかなびっくりの手つきで、それを受け取った。「パリから？」とつぶやきながら、彼はそれをひっくり返して、すぐ筆跡に気づいて、黙って文面に目を走らせた。読み終えて後、彼はしばらく沈黙していた。それから一言、言った。

「呆れたもんだな」

「そう言うと思ったから、あたし、いったん、捨てたのよ」

もう一度、読み直したとき、彼らしいユーモアのセンスがくすぐられたのだろう、アントニーは快活に言った。「ローズはなかなか頭がいいからね。何もかも見越していたんだろう。きみとぼくはうまくはめられたわけだ。少なくともぼくは、やすやすと彼女の手に乗ってしまった。いいカモさ、まったく。客観的な見方をすれば、なかなか面白い一幕といえるんじゃないかな。スペツエイに行く前にパリでちょっとゆっくりして行こうと思います。どうだろう、スペツエイに行き着いたと思うかい？」

「飛行機の中でまたべつな男とめぐり合ったりね。今ごろはクシュタートか、モナコか、それとも……」と突拍子もない場所をあげようとして、「アカプルコあたりかしらね？」と結んだ。

「さあ、見当もつかないよ」とアントニーは絵葉書をフローラに返した。「ファーンリッグ荘に帰ったら、火の中にほうりこんでくれたまえ」と車を発車させた。「ぼくの人生のローズの巻はこれで終わりだ。彼女が今どこにいようとも、ぼくに関するかぎり、ローズは過去の人間だよ」

フローラは答えなかった。彼女にとって、ローズは過去の人間ではなかった。アントニーがタピーにすべてを打ち明けるまでは、ローズが彼女の心のうちから去ることはないだろう。

第10章　ヒュー

アントニーが着替えをしに二階に上がろうとしているところに、バンドの面々が到着した。郵便局長のミセス・クーパーの夫のクーパー氏の運転する、傷だらけの車に、バンドのメンバーと楽器が文字通りギュウ詰めの状態で着いたので、各自が降り、楽器が無事に下ろされるまでにかなりの時間と手間がかかった。

アントニーは彼らをホールの定められた一隅に案内した。メンバーは、まずアコーディオンを弾くバンドマスターのクーパー氏とヴァイオリニスト（ミセス・クーパーの親戚で、かつては道路工事人だったという老人）、ハイ・ブーツをはいた長髪のドラマーという顔ぶれだった。このドラマーはアントニーも見知りごしのターボールの少年で、普段は叔父の漁船の荷揚げを手伝っていた。揃いのスーツとまではいかなかったが、三人はそれぞれブルーのシャツに格子縞のネクタイを締めて、バンドとしての一応の体裁をととのえていた。

アントニーからウイスキーを一杯ご馳走になった後、彼らはすぐ準備に取りかかり、ヴァイオリン弾きの老人が音合わせをしたり、クーパー氏がアコーディオンのキーボードでアルペッジォを長々と響かせたりしていた。

時間はどんどんたっており、アントニーは早々に彼らを残して階段を駆け上がった。その夜のパーティーに着るはずの晴れ着を用意しなくてはと、気が急いていた。しかしありがたいことに靴、ストッキング、ガーター、短刀、シャツ、ネクタイ、チョッキ、ダブレット、キルト、毛皮の下げ袋まで、ベッドの上に並んでいた。靴のバックルも、ダブレットの銀色のボタンも、短刀も、ちゃんと磨いてあって、金色に輝くカラーの飾りボタンやカフスリンクまで戸棚の上に取りそろえてあった。ミセス・ウォティーが気を利かせて用意しておいてくれたのだろう。最後の瞬間に大あわてで探し回らなければならないと覚悟していただけに、つくづくありがたかった。

十分後、身なりをととのえてアントニーは階下《した》に降りた。このころには糊の利いた白いジャケット姿のアンダーソン氏を始めとする宴会係が到着していて、ミセス・ウォティーの介添えでビュッフェ・テーブルにスモーク・サーモンの大皿を並べていた。バーの背後には行儀にうるさいミセス・アンダーソンが控えており、グラスを一つ一つ明かりにかざしては最後の磨きをかけていた。

アントニーはとくに用向きもなさそうなので、ウイスキー・ソーダのグラスを持ってタピーを見舞うことにした。そのくらいの時間はありそうだと階段を上がりかけたとき、自動車道を上がってくる車の音がしたと思うと、玄関の外の砂利の上で止まった。

「いったい、誰だろう、今ごろ？」とアントニーがつぶやくと、「誰だかわかりませんが、十五分たっぷり、早すぎますね」とミセス・アンダーソンが布巾でグラスを拭きながら答えた。

アントニーは眉を寄せた。ここは西部スコットランドだ。一時間と四十五分遅れてくる者はいるとしても、定刻の十五分前にくる者など、いるわけがないのに。

ところが驚いたことに現われたのはヒュー・カイルであった。ディナー・スーツ姿がバッチリ決まって、いかにも堂々としていた。

「やあ、アントニー」

アントニーはホッと安堵のため息を洩らした。「やあ、きみだったのか、ヒュー。しかしばかに早いじゃないか」

「ああ」とヒューはドアを閉めてポケットに手を突っこんで、パーティーの準備の様子に目を走らせながら近づいた。「豪勢なものだね。昔を思い出すよ」

「ああ、みんな、せっせと働いているよ。ぼくは一杯やってから、タピーのところに顔を出そうと思っていたんだが」とウイスキーをグラス二つに注いで水を足し、一つをヒューに渡した。「健康を祈るよ！」

こう言ってアントニーはグラスをちょっと上げたが、ヒューは健康を祝し合う気分ではないらしく、グラスを持ったまま、アントニーにじっと目を注いでいた。その青い目に考えこんでいるような表情がたたえられているのを意識したとたん、アントニーはなぜともなく、危惧の念が胸にきざすのを覚えた。それで彼はグラスを下ろして、「何か厄介なことでも？」ときいた。

「ああ」とヒューはぼっそり答えた。「きみと少し話し合おうと思ってね。どこか、二人だけで話せる場所はないかな？」


フローラは学生のころから持っている、だいぶくたびれて見えるブルーのバスローブを羽織って化粧台に向かってすわり、反りを打った長い睫毛にマスカラを塗っていた。鏡の中から彼女のほうに身を乗り出している女性は、彼女とは何の関係もない他人のように思われた。いつもより入念な化粧をし、輝くような光沢のある髪もいつもより念入りにまとめているので、何かこう取り澄ました、雑誌に載っているモデルの写真のような感じがした。

電気ストーブが赤々と燃え、カーテンが引かれている寝室も、いつもと違ってよそよそしい風情だった。マクラウド看護婦苦心のドレスは衣装戸棚のドアの外に誇らしげに吊るされて、幽霊のようにほの白く見えた。

それはタピーのテニス服のリフォームとはとても思えない、エレガントなパーティー・ドレスだった。漂白して糊を利かせてあるので新雪のようにフレッシュで、ローンとレースがはめこまれているあいだにブルーの裏地がちらちらとのぞき、小さなパールのボタンがウエストからのどもとまでズラリと並んでいた。

しかしフローラにとって、この晴れ着は彼女の欺瞞の象徴のようで、彼女はそれを身にまとうのを、最後の瞬間までのばしていたのだった。しかしいつまでも着替えずにいるわけにもいかなかった。彼女はマスカラの刷毛を下に置き、残りわずかなマーシャの香水をスプレーした。それから立ち上がって、進まぬ気持ちでガウンを脱いだ。鏡に映った自分の姿をフローラは一瞬、じっと見返した。背のすらりと高い、ほっそりとしたおとめの裸身は夏の日焼けの名残をとどめており、ブラジャーとブリーフの白いレースとの対照でいっそう褐色に見えた。部屋の中は暖かかったが、フローラはブルッと身を震わせ、鏡に背を向けてハンガーからドレスを取り、小さくまたいでその中に入ると、まず長い細い袖に腕を通して、そっと肩まで引き上げた。紙で出来てでもいるように冷たい感触だった。小さなボタンをフローラは一つ一つとめた。時間がかかったのは、ボタン穴に糊が詰まっていたからで、穴を順次開けてボタンをはめこまなければならなかった。高い襟も糊が利いていてボール紙のように固く、へりが首の肉に食いこんで痛かった。

それでもどうにか身にまとい、ベルトのバックルや、カフスボタンをとめると、フローラは鏡の前でゆっくりと回ってみた。まるでウエディングケーキの上に乗っている、白砂糖で出来た人形のようにぎごちない感じだった。「あたし、怖いの」とフローラはささやくようにつぶやいたが、鏡の中の娘はただまじまじと見返すばかりだった。フローラはため息をつき、身をかがめて電気ストーブを消し、ついで電灯も消して部屋を出た。盛装した自分を約束どおり、タピーに見てもらい、おやすみなさいと言おうと思ったのだった。

階下《した》から楽の音がかすかに流れてきた。家の中は暑いくらいで、燃える丸太のにおいと菊の花の香りが漂っていた。楽しげな話し声がキッチンのほうから聞こえ、ちょうどクリスマスの前のような、それともピカピカ光る金紙に包んだ、ミステリアスなプレゼントを開ける瞬間のような、抑えた興奮の雰囲気をつくり出していた。

タピーの部屋のドアは半開きになっており、中から低い話し声が聞こえてきた。フローラはドアを軽くノックしてから入って行った。タピーは白いベッド・ジャケットののどもとにサテンのリボンを結び、ふくらませた枕にゆったりと寄りかかり、古い肖像画に描かれている子どもを思わせる、愛らしい姿のジェイスンが並んですわっていた。

「ローズ！」と叫んで夕ピーは両腕をひろげた。いかにも夕ピーらしく快活な、愛情あふれる、小意気なジェスチャーだった。「よくきてくれたこと！さあ、ここにきて、あなたをよく見せてちょうだい。いいえ、少し行ったりきたり歩いてみてくれるかしら？」

フローラはゴワゴワするドレスをちょっと気にしながら歩いた。「マクラウド看護婦さんはほんとに器用だこと！　長いあいだ、屋根裏で眠っていたドレスがあたらしい形で息を吹きかえして、まるでまっさらの新品のよう！　ここにきて、わたしにキスをしてちょうだい。まあ、いい匂い！　ちょっとこのベッドの端にすわってごらんなさいな。でも気をつけてね。せっかくのドレスがクシャクシャになるといけないから」

フローラは言われるがままにベッドの端にそっと腰を下ろした。「襟がひどく窮屈で、まるでキリンの首の女って感じ」

「キリンの首の女ってなあに？」とジェイスンがきいた。

「ビルマのお話に出てくるのよ」と夕ピーが言った。「首に金の輪をはめていてね。その首がどんどん伸びて行くってお話」

「ねえ、それ、ほんとに夕ピーがテニスのときに着た服だったの？」とジェイスンがまたきいた。ジェイスンは目を丸くしてフローラを見つめていた。ジーンズとセーターのいつものローズとはまるで違って見えた。見も知らぬよその人のようで、ジェイスンはちょっとはにかんでいた。

「ええ、本当よ。わたしがごく若いころにはこういう服を着てテニスをしたものでね」

「こんな服を着てテニスをしたなんて、想像もつきませんけど」とフローラが言った。

夕ピーはちょっと考えてから答えた。「大したテニスでなかったのは確かだわ」

ジェイスンも、フローラも、そして夕ピーもドッと笑った。夕ピーはフローラの手を取って、やさしくさすった。目がキラキラと輝き、頬が上気していた。それが興奮のせいなのか、ベッドのそばのテーブルの上にのっているグラスのシャンパンのせいなのか、それはわからなかった。「わたし、ここでずっと音楽に耳を傾けていたのよ。わたしの足はシーツの下で、音楽に合わせてひとりでに調子を取っていたわ。そこにジェイスンがやってきたのよ――ジェイスンには祖父にあたるブルースの小さいころ、そっくりの姿で。わたし、ジェイスンに、その昔のダンス・パーティーの話をして聞かせたの。ブルースが二十一歳のときのパーティーの話をね。その晩、わたしたちは屋敷の裏で焚き火をしたのよ。そのパーティーには、この土地の人たちがみんな集まってね。焼き串に牛肉を突き刺して焼き、ビールの樽を次々に開けて、まったく大したパーティーだったわ」

「ローズに、ぼくのお祖父さんとお祖母さんのヨットの話をしてあげてよ」

「ローズは聞きたくないかもよ」

「お願い、聞かせてくださいな」とフローラは促した。

促されるまでもなく、タピーは話そうという気分になっているらしかった。「ジェイスンの祖父、つまりわたしの息子はブルースという名でね、そりゃあ、野放図な子だったわ。一日中、農場の子どもたちと裸足で遊び回り、休暇が終わると、靴がはけないほどでね。ごく小さいときから海に夢中で、まったくの怖いもの知らずだったわ。五歳になるころにはなかなか達者に泳いだものよ。今のジェイスンとほとんど同じくらいのときに、最初のディンギーをもらってね。今アードモアで働いているタミー・トッドのお父さんが、ブルースのためにそのディンギーをつくってくれたのよ。毎年、夏になると、アードモア・ヨット・クラブの主催でレガッタが開催されてね、子どものたちのためのレースもあったわ。何て呼ばれていたんでしたっけ、ジェイスン？」

「鋳かけ屋レースって呼ばれていたんだよ。どのヨットの帆もつぎはぎのおんボロだったから」

「つぎはぎのおんぼろ？」とフローラが怪訝そうに眉を寄せた。

「帆がどれもみんな、お母さんたちのお手製だったってこと」とタピーは説明した。「色とりどりのロックとか、ロックアルシュのカイルズに入港することがあって、そういうとき、ブルースは週末に賜暇をもらって帰省したものよ。帰ってきても、しょっちゅう、ヨットを操るか、ディンギーを走らせるかでね」

「ぼくのお祖母さんも、海軍にいたんだよね？」

タピーは熱心に質問するジェイスンに、やさしく微笑みかけた。「そうよ、海軍婦人部隊員としてね。戦争が始まって間もなく結婚したのよ。おかしな結婚式だったわ。ブルースが航海中で結婚式は延期また延期でね。でもようやっとロンドンで結婚式をあげたのよ——週末に賜暇をもらって。イザベルとわたしはロンドンに到着するまでにたいへんな苦労をしたものだったわ。列車という列車が軍人さんでいっぱいで、みんなでサンドイッチを分け合ったり、お互いの膝の上にすわったり、それなりに結構楽しかったけどね」

「もっと話して」とジェイスンがせがんだが、タピーは両手を差し上げて言った。

「あなたはね、ジェイスン、話を聞くためにここに布が縫い合わされていてね。お母さんたちは息子のヨットのために何か月もかけて帆を縫ったものよ。いちばん目立つ帆を上げているヨットの持ち主の子が受賞することになっていて、最初の年はブルースが賞をものにしたのよ。その賞ほど、ブルースにとって大きな意味を持っていた賞は、一生のうちにもなかったでしょうね」

「でもさ、もっとほかのレースにも出て、もっとたくさんの賞を取ったんだよね、ぼくのお祖父さん」

「ええ、ええ、ブルースはいろいろなレースに優勝したわ。アードモアだけじゃなく、クライドに出かけて、イギリス北方艦隊の参加するレースに出場したり。学校を出ると、海洋レースに出場するヨットのクルーになって、アメリカまで出かけて行ったりね。ヨットの帆走はブルースにとって、最高の楽しみだったんでしょうね」

「そのうち、戦争が始まって、それで海軍に入ったんでしょ？」

「そうよ、ジェイスン、大西洋護送艦隊に配属している駆逐艦に乗り組んでね。護送艦隊がたまにゲアきたわけじゃないでしょ？　わたしにおやすみなさいを言って、それからパーティーに出席するんでしょ？　考えてもごらんなさい、今夜はあなたにとっての最初のダンス・パーティーなのよ。あなたはそのパーティーであなたのお祖父さんのキルトとベルベットのダブレットを着たことを、一生のあいだに何度も思い出すことになるでしょうよ」

ジェイスンはしぶしぶベッドから降りた。戸口に進みながら彼はフローラに言った。

「ぼくと踊ってくれる？　ぼく、『ヤナギの枝の皮をむいて』と『エイトサム・リール』なら踊れるよ――ほかの人が間違えなければだけど」

「あたしはどっちも踊れないのよ。でもあなたが教えてくれるなら、喜んであなたと踊るわ」

「たぶん、教えてあげられると思うよ――『ヤナギの枝の皮をむいて』なら」と言いながら、ジェイスンはドアを開けた。「おやすみなさい、タピー」

「おやすみなさい、いい子ちゃん」

ドアが閉まると、タピーはもう一度、枕に身をもたせかけた。その顔にはちょっと疲れた、けれども安らかな表情が浮かんでいた。

「何だかとても妙な気持ちがしてね」とタピーの声にも疲労の響きがあった。彼女にとってはあまりにも長い一日だったのだろう。「年月の観念がまるでなくなってしまったみたいで。音楽が聞こえてくるし、いながらにして、階下《した》の様子や混雑や騒ぎがありありと想像できるものだからね。そこにジェイスンがやってきたので、ちょっとのあいだだけど、わたし、てっきりブルースだと思ったくらいよ。ほんとにおかしな気持ち。でも嫌な感じじゃないのよ。こうした気持ちは、この家と何か関係があるんじゃないかしら。この家とわたしは、いわばお互いによく知り合っている同士ってところなのよ。なぜって、わたしは生まれてこのかた、ずっとこの家で暮らしてきたんですものね。ここで生まれて、ここで暮らして。そのこと、あなた、知っていた？」

「いいえ、知りませんでした」

「そうなのよ。わたしはここで生まれ、ここで育ったのよ。わたしの二人の弟もね」

「弟さんがいらしたってことも知りませんでした

「ジェームズとロビーといってね。わたしとはずいぶん年が離れていたのよ。母はわたしが十二歳のときに亡くなったから、弟たちは、ある意味ではわたしの子どものようなものだったわ。そろいもそろってたいへんないたずらっ子で、次から次へととんでもない悪さをしてのけたのよ。筏をこしらえて浜辺から乗り出したこともあったわ。引き潮に乗って沖に流されて救命ボートで追いかけなければならなかったものよ。ビーチ・ハウスの庭で焚き火をして、煙がくすぶってたいへんな騒ぎになったこともありましたっけ。あの子たちが丸焼きにならなかったのが不思議なくらいで、そのときはふだん温厚なわたしの父もさすがにカンカンになって。その後、二人の寄宿学校に送られたときには、わたし、もう寂しくてね。やがて二人とも背の高い、ハンサムな青年に成長したけど、いたずらはあいかわらずだったわ。そのころには、わたしはもう結婚してエディンバラに住んでいたのよ。二人の噂はそのエディンバラまで伝わってきたわ。羽目をはずして、たいへん

なたずらをやってのけたことや、二人で計画したばか騒ぎのパーティーのことや。二人とも、そりゃあ、様子がよくてね、たぶんスコットランド中の若い娘を泣かせたんじゃないかしら。でもとても、チャーミングだったし、二人のことを長いこと、怒っていられる女性はいなかったでしょうね」

「その弟さんたちのその後は？」

タピーの明るい、張りのある声が少しかすれた。

「二人とも戦死したのよ。第一次大戦中に。まずロビー、それからジェームズ。恐ろしい戦争だったわ。勇敢な若者がどんどん死んで行ってね。凄惨な戦い。長い戦死者名簿。イザベルの世代の者のうちにも、あの戦死者名簿の恐ろしさを想像できない人がいるようだけれど。戦争の終わり近くには、わたしの夫も戦死して。そのときはわたし、何を望みに生きて行ったらいいのか、わからなくなってね」青い目に急にドッと涙があふれるのを、フローラは見た。

「ああ、タピー！」

しかしタピーは感情に流され、自己憐憫に浸るこ

とを拒否して、首を振った。「でも生きる目的はもちろん、あったのよ。だって、わたしには子どもたちがいたんですもの。イザベルとブルースがね。だけどわたしって、あまり母性的な女ではなかったのかもね。母親らしい愛情は弟たちのために費やしてしまって、イザベルとブルースが生まれたときには、母親となることをそれほど喜んでいなかったのかも。そのころ、わたしたちはイングランドで暮らしていたんだけれど、イザベルもブルースもとても顔色がわるくて、おとなしくてね。どうしてか、わたし、子どもたちのことにそれほど夢中になれなかったのよ。それで気がとがめて、その一方、自己憐憫におちいって。まあ、一種の悪循環でしょうね」

「それで？」

「父がわたしに手紙をよこしたの。戦争もようやく終わったことだし、子どもたちを連れてクリスマスにファーンリッグ荘に帰ってきたらいいって。父はターボールの駅まで迎えにきてくれたわ。暗い寒い冬の朝でね、おまけに雨が降っていて。わたしたち、さぞ、みじめったらしく見えたでしょうねえ。真っ黒な喪服を着て、血の気のない青ざめた顔をして、煤煙によごれて。父は大型の馬車できていてね。ちょうど夜明けの光が空にさしそめていたわ。途中で父の知人の農園主に会ったのよ。父は馬を止めてわたしたちを紹介し、子どもたちはそのおじいさんと真面目な顔で握手をしたものだったわ。

「わたしとしてはクリスマスを過ごすために帰ったつもりだったんだけれど、年が明けても、わたしたち、そのまま滞在を続けたわ。気がつくとまた春がきていてね、子どもたちはすっかりファーンリッグ荘に落ち着いて、生まれてからここを離れたことがないみたいに、ここの子になりきっていたわ。バラ色の頬をして、騒々しい声を上げたり、バタバタ走り回ったり。一日中、ほとんど外で暮らして、子どもはこうでなくちゃって、わたし、思ったものだった。わたしはわたしで庭に夢中になってね、バラの花壇をつくったり、灌木を植えたり、フクシアの生け垣をこしらえたり。そのうちにわたし、過去がどんなに悲劇的でも、人間には未来というものが残されているはずだと思うようになってね。この家ってね、ただここにいるだけで慰めが与えられるような、そんな家なのよ、ローズ。何事が起ころうと、この家が変わることはないだろう——そんなふうに思われてね。変わらないものがあるって、とてもありがたいことなのよね」

タピーは沈黙した。玄関前に車の到着する音や、楽の音を圧するような高声の会話が聞こえてきたりした。パーティーが始まったのだろう。タピーはシャンパンのグラスに手を伸ばして一口すすり、それからグラスを置くと、ふたたびフローラの手を取った。「ブルースの子どものトーキルとアントニーはここで生まれたのよ。トーキルの場合が難産だったので、お医者さんたちは母親に、二人目の子どもの出産は無理だって言ったんだけれど、彼女は無理を承知で産もうという決心をしてね。ブルースは当然、妻の身を案じていて、それでわたしたち、彼女が妊娠中からファーンリッグ荘で過ごすように計らったのよ。何もかも、わたしたちが願っていたとおりに運ぶはずだったんだけれど、アントニーが生まれる、ちょうど一か月前にブルースの船が魚雷に撃沈されて。それからってもの、母親は生きようという意志をなくしてしまって。いちばん、辛かったのはね、わたしには彼女の気持ちが痛いほどよくわかっていたということだったの」と言って、タピーは泣き笑いのような、ゆがんだ笑みを洩らした。「そんなふうにしてイザベルとわたしは出発点に逆もどりしたみたいに、またまた二人の男の子を育てあげることになったのよ。考えてみると、ファーンリッグ荘にはいつも小さな男の子がいたわ。わたし、今でもときどき、男の子たちが庭から駆けこんできたり、階段の下から呼びかけたり、大騒ぎをしたりしている音があちこちから聞こえてくるような気がするの。死んで、今はもうこの世にいないから、それだからその子たちはけっして年を取ることがないんじゃないかしら。この家にこのわたしがいて追憶にふける限り、本当の意味ではあの子たちはこの世から去ることがないのではないか——そんな気がするのよね」

タピーはふたたび沈黙した。フローラは思わず口走っていた。「今のお話、もっと前に聞かせていただきたかったわ。もっと前に知っていればよかった」

「過去についてはまったく語らないほうがいいこともあるからね。過去について語るのは、とても年を取った人たちだけに許されている特権なのよ」

「でもファーンリッグ荘はいかにも幸せな住まいですわ。家の中に足を踏みいれた瞬間、あたしにはそれがわかったんです」

「あなたがそう感じてくれたのは、とてもうれしいことだわ。わたし、ときどき、この家は木に似ていると思うことがあるの。節くれだった古木。風の中で曲がったり、変形したりしている年老いた木。ある枝は嵐をまともに受けて折れたり、枝がもげたりしていて、あなたはときには、木そのものも死にかけているんじゃないか、これ以上、自然の猛威に曝されればとても生きながらえることはできないだろう——そう思うかもしれないわ。ところが春がめぐってくると、木はおびただしい数の緑の若葉をつけるのよ——まるで奇跡みたいに。あなたもそのいとけない葉のうちの一枚なのよ、ローズ。アントニーもそう。ジェイスンもそう。まわりに若い人たちの存在をあらたに感じるとき、わたし、すべてのものには価値があるという気がしてくるの。あなたがこうしてここにいる——そのことがわたしにはとてもうれしいのよ」

フローラは言葉を失っていた。

しかしタピーはいかにも彼女らしく、ガラリと変わった気分になって、勢いよく言った。「まあ、わたしったら、あなたを引き止めてくだらないことをペラペラしゃべり散らして。階下《した》ではみんながあなたを待っているというのに！　どんな気分？　ちょっと緊張気味？」

「ほんのちょっと」

「緊張する必要なんて、ぜんぜんないのに。あなたはとてもうつくしいわ。アントニーだけでなく、みんながあなたを大好きになるでしょうよ。さあ、わたしにキスをして、急いで階下《した》にいらっしゃいな。そして明日またここにきて、今夜のことを残らず話して聞かせてちょうだいね。ほんのちょっとしたこともひっくるめて、何から何まで残らず聞かせてもらうつもりで、待っていますからね」

フローラはベッドから降りて、身をかがめてタピーにキスをして戸口に行った。ドアを開けたとき、タピーが呼んだ。「ローズ」フローラは振り返った。「せいぜい楽しんでいらっしゃいね」

フローラは部屋を出て、ドアを後ろで閉めた。

感情的になってはいけない。そんなときでも、場合でもないんだから。感傷にひたるなんて甘ったれている。おばあさんがシャンパンのほろ酔い気分で思い出話をしてくれただけなのに。感情を抑えることはとうの昔に十分、学んでいるはずじゃないの。ちょっと立ち止まり、両手で顔を覆って目を閉じるだけでいい。そうすれば、のどにこみ上げているかたまりが風船のようにふくれ上がることはなくなるだろう。愚かしい涙はひっこみ、二度と流されないだろう。

ずいぶん長いことタピーといっしょに過ごしたようで、階下《した》から聞こえる音楽の調べや談笑の声から察するところ、パーティーはすでにたけなわらしく、早く降りて行かなければいけないということはよくわかっていた。泣きだしてはだめ——フローラはきびしく自分に言い聞かせた。アントニーに約束したのだから。

約束？　何を約束したというのか？　途方もない思いつきからの約束。自分たちを、また自分たちに関わりのあるすべての人をめちゃめちゃにすることなしに、この欺瞞をつらぬきとおせると、どうして思ったのか？

やっきになって問いかけても答えは返ってこなかった。俄かごしらえのパーティー・ドレスは糊が利きすぎていて、何とも着心地がわるかった。まるで彼女を打ちひしいでいる恥ずかしさと自己嫌悪の象徴のように。

ローズ、せいぜい楽しんでいらっしゃいね。

でもわたしはローズじゃない。それにこれ以上、ローズのふりをすることなんかできないわ。

フローラは拳を口に押しあてた。しかし何にもならなかった。そのころには彼女の嗚咽はとめどもなくなっていた。タピーを思って、タピーの弟の二人の少年を思って、さらにまた彼女自身のためにも、フローラは泣いていた。目の前が見えなくなるほど、涙があふれ、頬を伝っていた。

フローラは涙によごれ、マスカラが流れ出してひどくなっている自分の顔を思い描いた。しかしそんなことはどうでもよかった。この仮面劇も大詰めにきている——そう思えてならなかった。パーティーに出るなんてとんでもない。誰に会うのもいや。彼女は本能的に自分の部屋に足を向けていた。まるで何かから逃げ出そうとしているかのように、彼女は走りだした。長い廊下を走って、自分の部屋の戸口にたどりつき、中に入り、ドアを閉めた。さあ、これで一安心。

ドアを閉ざしたので、音楽の音も、話し声もごくかすかなささやき声のようになり、聞こえるのは彼女自身の聞き苦しいすすり泣きの音だけだった。部屋の中は凍りつくように寒かったが、フローラは不器用な手つきでドレスのボタンを一つ一つ、はずしはじめた。窮屈だった襟のあたりがゆるむにつれて、ふたたび息がつけるようになった。胴着のボタンをはずし、細いカフスもはずし、フローラはドレスをするりと落とした。ささやくようなかすかな音を立てて、それは床に落ちた。フローラはそれをまたいで、何かの包みを覆っていた紙のように、そこに置きざりにした。寒さに震えながら、フローラは着慣れた古びたガウンを取りあげて、ボタンもはめず、サッシュも結ばず羽織ってベッドに倒れこみ、嵐のような慟哭に身を任せた。

時は意味を持たなくなっていた。どのくらい、そうして横たわっていたか、フローラはドアが開き、ひそやかに閉まる音を聞いた。誰かが部屋の中に入ってきたのかどうかということさえ、さだかにはわからなかったが、誰かがふと彼女の隣にすわったような気がした。温かい存在、がっちりとした、頼りになる存在が近々と感じられるようだった。彼女は枕の上で頭《こうべ》をめぐらした。と、誰かの手が伸びて、顔に垂れかかった髪を後ろに掻き上げてくれた。涙のにじむ目で見つめると、ぼやけていた黒い服と白いシャツが徐々にはっきりしてヒュー・カイルの姿となった。

イザベルか、アントニーが様子を見にきたのだろうと思っていた。まさか、ヒューがきてくれようとは。フローラは泣きやもうと、せいいっぱいの努力をした。そして涙が少しひっこんだとき、子どものように手首を曲げて目を拭い、あらためてヒューの顔を見やった。ぼけていた面影がはっきりしたとき、彼女が見たのは、それまでついぞ見たことのない彼だった。いつもと服装が違うばかりではなかった。このように辛抱強いヒューを、フローラは知らなかった。まるで時間が無限にあるかのように、彼は彼女の隣にすわっていた。一語も発しなかったが、フローラが気がすむまで泣くあいだ、じっと待つつもりのようだった。

フローラは何とか口を開こうと努力した。「あっちに行って」とだけでも言えたら言っていたのだろうが、見上げるとヒューが両腕を大きくひろげていた。何を思うまでもなく、フローラは枕の上から夢中で身を起こし、広げたその胸の中に飛びこみ、このない慰めを与えてくれる、おおらかな抱擁に身を委ねた。

パリッとした真っ白な彼のシャツの胸はおそらく彼女の涙でどうしようもなく汚れていただろうに、そんなことを彼は意にも介していないようだった。彼の腕は嗚咽に震えている彼女の肩に回されていた。清潔なリネンとアフターシェーヴの香りが漂い、彼女の頭の上には彼の顎がのっていた。

少しして彼がやさしく、「どうしたんだね?」ときいたとき、彼女は答えた。しどろもどろに、なんの脈絡もなく。奔流のように、洪水のように。「あたし、夕ピーのところに行ったんです……夕ピーが……話してくれて……アームストロング家の男の子たちのことを……そんなことがあったなんて……ぜんぜん……知らなかったものだから、聞いているうちにたまらなくなって。夕ピーは……言ったんです。あたしも、春に木がつける、おびただしい若葉のうちの一枚だって。それで……それであたし、もう……たまらなくて」彼のシャツの胸に顔を押しつけているので、満足に口がきけなかった。しかし彼女は続けた。「みんなの声や音楽が聞こえてきたけれど、でも降りて行く気になれなくて……」

少し落ち着いたとき、フローラは彼がこういうのを聞いた。「イザベルが、きみがどうかしたんじゃないかと、ぼくをよこしたんだよ。連れてきてくれって」

フローラは彼の顎の下ではげしく首を振った。「行けないわ」

「もちろん、ぼくといっしょにこなくちゃ。みんながきみに会おうと待っているんだからね。お客の期待を裏切るのはよくないよ」

「行けないわ。行くつもりもないわ。あたしがまた病気になったとか、何でもいいから言い訳をしてくださいな……お願い……」

ヒューは彼女を抱いている腕に力をこめた。「フローラ、さあ、シャンとしたまえ」

部屋の中はしんと静まりかえっていた。その静けさの底から、フローラの意識のうちにさまざまな音が忍びよっていた。家の反対側から漂ってくる楽の音。風が起こって、窓をガタピシ揺さぶっていた。かすかな潮騒の音。そしてあまり近すぎて、聞こえるというより感じられるといったほうがいい、ヒューの心臓の鼓動。

フローラはそっと身を引き離した。「あのぅ、今、あたしのことを何て呼んだのかしら？」

「フローラって。いい名前じゃないか。ローズより、ずっといい名だと思うがね」

あまり泣いたので、顔がヒリヒリしていた。頬にまだ残っている涙を、彼女は指先で拭おうとした。鼻水も流れていた。ハンカチーフが見つからずに、彼女は大きく鼻をすすり上げた。と、ヒューはポケットに手を突っこんで、自分のハンカチーフを渡してくれた。胸のポケットからのぞいている、うつくしいシルクのそれでなく、さんざん洗って手触りがやわらかくなっている、普段使いのものだった。

フローラはありがたそうにそれを受け取った。「あたし、どうなってしまったのかしら？　泣きやむことができないみたい。こんなこと、めったにないんですけど」と鼻をかんだ。「信じられないでしょうけど、ほんとよ。この二、三日、あたし、泣く以外のことを、ほとんどしていないみたい」

「そうらしいね。だがきみは極度の緊張に耐えていたんだ。無理もないよ」

「ええ」ハンカチーフに目を落とすと、黒いしみが点々としていた。「マスカラが流れ出しちゃって」

「きみの顔、パンダそっくりだよ」

「でしょうね」こう言ってから、フローラは大きく息を吸いこんだ。「あたしがフローラだってこと、どうしてわかったんですか？」

「アントニーにきいたのさ。きみの名がフローラだってことをね。しかし少し前から、ぼくはきみがローズではないということを知っていたんだよ」

「いつから？」

「きみが食中毒にかかって、ぼくの診察を受けたときに確信したのさ。その少し前から」と彼はつけ加えた。「ぼくなりに疑いをいだいていたんだが」

「確信したって……」

「五年前にビーチ・ハウスに滞在していた夏、ローズが浜辺で怪我をしてね。甲羅干しか何か、彼女としては無害な部類の過ごし方をしていたときに、誰かふざけた人間が砂の中に埋めた瓶のかけらで腕に怪我をしたんだよ。ちょうどこのあたりに」と彼はフローラの手を取って、ガウンの袖をめくり、前膊の外側に二インチばかりの長さの線を指で引いた。

「重傷というほどではなかったが、縫合する必要があった。ぼくは縫合の手際はいいほうだが、傷跡をぜんぜん残さないような処置はできなかった」

「でもどうしてあのときすぐ、おっしゃらなかったの？」

「まず、アントニーに問いただしてみようと思ったんだよ」

「アントニーはあなたに、何もかも残らず話したんですか？　あたしとローズのこと、それからあたしたちの両親のことも？」

「そう、何もかもね。まったく小説みたいに不思議な話だね」

「アントニーは……タピーに明日、話すはずなんですけど」

「いいや」とヒューは首を振った。「今、話しているはずだ」

「タピーのところに行って？」

「そう」

「じゃあ……」とフローラはほとんど恐る恐る言った。「タピーはもう知っているのね、あたしがローズじゃないってことを」

「たぶんね。きみはそのことで泣いていたのかい？」

「いろいろなことを考えていたら、涙が止まらなくなって」

「良心のうずきも、そのいろいろなことの一部なのかな？」

フローラはうなずいた。たまらなくみじめだった。

「タピーに嘘をついているのが、やりきれなかったんだろうね？」

「まるで自分が殺人者のような気がして」

「しかし、もうそんなふうに考える必要はなくなったわけだ」と言ったヒューの声色はほとんどいつものように素っ気なく響いた。「だからさっさとベッドから降りて、服を着て、階下《した》に降りて行きたまえ」

「でもあたしの顔、汚れているし、腫れぼったくなっていて」

「洗えば直るさ」

「ドレスは皺だらけだし」

ヒューはまわりを見回して、床の上に脱ぎっぱなしになっているドレスに目をとめた。

「当然だろう、皺にもなるさ」と立ち上がってそれを取り上げ、ポンとふるってベッドの裾に横たえた。フローラは腕で両膝をかかえて、彼のすることを黙って見守っていた。「寒いのかい？」

「少し」

彼は無言で靴の先で電気ストーブのスイッチを押し下げ、それから化粧台の前に行った。フローラは化粧台の上のシャンパンの瓶の緑色の輝きと二つのワイングラスに初めて気づいた。

「これをわざわざ持って上がっていらしたの？」

「刺激剤を用意しておけば、急場の役に立つかもしれないと思ってね」と言って、彼は器用な手つきでコルクの栓を抜いた。「思ったとおり、役に立ちそうだ」

コルク栓がポンと音を立てて飛び、金色の泡が噴き出たが、ヒューはほんの少しもこぼさずに手際よくそれを二つのグラスについだ。瓶を置いて、彼はフローラのところになみなみとシャンパンを湛えているグラスを持って行き、「乾杯《シャランタ》!」と言った。二人は同時にグラスをあげた。ワインは辛口で鼻がこそばゆかったが、結婚式の披露宴その他のすばらしい祝宴の味がした。

電気ストーブの電熱の柱が赤くなるころ、室内はずっと明るく、暖かくなっていた。フローラはもう一口シャンパンを飲んで、唐突に、「あたし、今はローズのこと、何もかも知っているのよ」とつぶやいた。

ヒューはすぐには答えずにシャンパンの瓶を取ってベッドの裾にすわり、がっしりした肩を真鍮のベッドの手すりにもたせかけて、瓶を床の上に置いた。「ローズについて、何を知っているというんだね?」

「ブライアンとディナーに出かけたときには、そのことをぜんぜん知らなかったんです。知っていたら、ぜったいに行かなかったでしょう」

「ブライアンは微に入り、細をうがって思い出話にふけったろう?」

「ストップをかけたかったのよ。あたし。でもそうできなくて」

「ショックを受けたろう? びっくりしただろうね?」

フローラは思い返そうとした。「さあ、どうだったかしら。ロンドンではローズをよく知る暇がなかったから。偶然に出会って、一晩、いっしょに過ごしただけで、ローズは翌日、ギリシアに立ってしまったんですもの。でもローズは見かけはあたしにそっくりだったわ。だからあたし、あたしたちって、何から何まで似ているんだろうと思いこんでいたんです。ローズは金持ちで、あたしなんかには想像もつかないくらい、いろいろなものを持っているってことを除いてはね。でもそうしたことは根本的に重要だとも思えなかったし、どういうわけか、あたし、あたしたちは一つの全体の半分ずつだというふうに考えていたんです。ローズが行ってしまってから、アントニーが訪ねてきて、ローズとのあいだのことをあたしに話して聞かせて。そのときから、あたし、ローズについてあれこれ思いめぐらしはじめたのよ。ローズは、アントニーが彼女を必要としていることを百も承知していながら、平気でギリシアに行ってしまったんだってことを知ったときには、とてもショックで。一つにはそれだからあたし、ファーンリッグ荘にきたようなものだったんです。ローズのしたことの埋め合わせができたらと思って」説明すること自体、どうにもむずかしくてやりきれなかった。「こんなこと言っても、さっぱり意味をなさないでしょうねえ」

「いや、よくわかるよ」

「それで、あたし……」

しかしヒューがさえぎった。

「フローラ、最初にきみに会った日、浜辺のビーチ・ハウスの脇でぼくがきみに話しかけた日、きみはぼくが気がおかしいんじゃないかと思ったろうね？」

「いいえ」

「じゃあ、きくが、いったい、どう思ったんだね？」

「あたし……あたし、あなたはローズに傷つけられた経験を持っているんじゃないかって想像して……」

「つまり彼女を愛していたのにってことかい？」

「ええ」

「ぼくは本当のところ、ローズをあまりよく知らないくらいでね。もともと彼女はぼくには一顧も与えなかった。そのころのアントニーにも、二度とは振り向かなかっただろう。しかしブライアンとなると話はべつだ。ブライアンはまったく違う種類の男だから」

「あなたはローズを愛していたわけじゃないのね？」

「とんでもない！」フローラはついうれしくなって微笑した。「おいおい、何だって、チェシャー・キャットのようにニヤニヤしだすんだい？」

「あなたはローズを愛していたに違いないって決めこんでいたものだから。それで、たまらなかったのよ」

「どうして？」

「ローズがとても汚らしく思えて。それにたぶん」と思いきってつけ加えた。「あなたがとても好きになってしまったから」

「このぼくを？」

「それだからあたし、あなたに当たりちらしたのよ。あなたがロックガリーからあたしをここに連れて帰る途中」

「フーン、きみは好きな人間というと当たりちらすわけか」

「その人が嫉妬してるんだって思ったときは」

「ぼくは、きみがぼくを憎んでいるものと決めていた。それに、あのときのきみは酔っぱらっているようにも見えたしね」

「ちょっとは酔っていたかも。でも少なくともあたしはあなたの顔をぶったりしなかったわ」

「わるかったね」とは言ったが、ヒューはあまりすまなく思っているようでもなかった。

「嫉妬からでなかったら……どうして、あなた、あんなに腹を立てていたの？」

「アナのことがあったからだよ」

アナのこと？　フローラはため息をついた。「説明してくださらない？　でないとあたし、てんでわかりそうにないわ」


ヒューは「ああ」とつぶやいた。そしてグラスを干すと、床のシャンパンの瓶に手を伸ばし、二つのグラスに注いだ。真夜中の差し向かいのように、心おきないものが二人のあいだに通いだしていた。

「ストダート夫妻について、きみがどの程度、知っているのかはわからないが」

「知っているわ。タピーが話してくださったから」

「そりゃ、好都合だ。細かいことに立ち入らずにすむ。どこから始めようか？　五年前、ローズと彼女の母親はビーチ・ハウスを借りて一夏を過ごした——それはきみも知っているね？　そもそもあの二人がどうしてここにくるようになったのかは不可解だ。このあたりの土地はシュースター親子のようなジェット族には、およそぴったりしないからね。おそらくタピーがタイムズ紙に出した広告を見たのか、たまには簡素な生活に帰るのも目先が変わって面白いかもしれないと思ったのか。とにかく二人はここにやってきた。タピーはお客にたいしていつもとても良心的だから、彼女たちをファーンリッグ荘に招き、友人たちをひきあわせた。それで二人はブライアンとアナを知るようになったんだろう。

「その夏、アナには赤ん坊が生まれる予定だった。彼女の最初の子どもだった。ブライアンはおそらく、父親になるということに一種の挫折感を覚えていたんだろう、ヨット・クラブのバーメイドと浮気をしていた。グラスゴーの女で、その夏、短期契約でアードモアにやってきたらしい。ブライアンとは何から何まで似合いのカップルだったろうね」

「ほかの人は知っていたの――その情事について？」

「ターボールは小さな地域社会だからね。誰もが知っているし、知られている。ただこの場合には、誰もおおっぴらに話題にしなかったんだ。アナに忠義だてして」

「アナはブライアンがやっていることを知らないふりをしてきたのね、いつも？」

「ああ、しかしアナは一見、引っこみ思案のようでいて、じつはきわめて情熱的で、興奮しやすいたちだ。夫を深く愛していて、彼を他人とわかちあう気はない」

「ブライアンは、アナは駝鳥に似ているって言ってたわ。自分が見たいと思うものしか、見ないって」

「まったくチャーミングな旦那だね。アナに関するかぎり、それは的をついているが、妊娠中にはさまざまな強烈な感情が噴出することがあるからね」

「嫉妬とか？」

「そのとおりだ。だから五年前の夏には、アナはいつもと違って見て見ぬふりをしなかった。ヨット・クラブの女の子と夫が情事にふけっているのではないかという疑いをいだいて、神経が極度にたかぶっていたようだ。彼女が知らなかったのは――ありがたいことに、まるで気づかなかったのは、ローズという、あたらしい対象の登場だった。ぼくがそれについて知ったのは、ヨット・クラブで雑用をしていたタミー・トッドを通じてだった。タミーとぼくは子どものころ、学校友だちでね、タミーはぼくに事情を話しておいたほうがいいと判断したんだろう。ある早朝、ぼくはアナから電話を受けた。アナは心配のあまり、筋の通った話ができないくらい、取り乱していた。ブライアンが一晩中、帰ってこなかったというんだよ。ぼくは何とか彼女を安心させようとし、彼を探しに出かけた。ブライアンはヨット・クラブにいた。前夜、パーティーがあって遅くなり、アナを起こすのもとクラブに泊まったと彼は釈明した。すぐ家に帰るとも言った。しかしその日のうちにぼくはアナから、すぐ連絡してほしいという伝言を受けた。そのとき、ぼくはターボールから車で二時間の田舎に往診に出かけていた。そこの牧羊業者の息子が腹痛を訴え、母親が盲腸炎ではないかと気を揉んでね。さいわい、盲腸炎ではなかったんだが。アナに電話すると、出血が始まっているということで、ぼくは彼女に、できるだけ早くもどるようにするが、ブライアンに救急車を呼んでもらえと勧めた。ところが、アナはあいかわらず一人で、ブライアンはまだまったくもどっていないというじゃないか。ぼくは自分で救急車の手配をして、ロックガリーの病院に電話を入れた。一方急いでターボールに取って返して、診療所から病院に電話してみた。しかし遅すぎた。婦長はぼくに、アナは到着したが、赤ん坊はだめだったと告げた。アナはブライアンにきてほしいとしきりに言っているが、誰も彼がどこにいるのか知らないとも。ぼくは婦長に、ぼくが何とか探し出して連れて行くと言い、電話を切るなり車を出して、ビーチ・ハウスに行き、案内も乞わずに入って行った。ローズとブライアンはベッドにいっしょに寝ていた」

「でも彼女のお母さんは？　何が起こっているのか、母親は知らなかったのかしら？」

「さあね。そのときは家にいなかったが、確か、ゴルフをしにロックガリーに出かけたということだった」

「それでヒュー、あなた、どうしたの？」

ヒューは片手を上げて目をこすった。「例によって例のごとしさ。癇癪を起こし、居丈高に怒鳴りちらしたよ。いずれにせよ、今さら怒っても始まらないということはわかっていた。アナの赤ん坊は死んでしまったんだから」

「五年たって、また赤ちゃんが生まれてこようとしているってわけね」ヒューはうなずいた。

「あなたとしては、同じことが起こるのを見過ごすことができなかった」

「そう」

「最初のときのことだけど……後々、何の影響もおよばなかったのかしら？」

「アナが退院したときには、ローズと母親はすでに去っていたからね」

「タピーもまったく知らないのね？　イザベルも？」

「ああ」

「アントニーも？」

「アントニーはエディンバラの会社に勤務していた。ローズとは週末に帰ったときにちょっと会ったにすぎなかった」

「アントニーがローズと結婚するつもりでいるって聞いたとき、あなた、どう思った？」

「愕然としたよ。しかし五年前のことなんだし、ローズも成長しているだろうと強いて自分に言い聞かせた。どうか、そうあってほしいと祈りもした」

「アナは？　アナはぜんぜん気づいていないんですか？」

「ブライアンとぼくは協定を結んだ。後にも先にも、ぼくがあの男と結ぶ唯一の協定だろうね。本当のことを知ったら、アナは立ち直れないほどの傷を受けるだろう。グラスゴーからやってきた尻軽娘とブライアンの結びつきと、ローズとの情事ではわけが違う。それはアナをめちゃめちゃにしてしまうだろう。それに、アームストロング家の人々も否応なしに巻きこまれることになる」

「その協定はブライアンにとって、どんな利点を持っていたのかしら？」

「ブライアンは浮気男の反面、なかなか利にさとくてね。ローズとのことが知れたら、そしてアナと別れることになったら、物質的、経済的に、ブライアンは誰よりも失うところが大だったろう。その点では今も同じだがね」

「あなたはブライアンをとても嫌っているのね？　そうでしょ？」

「お互いさまにね。だが、ここはせまい社会だ。カッチリまとまった、小さなコミュニティーだ。避けようもないときは、何事もなかったような顔で同席もするさ」

「あの晩、ロックガリーの料理店に現われたあなたを見て、ブライアンはうれしくなかったでしょうね」

「まあね」

「アナから聞いたところだと、ブライアンは顔に痣をこしらえているとか」

ヒューはびっくりしたような顔をした。「ほんとかね？」

「あなた、ブライアンを殴ったの？」

「ほんのちょっとね」

「あの二人の結婚はどうなるのかしら？」

「どうにもならないと思うよ。ブライアンは今後も性懲りもなく色事にふけるだろう。若気の至りという年でもないがね。一方、アナは夫の浮気を見て見ぬふりをしつづるだろう。まあ、あの結婚は無事に存続するだろうね」

「生まれてくる赤ちゃんも、それなりに貢献するのかしら？」

「少なくとも、アナを支えるだろうね」

「世の中って、とても不公平だという気がするけれど」

「人生はもともと不公平だよ、フローラ、それはきみにもう、わかっているんじゃないかね？」

「ええ」と答えて、フローラは深いため息をついた。胸が波立っていた。「ローズがもっといい人間だったらよかったのに。どうしてあんなふうになってしまったのかしら。道徳心が欠け落ちていて、残酷で、みんなを平気で傷つけて。あたしとローズは一卵性双生児で、あたしたちの星座は双子座なのよ。なぜ、ローズはあんなふうなのかしら？」

「環境のせいかな」

「つまり、あたしも父でなく、母に育てられていれば、ローズのようになっていただろうってこと？」

「いや、きみがそうなるなんて思えないよ」

「それにね、あたし、ローズの環境についてはむしろ羨ましく思っていたのよ。ミンクのコートや、豪華なフラットや、お金が自由になることや、どこへでも飛んでいき、好きなことがやれるという環境をね。でも今は、彼女が気の毒に思えるだけ。それって、とてもやりきれない気持ちよ」フローラは膝に顎をのせ、考えこんでいるようなまなざしでヒューを見た。「今はあたし、ローズになりたくなんかないわ、ぜんぜん」

「ぼくもきみにローズのようであってほしくないよ。しかしちょっとのあいだ、きみはぼくをひどく混乱させた。何年も前から、いろいろな人がぼくに、働きすぎだ、パートナーを頼めとやかましく言ってきた。このままでは早晩、まいってしまうとね。しかしここへきてぼくは、自分は本当に気がおかしくなりかけているんじゃないかと思いはじめていたんだよ。きみはまず、ぼくのキッチンの掃除をした。ローズなら逆立ちしてもしそうにない行動で、まったくの話、ぼくはすっかり動転してしまった。そのうちにぼくはきみに、アンガス・マケイのことを話しはじめた。気がつくとさらに、自分の結婚のことをしゃべっていた。そのこと自体、床をこすっているローズと同様、およそ、本人らしくない行動といっていいだろう。ダイアナのことをぼくは、ここ何年もしゃべったことがなかったんだよ。あのとき、きみに話したようなことを、ぼくは後にも先にも、誰にも言ったことがない」

「話してくださってうれしかったわ」

「ところがぼくが、ローズも思ったほど、ひどい女の子ではないのかもしれないと考えはじめた折も折、ローズはまたしてもブライアン・ストダートと出かけた。不調法者のドクター・カイルはいい面の皮というわけさ」

「あなたが怒ったのは無理もないわけね」

遠くからワルツの調べが聞こえてきた。ワン、ツー、スリー、ワン、ツー、スリー。

王になるべく生まれたプリンスを伴おう
海を渡って、スカイ島に。

「さあ、もういい加減に行かないと、われわれが参加する前にパーティーはお開きになってしまうよ」

「あたし、まだローズのままでいなきゃいけないのかしら？」

「そういうことだ」とヒューはベッドから立ち上がり、からになったシャンパンの瓶を、鏡の前に置き物のように立てた。「もう一晩だけね。アントニーのため、イザベルのため、六十人ばかりのお客さんが居心地のわるい思いをしないですむように」

ヒューは洗面台のところに行って湯の栓をひねり、フローラの洗顔タオルを熱湯にひたして絞ると、「さあ、ベッドから出て、顔を洗いたまえ」と命じた。

フローラはクリームを顔に塗り、髪を櫛でとかし、あっさり化粧をした。それからふたたびドレスをまとい、ボタンをはめた。はめにくい襟もとのボタンはヒューがはめてくれた。窮屈なことはあいかわらずだったが、シャンパンの勢いもあってか、我慢できないことはないという気がしていた。うつくしく見えるためには我慢しなくては。

フローラはベルトを結んでヒューの前に立った。

「顔が涙でよごれていないかしら」

「いや」ヒューはつけ加えた。「それどころか、なかなかチャーミングに見えるよ」

「あなたもよ。めちゃくちゃ患者が押しかける名医って感じ。ただ、どこかのそそっかしい女性があなたのシャツの胸にマスカラをくっつけて、おまけにネクタイを曲げちゃったみたいね」

ヒューは鏡を見て、フローラの言うとおりだということに気づいて、びっくりしたような顔をした。

「ぼくのネクタイ、いつから曲がっていたのかな？」

「十分前からよ」

「なぜ、真っ直ぐにしてくれなかったんだい？」

「そういうのって、陳腐だから」

「ネクタイを直すのが、どうして陳腐なのかな？」

「テレビの『思い出の名作映画』によくあるでしょ？ドレスアップした若いカップルがいる。女性は男性を深く愛している。でも男性はそれに気づいていない。女性が男性に『あなたのネクタイ、曲がっているわ』と言って、直しにかかる。知らないうちにその場の雰囲気が何ともいえずやさしいものに変わり、二人は目と目を合わせて……」

「そのあげく、何が起こるんだね？」とヒューは心から興味を感じているようにきいた。

「そうね、たいていは男性が女性にキスをするんじゃないかしら？　甘美なメロディーが響き、二人は互いの腰に手を回してカメラの前から歩み去り、その背中をバックに"The End"という文字が浮かびあがるわけ。ね、陳腐でしょ？」

ヒューは陳腐かどうか、ちょっと考える様子だったが、ようやく言った。「まあ、一つのことは確かだな。ネクタイがひん曲がったまま、パーティーに出席するわけには行かないよ」

フローラは笑って、細心の注意を払ってネクタイを真っ直ぐに結び直した。ヒューはごく自然に、何のてらいもなく身をかがめて彼女にキスをした。そのキスがいとも満足な思いを胸にみなぎらせてくれたので、それが終わったとき、フローラは両腕を彼の首の後ろに回して頭を引き下げさせてキスを返した。

しかし彼の反応は彼女を狼狽させた。フローラは身をひき、眉を寄せて彼を見た。

「キスは嫌いなの？」

「好きだよ、とても。しかしたぶん、練習不足なんだろうね。長いこと、やりつけないものだから」

「でもヒュー、愛に背を向けて生きるわけにはいかないわ。誰かを愛さずに生きるわけには」

「ぼくはそれができるつもりでいたんだが」

「あなたはそういうたちじゃないわ。孤独のうちに自足して生きていくタイプとは違う。あなたは奥さんを持つべきだし、あなたの家には、子どもたちがドタバタ走り回っているべきだわ」

「きみは忘れているね。ぼくは一度、それを試みた。しかしその試みは何ともひどい失敗に終わったんだよ」

「でもそれ、あなたのせいじゃないわ。二度目のチャンスってこともあるわけだし」

「フローラ、きみはぼくがいくつだか、知ってるかい？　ぼくはもう三十六歳なんだよ。あと二か月で三十七歳になる。それにぼくの場合、一財産、つくるなんてことはありっこない。中年の田舎医者、それ以外のものでありたいという野心もない。おそらく一生をターボールで送り、今後もぼくの父同様、自分なりのやり方、生き方というものを堅持して生きて行くだろう。ぼくには自分の自由になる時間というものがまったくないようだ。たまに暇ができると、釣りに行く。そんな退屈きわまる生活をともにしてくれなんて、どんな女性にたいしてにもせよ、とても言えた義理じゃないよ」

「退屈だとは限らないわ」とフローラはかたくなに言った。「必要とされること、ほかの人にとって重要な存在であることが退屈だなんて、そんなこと、あるわけないわ」

「ぼくの場合はべつさ。ぼく自身の生活なんだからら」

「誰かがあなたを愛しているなら、あなたの生活は彼女の生活でもあるのよ」

「何でもないことのように、こともなげに言うんだね」

「何でもないって言ってるわけじゃないわ」

ヒューは唐突に言った。「このことがすっかりかたづいたら、きみはどうするつもりなんだい？　アームストロング家の人々との、この関わりが一段落したら？」

「ファーンリッグ荘を離れることになるでしょうね」

ヒューが急に話題を変えたので、フローラは少なからず傷ついていた。

「ここを後にして、どこに行くつもりだ？」

フローラは肩をすくめた。「ロンドンに帰って、ローズに会う前にしようと思っていたことをするつもりよ。仕事を見つけ、住む場所を見つけて。なぜ？」

「きみが行ってしまったら、ぼくらの生活にポッカリと空虚な穴があく——急にそんな気がしてきたからさ。空虚、そして闇。光が突然、消えたように」ヒューはふと微笑した。たぶん、自分自身を笑っているのだろう。感情的になるのを避けようとしてか、彼は実際的な口調になってきぱきと、「さあ、もう行かないと」と言ってドアを開けた。「今度こそ」

彼女は長い廊下を見やり、話し声と音楽の音を聞きながら、勇気が萎えしぼむのを覚えていた。「あたしを見捨てないで」

「アントニーがいるよ」

「あなたも、あたしと踊ってくださる?」

「誰もがきみと踊りたがると思うよ」

「でも……」二人のあいだをようやくつなぐようになった友情の糸。かぼそいものにもせよ、彼女はそれを手放す気になれなかった。

「じゃあ、夜食をいっしょに食べよう。それでどうかな?」

「約束してくださる?」

「約束するよ。さあ、行こう」


パーティーが終わり、過去の出来事となってから思い返してみて、アントニーとローズのために夕ピーが催したダンス・パーティーの記憶はフローラにとって、互いに何の脈絡もない、いくつかのちょっとした出来事から成り立っていた。どれがとくに重要というわけでもない、何の秩序もない、個々のぼやけた印象だった。

ヒューと並んで、明かりのついた、賑やかな世界に、彼女を歓迎しようと振り仰いでいる多くの顔に迎えられて階段を降りて行ったときは、ちょうど深海の底をきわめるダイバーの心境だった。どっちを向いても、みずから名乗り、キスをし、「おめでとう」と声をかけ、握手をしようと待っている人たちがいた。たまたま名前が心にとまったとしても、顔とは結びつかなかった。

客間に勿体らしく連れて行かれ、ミセス・クランウィリアムに紹介されたときのことも記憶に残っている。かつらとも、鳥の巣ともつかぬ頭髪の上に古めかしいダイヤモンドのティアラをのせたミセス・クランウィリアムは、次の誕生日で自分は八十七歳になるのだと言い、耳のひどく遠い人にありがちな、ばか大きな声で、前の週に浴室の天井にペンキを上塗りしようとして脚立から落ちて腰を痛めたせいで、ダンスの仲間入りができないのが残念だと言った。

クラウザー夫妻はエイトサム・リールを踊っていた。クラウザー師は威勢よく掛け声をかけ、ミセス・クラウザーはシルクのタータン・チェックのスカートをひるがえして。

ジェイスンと『ヤナギの枝の皮をむいて』を踊ったことも覚えている。

アナ・ストダートは思いがけず、とてもよく似合うドレスを着て、イザベルと並んでソファーにすわっていた。

バーを出たところでブライアンに会った。とっさにフローラは痣はどんな具合かと、その顔に視線を走らせた。ブライアンは眉をしかめて言った。

「何をジロジロ見ているんだね？」

「アナからドアにぶつかったってきいたものだから」

「ドクター・カイルもいい加減、他人のことにくちばしを突っこむのを思いとどまるべきだな」

「まあ、じゃあ、ヒューに……？」

「おいおい、虫も殺さない顔をして、ローズ、ヒューだってことは百も承知しているくせに」と不機嫌な顔でまわりを見回した。「きみをダンスに誘うべきなんだろうが、あんなふうにヒョコヒョコ跳ね回るのを、ぼくはダンスだとは思っていないんでね。それにバンドも何とかの一つ覚えで、ほかのものは弾けないようだし」

「わかるわ。退屈でしょうねえ——変わりばえのしない服を着た、変わりばえのしない顔ぶれが同じような会話を取りかわすんですものね」

ブライアンは疑わしげにフローラの顔を見た。

「ローズ、ちょっと皮肉に聞こえるが、ぼくの気のせいかね？」

「ほんのちょっぴりね」

「以前のきみは、もっとずっと穿ったことを言ったものだった。まるで徹底的に洗脳されたみたいだね」

「いいものよ、洗脳って。あなたもいっぺん、試してみたら？」

「それはご免こうむりたいね」

「アナのこと、考えるときってないのかしら？」

「ほとんど四六時中、考えているよ」

「だったらどうしてシャンパンを一杯、持って行って、とてもすてきに見えるって言ってあげないの？」

「そんなこと、嘘っぱちだからさ」

「本当のことになるのは、あなた次第じゃありませんか。それに」とフローラはやさしい口調でつけ加えた。「お金は一ペニーもかからないと思うけど」


アントニーは一晩中、彼女の近くにいて、何度かいっしょに踊りもした。しかし話し合うチャンスはなかった。あまり夜がふけないうちに二人だけで話す機会を見つけなければということはわかっていたのだが、ようやく食堂で、彼がスモーク・サーモンとポテト・サラダを皿に盛っているところに行き合わせた。

「それ、誰のところに持って行くの？」

「アナ・ストダートだよ。途中で帰るそうで、イザベルが一口でも何か食べて行ってほしいと、ぼくを派遣したんだよ」

「あたし、あなたと話がしたいんだけど」

「ぼくもだよ。これまではチャンスがなくてね」

「どこに行ったらいい？」

「ミセス・ウォティーとイザベルが銀器やフォークを磨くときに使う、古い食器室が手ごろだろう。あそこにシャンパンとグラスを二つ、持ってってくれないかな。ぼくも後から行くよ」

それは部屋ともいえないほど、せまい空間だった。一方の端に窓があり、両側の壁に食器戸棚が設けられていた。フローラはオイルクロスを張ったテーブルの上に腰かけて、アントニーを待った。しばらくしてやってきた彼はそっとドアを閉めて、そのままもたれて彼女に微笑を向けた。「やっと二人だけになれたね」

二人はせまい空間を隔ててお互いの顔を見つめた。アントニーの笑顔はちょっと悲しそうにゆがんでいた。「こんな経験をしたのは後にも先にも一度もないと思うよ。もう二度とご免だね」

「いい教訓かもよ。ローズのような女の子と婚約するものじゃないっていう」

「偉そうに教訓を垂れる場合かね？　きみもぼく同様、首までこの猿芝居につかっていたんじゃないか」

「アントニー、あたし、タピーが何ておっしゃったか、聞きたいんだけど」

アントニーの顔から微笑が消えた。彼はシャンパンの瓶に手を伸ばし、二つのグラスについで、一つをフローラに渡した。

「タピーはカンカンだったよ」

「本気で？」

「ああ、本気も本気、まったく恐ろしかったなあ。タピーは時と場合によってはひどく厳しい人なんだから」と言って、アントニーはフローラと並んでテーブルの上に腰かけた。「あんなに頭ごなしにやっつけられたことはない。『あんたは、これまでいっぺんだって嘘をついたことがなかったのに、わたしが老いこんだと思って、よくもまあ』とかなんとか……まいったよ」

「今でも怒っていらっしゃるの？」

「もちろん、もう怒ってはいないよ。喧嘩は一日のうちにかたをつけて、仲直りするというのが、タピーの主義だからね。ぼくもゆるしてもらったよ。しかし、いまだにいたって神妙な気分さ」

「タピー、あたしのことも怒っていらっしゃるかしら？」

「いいや、きみにはすまないと思っているようだった。ぼくも、わるいのは全面的にぼくなんだって強調しておいた。実際、そのとおりなんだから。きみはぼくの説得に負けて、のっぴきならない状況に追いこまれたんだと打ち明けたよ。ぼくがタピーに話したことは知っていたんだね？」

「ええ、ヒューから聞いたわ――あなたに、そう迫ったって」

「彼は少し前から、きみがローズじゃないって気がついていたらしいね」

「あたしの腕に傷あとがないので、ハッとしたんですって」

「まるで『アラビアン・ナイト』を地で行ったような話だね」アントニーはシャンパンをすすり、グラスの中を憂鬱そうな顔で見つめた。「ヒューは今夜、早めにやってきて、ちょっと話したいことがあると言った。ぼくは校長から呼び出しを受けた生徒の心境だった。ほかに適当な場所がないので、まさにここで、こみいった一部始終を説明したんだが。きみのこと、ローズのこと、きみたちの両親の離婚のこと、ローズがギリシアに行き、ぼくがローズのフラットを訪ねてきみに会ったことをね。ヒューは即刻、タピーに話すべきだと主張した。ぼくが話さなければ、自分が話すとまで言った」

「あなたがタピーに打ち明けていなかったら、あたし、今夜のパーティーの途中でくじけてしまったと思うわ」

アントニーは眉を寄せた。「どういうことだね？」

「あたしにわかっているのはね、自分を信頼している人、自分が愛している人にたいしては、そう長いこと、嘘をつきとおせるものじゃないってことなの。この一週間、あたし、嘘ばっかりついてきたみたいだけど、あまりうまく行かなかったわ」

「きみにきてくれなんて頼むべきじゃなかったんだよ」

「あたしも承知すべきじゃなかったんだわ」

「お互いに意見の一致を見たところで、シャンパンをもう少し飲もうじゃないか」

しかしフローラはテーブルから降り、「あたしはもうたくさん」と言って、ドレスの皺を手で撫でた。アントニーはグラスを置いて、両手で彼女の肩を押さえて自分のほうに引き寄せた。「ミス・フローラ・ウェアリング、きみ、知ってるかな？　今夜のきみは特別にすばらしいよ」

「このドレス、タピーのテニス服だったのよ」

「そのドレスがチャーミングだってことは認めるが、今夜のきみのうつくしさは、着ているものとは関係がない。うつくしいのはきみ自身だ。キラキラ輝いた目をして、全身から光がさしているみたいで。まさにセンセーショナルの一語につきる」

「シャンパンのせいかも」

「いや、シャンパンなんかのせいじゃない。きみをよく知らなかったら、恋をしているせいだというところだが。それとも誰かがきみに恋をしているからだと。それがこのぼくでないのはどうしてなのか、どうにも不可解だよ」

「それについては、もうずっと前に話し合ったんじゃなかった？」

アントニーは彼女を引き寄せて音を立ててキスを

した。「夜間講座にでも通って、愛の化学について勉強し直すかな」

「そうしたらいいわ」

二人は微笑をかわした。「前にも言ったと思うけど、きみは世界一、すばらしい人だ」


恋をしているのか、それとも誰かがきみに恋をしているのか。

アントニーは敏感だ、その晩ずっと、フローラはヒューの存在を意識していた。彼はタピーの客たちの誰よりも、頭一つだけ高く、彼の存在はたとえ無視しようとしても、無視しきれなかっただろう。けれども二人で階段を降りてから後は、お互いに顔を合わせることも、会話をまじえることもなかった。ジェイスンとのダンスで彼女が次々に相手を替えてクルクルと回りながらもどってくるまでに、束の間、彼女の相手となって彼女を旋回させた男たちのうちにヒューもいたのは確かだったが。

まるで二人のあいだに何らかの黙契があるかのようだった。彼もまた、二人の関係がにわかにきわめて貴重な、またデリケートなものとなっていることを認めて、考えなしの一言で、あるいはわけ知り顔の一瞥で、貴重なそのつながりがプツンと切れてしまうことを恐れていたのかもしれない。

束の間わかちあった、お互いを完全に理解したことからくる満足感。その記憶ゆえに、フローラの胸は希望に高鳴っていたのだったが。夢見る年ごろ、たとえば十五歳の女の子のような、こうした想いが自分の胸のうちに動いていることに、フローラは驚いていた。彼女ももう二十二歳。過去には友情も、それ以上のものもあった。これこそ恋だと胸をときめかせたこともないわけではなかった。後から考えてみると、いずれもかりそめの愛に過ぎなかったにしても。彼女はあるときのロンドンを想った。レストランから出てきた街路は雨にぬれて、サテンに似た光沢をおびていた。彼女の手はかたわらの男のコートのポケットの中で、彼の手に握られていた。彼女はまたある夏のギリシアを想った。野生のアネモネが絨緞のように一面に咲いている崖の上。日に焼けた体、太陽に晒されてほとんど白く見えるブロンドの髪を風になぶらせていた青年。過去の数年間に彼女は彼女自身のほんの一部を与え、何人かの男に失恋の苦渋を味わせ、一、二度は彼女自身、痛みを味わった。

けれどもどの場合も、真の恋ではなく、恋を求めての旅にすぎなかった。父親一人に育てられたために、その旅はある種の混乱を伴っていた。振り仰ぐべき模範が手近になかったからだったし、自分がいったい、何を探しもとめているのかということさえ、はっきりしなかった。しかしこの信じがたい一週間、彼女は探していたもの、求めていたものに遭遇していた。というか、初めて真の愛が彼女を捉えたのであった。突然の光の炸裂のように。予期せぬ衝撃に、彼女は何ら筋の通った反応を示すことができなかった。

それは過去のどんな経験とも違っていた。ヒューはずっと年長の、結婚暦もある男だった。寸暇もないほど、仕事に明け暮れている医者で、辺鄙な地方の町の住民の必要に応えて多忙な日々を送っていた。彼は一生を通じて、金とは縁がないだろう。その将来には、意外なことは起こりそうになかった。けれども胸を鋭く突き刺すような確信をもってフローラは、この人こそ自分の生活を、自分が真にもとめているもので満たすことができる人だということを悟っていたのだった。すなわち深い愛、確固たるよりどころ、慰め、そして笑い。それらすべてを彼女は彼の腕の中に見出していた。必要があれば、いつでもその胸の中にもどって行ける――そんな生活を彼女は望んでいた。何よりも彼女は、彼のかたわらで生きて行きたかった――そう、あのどうしようもない、殺風景な家で。そして一生をターボールで送る心づもりをしていた。

真夜中になったとき、バンドのメンバーは『パースの公爵』のアンコールに二度にわたって応じた後、疲れきって楽器を下に置き、汗ばんだ額を大きなハンカチーフでゴシゴシ拭いたあげく、一休みしようとキッチンの方角に歩きだした。キッチンではミセス・ウォティーが夜食とポートワインの大コップを用意しているはずだった。ころあいを見計らってアントニーとジェイスンが、アントニーがエディンバラから持ち帰ったレコードをかけた。
精力的なダンスをいくつも踊ってバンドのメンバー以上に疲れていた客の多くは、食べものと飲みものを求めて食堂に引きよせられていた。しかしフローラはアードナマーカンからはるばる車でやってきた、小規模のサケの養殖場を経営しているという青年と階段にすわっていた。この青年が、食堂をのぞきかたがた、ヒューを探してきてあげようと去った後、フローラはプレイヤーから流れる調べに耳を傾けながらすわっていた。アコーディオンとヴァイオリンのジグ舞曲の後でもあり、レコード音楽は奇妙に異質な、取り澄ました響きを伝え、フローラはずっと昔に終止符を打った生活を垣間見る思いにひたっていた。

踊らないか、ぼくの腕に抱かれて
昔なつかしいダンスを……

アントニーはブルーのドレスの若い女性と、ブライアンは黒いケープを肩に掛け、イヤリングを耳たぶに揺らしている、ぬきんでてエレガントな女性と踊っていた。

ぼくに近々と身を寄せ
きみの心臓の鼓動を聞かせてくれ……

ヒューはかならずくる。約束したのだから――そう確信していたのだが、少したつと一人で階段の途中にすわってむなしく待っている自分がこっけいに思われてきた。まるで最初のデートに相手が遅れて待ちぼうけを食うのではないかとやきもきしている女の子のようではないかと。とうとう彼女は立ち上がって、あちこちの部屋をのぞいて見た。初めのうちはさりげなく、しかしやがてはっきりとした意図をもって。そしてついには行き合った人を捕まえては、恥ずかしげもなくきいた。「ヒュー・カイルを見かけませんでした?」、「どこかでヒュー・カイルに会いませんでしたか?」
しかし彼を見た者はいなかった。ずっと後になってからフローラは、ヒューは臨月前の妊婦がどうやら産気づいたらしいという緊急の電話を受けて帰って行ったということを聞いたのだった。

宵のうちから吹きつのりだした風が、夜明け近くに本格的な嵐となった。帰りかけていた夕ピーのパーティーのお客たちにとって、これはちょっとしたショックだった。到着したときはおだやかな宵だったのにと、誰もが恨めしく思った。玄関のドアを開けるたび、閉めるたびに冷たい強風が吹きこんだ。ホールの炉から煙が上がり、裾長のカーテンが隙間風の中で風船のようにふくらんだ。外では雨の庭が暗く光り、砂利の上に水たまりができ、木の葉がめまぐるしく舞い、小枝が折れて風のまにまに飛んでいた。

最後のカップルが立ち去ると、アントニーは玄関のドアを閉ざし、これで一大行事が終わったという思い入れで鍵をかけ、差し錠を下ろした。アームストロング家の人々は疲れきった足取りで、めいめいの寝室に引き取った。

風の音がすさまじくて誰もがすぐには寝つけなかった。家の海に面した側は風の襲撃をまともに受ける形となった。折々ドッと吹きつける風がファーンリッグ荘の土台骨を揺るがし、まるで人間の悲鳴のような音をヒューンと響かせた。荒海のうねりによってファーダ浜に打ちよせて白いしぶきを上げる波濤の咆哮が、後から後から脅かすようにはるかに轟いていた。

フローラは目を開けたまま、ベッドに縮こまって波音に耳を澄ませていた。ベッドに入る前にブラックコーヒーを飲んだので目が冴えて、自分の心臓の鼓動が耳について離れなかった。夜明けの最初の灰色の光線が朝の空に忍びよりはじめたとき、フローラはようやく眠りに落ちた。次から次へと夢に翻弄され、見知らぬ人が現われては消える、落ち着かぬ眠りであった。目が覚めると、すでに朝だった。暗く、灰色の冴えない朝ではあったが、いつ果てるともない夜はすでに去っていた。彼女はぽっかり目を開けて、冷たい朝の光を歓迎した。気がつくと、アントニーがベッドのかたわらに立っていた。

アントニーは疲れた顔をしていた。まだ髭も剃っていないようで、目も少しショボショボしていた。銅色の髪の毛は櫛を入れていないのか、ひどく乱れていた。ツイード紛いのタートルネックのセーター、古びたコーデュロイのズボン。彼は湯気を立てている、子ども用らしいマグカップを二つ、盆にのせており、「おはよう」と声をかけた。

フローラは目を開けたが、眠さ半分、機械的にマグカップを取った。

「もう十時半だよ」とアントニーが言った。「コーヒーを持ってきたんだ」

「どうもありがとう」とフローラは思いきり伸びをし、目をしばたいて眠気を振り払おうと努力し、枕に肘をついて起き直った。アントニーに渡されたマグカップを両手でかかえて、フローラはあくびを一つした。

アントニーがガウンを見つけて肩に掛けてくれ、電気ストーブをつけると、彼女と並んでベッドの端にすわった。

「気分はどう?」

「ひどいものよ」

「まあ、コーヒーを飲みたまえ。すっきりするよ」

コーヒーは火傷しそうに熱くて濃かった。ちょっと間を置いて、フローラは「みんな、もう起きてるの?」ときいた。

「ぼちぼちね。ジェイスンはまだ眠っているよ。ランチのころまで眠るんじゃないかな。イザベルは一時間前から起きている。ミセス・ウォティーとウォティーはぜんぜん寝なかったのかも。少し寝たとしても、けさの八時半から早くも活動を開始したらしい。きみが現われるころには、この家でパーティーなんてものが催された痕跡はまったくなくなっているだろうよ」

「早く起きて手伝うべきだったわ」

「もっと眠らせておいてあげたかったんだが、朝の郵便でこれが届いたものだから」とアントニーはズボンの尻のポケットに手を突っこみ、一通の封書を取り出した。「一刻も早く読みたいんじゃないかと思って」

フローラはそれを受け取って、父親の筆跡とコーンワルの消印を認めた。ミス・ローズ・シュースター宛てだった。

マグカップを下に置いて、フローラはつぶやいた。「父からだわ」

「そうじゃないかと思ったんだ。手紙を出したの？」

「ええ、この前の日曜日、あなたがエディンバラに帰ってから。誰かに言わずにはいられなかったのよ、アントニー。でもここの誰にも言ってはいけないって、あなたに言われていたし。父に話す分には問題でもないだろうと思って」

「きみがそんなに差し迫った気持ちでいたなんて、知らなかったよ。お父さんに何もかも書いたの？」

「ええ」

「当然、もってのほかだと思われただろうね？」

「と、思うわ」とフローラはしょんぼりつぶやいて、封筒を開けにかかった。

「きみがゆっくり読めるように、退散しようか？」

「いいえ、むしろいてくれたほうがありがたいくらいよ」彼女は封筒の中から現われた手紙をおそるおそるひろげた。「大切なフローラに」という書き出しだった。

「あたし、まだ父にとって大切な娘らしいわ。それほど怒っていないみたい」

「どんなにこっぴどく怒られるかと心配していたわけか」

「さあ。怒るも怒らないも、父がどう思うかなんて、考えてもみなかったものだから」

アントニーがかたわらにいることに何となく慰めを感じて、フローラはその手紙を読んだ。


大切なフローラに。

私は封筒の宛名をおまえが言ったとおりに書いた。おまえの手紙は今、私の机の上にのっている。この手紙は、嘘はよい意図からのものであっても、その当人だけのプライベートな関心事には終わらず、病気のように広がって行き、ますます多くの人を巻きこんでしまうという証拠のような気がする。おまえは私の返事を求めているらしい。私は、おまえがかかえている問題に、私なりに何とか取り組もうとつとめたつもりだ。

まずローズのことから。おまえとローズがまったく思いがけない出会いをしたということ。私はそんなことが起こらないといいがと、ずっと願ってきた。しかし起こった以上、父親としておまえに説明すべきだろう。

おまえのお母さんと私は結婚して一年後に別れる決心をした。その決心をすぐ実行に移すつもりでいたのだが、そのときお母さんは妊娠八か月目に入っていて、近くの病院への入院も決まっていた。それで私たちは最後の一か月をいっしょに過ごすことにした。生まれてくる子はお母さんが育てるということも、話し合って決めた。お母さんは両親の家にもどることにしていた。

ところが生まれたのは双子だった。パメラはそれを聞いて取り乱して泣いた。二人の赤ん坊を育てるなんて、自分にはできない――そう言った。一人はあなたが引き取るべきだと。

もちろん、私も恐慌をきたした。それまで赤ん坊になんか、およそ縁がなかったからだ。揺りかごに入っているおまえたち二人を看護婦さんが連れてきたとき、ローズは天使のようにかわいらしい顔で眠っていた。一方、おまえはワアワア泣きわめき、おまけに顔中に吹き出物ができていた。おまえたちのお母さんは、とっさにローズを抱き上げた。

しかし私もそれなりの選択をしたのだよ。おまえの泣き顔を見て、私はかわいそうでたまらなくなった。いかにも悲しげにおまえは泣いていた。私は無意識のうちにおまえを抱き上げていた。おまえはゲップを一つして泣きやんだ。そして目をパッチリ開けて私の顔を見た。私もおまえを見つめた。こんな小さな、こんないとけない、こんな新しい生命が私の手に委ねられているのだ。私は誇りを感じ、何があってもこの子を手放すものかという気持ちになった。

もっと前に、私の口からおまえに話すべきだっただろうか？　私にはわからない。おまえはいつも喜びにあふれ、幸福そうだった。よけいなことを話して、せっかくの幸福に水をさし、安定感を失わせることを、私は恐れた。

遺伝と環境。不可解な因子だ。ローズは母親によく似ているようだ。しかし環境がもしも異なっていたら、おまえが利己的な、思いやりを欠いた、不正直な人間になっていただろうとは、私は思わない。

そういうわけで、おまえの現在の状況に私は懸念を感じている。おまえのことが心配なだけではない。ローズが婚約していた青年とアームストロング家の人々のことについても。彼らは安っぽい欺瞞であしらっては申し訳のない、立派な人たちのようだ。私はアントニーとおまえに、一刻も早く本当のことを言うように勧める。

それがすんだら、私たちのところに帰っておいで。これは命令だよ。私たちは話し合う必要がある。それにおまえとしても傷をなめて、衝撃的な経験から立ち直る必要があるだろう。

マーシャからもくれぐれもよろしくとのことだ。おまえは私の大切な娘だ。私はおまえを心から愛している。

父より

フローラは手紙を最後まで読んで、一瞬、泣きだすのではないかと思った。アントニーは黙って待っていた。フローラは同情のあふれるその顔を振り仰いだ。

「あたし、うちに帰るわ」

「コーンワルに？」

「ええ」

「いつ？」

「すぐに」

彼女はアントニーに手紙を渡した。彼が読んでいるあいだ、フローラはコーヒーを飲みほし、ベッドから出てガウンを羽織り、サッシュを結んだ。それから窓辺に行き、低く漂う黒い雨雲を見守った。満潮どきで、庭の向こうの岩の上で冷たい灰色の波がくだけては散り、カモメが二、三羽、悪天候にいどむように風に向かって並んで飛んでいた。窓の下の庭には落ち葉や、どこかの屋根から飛んできたものらしい瓦のかけらが散らばっていた。

アントニーが言った。「いい手紙だね」

「とてもいい人なのよ。父って」

「ぼくもきみといっしょに行くべきじゃないかな。きみが叱られるとしたら、ぼくがその矛先を引き受けるべきじゃあ?」

フローラはこの申し出に心を動かされていた。窓辺から向き直って彼女は安心させるように言った。

「そんな必要、ないわ。それにあなた自身、まだ問題がたくさんあるんじゃなくて?　このファーンリッグ荘に」

「今日、立つつもりなんだね?」

「ええ、ターボールから鉄道で行くことにしようと思うの」

「ロンドン行きの列車は一時に出るんだが」

「ターボールまで車で連れて行ってくれる?」

「世界の果てまでだって行くよ。きみの役に立つなら」

「ターボールで結構よ。さあ、あたし、着替えをするわ。着替えがすんだらタピーのところに行くつもり」

「じゃあ、ぼくはもう行くよ」とアントニーは手紙を置いて立ち上がり、からのマグカップを手に戸口に向かった。

「アントニー」とフローラは呼びかけた。アントニーが立ち止まって振り返ると、フローラは婚約指輪をはずそうとした。ほんの少しきつくて、関節のところでちょっとひっかかったが、ようやく抜くと、彼女は立って行ってアントニーの手にそれを握らせ、少し背伸びして、その頬にキスをした。

「ちゃんとしまっておくといいわ。いつか、きっとまた必要になるでしょうからね」

「さあ、どうかな。あまり縁起がよくないような気もするが」

フローラははげますように言った。「いっぱし高地人《ハイランダー》らしく迷信的なことを言うのねえ。同じく高地人《ハイランダー》らしい勤倹貯蓄の精神はどこかに行ってしまったの?　大枚をはたいて買ったんでしょうに」

アントニーはニコッと笑って、指輪をポケットにしまった。「ぼくに用があれば、階下《した》にいるからね」

フローラは着替えをすると、まるで唯一の重要事であるかのように部屋の中を入念にかたづけた。それから父親の手紙を手に、部屋を出て廊下をタピーの部屋へと歩いた。タピーはきっと自分が行くのを待ちかねているだろう。

ドアをノックすると、タピーの声が、「どうぞ」と答えた。タピーは朝刊を読んでいたが、それを下ろして眼鏡をはずした。部屋の端と端から二人は目を合わせた。タピーの顔にひどく重々しい表情が浮かんでいたので、フローラの気持ちはたちまち沈んだ。それが彼女の顔に表われたのだろう、タピーは微笑して、やさしい声で「フローラ！」と呼びかけた。「ローズ」という呼びかけにもう応えないでもいいというううれしさいっぱい、フローラは黙ってドアを閉めると、家路に向かう伝書鳩のようにタピーのひろげた腕の中に飛びこんだ。

「あたし、何て言ったらいいか、わからなくて。ごめんなさいってお詫びをしようにも、ゆるしてくださいってお願いしようにも」

「いいのよ、もう。あなたとアントニーがしたことは、とても悪いことだったわ、確かにね。でも一晩たって、わたしもいろいろと考えてみたのよ。結局のところ、あなたがたはよかれと思って、こういうことをやったのね。ただ、地獄への道はよき意図によって舗装されているって、よく言うわね。昨夜はわたし、アントニーにたいしてそりゃあ、腹を立てて、ぶってやりたいくらいだったのよ」

「ええ、アントニーから聞きました」

「アントニーはわたしがいつなんどき、最期の息を引き取るのか、わからないっていう、せっぱつまった気持ちで、わたしを喜ばせるためなら、嘘だってついてやるって気になっていたんでしょうね。ローズのことだけど、アントニーが結婚しなくて、つくづくよかったわ。アントニーにそんな仕打ちをするなんて——何の弁解もせずに、ほかの男のところに行ってしまうなんて——ひどく考えなしで残酷だと思うわ」

「それも、あたしがファーンリッグ荘まできた理由の一つだったんです。アントニーの役に立てればと」

「ええ、わかるわ、よく。あなたって、本当にかわいらしい人ね。この一週間、ローズとしてどんな思いで過ごしてきたか、想像にあまるわ。しかも、その真っ最中に病気までして。たまらなくみじめだったでしょうねえ」

「じゃあ、あたしをゆるしてくださるんですね？」

タピーは大きな音を立ててフローラにキスをした。「フローラ、ゆるすもゆるさないもないわ。フローラにせよ、ローズにせよ、あなたはあなた自身よ。あなたはわたしたちに、とても大きな喜びと幸福をもたらしてくれたわ。わたしにとってただ一つ悲しいのは、あなたとアントニーがあらたに恋に落ちて結婚しようという気にならなかったってことなのよ。あなたがたがわたしにたくさんのひどい嘘をついたということより、そのほうがずっとわたしをがっかりさせたわ。でもね、恋って、好き勝手に操作できるものじゃないんだから。ありがたいことなんでしょうね、それは。恋が人間に操作できるものだったら、人生って、どんなに退屈か！　さあ、もうこの話はおしまい。昨夜のパーティーのことを何から何まで聞かせてちょうだい。そして……」

「タピー」

「なあに？」タピーの青い目に、ちょっと警戒するような表情が浮かんだ。

「けさ、あたし、父から手紙を受け取ったんです。アントニーからお聞きになったかもしれませんけど、父は教師でコーンワルに住んでいます。あたし、今週の初めに父に手紙を書いたんです。誰かに話さずにいられなくて。こちらのみなさんの誰にも話すわけにいきませんでしたから」

「お父さんは何ておっしゃているの？」

「読んでくださったほうがいいと思うんですけど」

タピーは黙って眼鏡をかけて、フローラの手から手紙を引き取って読み下した。読み終わって、タピーはつぶやいた。「何て不思議なめぐり合わせでしょう！　それにしても、あなたのお父さまって、ほんとうにすてきな方みたいね」

「ええ、とっても」

「これからお父さまのところに帰るつもり？」

「ええ、今日、立とうと思って。一時の列車で。アントニーがターボールまで送ってくれるそうですから」

タピーの顔は急に悲しげに、ぐっと年老いて見えた。すぼめた口が寂しげで、目のあたりがかげっていた。「行ってしまうの？　たまらないわ」

「あたしもお別れしたくないんですけど」

「でもまたきてくれるわね？　約束してちょうだい。いつでもいいから、わたしたちみんなに会いにきてね。ファーンリッグ荘があなたを待っているんですからね」

「あたしの嘘が明らかになった今でも、あたしにそう言ってくださるんですか？」

「わたしたちみんな、あなたが大好きなのよ。それだけのこと」こうはっきり言うと、タピーはいつもの実際的な態度にもどった。「でもあなたのお父さまのおっしゃるとおりよ。あなたとしては、しばらくお父さまのそばで過ごすほうがいいでしょうね」

「あたし、さよならを言うの、いつも大嫌いなんです。ジェイスンとミセス・ウォティーとウォティーと看護婦さんと、みなさんと別れるのがつらくて。みなさん、あたしにほんとうによくしてくださったんですもの。それに本当のことを、どんなふうに話したらいいか……」

「何も言う必要はないと思うわ。ただ手紙がきて、どうしても帰らないわけにはいかないんだっておっしゃいな。アントニーが駅からもどってきたら、アントニーの口からみんなに説明すればいいのよ。アントニーがあなたをこうした状況にひきずりこんだんですもの。そのくらい、当然よ」

「でも昨夜のパーティーに集まったお客さまには？」

「婚約が解消したってニュースはいずれひとりでに伝わるでしょうよ。いっとき、やかましく取り沙汰されるでしょうけどね」

「でもわたしがローズでなかったってことは、はっきりさせなくては」

「そういう噂にしても、ほうっておいても伝わるわ。誰もが最初はびっくりするでしょうけど、それほどの重大事でもないんですしね。誰かが実害をこうむったわけではないし。とくに傷心の人間がいるわけでもないし」

「あなたのおっしゃることを聞いていると、とても簡単みたいですけど」

「本当のことって、いつも単純明快なものよ。このことについては、わたしたちみんな、ヒューに感謝しなくてはね。ヒューが采配をふるってくれなかったら、このばかげた道化芝居がいつまで続いたか、わかったものじゃないわ。何もかもヒューのおかげよ。わたしたち、いつも何かしら、ヒューのおかげをこうむっているみたいでね。ヒューはあなたのことがとても好きになったようね、フローラ。そのこと、あなた、知っていて？　知らないでしょうね。ヒューは自分の感情を明らかにすることが苦手だから。でも……」

タピーの語尾は消えた。フローラは息をひそめる思いで身動きもせずにすわって、固く組んだ両手に目を落としていた。指の関節が白く浮き出して見え、伏せた睫毛がさっと青ざめた頬に影を落としていた。

若い人たちとの長年のつきあいによって鋭敏になっている洞察力で、タピーはフローラの苦悩を感じ取った。一瞬、部屋の空気が冷えこんだようで、それは別れを告げるのがただ嫌だというだけでなく、もっと深い感情から発しているように思われた。心をひどく痛めてタピーはフローラの手に自分の手を重ねて、その氷のような冷たさに驚いた。

フローラは顔を上げえなかった。「あたし、だいじょうぶですから」と彼女は自分の耐えている痛みについて、タピーを安心させようと思っているかのようにつぶやいた。

「フローラ、言ってちょうだい。誰があなたを苦しめているの？　ひょっとしてアントニーが……？」

「もちろん、違いますわ……」

タピーは手がかりを求めて、思いめぐらした。二人はヒューのことを話していた。もしかしたら……ヒューが……？　タピーはハッとした。まるでフローラがその名を口にしたかのように、すべてが腑に落ちていた。「ヒューだったのね？」

「ああ、タピー、何もおっしゃらないでください」

「もちろん、わたしたち、それについて話さないわけにはいかないわ。あなたがそんなみじめそうな顔をしているのが、あたし、たまらないのよ。あなた、ヒューを愛しているのかしら、フローラ？」

フローラは顔を上げた。その目は痣のように暗く沈んでいた。「そうみたいです」自信をまったく失っている人間の口調で、彼女はつぶやいた。

タピーは茫然自失していた。フローラがヒューを愛するようになったということが意外だったのではなくて（それは十分理解できる）、今の今まで自分が何も気づかなかったということが、いかにも不思議に思われたのだった。

「そんなこと、わたし、夢にも知らなかったわ。いったい、いつから……」

「ええ」とフローラは急にぶっきらぼうな口調になって言った。「あたし自身、びっくりしているくらいですもの。いつからそうなったのか、なぜなのか、どんな具合に始まったのか、あたしにもわからないんです。あたしにわかっているのはただ、この恋には将来はないということだけ」

「なぜ、将来がないと思うの？」

「なぜって、ヒューがああいう人だからですわ。彼は一度、傷つきました。もう一度、傷つくのはまっぴらだと思っているでしょう。彼はターボールでそれなりの生活を確立しています。その生活を誰かとわかち合おうなんて気はないと思います。奥さんなんて、もう金輪際要らないと思っているでしょうし、そう思いこもうとしています。たとえ、必要を感じたとしても、自分には提供しうる何ものもない――そう思いこんでいるようで……物質的なもののことですけど」

「あなたがた、そうしたこともじっくり、話し合ったみたいね」

「そういうわけじゃないんです。昨夜、パーティーが始まる前にちょっと話し合いましたけど。あたし、シャンパンを少し飲んでいたもので、いくらか話しやすかったのかも」

「あなたの気持ちがヒューにはわかっているのかし

ら？」

「タピー、わたしにも少しは自尊心が残っています。だから彼の前に身を投げ出すことこそしませんでしたけど、言うだけのことは言ったと思いますわ」

「ヒューはあなたにダイアナのことを話したの？」

「昨夜ではなく、もっと前に」

「それは、彼があなたに特別な親しみを感じている証拠だと思うわ。そうでなかったら、その話題にはけっして触れなかったでしょうよ」

「親しみを感じたからといって、愛しているってことにはなりませんから」

「ヒューは頑固な人よ。それにとても誇り高いわ」

「それはあたしにも、よくわかっています」とフローラは浮かない笑みを浮かべた。「昨夜、あたしたち、夜食をいっしょに食べようって約束していたんです。それだけのことをそんなに重要視するのはばかげているでしょうけれど、でもあたしにとってはとっても重大な約束だったんです、タピー。彼にとっても同じじゃないかと、あたし、思っていました。でも彼はきてくれなかったんです。電話があって、どこかの赤ちゃんが予定より早く生まれようとしているとかで。くわしいことはわかりません。彼は行ってしまいました」

「フローラ、ヒューはお医者さんなのよ」

「あたしにちょっとそう断るわけにはいかなかったんでしょうか？　さよならだけでも、言ってくれるわけには……？」

「あなたが見つからなかったんでしょうよ。そんな暇もなかったのか」

「気にするべきではないのかもしれません。でもあたしには、とても重大なことのように思われて」

「ここを去って、これっきり彼を忘れることができると思って？」

「わかりません。どんな問いにたいしても、今のあたしにははっきり答えが出せないみたいで。あたし、本当にどうかしているんですわ」

「それどころか、あなたはめったにいないくらい、賢明な子だと思うわ。ヒューはとても特別な人よ。でも彼は自分のいいところを、あのぶっきらぼうな態度の陰に、あの辛辣な舌の背後に隠しているのよ。そうしたいいところ、やさしいところがあるんだってことを理解するのは、よほど洞察力のある人間だけでしょうね」

「あたし、どうしたらいいんでしょう？」

フローラの声色は静かだったが、タピーにはそれは心の奥底からの悲痛な叫びのように聞こえた。

「これまでずっと、するつもりだったことをしたらいいわ。お父さまのところにお帰りなさい。荷物をまとめてアントニーを見つけ、みんなにさよならを言って、駅にいらっしゃい。とても単純だわ」

「単純ですって？」

「人生って、ものすごく複雑だけど、ときによっては残されているのはただ一つ、単純しごくの道でしかないのよ。さあ、わたしにキスをしてちょうだい。そして急いでアントニーのところにいらっしゃいな。これまでのことは、すべて忘れること。そしてまたファーンリッグ荘にもどっていらっしゃい。そのときから、また新規まき直しで始めるのよ」

「何てお礼を言ったらいいか。本当にいろいろとありがとうございました」二人はキスをかわした。

「わたしにとっていちばんうれしいのはね、あなたがまたもどってきてくれること。わたしが願っているのはそれだけ」

ベッドの裾のほうにもぞもぞと動く気配があり、スーキーがそろそろ起きようかという気を起こしたらしく、羽根布団のシルク地の上に爪音を響かせてやってきた。フローラの膝の上に乗って、頬をなめるつもりらしかった。

「スーキー、あなたがわたしにやさしくしてくれるのは今が始めてだわ」とフローラはスーキーを抱き上げ、その頭のてっぺんにキスをした。「どうして急にあたしになついたんでしょう？」

「スーキーは好き嫌いがはげしいのよ」とタピーはいかにも彼女らしく、筋の通った説明をした。「あなたがローズじゃないってわかったのか、それともただ、さよならと言いたいだけなのか。さよならが言いたいの、スーキー？」

こうタピーにたずねられてスーキーはフローラのことをコロッと忘れて、タピーの腕のつくっているくぼみの中に身をまるめた。

「あたし、もう行かないと」

「わかっているわ。アントニーを待たせないように」

「さようなら、タピー」

「さようならじゃないわ、また会いましょう《オールヴォアール》でしょ?」

フローラはタピーのベッドから降りて戸口に進んだ。しかしドアを開けたとき、タピーがふたたび呼んだ。「フローラ?」

フローラは振り返った。「え?」

「わたしは自尊心を罪だと思ったことはないのよ。わたしには、自尊心はいつもむしろ、美徳のように思われてね。でもね、自尊心の強い人間が二人、お互いに誤解をいだいたままだと、行く手に待っているのは悲劇でしかない――そんな気がするのよね」

「わかっています」とフローラは小さく答えた。ほかにどう答えようもなかった。

荷造りをし、自分がいたという跡かたもとどめないように部屋を掃除したが、どっちもまたたく間にすんでしまった。掃除が終わった寝室はファーンリッグ荘への次の来客を待っているように無表情だった。フローラはダンス・パーティーの晩に身につけたドレスを衣装戸棚のドアの外に吊るした。それは皺がより、フローラの体の形なりの姿でぶらさがっていた。裾のあたりが薄汚れ、誰かがシャンパンをこぼしたのでスカートの前のほうにしみができていた。戸棚からコートを取り出すとそれを腕に掛け、スーツケースを片手にフローラは階段を降りた。

すべてがいつものファーンリッグ荘にもどっていた。ホールの家具も元の位置に置かれ、炉に火がくすぶっていた。プラマーは炉の前で暖まりながら、誰かが散歩に連れて行ってくれるのを待っていた。客間から話し声が聞こえていた。フローラがスーツケースとコートを置いて入って行くと、イザベルとアントニーが炉の前に立って何やら話しこんでいた。フローラが入って行くと、二人は話をやめて一様に彼女のほうを振り返った。アントニーが言った。「イザベル伯母さんに話したところだよ」

「よかったわ、わかってくださって」とフローラは心から言った。

イザベルはすっかり混乱して呆然としていた。アントニーがそれまでの十五分間に何とか彼女に理解してもらおうとして話しつづけたこと――それが腑に落ちるには時間が必要だった。イザベルは疲れていたし、睡眠不足でもあった。アントニーの長い、こみいった話を理解することはもちろん、ただ耳を傾けることさえ、満足にはできない状態だった。

しかし一つの事実だけは、悲しいがはっきりしていた。フローラはここを去ろうとしている。行ってしまうのだ――今日。それも今。アントニーが午後一時のロンドン行きの列車に間に合うようにターボールまで送ることになっているという。予期していない、突然の成り行きでイザベルは気が遠くなりそうだったが、フローラの青ざめた、しかし落ち着いた顔を見て、本当に帰ってしまうのだと実感した。

「急いで帰る必要はないのに」何とか決心をひるがえさせたくて、彼女はフローラに言った。「あなたが誰にもせよ、そんなことは関係がないわ。帰ってほしくないのよ、わたしたち」

「うれしいことを言ってくださるのね。でもどうしても帰らないわけにはいかないんですの」

「お父さまからお手紙がきたんですって？　アントニーから聞いたわ」

フローラはアントニーを顧みた。「ほかのみんなには？」

「きみが帰るってことは話したよ。だが、きみがローズではないということは話していない。それを話すのはもっと後でいいと思って。そのほうがきみとしてもいくらか、気が楽なんじゃないかと」フローラはありがとうと言うようににっこりした。「ミセス・ウォティーがランチをこしらえてきみに持たせると言っている。ミセス・ウォティーは食堂車の食事を軽蔑しているからね」

「あなたがよかったら、すぐにでも出かけられるわ」

「みんなにそう言うよ。誰もがきみにさよならを言いたいだろうから」こう言って、アントニーが出て行くと、フローラはイザベルのそばに行った。

「またきてくださるわね。きてくれるでしょ？」とイザベルが言った。

「タピーは、またくるように言ってくださったわ」

「あなたがアントニーと結婚してくれるといいのに」

「あたしもそうできたらどんなにいいかと思うんですけど。こんなすばらしいご家族の一員になれたら、それだけでもとてもうれしいと。でもそれはだめみたい」

イザベルはホッとため息をついた。「物事って、願っているようには運ばないのね。うまくアレンジしたいと思うそばから崩れてしまったり」

あたしが活けた花みたいに――とフローラは思った。キッチンのほうから廊下を近づいてくる足音と話し声がした。「さよなら、イザベル」二人は深い愛情をこめてキスをかわした。

「またきてくれるわね？」

「ええ、もちろん」

別れを告げおわったとき、一同は悲しそうな面持ちでたたずんでいた。フローラの指にアントニーに贈られた婚約指輪がはまっていないことに気づいた者はいなかったし、気づいたとしても、誰もそれに触れなかった。フローラはマクラウド看護婦、ついでミセス・ウォティーにキスをした。ミセス・ウォティーはプラムケーキとリンゴを包んだ包みをポケットに押しこんでくれた。最後がジェイスンだった。フローラは床に膝をつき、二人は抱きあった。ジェイスンはけっして放すまいとするように、彼女の首に固くしがみついた。

「ぼく、駅に行って、あなたを送りたいんだけどな」とジェイスンが言った。

「だめだ」とアントニーが言った。

「でもぼく……」

「あたしがきてほしくないのよ」とフローラが急いで言った。「駅でさよならを言うのが嫌いだから。いつも泣いてしまうし、そうなったら二人ともたまらないと思うの。あたしに『ヤナギの枝の皮をむいて』を教えてくれてありがとう。あの晩のダンスのうちで、いちばんすてきだったわ」

「あのダンス、忘れないよね？」

「一生、覚えていると思うわ」

彼女の後ろでアントニーが玄関のドアを開けた。とたんに冷水がほとばしるように風が吹きこんできた。スーツケースを下げて、アントニーは玄関前の階段を先に立って降りた。フローラはその後を追って階段を走って降りた。雨を避けるように頭を押し下げていた。アントニーはスーツケースを後部座席に投げ入れ、彼女を助け乗せると、バタンと音を立ててドアを閉めた。

はげしい風雨にもかかわらず、みんなが玄関の外に並んで彼女を見送っていた。プラマーは小さなグループの前に、写真でも撮ってもらうつもりのように、ちょっと身構えた様子ですわっていた。強風が看護婦のエプロンをふくらませ、イザベルの髪を乱していた。車がぐるっと向きを変えて自動車道をガタガタと下りはじめたとき、フローラは身をよじって振り返り、車が道路に出て、家も、そこに住む人々の姿も見えなくなるまで、後部の窓からすかすようにして手を振った。

終わった。フローラは向き直って背をかがめた。両手をポケットに深く突っこみ、ミセス・ウォティーの心づくしのランチの包みを両手の指で握りしめた。ケーキの形、リンゴの固い、まるい輪郭を感じながら。彼女は雨水の洗うフロントガラスごしに前方を見つめていた。

とはいっても、何が見えるわけでもなかった。雨がまわりを閉ざしていた。アントニーはサイドライトをつけた。折々、全身、ずぶぬれの大きな羊が忽然と現われたり、対向車（やはり小型車だった）のサイドライトが光ったりした。風はあいかわらず強かった。

「最後の日があいにくの天気になっちまったね」とアントニーがつぶやいた。

フローラは、内陸の丘を上って車を走らせた往きの旅を思い出していた。夏の海に島々が魔法の世界のそれのように浮き上がって見えたこと、そしてクーリン丘陵の雪をいだいた峰々を。「帰る日がこういうお天気でかえってよかったわ。胸が痛まずにすむから」

車は丘を下って、ターボールの町に入って行った。港は嵐のために出帆できなくなった船で混雑していた。

「いま何時かしら、アントニー？」

「十二時十五分だよ。早すぎたね。エディンバラから着いた朝のように、サンディーズでコーヒーを飲んでもいいね」

「ずいぶん前のような気がするわ」

「ぜひまた訪ねてほしいって、タピーが言ったのは本気なんだからね」

「タピーのこと、気をつけてね、アントニー、お願いよ。タピーの身に何ごとも起こらないように」

「きみのためにも、タピーの健康にはぼくが気をつけるよ」とアントニーは約束した。「タピーはぼくが禍を転じて福となし、きみを花嫁としてファーンリッグ荘に連れてくればいいのにと、それができないぼくをゆるせないらしい」

「タピーにもわかっているのよ、思うようにいかないってことは」

「そう」と彼はため息をついた。「わかっているんだよね」

小さな駅舎の前でアントニーは車を止めた。二人は前後して車を降り、出札所に行った。フローラが切符は自分で買うと言い張ったが、アントニーは聞かずにコーンワルまでの料金を払った。「本当は往復切符を買うべきなんだが。きみがかならずファーンリッグ荘を再訪してくれるように」

「あたし、かならずまたくるわ」と言って、フローラは切符をしまった。「ねえ、アントニー、列車が出るまで待っていないで帰ってくださらない？」

「だめだよ、きみが無事に乗るところを見とどけないと」

「あたし、駅でさよならを言うのがいやなのよ。ジェイスンにもそう言ったけど、あたしって、そういうとき、いつもばかみたいに泣いてしまって。だからたまらないの」

「しかし、待ち時間が四十分もあるんだよ」

「あたしは平気。だから、お願い、帰ってちょうだい、ね？」

「わかったよ」と、アントニーは不本意そうだった。

「きみがそんなに言うなら……」

出札所にスーツケースを預けて、二人は駅の外に出た。車の脇に立ってアントニーは言った。「じゃあ、これでさよならか」

「さよならじゃないって、タピーはおっしゃったわ。また会いましょう《オールヴォアール》だって」

「手紙をくれるよね？　かならず連絡してくれたまえ」

「もちろんよ」

二人は抱きあった。「きみのこと、ぼくがどう思っているか、わかるかい？」

フローラは微笑した。「ええ、わかるわ。あたし、世界一、すばらしいんでしょ？」

アントニーは車に乗って走り去った。車は銀行の角を曲がって、ものすごい速さで消えた。フローラは一人残された。雨は小降りながら、止む様子もなくしとしとと降りつづけていた。上方で風が煙突やテレビのアンテナに音を立ててぶつかっていた。

フローラは一瞬、ためらった。

自尊心の強い人間が二人、お互いに誤解をいだいたままだと、行く手に待っているのは悲劇でしかない。

フローラは足早に歩きだした。

雨の降りしきる丘は、まるで屋根にでもよじのぼるようにけわしかった。溝の中を雨水が滝のようにはげしい勢いで流れ、風は形あるものにも似て真っ向から彼女にぶつかり、フローラは息を切らせ、バランスを失いそうになってよろめきつつ進んだ。海からしぶきが吹きつけて頬をぬらし、唇に塩辛い味を残した。

丘のてっぺんのヒューの家にようやくたどりついたとき、彼女は門のところでちょっと足を止めて、一息入れた。振り返ると灰色の荒海には船影もなく、波止場の厚みのある防波堤の向こうで波浪が砕けて水煙が高々と上がるのがはるかに見えた。

門を後ろで閉ざして、フローラは傾斜する小道を玄関へと上がって行った。ポーチに立って呼び鈴を押しながら見ると、靴はビショぬれ、コートの裾からタイルの床にしずくがポトポト落ちていた。彼女はもう一度、呼び鈴を押した。

「いま行きますよ……」と誰かが怒鳴るのが聞こえ、次の瞬間、ドアがパッと開き、年のころはさだがでないが、眼鏡をかけた、あたふたした物腰の女性が戸口に立ちはだかった。花模様のエプロンドレスを着て、死んだウサギを思わせるベッド・スリッパをはいていた。まるで正式に紹介されたようにはっきりとフローラは、家政婦のジェシー・マケンジーだろうと察しをつけた。

「何か？」

「ドクター・カイルはおいでですか？」

「まだ診察所ですが」

「診察はいつ終わるんですの？」

「さあ、どうなんでしょうか。事故のせいで、診察を始めたのがいつもより一時間半も遅れて十一時半でしたからねえ……」

「事故ですって？」とフローラは消え入りそうな声できき返した。

「聞いてなさいませんでした？」とジェシーは恐ろしいニュースの最初の伝え手になるのがうれしいのか、興奮した口調で言った。「けさ、ドクターが朝食に手をつけなさらんうちに電話が鳴ったんですよ。港湾管理事務所の所長さんからで、漁船のデリック起重機の吊り鋼が切れて、魚を詰めた大箱がデッキに落ちて、働いていた少年の脚が押しつぶされたんですと。そりゃもう、あなた……目も当てられない、ひどい怪我だったそうで……」とジェシーは腕組みをしてまくし立てた。

こっちが黙っていたら、とめどがなさそうだった。

「……ドクターはすぐ駆けつけなさったんですがね、まず救急車を呼んで、怪我人をロックガリーに運ばなきゃならなくて……ドクターも病院までついて行きなさったんですと……もちろん、あなた、手術の必要が……そんなこんなで、もどりなさったときには、十一時半を過ぎていたんですよ……」

この言葉の奔流をさえぎらなければ、何事も始まりそうになかった。

「ドクターにお会いできるでしょうか？」

「さあ、どうでしょうかねえ……ああ、お待ちなさいよ、さっき、看護婦さんが帰って行きましたっけ。つまり、午前中の診察が終わったってことかも。ドクターときたら、朝から何一つ、口にしていなさらないんですよ。ストーブにスープのお鍋をのせて、いつ、もどられてもいいようになっているんですが……」とジェシーはフローラの顔をうかがった。眼鏡の背後の目には好奇心がありありと表われていた。「患者さんですか？」妊婦だとでも見当をつけたのか、つけ加えた。「ひょっとして急ぎの……」

「ええ、急ぎの用事ですけど、患者ではありません。列車の時間が差し迫っているものですから」実際、時はどんどんたっていた。フローラはやぶれかぶれという気持ちできいた。「差し支えなかったら、まだ手があかないか、見てきたいんですけど」

「そうねえ。べつにわるかないんじゃないですか」

「診察所には、あのう――どう行ったら……」

「そこの路地をグルッと家にそって回ってください」

フローラは後じさりした。「どうもありがとうございました……」

上に差しかけ屋根のあるコンクリートの路地を言われたとおり、家にそって曲がると診察所の戸口があった。中に入ると誰もいなかったが、磨いたリノリュームの床に泥だらけの靴のあとがついていて、壁ぞいに椅子が並び、テーブルの上に雑誌が散らかり、この待合室のさっきまでの混雑ぶりを物語っていた。消毒液のにおい、ぬれたゴム長のにおいがした。待合室の向こうにガラスを張った仕切り壁があり、せまい受付が設けられていた。中には机、ファイリング・キャビネットがあり、カード索引の箱が重ねられていた。

細長い部屋の奥に「ドクター・ヒュー・カイル」と記されているドアがあった。フローラはそのほうに進んだ。ぬれた靴があたらしい靴あとをつけるのを見て、一日が終わってこの床を拭き掃除する人間にたいする、かすかな同情の思いが胸をよぎった。

強いて心をはげまして、フローラはドアをノックした。応答がないように思って、もう一度ノックしたとき、中からヒューの声が怒鳴った。「入ってくれと言ったろうが！」

幸先のいい振り出しではなかったが、フローラは中に入った。

ヒューは顔を上げもせず、机に向かって何かせわしげに書いている頭のてっぺんが見えただけだった。

「何か……？」

フローラはカタンと音を立てて、ドアを閉めた。ヒューは顔を上げ、一瞬、呆然と彼女の顔を見つめ、それから眼鏡を取り去って、よくよく眺めようというように椅子の背にもたれた。

「いったい、こんなところで何をしているんだね？」

「さよならを言いに寄ったんです」

こなければよかった——彼女はそう思いはじめていた。診療所は見るからによそよそしい感じで、思いつめていた気持ちが一時にひるんでいた。机は巨大で、壁はマーガリン色、リノリュームの床は茶色だった。恐ろしげなメスのケースが目にとまり、フローラはあわてて目をそらした。

「さよならって、どこに行くつもりなんだね？」

「コーンワルの父のところに」

「いつ、決めた？」

「けさ、父から手紙を受け取ったんです。あたし……今週の初めに父に手紙を書いて、どういうことが起こっているかを知らせたものですから。どこにいるか、何をしているかを……」

「お父さんはそれについて、何て書いてよこされたんだね？」

「すぐ帰ってこいって」

ちょっと心をくすぐられたように、ヒューの顔を微笑がよぎった。「つまり、こっぴどくどやされるわけか」

「もちろん、そうじゃないわ。父は怒ってはいないんです。とてもやさしい手紙だったわ。その手紙のことを夕ピーに話したら、帰ったほうがいいだろうって言われて。あたし、ファーンリッグ荘のみんなにさよならを言って、アントニーにターボールの駅まで送ってもらったんです。切符も持っていますし、スーツケースは出札所に預けてあります。でも列車が一時まで出ないので、あなたにさよならを言いに寄ろうと思いついたんです」

ヒューは黙ってペンを置いて立ち上がった。その姿は彼の机と同様にいかにもぬっと大きく見えた。彼はフローラが立っているところに回ってきて、彼女と同じ目の高さになるように机の端に腰を下ろした。何て疲れた顔だろうとフローラは思った。しかしアントニーと違って、髭を剃る時間は見つけていたようだった。月足らずの赤ん坊と脚をくだかれた少年のあいだで、この人が少しでも眠ったのかどうか、怪しいものだとフローラは思った。

「昨夜はすまなかった。ぼくがどうしたのかと、不思議に思ったろうね？」

「あたしと夜食をいっしょに食べるはずだったこと、おおかた、忘れたんだろうと察しをつけてましたけど」

「まったくの話、すっかり忘れてしまったんだよ。いつものことなんだが」とヒューは認めた。「電話を受けたときには、医者としての自分以外のことはすべて念頭を去っていた。半道ばかり行ったところでデートのことを思い出したが、そのときはもちろん、もうどうしようもなかったんだ」

「いいのよ、それはもう」とフローラは言ったが、フローラ自身の耳にも、その言葉はいかにも力なく響いた。

「信じてもらえるかどうか、わからないが、ぼくにとっては重大問題だったんだがね」

「赤ちゃんは無事に生まれたんですか？」

「ああ、女の子だった。体はとても小さいが、心配はないだろう」

「けさ、怪我をした漁船の少年は？」

「そんなことを、どうして知っているんだね？」

「お宅の家政婦さんから聞いたんです」

「ああ、ジェシーね。あの少年のことは一日、二日はまだわからない」

「死ぬかもしれないってこと？」

「いや、死ぬことはない。だが、片脚をうしなうかもしれない」

「まあ」

ヒューは腕組みをした。「お父さんのところに行くと言ったが、どのくらい、滞在するつもりだね？」

「わからないわ」

「そのうえで、何をしようと？」

「昨夜、話したとおりよ。ロンドンにもどって、仕事を探し、住むところを探して」

「ファーンリッグ荘を再訪する気はあるのかね？」

「タピーはまたくるようにっておっしゃったけど」

「またくるんだろうね？」

「わからないわ。場合によりけりってこと」

「場合って？」

フローラはヒューの目を真っ直ぐに見つめた。

「あなた次第じゃないかしら」

「フローラ」

「ヒュー、あたしを押しのけないでちょうだい。あたしたち、このあいだ、とても近しい気持ちで向かい合ったじゃありませんか。率直に話し合うことはできるはずよ」

「きみはいくつだ？」

「二十二よ。自分はきみの父親といってもいい年だなんて、お願いだから言いださないでちょうだい」

「そう言うつもりはないよ。だがきみにとっては、すべてがこれからだということがわかるだけ、ぼくは老成している。そうしたすべてをきみから取り上げる人間になる気はない。きみは若いし、うつくしい。きみはとても特別な人だ。自分では申し分なく成熟していると思っているだろうが、本当のところ、きみの人生はまだ始まったばかりだ。どこかで、いつか、きみはまさにきみを待っていた青年とめぐり逢うだろう。以前に結婚したことのない男、次善でなく、最高のものをきみに提供しうる男に。きみにふさわしい、この世の最上のものをささげることのできる男に」

「もしかしたら、あたし、この世の最上のものなんてほしいと思っていないかもよ」

「ぼくが送っているような生活は、きみには向いていないよ」と彼はことをわけて説明しようとしていた。「昨夜も、そのことをわかってもらおうとしたんだが」

「その返事として、あたしは言ったわ。誰かがあなたを愛していれば、それこそ、唯一、ふさわしい生活なんだって」

「そうした思い違いを、ぼくは以前にもやっているからね」

「でもあたしはダイアナとは違うわ。あたしはあたしよ。あたしがあなたに言った、ひどい言葉、あれはまったくの話、本当だったんじゃないかしら。あんな死に方をすることによって、彼女はあなたをめちゃめちゃにしてしまったんだわ。彼女はあなたの人間にたいする信頼を破壊してしまった。あなたの自信をぶちこわしてしまった。彼女がそうした死に方をしたことからあなたは、人からこれ以上、傷つけられることがないように、そのくらいならむしろ、自分のほうで他人を傷つけてもと思うようになった。それって、言いようもなく恐ろしい成り行きじゃないかしら」

「フローラ、ぼくはきみを傷つけたくないんだよ。わからないかなあ。仮にぼくがきみを愛しているとしよう。きみをあまりにも愛しているがゆえに、きみが自分をめちゃめちゃにするのを見ていられないとしたら？」

フローラはわびしい気持ちで彼の顔をみつめた。口論の最中に、愛について語りはじめるなんて。だって、これは口論じゃないの、明らかに。命にかかわるような重大問題をめぐってのように真剣に、声高に二人は言い争っていた。ジェシー・マケンジーが好奇心を起こして立ち聞きをする気になったら、一言残らず、聞き取れるような大声で。

フローラは思いきって言った。「あたし、そうやすやすとめちゃめちゃになったりしないわ。今週の苦境を何とか切り抜けたんですもの、何が起こっても切り抜けるつもりよ」

「タピーがきみに、またくるように言ったって？」

「ええ」

「そうする気はあるのかね？」

「言ったでしょ、あなた次第よ、それは……」

「ばかげているよ、そんな返事は。きみが今度こっちにきたときに、もしも……」

フローラはもうたくさんという気持ちになっていた。あなたって、ほんとうにばかみたい――そう罵るほか、彼のかたくなな自尊心を打ちくだくすべがないように思われた。「ヒュー、あたしね、あなたのところに帰ってくるか、それともぜんぜんもどらないか、どっちかなんだ——そう思ってちょうだい」

　この爆発的な宣言の後に続いたのは度胆をぬかれての沈黙といったらいいだろうか。ヒューも驚き、フローラ自身も何て思いきったことを言ってしまったのだろうと、びっくりしていたのだった。フローラはもう引っこもうにも引っこみがつかないという、やぶれかぶれの気持ちで、しどろもどろに続けた。

「どうしてあなたのことを、こんなに気にするのか、あたしにもまったくわからないわ。あなた、あたしに好意さえ、持っていないみたいねえ」と彼女は怖い顔でヒューを睨みつけた。

「あなたのネクタイ、ほどけかかってるし」もう完全に処置なしというように彼女はつぶやいた。

　本当だった。朝、急いで着替えをして鏡もろくに見なかったのだろう、ヒューのネクタイはほどけかかっていた。彼女の父親のネクタイがしばしばそうだったが……

　そんなことを思いめぐらしていたフローラだったが、自分が夢中で言ったことの意味に思いいたってハッとした。彼女はヒューのネクタイを見つめた。頑固な彼のことだ。どうせ自分で直すだろう。それを見とどけてからこの部屋を後にしよう。丘を下って一時発の列車に乗り、もう二度と彼のことなど考えないようにしよう。

　しかし彼は忌ま忌ましいネクタイについては何をする気もないようで、固く腕組みをしたままだった。しばらくして彼はぼっそり言った。「だったら、なぜ、事態を改善してくれないんだね？」

　フローラはネクタイの結び目をひっぱり、きちんとそれを彼のカラーの真ん中に持ってきて、ゆっくりと、心をこめて結んだ。彼は依然として身動き一つしていなかった。頭を上げて、彼と目を合わせるだけのことにたいへんな決意が必要だったが、彼女は敢えて彼の顔を振り仰いだ。そして初めて、少年のように無防備な彼を見たのだった。彼が彼女の名を呼んで、両腕を大きく広げるのを彼女は見た。次の瞬間、すすり泣きとも、勝ち誇った喜びの叫びともつかぬ音を発して、フローラはその腕に抱かれていた。

「あたし、あなたを愛しているのよ、とっても」とフローラはささやいた。

「無鉄砲な子だよ、きみは」

「あなたが好き」

「きみを、どうしたらいいかなあ」

「結婚してちょうだい。あたし、きっと、この町のお医者さんのすばらしい奥さんになるわ。ね、あなただってそう思うでしょ？」

「じつはこの三日ばかり、ぼくはそのことばかり、考えていたんだよ」

「あたし、ほんとにあなたが好き」

「きみを行かせることができるつもりでいた。しかしできなかった」

「列車に乗らなきゃならないのよ、あたし」

「でもかならず、もどってくるよね？」

「あなたのところへね」

「いつ？」

「三日後か四日後」

「長すぎるよ」

「それ以上はのばさないわ」

「毎晩、電話するよ。きみのお父さんのお宅に」

「父は感銘をうけるわ」

「きみが帰ってくるときは駅に出迎えるからね、バラの花束と婚約指輪を持って」

「勝手ですけど、婚約指輪には食傷してるの。どうせなら、結婚指輪にしてくださるわけにはいかない？」

ヒューは笑いだした。「無鉄砲なだけじゃない。処置なしだよ、きみは」

「ええ、わかってるわ。あなたがかわいそう」

ヒューはようやく言った。「愛しているよ」

ジェシーはドクターの昼食のスープのことが気にかかってならなかった。ドクターがもどるのがこれ以上、遅れたら、スープは煮つまってしまうだろう。ジェシーは自分の昼食を食べかけているところだった。残りもののジャガイモ、コールド・チキンの足、それにベークド・ビーンズの缶詰。どれも彼女の好物だった。食後には、やはり缶詰のプラムにカスタード・クリームをかけたもの。そして元気回復に欠かせない、濃い熱いお茶。

　ジェシーがコールド・チキンを指でつまもうとしたとき（誰も見ていないんだから構わない）、話し声がして診療所からの路地に足音が響き、ジェシーがチキンをあわててしまう前に裏口のドアがパッと開いて、さっきジェシーが会った、ネイビー・ブルーのコートを着た女性と手をつないで、ドクター・カイルが目の前に立った。

　その若い女性はこぼれるような笑顔を浮かべていた。髪の毛が風に乱れて顔に垂れかかっていた。そしてドクターの顔は……ジェシーは言葉を失ってぼんやり見つめた。彼は当然疲れきっているはずだった。気苦労に打ちひしがれ、過労に精力を使いはたし、重たい足取りで診療所からの路地をとぼとぼ、もどってくるはずだった。ジェシーが彼のためにこしらえたスープで、せめても元気を回復するために。


　ところがドクターは満面に笑みをたたえて元気いっぱい、もう二日ばかりは寝ないでもいいのではないかと思うほどだった。

「ジェシー」

　ジェシーはコールド・チキンを取り落としたが、ドクターはまったく気づかなかった。「ジェシー、ちょっと駅まで行ってくるが、十分でもどるからね」

「承知しました、ドクター・カイル」

　雨はまだ降りつづけていたが、彼はレインコートなしで、しかもそれをぜんぜん気にしていない様子だった。裏口のドアを開けっぱなしたまま、彼は若い女性を従えてキッチンを後にした。開いたままの戸口から、ナイフのように鋭い風が吹きこんだ。

「スープはどうします？」とジェシーは後ろから呼びかけたが、彼の姿はすでに見えなかった。ジェシーはドアを閉めに立ったついでに玄関に回って、こっちのドアをそっと開けてのぞいてみた。二人はお互いの背中に手を回し、風も雨もまったく念頭にないかのように朗らかに笑っていた。ジェシーは二人が門を抜けて丘を町のほうに向かって降りて行くのを見送った。塀のてっぺんにさえぎられてまず女性の、ついでドクターの頭が見えなくなった。

二人とも行ってしまった。

ジェシーはドアを閉めた。そういうことだったんだ——とジェシーはつぶやいた。いずれ、手ごろな相手を見つけて話さなくっちゃ……

訳者あとがき（日向房版）

日向房のロザムンド・ピルチャー・コレクションの三冊目として、この『双子座の星のもとに』*Under Gemini*（1976）を出版することができて、とてもうれしく思っている。日本での出版を申し入れた後に、ピルチャーさんご自身もこの本に強い愛着をいだいておられることがわかって、翻訳にいっそう熱が入った。

『双子座の星のもとに』はピルチャー作品中、『シェルシーカーズ』と『九月に』（いずれも朔北社刊）につぐ長さだが、二段組の重量感を備えながら、筋立ての面白さと人物の取り合わせの楽しさで一気に読ませる軽快な展開が快く、繰り返して開きたくなる不思議な魅力を備えている。コーンワルに始まり、双子の姉妹フローラとローズのロンドンの繁華街での出会いから舞台はさらにスコットランドへと動き、写真集『ロザムンド・ピルチャーの世界』を構成する三部、コーンワル、ロンドン、スコットランドをそのままに風景と雰囲気の描写にピルチャーならではの味わいがある。

『シェルシーカーズ』のペネラピ・キーリングは六十四歳、『九月に』のヴァイオレット・エアドは七十八歳、この『双子座の星のもとに』のタピーは七十七歳。老婦人と総括してしまえない個性と魅力に富む三人のうちでも、タピーはたまたま物語の最初からおしまいまで病床にあり、活動的な二人と大いに違う。しかし彼女もまた今なお一家の中心的存在である。タピーが自分は指一本、動かさずに気の進まぬ家族を督励して、『九月に』のそれに匹敵するような一大ダンス・パーティーを見事に成功させる次第は何ともほほえましい。

ペネラピやヴァイオレット同様、タピーも二十世紀の大きな戦争を生き抜いてきた女性である。タピーはおそらく愛称だろうけれど、娘のイザベルからも、孫のアントニーからも、七歳の曾孫のジェイスンからまで彼女はタピーと呼ばれている。フローラはむろん、タピーと呼び、深く敬愛するようになって、嘘で固めることを余儀なくされている彼女との接触に罪の意識に苛まれるのである。

ファーンリッグ荘についてのタピーの言葉を本文から拾っておきたい。

「わたし、ときどき、この家は木に似ていると思うことがあるの。節くれだった古木。風の中で曲がったり、変形したりしている年老いた古木。ある枝は風をまともに受けて折れたり、枝がもげたりしていて、あなたはときには、木そのものも死にかけているんじゃないか、これ以上、自然の猛威に曝されればとても生きながらえることはできないだろう――そう思うかもしれないわ。ところが春がめぐってくると、木はおびただしい数の緑の若葉をつけるのよ――まるで奇跡みたいに。あなたもそのいといけない葉のうちの一枚よ、ローズ。アントニーもそう。ジェイスンもそう。まわりに若い人たちの存在をあらたに感じるとき、わたし、すべてのものには価値があるという気がしてくるの。あなたがこうしてここにいる――そのことがわたしにはとてもうれしいのよ」

老いた世代から若い世代への、何という、力強い、やさしい言葉だろうか！

『双子座の星のもとに』をほかのピルチャー作品と異ならしめているのは、とくにヒュー・カイルの存在である。ぶっきらぼうで、口がわるく、それでいて傷ついている者、苦しんでいる者にはたとえようもなくやさしいドクター・カイル。フローラが初対面のショックと反感から、しだいに彼を愛するようになる経緯には、『じゃじゃ馬ならし』にも似たおかしさがある。ことにヒューの留守中に彼の家のキッチンをフローラが磨き上げ、床に踏んばった靴に気づいて顔をそろそろ上げるとびっくりしたヒューの顔が見下ろしていたというくだりは心をくすぐる。ヒューがアンガス・マケイ老人との関わりについて語り、彼を病院に入れたことについて、「年取った彼をぼくらは、彼が生まれ育った土地から根こそぎ引き抜いた」と嘆き、「アンガスはただそこに横になって、ぼくの顔をじっと見返しているばかりだった。年取った犬のように。ぼくは自分が人殺しのような気がしていたたまらなかった」と述懐するのを聞いてフローラが、医者ともあろう者が一人の患者の身の上についてそのように思い悩んでいようとはと驚くところは印象深い一場面である。

いつものように脇役も一人一人、とても活き活きと描かれている。イザベル、ミセス・ウォティー、そしてマクラウド看護婦が屋根裏部屋のトランクの中から、タピーが若いころに着たテニス服を発掘し、これをフローラのパーティー・ドレスにリフォームしようと言い出す場面は、ほのぼのとしたものを感じさせる。

「三人はフローラのあまり気乗りのしない表情を心配そうに見つめていた。三人三様、妖精のおばあさんが貧しい女の子をダンス・パーティーの花形のお姫さまに変身させようと揃って意気ごんでいるようで、フローラは自分がこの企図にさっぱり熱意を示していないのがつくづく恥ずかしくなった……」

フローラがアントニーの誘いに乗ってスコットランドまで出かけて行った経緯については、本文八四ページ下段の「わたしは兄の支える者だ（キーパー）」という引用に注目したい。これは旧約聖書創世記四章九節、「おまえの弟アベルはどこにいるのか」という神の問いにたいするカインの答えにもとづいている。日本語の聖書で「番人」（古い訳でも、あたらしい訳でも）となっている原語が英訳では「支える者」という積極的意味に取られていることに、私はフィリップ・ターナーの『聖書物語』（*The Bible Story,* 1968）でも気づいたことがあった。そういえばスタインベックの『エデンの東』も双子の物語である。

カバーのアザミはスコットランドの国花でもある。ローズが華麗なバラならフローラは野性のすがすがしさを感じさせるアザミがふさわしいような気がして、いつものように亘緋紗子さんにお願いした。

中村妙子

訳者あとがき（新装版）

『双子座の星のもとに』がロザムンド・ピルチャーの代表作『シェルシーカーズ』の版元である朔北社から新装出版されるということで、久しぶりに原書の *Uuder Gemini*（1976）を読み直しました。私自身、物語の中心舞台であるファーンリッグ荘のタピーの年齢を超えたこともあってか、気がつくと、十五年前以上に身をいれて読んでいました。

初訳の「あとがき」では、物語のいわば柱である、フローラとローズをめぐる一卵性双生児の問題をとくに取り上げることをしていません。そこにも書いたように、ちょうどピルチャーの写真集を入手したところでしたから、コーンワルの海辺の風景、ロンドンの街路の忙しげなたたずまい、どっしりした食卓を素朴な木の椅子が囲み、大きなアーガ・クッカーが常時、ぬくもりを添えているキッチンといった、スコットランドの家庭風景などを思い描きつつ、翻訳を進めたのでした。

本書の〝第二章　マーシャ〟において作者はすでに、フローラが強烈なショックとともにやがて知ることになる双子の姉妹の存在にたいして、最初の伏線を用意しています。父親の飾り気のない人柄、真っ正直さ、出世欲とまったく無縁な人となりを語ることによって作者は、子どもの生い立ちに愛情と心づかいのおよぼす深い影響を指摘しているかのようです。

そんな父親ロナルドが長年の独身生活にピリオドを打って得た好伴侶マーシャとの生活を楽しめるように、フローラは居心地のいい海辺の家をあえて後にして自活に踏みきるのですが、ロンドンに到着して早々、思ってもみなかった双子の姉妹と出会ってしまったのでした。

まだ小学生のころから私は、牧師であった父親が当時の教会員のお一人であられた翻訳家の村岡花子先生からいただいた童話や物語を読んで育ちました。そうした本のうちに布張りのしっかりした装丁の、たぶん大人の読者を想定して訳されたのでしょう、漢字の多い、『王子と乞食』(マーク・トウェイン・作)がありました。この本はイギリスのヘンリー八世の王子がふとしたきっかけで貧乏人の息子と入れ替わるという、マーク・トウェイン特有の胡椒の利いた、とても面白いフィクションでした。氏、素性、環境が天と地ほどにも隔たっている二人の少年が入れ替わり、王子は庶民生活の自由を味わい、これまで虐げられてきたスラムの少年は贅沢を知るという次第は、イギリス史を知らない小学生にも、たいへん魅力的な読書のひとときを与えてくれました。

少年の環境が取りかわる話はほかに(やはり小学生のころ)、アンスティの『あべこべ物語』を読んでいました。日本の小説では、吉屋信子氏の『双鏡』という女性向けの小説が取りかわりの物語でした。女学校の二年生のころ、たまたま書店で見つけた文庫物でしたが、詳しい筋は今ではさっぱり思い出せません。でも、どの話でも二人の主人公は、中身が変わっていないだけに心身ともに不断の緊張に曝されっぱなしでした。

この『双子座の星のもとに』の場合は、読者であると同時に翻訳者なのですから、私もまた、一方ならぬ緊張を課せられました。ローズがじつはフローラであることをファーンリッグ荘で知っているのは、アントニーだけなのです。誰の視点からの記述かによって二つの名前を使いわけなければならず、薄氷を踏む思いと言っても、おおげさではありません。訳し終ったときには、嘘をつかなくてよくなったフローラと一緒に、私もしみじみほっとしたのでした。

中村妙子

二〇一三年八月

著者　ロザムンド・ピルチャー

1924 年、イギリスに生まれる。18 歳より『グッドハウスキーピング』『レディーズ・ホーム・ジャーナル』等を中心に数多くの短篇を発表。代表作『シェルシーカーズ』（朔北社）は世界的に 500 万部を売るベストセラーとなった。短篇、中編、長編を多数発表。2002 年にＯＢＥ勲章受賞。

訳者　中村妙子（なかむら たえこ）

1923 年、東京に生まれる。東京大学西洋史学科卒業。翻訳家。『シェルシーカーズ』上・下『九月に』上・下（朔北社）『懐かしいラブ・ストーリーズ』（平凡社）、ハヤカワ文庫のクリスティー文庫（早川書房）、『白い人びと』（みすず書房）など児童書から推理小説まで幅広いジャンルの本を多数翻訳している。

双子座の星のもとに

2013 年 10 月 20 日　第 1 刷発行

著者　ロザムンド・ピルチャー
訳者　中村妙子　translation © Taeko Nakamura 2013
装丁デザイン　山本 清（FACE TO FACE）
銅版画　城野由美子
発行人　宮本　功
発行所　株式会社　朔北社《さくほくしゃ》
〒 101-0065　東京都千代田区西神田 2-4-1　東方学会本館 31 号室
tel. 03-3263-0122　fax. 03-3263-0156
http://www.sakuhokusha.co.jp
振替 00140-4-567316

印刷・製本　株式会社　精興社
落丁・乱丁本はお取りかえします。
Printed in Japan ISBN978-4-86085-112-5 C0097